Perle

J'AI LU

VIRGINIA C. ANDREWS

Fleurs captives	
Fleurs captives	*J'ai lu* 1165/**4**
Pétales au vent	*J'ai lu* 1237/**4**
Bouquet d'épines	*J'ai lu* 1350/**4**
Les racines du passé	*J'ai lu* 1818/**4**
Le jardin des ombres	*J'ai lu* 2526/**4**
La saga de Heaven	
Les enfants des collines	*J'ai lu* 2727/**5**
L'ange de la nuit	*J'ai lu* 2870/**5**
Cœurs maudits	*J'ai lu* 2971/**5**
Un visage du paradis	*J'ai lu* 3119/**5**
Le labyrinthe des songes	*J'ai lu* 3234/**6**
Ma douce Audrina	*J'ai lu* 1578/**4**
Aurore	*J'ai lu* 3464/**5**
Les secrets de l'aube	*J'ai lu* 3580/**6**
L'enfant du crépuscule	*J'ai lu* 3723/**6**
Les démons de la nuit	*J'ai lu* 3772/**6**
Avant l'aurore	*J'ai lu* 3899/**5**
La famille Landry	
Ruby	*J'ai lu* 4253/**6**
Perle	*J'ai lu* 4332/**5**
D'or et de lumière	*J'ai lu* 4542/**5**
Tel un joyau caché	*J'ai lu* 4627/**5**
D'or et de cendres	*J'ai lu* 4808/**6**
Les orphelines	
Janet	*J'ai lu* 5180/**2**
À paraître	
Crystal	
Brenda	
Rebecca	
En fuite !	

Virginia C. Andrews™

LA FAMILLE LANDRY

★★

Perle

Traduit de l'américain
par Françoise Jamoul

Éditions J'ai lu

Titre original :

PEARL IN THE MIST
Published by arrangement with Pocket Books,
a division of Simon & Schuster Inc., N.Y.

PROLOGUE

Cher Paul,

Si j'ai attendu la dernière minute pour t'écrire, c'est surtout que je n'étais pas certaine, jusqu'à maintenant, de faire ce que voulait mon père : aller dans une école privée de Baton Rouge avec ma sœur jumelle, Gisèle. Même si je le lui ai promis, cette idée me donne des cauchemars. J'ai vu le prospectus du pensionnat, Greenwood : ça paraît superbe. C'est une immense bâtisse comprenant les salles de cours, un auditorium, un gymnase et même une piscine couverte. Il y a aussi trois pavillons pour les dortoirs, derrière un rideau de saules pleureurs et de chênes ; un lac tout entouré de jacinthes bleues, des pelouses magnifiques parsemées de bosquets d'érables et de toutes sortes d'autres essences ; des courts de tennis, des terrains de jeux, bref, tout ce qu'on peut désirer. Bien plus d'avantages et de possibilités que je n'en aurais trouvés à notre lycée de La Nouvelle-Orléans, j'en suis sûre.

Mais ici, il n'y a que des filles de la haute société, des créoles richissimes, l'aristocratie de la Louisiane. Je n'ai rien contre les gens riches et distingués, mais je sais que je vais me retrouver parmi des douzaines de Gisèle. Des filles élevées comme elle, qui penseront comme elle, s'habilleront comme elle, agiront comme elle ; et qui me feront sentir ma différence.

Mon père a toute confiance en moi. Il pense que je peux surmonter tous les obstacles et que je vaux largement n'importe laquelle de ces pimbêches. Et il est tellement sûr de mes talents artistiques ! Il s'imagine que l'école les reconnaîtra instantanément et m'encouragera dans cette voie afin d'en retirer tout le crédit. Il cherche simplement à m'aider à surmonter mes doutes et mes craintes, je le sais.

Mais peu importent mes sentiments, je crois qu'entrer

dans cette école est la meilleure solution pour moi, pour l'instant. Au moins, cela m'éloignera de ma belle-mère, Daphné.

Quand tu es venu nous voir, tu m'as demandé si les choses allaient mieux et je t'ai répondu oui, mais ce n'était pas tout à fait vrai. La vérité, c'est que j'ai failli être enfermée et oubliée dans la clinique psychiatrique où est relégué ce pauvre oncle Jean, le frère de mon père. Ma belle-mère s'était entendue avec le médecin directeur pour m'y faire interner. Grâce à Lyle, un jeune homme charmant mais mentalement très perturbé, j'ai pu m'échapper et retourner à la maison. J'ai raconté à papa ce qui s'était passé, et il y a eu une scène épouvantable entre lui et Daphné. Quand les choses se sont tassées, il est venu me proposer d'aller avec Gisèle dans cette école privée, Greenwood. J'ai bien vu comme c'était important pour lui de nous éloigner de Daphné, et comme elle était heureuse de nous voir partir.

Et je me retrouve tiraillée. D'un côté, j'appréhende énormément d'aller à Greenwood, mais en même temps je suis contente d'échapper à cette maison, où l'atmosphère est devenue sinistre et pesante. Cela me fait mal de quitter mon père. En quelques mois, on dirait qu'il a vieilli de plusieurs années. Ses cheveux châtains commencent à grisonner, il ne se tient plus aussi droit qu'à mon arrivée. J'ai l'impression de l'abandonner, mais il tient à ce que nous allions à Greenwood, Gisèle et moi. Et je veux le rendre heureux, soulager sa tension nerveuse et son fardeau.

Gisèle n'a pas cessé de se plaindre et de récriminer, elle menace à tout bout de champ de ne pas aller à Greenwood. Elle pleurniche sans arrêt parce qu'elle est en fauteuil roulant, et mène tout le monde à la baguette ; il nous faut satisfaire tous ses caprices. Pas une seule fois je ne l'ai entendue reconnaître que son accident de voiture avec Martin était leur faute, parce qu'ils avaient fumé de l'herbe. Au lieu de ça, elle rejette le blâme sur l'injustice du monde. Sa seule raison de se plaindre d'aller à Greenwood, je la connais : elle a peur de ne pas pouvoir faire ses quatre volontés. Elle était déjà extrêmement gâtée mais ce n'est rien à côté de maintenant. Ce n'est pas ce qui m'aide à me sentir désolée pour elle.

Je lui ai dit tout ce que je savais sur nos antécédents,

mais elle refuse toujours d'admettre que notre mère était une Cajun. Bien sûr, elle accepte tout ce que je lui dis sur grand-père Jack, comment il a profité de la grossesse de notre mère pour conclure un marché avec les Dumas et leur vendre le bébé : elle, Gisèle. Il ignorait que notre mère attendait des jumeaux, et grand-mère Catherine le lui a caché jusqu'au jour de notre naissance, en refusant de me vendre, moi aussi. J'ai dit à Gisèle qu'elle aurait très bien pu être celle qui serait restée dans le bayou, et moi celle qui aurait été élevée à La Nouvelle-Orléans. Cette seule idée lui donne le frisson, et pendant quelque temps elle s'arrête de gémir ; n'empêche qu'elle a le don de me taper sur les nerfs et de me faire regretter de n'être pas restée dans le bayou !

Naturellement, je pense souvent aux beaux jours que nous avons connus là-bas, quand grand-mère Catherine vivait encore et que nous ne connaissions pas la vérité sur notre histoire. Celui qui a dit que l'ignorance est une bénédiction avait raison ; c'est bien vrai, surtout dans notre cas. Je sais qu'il a été plus difficile pour toi que pour moi d'accepter la vérité. Plus que moi peut-être, tu as dû vivre dans le mensonge et les faux-semblants ; mais si j'ai appris quelque chose, c'est qu'il faut savoir oublier et pardonner, sous peine de ne connaître aucune joie en ce monde.

Oui, je voudrais ne pas être ta demi-sœur. Et oui encore, je voudrais pouvoir courir vers toi, et construire ma vie avec toi dans le bayou, là où est vraiment mon cœur. Mais ce n'est pas la voie que le destin nous a tracée. Mon vœu est que nous restions amis pour toujours, aussi bien que frère et sœur, et maintenant que Gisèle te connaît, elle souhaite la même chose. Chaque fois que je reçois une lettre de toi elle insiste pour que je la lise tout haut, et quand tu parles d'elle ou que tu lui transmets le bonjour, elle s'illumine. Il est vrai qu'avec elle on n'est jamais sûr qu'il ne s'agit pas d'un caprice du moment, mais bon…

J'aime tes lettres, mais je ne peux pas m'empêcher d'être toujours un peu triste quand j'en reçois une. Je ferme les yeux et j'entends le chant des cigales, ou l'appel du hibou. Parfois, je crois vraiment sentir l'odeur de la cuisine de grand-mère. Hier, Nina nous a servi une fricassée de crevettes, exactement comme grand-mère la préparait, avec un roux au beurre et des petits oignons émincés.

Evidemment, dès que Gisèle a su qu'il s'agissait d'une recette cajun, elle a grimacé. Nina m'a fait un clin d'œil et nous avons ri sous cape, sachant très bien toutes les deux que Gisèle s'était souvent régalée avec ce plat.

Bon, je promets de t'écrire dès que nous serons installées à Greenwood et bientôt, peut-être, tu pourras nous y rendre visite. En tout cas, tu sais au moins où nous écrire.

J'aimerais avoir des nouvelles du bayou, et en particulier des vieux amis de grand-mère Catherine. Mais surtout, je voudrais des nouvelles de toi. Au fond de moi, je suppose que j'en voudrais aussi de grand-père Jack, bien qu'il me soit difficile de penser à lui sans penser aussi aux horreurs qu'il a commises. Ce doit être un pauvre vieux bien pitoyable à présent, j'imagine.

Tant de tristes choses nous sont déjà arrivées, si tôt dans notre vie. Peut-être... Peut-être avons-nous déjà reçu notre part d'épreuves et d'infortune, et peut-être la vie ne nous réserve-t-elle plus que le meilleur et le bonheur. Est-ce une folie de ma part de le croire ?

Je te vois d'ici, en train de me sourire, toi et tes chers yeux bleus tout pétillants.

Il fait vraiment très chaud ici, ce soir. La brise nocturne m'apporte l'odeur des bambous verts, des gardénias et des camélias. C'est une de ces nuits où l'on croirait que le moindre son porte à des milles et des milles. Assise près de ma fenêtre, j'entends les tramways remonter en ferraillant l'avenue Saint-Charles, et dans une maison du voisinage quelqu'un joue de la trompette. Une musique si triste, mais si belle pourtant...

En ce moment, il y a une tourterelle sur le balcon d'en haut, qui roucoule sa plainte mélancolique. Grand-mère Catherine disait qu'il faut faire un vœu la première fois qu'on entend ce chant la nuit, et le faire très vite. Sinon, le cri plaintif de la tourterelle portera malheur à quelqu'un qu'on aime. C'est une nuit pour rêver, et pour faire des vœux. J'en ferai un pour toi.

Sors, appelle en mon nom le busard des marais, fais un souhait pour moi.

Celle qui t'aime toujours,

Ruby.

1

Premier jour

Le tap-tap d'un pivert m'éveilla d'un sommeil agité. Je n'avais pratiquement pas dormi de la nuit, me tournant et me retournant dans mon lit, tenaillée par l'appréhension du lendemain. Finalement, la fatigue me ferma les yeux et je plongeai dans le monde des mauvais rêves, jusqu'à ce que, une fois de plus, je me retrouve au cœur d'un cauchemar familier. Je dérivais en pirogue à travers les marais, sur une eau couleur de thé fort. Et sans perche. Mystérieusement, le courant m'emportait dans l'obscurité voilée de mousse espagnole, ondoyante et fantomatique au souffle léger de la brise. A la surface de l'eau, en glissades brisées, des serpents verts suivaient ma barque. Et tandis que je m'enfonçais sans cesse plus avant dans le marais, les yeux lumineux d'un hibou me fixaient avec suspicion.

J'entendais toujours les pleurs d'un bébé, dans ce cauchemar. Un enfant trop jeune pour formuler des mots, mais je percevais nettement un appel dans son cri : *Maman, maman...* Cet appel m'attirait, mais d'habitude je m'éveillais avant d'être entraînée plus profondément dans les ténèbres. Cette nuit-là, pourtant, je franchis ma plus extrême limite et poursuivis mon chemin dans un monde obscur et brumeux.

L'embarcation arriva et avança un peu, jusqu'à ce que je distingue la blancheur ivoirine et luisante d'un squelette pointant l'index pour m'intimer l'ordre de percer l'ombre du regard. Et finalement je vis le bébé, tout seul, abandonné dans un hamac sur la galerie de la cabane de grand-père.

La pirogue ralentit alors et là, sous mes yeux, la hutte commença à s'enfoncer dans le marécage. Le cri d'enfant devint plus fort. Je passai la main par-dessus bord pour me propulser plus vite, mais elle s'emmêla dans un nœud de serpents verts. La hutte s'enfonçait toujours.

Je hurlai : *NON !* La cabane plongeait de plus en plus profondément dans l'eau gluante et noire, jusqu'à ce que seuls restent visibles la galerie et la fillette dans le hamac. Son petit visage était couleur de perle. Je tendis les bras en me rapprochant mais juste au moment où j'allais saisir le hamac, la galerie elle aussi disparut sous l'eau.

C'est alors que j'entendis le tap-tap du pivert ; et mes yeux s'ouvrirent brusquement au soleil du matin qui filtrait par les rideaux, baignant le dais de soie nacrée de mon grand lit à colonnes. Comme s'il fleurissait soudain, toutes les couleurs du papier mural flamboyèrent à la fois dans la chaude lumière. Et bien que j'eusse à peine dormi, je fus heureuse de m'éveiller sous un tel flot de soleil. Surtout après ce cauchemar.

Je m'assis et me frottai le visage de mes paumes, jusqu'à ce qu'il ne reste plus sous mes paupières ni sur mes joues le moindre grain jeté par le marchand de sable. Puis je pris une grande inspiration et me dis qu'il fallait être forte, me préparer, garder l'espoir. Comme je me tournais vers la fenêtre, j'entendis les jardiniers égalisant les haies, ratissant la pelouse et balayant les feuilles de bananier tombées au bord de la piscine et sur les courts de tennis. Daphné, ma belle-mère, tenait à ce qu'ils nettoient le parc comme si rien ne s'était passé durant la nuit, si violents qu'aient pu être le vent et la pluie.

J'avais préparé la veille les vêtements que je porterais pour me rendre à notre nouvelle école. Sachant que ma belle-mère examinerait ma tenue à la loupe, j'avais choisi une de mes plus longues jupes et un chemisier assorti. Gisèle avait fini par s'adoucir et consentit à me laisser préparer sa toilette avec la mienne, même si elle était allée se coucher en grommelant qu'elle souhaitait ne jamais se réveiller. J'avais encore ses menaces et ses gémissements dans les oreilles.

— J'aimerais mieux mourir dans mon lit que de m'embarquer demain dans ce voyage horrible. Choisis ce que tu veux pour moi, ce sera ma toilette mortuaire, de toute façon. Et en plus ce sera ta faute ! avait-elle déclaré, en se renversant dans son lit d'un air théâtral.

Même si je partageais la vie de ma jumelle depuis déjà pas mal de temps, et même si nous étions censées être identiques — traits, silhouette, couleur de cheveux et le reste —, je n'arrivais toujours pas à m'habituer à notre dissemblance profonde. Et qui ne tenait pas seulement à notre différence d'éducation, d'ailleurs. Même dans le ventre de notre mère, je suis sûre que nous n'avions déjà rien de commun.

— Ma faute ? Et pourquoi serait-ce ma faute ?

Elle se redressa promptement sur les coudes.

— Parce que tu as donné ton accord à tout ça, et que papa fait toujours ce que tu veux. Tu aurais dû discuter, pleurer, faire une scène. Tu devrais savoir faire une scène, maintenant ! Tu n'as donc rien appris de moi depuis que tu t'es sauvée dans ton marais ?

Appris à faire une scène ? Appris à être une petite peste gâtée-pourrie, voilà ce qu'elle voulait dire, en fait. Et c'était une leçon dont je me serais bien passée, même si Gisèle se figurait m'avoir rendu service en m'apprenant à lui ressembler davantage. Je me retins de rire, sachant trop bien que cela ne ferait qu'augmenter sa fureur.

— Je fais ce que j'estime être le mieux pour tout le monde, Gisèle. Je croyais que tu l'avais compris. Papa souhaite que nous partions. Il pense que sa vie avec Daphné sera plus facile, et la nôtre aussi. Surtout après ce qui s'est passé, soulignai-je en m'efforçant de faire les gros yeux.

Elle se renversa en arrière, la lippe boudeuse.

— Je ne devrais pas être obligée de faire quoi que ce soit pour qui que ce soit. Pas après ce qui m'est arrivé. Tout le monde devrait penser d'abord à moi et à mes souffrances, geignit ma jumelle.

— C'est ce que tout le monde fait, il me semble.

— Qui ça ? glapit-elle avec un brusque regain d'énergie et de force. Qui ? Nina fait la cuisine que tu aimes, pas celle que j'aime. Papa demande toujours ton avis avant le mien. Chris vient ici pour te voir, pas pour moi. Et même... et même ton demi-frère, Paul. C'est à toi qu'il écrit, jamais à moi.

— Il t'envoie toujours ses amitiés.

— Mais jamais de lettre à part, appuya-t-elle.

— Tu ne lui en as jamais écrit, de ton côté.

Ma remarque la fit réfléchir un instant.

— C'est aux garçons d'écrire les premiers.

— Si c'est un amoureux, oui. Avec un frère, peu importe qui écrit le premier.

— Alors pourquoi ne m'écrit-il jamais? se lamenta-t-elle.

— Je lui en parlerai, je te le promets.

— Non, ne lui dis rien. Si cela ne vient pas de lui, eh bien... qu'il n'écrive pas. Je n'ai qu'à rester ici pour toujours, à regarder le plafond comme d'habitude, en me demandant ce que font les autres, comment ils s'amusent... Comment *tu* t'amuses, ajouta-t-elle aigrement.

Je protestai, sans toutefois parvenir à sourire.

— Tu ne restes pas ici à te demander ce qui se passe, Gisèle. Tu vas où tu veux, quand tu veux. Tu n'as qu'à claquer des doigts pour que tout le monde accoure. Papa n'a-t-il pas acheté la fourgonnette uniquement pour pouvoir t'emmener partout en fauteuil roulant?

— Je déteste ce van. Je déteste être emmenée en fauteuil. J'ai l'impression d'être une marchandise à livrer, comme une fournée de pain ou... un cageot de bananes, tiens! Je ne monterai pas dans ce truc.

Papa comptait faire le voyage de Greenwood au volant du van acheté pour Gisèle, mais elle jura qu'elle n'y mettrait pas les pieds. S'il y tenait, c'était à cause de tout ce que ma sœur avait insisté pour emporter. Elle s'était enfermée pendant des heures chez elle avec la femme de chambre, Wendy Williams, pour lui faire emballer une multitude de choses, exigeant les plus insignifiantes à seule fin de corser la difficulté. J'avais bien observé que nous n'aurions pas beaucoup de place au dortoir, et que nous serions tenues de porter l'uniforme, mais sans réussir à la faire changer d'avis.

— Ils me trouveront de la place, insista-t-elle. Papa a dit qu'ils feraient l'impossible pour ma commodité. Quant à porter l'uniforme, alors là... c'est ce que nous verrons.

Elle voulait ses peluches au grand complet, ses livres et ses revues, ses albums de photos, la quasi-totalité de sa garde-robe — y compris les chaussures ! Elle contraignit même Wendy à emballer tous les accessoires de sa coiffeuse.

Je la mis en garde :

— Tu t'en mordras les doigts quand tu reviendras pour les vacances, Gisèle. Tu ne trouveras plus ce qui t'est nécessaire et...

— Et je n'aurai qu'à envoyer quelqu'un me l'acheter, riposta-t-elle d'un ton suffisant. (Et soudain, elle sourit.) Si tu insistais un peu, papa verrait quelle corvée représente cet horrible déménagement, et peut-être qu'il changerait d'avis.

Quelle manipulatrice ! Sur ce point, elle m'étonnerait toujours. Je lui dis que si elle employait moitié moins d'énergie à faire les choses qu'à esquiver ses responsabilités, elle réussirait tout ce qu'elle entreprendrait.

— Je réussis quand ça me chante et quand j'en ai besoin, répliqua-t-elle, et je me rabattis sur un sujet de conversation plus anodin, comme il convient entre sœurs.

Maintenant, c'était le matin du départ et je n'osais tout simplement pas entrer dans sa chambre. Inutile de recourir à la boule de cristal de Nina pour prédire comment je serais reçue, et à quoi il fallait m'attendre ! Je m'habillai et me brossai les cheveux avant d'aller voir où en était ma sœur. Dans le couloir, je rencontrai Wendy, au bord des larmes et marmonnant tout bas.

— Que se passe-t-il, Wendy ?

— M. Dumas m'a envoyée l'aider à se préparer, mais elle ne veut pas écouter un mot de ce que je lui dis, gémit la petite bonne. Je la supplie tant et plus de se remuer un peu et elle reste là comme un zombie, les paupières cousues, à jouer les endormies. Qu'est-ce que je suis censée faire, moi ? C'est sur moi que Mme Dumas va crier, pas sur elle.

— Personne ne va vous crier dessus, Wendy, je vais la réveiller. Patientez seulement quelques instants.

Elle sourit à travers ses larmes et les chassa de ses joues rebondies. Wendy n'était pas beaucoup plus âgée que Gisèle et moi, mais elle avait quitté l'école en troisième, pour se placer dans la famille Dumas. Même avant l'accident de ma jumelle, Wendy était déjà son souffre-douleur, l'esclave sur qui pleuvaient ses colères et ses éclats. Papa avait engagé pour ma sœur une infirmière spécialisée, mais celle-ci ne supportait pas les crises de Gisèle. La deuxième et la troisième infirmière non plus, et la responsabilité de pourvoir à tous les besoins de ma sœur était venue s'ajouter aux corvées de Wendy.

— Je me demande bien pourquoi vous vous occupez d'elle ! bougonna la femme de chambre, ses prunelles sombres virant au noir d'onyx.

Je frappai à la porte de Gisèle, attendis et, ne recevant pas de réponse, j'entrai. Elle était toujours comme l'avait dit Wendy, étendue sous sa couverture, les yeux clos. J'allai à la fenêtre et regardai au-dehors. La chambre de Gisèle donnait sur la rue, peu animée à cette heure. Le soleil du matin brillait sur les pavés. Le long de notre haie de maïs, les azalées jaunes, les roses roses et les hibiscus en pleine floraison déployaient leurs couleurs éclatantes. Depuis le temps que je vivais dans cette propriété, au cœur du célèbre Garden District de La Nouvelle-Orléans, j'étais toujours en extase devant le faste des demeures et du paysage.

— Quelle belle journée ! m'exclamai-je. Pense à toutes ces jolies choses que nous allons voir en route.

— Ça va être mortel, oui ! J'ai déjà été à Baton Rouge. D'horribles raffineries de pétrole qui crachent de la fumée, voilà ce que nous verrons.

— Mais elle est en vie ! m'écriai-je en tapant dans mes mains. Merci, mon Dieu ! Nous pensions tous que tu étais morte pendant la nuit.

— Vous l'*espériez*, tu veux dire, riposta Gisèle avec aigreur.

Mais au lieu de s'asseoir, elle se retourna et garda la tête enfouie dans le gros oreiller moelleux, les bras le long du corps. Elle boudait.

Je me contraignis à la patience.

— Je pensais que si tu pouvais emmener ce que tu voulais, tu étais d'accord pour venir et ne pas faire d'histoires, Gisèle ?

— J'ai seulement dit que j'abandonnais la discussion. Pas que j'étais d'accord pour venir.

— Nous avons examiné la brochure ensemble, lui rappelai-je. Tu as dit que c'était un endroit superbe.

Elle me fixa, les yeux rétrécis.

— Comment peux-tu être tellement… tellement accommodante ? Tu vas devoir quitter Chris, tu sais ? Et quand le chat n'est pas là, les souris dansent.

Chris avait très mal pris mon départ pour Greenwood, la première fois que je lui en avais parlé. Il nous était déjà bien assez difficile comme ça de continuer à nous voir. Depuis que Daphné avait découvert le portrait de Chris (que j'avais dessiné en cachette), notre idylle avait pris une tournure plus discrète, il le fallait bien. Il avait posé nu pour moi, Daphné avait trouvé le dessin et averti ses parents. Il subissait une punition sévère et il nous était interdit de nous voir. Mais, avec le temps, ses parents avaient peu à peu cédé sur ce point, à condition que Chris sorte également avec d'autres filles. Ce n'était pas vraiment le cas ; même quand il venait à un bal du lycée avec une autre, ou quand il en emmenait une autre faire un tour en voiture, il finissait toujours par se retrouver avec moi.

— Chris a promis de venir aussi souvent que possible.

— Mais il n'a pas promis de se faire moine, riposta Gisèle du tac au tac. Je connais au moins une demi-douzaine de filles qui n'attendent que le moment de lui sauter dessus. Antoinette et Claudine, pour commencer, précisa-t-elle avec satisfaction.

Chris était le garçon le plus courtisé du collège, et beau comme un jeune premier. Un seul regard de ses yeux bleus, un simple sourire de sa part faisaient battre le cœur des filles, au point qu'elles en perdaient le souffle et se mettaient à dire n'importe quoi. Grand et taillé en athlète, c'était un des meilleurs footballeurs du collège. Je m'étais donnée à lui et il m'avait juré son amour.

Avant mon arrivée à La Nouvelle-Orléans, il était le soupirant attitré de Gisèle, mais elle aimait le faire souffrir en flirtant avec d'autres garçons. Elle n'a jamais compris à quel point il pouvait être sensible et sérieux. D'ailleurs, pour elle, tous les garçons se valaient. Ils ne lui servaient qu'à s'amuser, à ses yeux aucun ne méritait confiance ou loyauté. En cela, d'ailleurs, son accident n'avait rien changé. Elle ne pouvait toujours pas se trouver en compagnie de jeunes gens sans les tourmenter ou les provoquer, soit d'un haussement d'épaules, soit par la promesse de faire avec l'un d'eux quelque chose de scandaleux s'ils se trouvaient seuls ensemble.

— Je ne tiens pas Chris en laisse, répliquai-je. Il peut faire ce qu'il veut, quand il veut.

Je m'exprimai avec une telle nonchalance que ses yeux s'agrandirent. Sa mine s'allongea. Elle était déçue.

— Tu n'en penses pas un mot !

— Et il ne me tient pas en laisse non plus. Si cette séparation momentanée lui fait rencontrer une autre fille et qu'il la préfère, eh bien... c'est sans doute que ça devait arriver, voilà tout.

— Oh, toi et ta maudite croyance au destin ! Tu vas me dire aussi que c'est le destin qui m'a rendue infirme à vie, je suppose ?

— Non.

— Alors, c'est quoi ?

— Je n'aime pas dire du mal des morts, Gisèle. Mais toi et moi savons très bien ce que vous faisiez le jour de l'accident, Martin et toi. Tu ne peux pas accuser le destin.

Elle croisa les bras sur sa poitrine, furibonde.

— Nous avons promis à papa d'aller là-bas et de faire un essai dans cette école, lui rappelai-je. Tu connais la situation, ici.

— Daphné ne me déteste pas autant qu'elle te déteste, toi, riposta-t-elle, le regard flamboyant.

— N'en sois pas si sûre. Elle a hâte de nous rayer de sa vie, toutes les deux, et tu sais très bien pourquoi. Nous savons qu'elle n'est pas notre mère, et que papa aimait infiniment plus notre mère qu'il ne pourra jamais l'aimer, elle. Tant que nous sommes dans les parages, elle ne peut pas échapper à cette vérité.

— En tout cas, elle ne m'en voulait pas avant que tu arrives, fulmina Gisèle. Après ça, toute ma vie est allée à la dérive, et maintenant me voilà reléguée dans une école de filles ! Qui voudrait aller dans une école où il n'y a pas de garçons ?

— Le collège organise de temps en temps des bals avec une école de garçons, c'est écrit dans la brochure.

Ces mots à peine prononcés, je les regrettai. Gisèle guettait la moindre occasion de mettre en avant sa paralysie.

— Des bals ! Est-ce que je peux danser, moi ?

— Je suis sûre qu'à Greenwood il y a des tas d'autres choses que tu pourras faire avec un garçon, les jours de visites autorisés.

— Les jours de visites autorisés ? Quelle horreur ! On se croirait en prison, s'écria-t-elle en fondant en larmes. Oh, je voudrais être morte. Oui, morte !

Je m'assis sur son lit et lui pris la main.

— Allons, Gisèle. Je t'ai promis de tout faire pour te faciliter les choses, non ? De t'aider pour tes devoirs, pour tout ce dont tu auras besoin...

Elle retira sa main et se frotta les yeux du poing.

— Tout ce que je voudrai ?

— Tout ce dont tu auras besoin, rectifiai-je.

— Et si l'école est intenable, tu prendras mon parti contre papa et tu insisteras pour qu'on rentre ? (Je hochai la tête.) Promets.

— Je te le promets, mais il faut que ce soit vraiment intenable, et pas seulement que tu trouves difficile de suivre un règlement que tu détestes.

— Promets sur... sur la vie de Paul.

— Oh, Gisèle !

— Fais-le, sinon je ne te croirai pas, insista-t-elle.

— Très bien, je le promets sur la vie de Paul. Tu es vraiment insupportable quelquefois, tu sais.

Elle sourit.

— Je sais. Va prévenir Wendy que je suis prête à me lever et à faire ma toilette pour descendre déjeuner.

— Me voilà ! clama Wendy en surgissant dans l'embrasure. J'étais là, en train d'attendre.

— En train de nous espionner, oui ! lança Gisèle d'un ton accusateur.

Wendy leva sur moi un regard horrifié.

— Pas du tout. Je ne vous espionne pas.

— Bien sûr qu'elle ne nous espionne pas, voyons, Gisèle !

— Bien sûr que si. Elle adore écouter aux portes, c'est comme ça qu'elle s'offre une vie romantique par procuration, persifla Gisèle. Ça et ses magazines sentimentaux en plus, pas vrai, Wendy ? Ou bien retrouvez-vous Eric Daniels derrière le pavillon de bains tous les soirs ?

La mâchoire de Wendy s'affaissa et elle se mit à secouer la tête, à demi morte de confusion.

— Peut-être vaut-il mieux que nous allions dans cette école plutôt que d'être espionnées sans arrêt, soupira ma sœur.

Puis elle jeta, la voix cassante :

— Très bien, d'accord. Aide-moi à me laver et à me brosser les cheveux, au lieu de rester plantée là comme si ta culotte venait de te tomber sur les chevilles !

Wendy s'étrangla et je me détournai pour cacher mon fou rire. Puis je me précipitai en bas pour avertir papa que tout allait bien : Gisèle serait prête à temps pour le voyage.

Depuis la tentative de Daphné pour me faire interner à l'institution (suivie de ma fuite), la vie n'était pas facile dans la maison Dumas. Nos repas de famille, quand nous étions en mesure de manger en famille, étaient généralement très formels. Papa ne plaisantait plus avec Gisèle et moi, et si Daphné avait quelque chose à dire, elle s'exprimait de façon brève et sèche. Le plus clair du temps se passait à compatir aux malheurs de Gisèle ou à lui faire des promesses.

En principe, nous avions conclu une sorte de trêve, elle et moi, mais cela ne l'empêchait pas de se plaindre sans cesse ou de chercher quelque chose à critiquer chez moi. C'est cette façon de harceler constamment mon père qui, je crois, a fini par le convaincre que la meilleure chose à faire était de nous éloigner de la maison. A présent, Daphné se conduisait comme si l'idée venait d'elle et que c'était une solution merveilleuse pour toute la famille. A mon avis, elle redoutait qu'au dernier moment nous refusions de nous en aller.

Je trouvai papa seul dans la salle à manger, lisant le journal tout en sirotant son café, un croissant à portée de la main. Il ne m'avait pas entendue entrer, et pendant un moment je pus l'observer à son insu.

Notre père était d'une beauté remarquable. Il avait les mêmes yeux gris-vert que Gisèle et moi mais le visage plus mince, les pommettes plus accusées. Il paraissait s'être un peu étoffé autour de la taille, ces temps-ci, mais son buste conservait toute son élégante fermeté. Il était fier de son abondante chevelure châtaine, et il arborait toujours un cran souple sur le front, mais les mèches grises qui se montraient sur ses tempes commençaient à se voir aussi sur la nuque et le haut de la tête. Depuis quelque temps, il semblait presque toujours fatigué, ou absorbé par ses pensées. Il sortait rarement en ville, n'allait pratiquement plus pêcher ni chasser, et il ne lui restait plus rien de son hâle éclatant d'autrefois.

— Bonjour, papa, dis-je en prenant place à table.

Il abaissa vivement son journal et sourit, mais je vis bien à son regard hésitant qu'ils avaient déjà eu un différend ce matin, Daphné et lui.

— Bonjour. Alors ? Impatiente ?

— Et effrayée, avouai-je.

— Il ne faut pas l'être. Pour rien au monde je ne voudrais vous envoyer dans un endroit où vous ne seriez pas heureuses, crois-moi.

— Je te crois, dis-je au moment où Edgar se montrait, apportant mon jus d'orange sur un plateau d'argent.

— Je ne prendrai qu'un croissant et un café, ce matin, Edgar.

— Nina n'aimera pas ça, mademoiselle.

Les yeux du maître d'hôtel étaient plus noirs que jamais, son visage lugubre. Je le suivis du regard jusqu'à ce qu'il eût quitté la pièce et me tournai vers papa.

— Edgar t'adore et il est désolé de te voir partir. Ta voix si vibrante de vie et de joie va terriblement nous manquer, il le sait comme moi.

— Peut-être ne devrions-nous pas partir, alors ? Peut-être est-ce une erreur. Gisèle n'arrête pas de s'en plaindre.

— Gisèle se plaindra toujours, j'en ai peur, soupira papa. Non, si regrettable que soit ce départ, je pense que c'est le mieux pour toi. Et pour Gisèle, s'empressa-t-il d'ajouter. Elle passe trop de temps toute seule, à s'attendrir sur elle-même. Je suis certain qu'à Greenwood, tu ne la laisseras pas faire ça.

— Je prendrai soin d'elle, papa.

— Je sais. (Un chaleureux sourire éclaira ses yeux las.) Elle ne soupçonne pas la chance qu'elle a, d'avoir une sœur comme toi.

— Daphné ne descend pas ?

— Non, elle prend son petit déjeuner dans sa chambre, répondit-il en hâte. Nina vient juste de le lui monter.

Que Daphné nous ignore ostensiblement le jour de notre départ ne me surprit guère, mais en même temps, je m'attendais à moitié à la voir afficher son triomphe. Après tout, elle arrivait à ses fins. Elle se débarrassait de moi.

— J'irai voir Jean, mercredi, annonça papa. Je suis sûr que cela l'intéressera d'entendre parler de toi. Et de Gisèle, naturellement.

— Dis-lui que je lui écrirai, j'y tiens. De longues lettres, où je lui raconterai tout. Tu lui diras ?

— Bien sûr. Et je viendrai vous voir, promit papa.

Il l'avait répété une bonne douzaine de fois, durant la dernière semaine, et je savais pourquoi : il se sentait coupable de nous envoyer là-bas.

Edgar reparut avec mon café et mon croissant, et papa se replongea dans son journal. Je commençai à grignoter mon croissant en avalant quelques gorgées, mais j'avais l'impression qu'un poisson-chat menait la sarabande dans mon estomac. Et presque aussitôt, un ronronnement de moteur électrique se fit entendre : Gisèle descendait dans le siège mobile installé pour elle dans l'escalier, en maugréant, comme à son ordinaire.

— Cet engin est d'une lenteur ! Pourquoi Edgar ne peut-il pas venir me chercher ? Ou papa ? Il faudrait engager quelqu'un uniquement pour me porter. Je me sens tellement idiote ! Tu m'entends, Wendy ? Cesse de faire la sourde oreille !

Papa abaissa son journal et secoua la tête.

— Je ferais mieux d'y aller, dit-il en se levant, pour aller aider Wendy à transférer Gisèle dans le second fauteuil qui lui servait en bas.

Nina jaillit de sa cuisine et se planta sur le seuil de la salle à manger, les mains aux hanches et roulant des yeux furibonds.

— Bonjour, Nina, la saluai-je.

— Ah bien oui, parlons-en d'un bon jour ! Alors comme ça, vous ne mangez pas ce que Nina vous a préparé ? Ça fait une trotte jusqu'à Baton Rouge et vous aurez besoin de toutes vos forces, vous entendez ? J'ai fait des céréales grillées avec des œufs battus, juste comme vous les aimez.

— C'est simplement que je me sens un peu nerveuse, Nina. Ne soyez pas fâchée.

— Nina n'est pas fâchée contre vous, protesta-t-elle en portant la main à sa poche. Tenez, avant que j'oublie. C'est pour vous.

Elle s'avança et me tendit une pièce de monnaie trouée, enfilée sur un lacet.

— Qu'est-ce que c'est, Nina ?

— Portez ça autour de la cheville gauche, et les mauvais esprits ne pourront rien contre vous. Allez, mettez-le.

Je louchai vers la porte pour m'assurer qu'on ne me voyait pas et m'exécutai en toute hâte. Elle parut soulagée.

— Merci, Nina.

— Les esprits mauvais, ils rôdent sans arrêt dans cette maison, affirma-t-elle. Faut être sur ses gardes.

Et là-dessus, elle retourna dans sa cuisine.

Ce n'est pas moi qui aurais douté des charmes, rituels et autres superstitions. Ma grand-mère Catherine avait été une guérisseuse des plus considérées dans le bayou, capable de chasser les mauvais esprits et de guérir toutes sortes de maux. Elle avait même aidé plusieurs femmes restées sans enfants à en avoir. Tout le monde lui portait le plus grand respect chez nous, y compris notre curé. Dans notre univers de Cajuns, toutes sortes de croyances religieuses, vaudou et autres, s'étaient fondues pour aboutir à une vision du monde un peu plus rassurante.

— Je n'aime pas cette jupe, entendis-je pleurnicher Gisèle au moment où papa la poussait dans la pièce. Elle est trop longue, j'ai l'impression d'avoir un drap sur les jambes. Tu trouves qu'elles sont devenues affreuses, c'est pour ça que tu l'as choisie ? bougonna-t-elle à mon adresse.

— Tu étais d'accord pour la porter, hier soir.

— Hier soir, je voulais juste en finir avec tout ça et me débarrasser de toi.

— Que voudrais-tu pour ton petit déjeuner, ma chérie ? s'informa vivement papa.

— Un verre d'arsenic.

Papa fit la grimace.

— Gisèle, pourquoi rendre les choses encore plus difficiles ?

— Parce que j'ai horreur d'être infirme, et d'être exilée dans cette école où je ne connais personne, voilà.

Papa soupira et me lança un regard de détresse. Je pris la relève :

— Gisèle, avale juste un petit quelque chose et nous pourrons partir. S'il te plaît.

— Je n'ai pas faim.

Ma sœur garda quelques instants sa mine boudeuse, puis se propulsa jusqu'à la table.

— Qu'est-ce que vous mangez ? Je veux la même chose, ordonna-t-elle à Edgar.

Il leva les yeux au ciel et s'en fut vers la cuisine.

Sitôt le petit déjeuner fini, papa sortit pour aller s'occuper des bagages. Il fallut quatre voyages à Edgar, assisté de l'un des aides-jardiniers, pour descendre le tout. Gisèle avait trois malles, deux cartons, trois sacs et sa chaîne hi-fi. Moi, juste une valise. Ma sœur ayant insisté pour emporter tout ça, papa avait dû engager quelqu'un pour nous suivre en fourgonnette.

Comme je roulais Gisèle sur la galerie pour assister au chargement, Daphné se montra en haut de l'escalier. En kimono et mules de soie rouge, ses cheveux blonds relevés, elle descendit quelques marches et nous héla.

— J'ai quelques recommandations à vous faire, avant que vous ne partiez. Ce n'est pas parce que vous serez loin qu'il faut vous croire tout permis. Vous êtes des Dumas, ne l'oubliez pas. Tout ce que vous faites engage la réputation de la famille.

— Que pourrions-nous donc faire ? gémit Gisèle. Ce n'est qu'un idiot de pensionnat de filles !

— Pas d'insolences, Gisèle. Toutes les deux, vous pouvez porter tort à la famille, où que vous alliez. Sachez que nous avons des amis dont les enfants fréquentent cette école, et que nous saurons comment vous vous conduisez. Vous êtes prévenues.

— Alors ne nous envoie pas là-bas, si tu as tellement peur que nous nous tenions mal hors de la maison, riposta ma sœur.

Il m'arrivait d'apprécier le fait d'avoir une jumelle, surtout quand elle faisait enrager notre belle-mère.

Daphné eut un haut-le-corps et ses yeux bleus jetèrent deux éclairs glacés.

— Ce dont vous avez besoin toutes les deux, proféra-t-elle d'une voix lente, c'est justement de cette école. De sa discipline. Votre père vous a terriblement gâtées. Etre éloignées de lui vous fera le plus grand bien.

— Non, répliquai-je. Ce qui nous fera le plus grand bien, c'est d'être éloignées de vous, Mère.

Sur ce, je lui tournai le dos et poussai Gisèle en direction de la porte.

— Je vous ai prévenues, ne l'oubliez pas ! cria encore ma belle-mère.

Mais je ne me retournai pas. Mon cœur battait la charge, des larmes de rage me brûlaient les paupières.

— Tu l'as entendue ? grommela Gisèle. *Discipline.* Ils nous envoient dans une maison de correction, ma parole ! Je parie qu'il y aura des barreaux aux fenêtres, et d'horribles matrones avec des badines pour nous taper sur les doigts.

— Oh, Gisèle, arrête ça !

Elle continua encore un moment à récriminer sur le sort affreux qui nous attendait, mais je n'écoutais plus. Mes yeux scrutaient la rue, je guettais le bruit d'une voiture de sport. Chris avait promis de venir avant notre départ. Il savait que nous devions nous mettre en route à dix heures ; il était déjà moins cinq et il ne se montrait toujours pas.

— Il ne viendra pas, se moqua Gisèle en voyant que je consultais ma montre. Il a sûrement décidé qu'il n'avait pas de temps à perdre. Si ça se trouve, il a déjà rendez-vous avec une autre, aujourd'hui. C'est ce que ses parents souhaitent qu'il fasse, tu le sais bien.

Malgré mes airs bravaches, je ne pouvais pas m'empêcher de craindre qu'elle n'ait raison. Les parents de Chris avaient dû l'empêcher de venir me dire au revoir.

Mais brusquement, sa voiture apparut au tournant de la rue. Le moteur rugit et les freins grincèrent quand il s'arrêta en face de chez nous, pour sauter à terre. Il courut jusqu'à la galerie, au grand désappointement de

Gisèle. Je la laissai, dévalai les marches et me jetai dans les bras de Christophe.

— Salut, Gisèle, lança-t-il en agitant la main.

Puis il m'entraîna à l'écart et, par-dessus son épaule, jeta un coup d'œil à la pile de bagages.

— Alors, c'est vrai, tu pars, constata-t-il tristement.

— Oui.

— Ça va être affreux pour moi ici, maintenant. Tu vas laisser un vide énorme dans ma vie. Les couloirs de l'école vont me paraître déserts. Quand je serai sur le terrain de sport, que je lèverai les yeux et que tu ne seras pas là pour me regarder du haut des gradins… Je t'en prie, implora-t-il. Refuse de t'en aller.

— Je dois partir, Chris. C'est ce que désire mon père. Je t'écrirai, je t'appellerai aussi et…

— Et je viendrai te voir aussi souvent que possible, promit-il. Mais ce ne sera plus pareil. Le matin, en me levant, je ne pourrai plus me dire que je vais te voir bientôt.

— Je t'en prie, Chris. C'est déjà si difficile pour moi…

Il acquiesça d'un signe de tête et nous poursuivîmes notre promenade dans le jardin. Deux écureuils gris nous escortaient en nous observant avec intérêt, des colibris voletaient d'une fleur à l'autre, et un geai bleu perché dans un magnolia battit nerveusement des ailes au-dessus de nous. Au loin, une traînée de nuages effilés flottaient vers la côte du golfe de Floride, portés par la brise de mer. A part cela, le ciel était d'un doux bleu pur.

— Désolé de te rendre les choses si difficiles, je me conduis en égoïste. Mais je ne peux pas m'en empêcher, ajouta Chris avec un soupir, en rejetant de son front une mèche blonde comme les blés. Alors tu t'en vas dans une école chic. Je parie que tu rencontreras des tas de jeunes gens riches, là-bas. Des fils de rois du pétrole, et tu tomberas sous leur charme.

J'éclatai de rire.

— Qu'est-ce qu'il y a de si drôle ?

— Ce matin, Gisèle cherchait à me faire peur en prédisant que tu t'amouracherais d'une autre, et voilà que c'est toi qui prévois la même chose pour moi !

— Il n'y a pas de place dans mon cœur pour une autre que toi, Ruby. Il t'appartient tout entier.

Nous fîmes halte en face des anciennes écuries. Elles ne servaient plus depuis plus de vingt ans, m'avait dit papa. Non loin de nous, un aide-jardinier achevait d'élaguer un bananier, les feuilles sèches s'empilaient près de lui. Les paroles de Chris flottaient encore dans l'air, le cœur me faisait mal. Autant de joie que de tristesse, mes yeux s'emplirent de larmes.

— Je suis sérieux, chuchota Chris. Il ne se passera pas une nuit, j'en suis sûr, sans que je pense à nous, dans ton atelier.

— Non, Chris, dis-je en lui posant un doigt sur les lèvres.

Il l'embrassa brièvement et retint ma main contre sa joue.

— Ils peuvent dire ce qu'ils veulent, faire ce qu'ils veulent. Ils peuvent t'envoyer au loin, et moi aussi, menacer tant qu'ils voudront, n'importe quoi, mais ils ne pourront pas te chasser d'ici, murmura-t-il en pressant ma main sur sa tempe. Ni d'ici, ajouta-t-il en la posant sur son cœur.

Je le sentis battre plus vite et me retournai pour m'assurer qu'on ne nous observait pas, tandis qu'il m'attirait à lui. Plus près, toujours plus près. Jusqu'à ce que nos lèvres se touchent.

Ce fut un long baiser très doux, qui me causa des picotements dans la nuque et m'envoya une onde de chaleur dans la poitrine. Chacun de ses baisers m'électrisait, ravivait en moi le souvenir de notre passion partagée. De la caresse de ses doigts sur mes bras, mes épaules, mes seins… Son souffle chaud sur mes paupières ressuscitait l'image de son corps nu, ce fameux jour où il m'avait forcée à le dessiner. Ma main avait tremblé si fort alors, comme elle tremblait en cet instant même. Mon trouble était si grand qu'il m'effrayait. J'étais prête à me sauver avec lui et à courir, courir, jusqu'à ce que nous fussions seuls dans un refuge obscur et doux, serrés l'un contre l'autre plus étroitement que jamais. Chris éveillait en moi des sentiments dont je ne soupçonnais même pas l'existence, plus forts que toutes les mises en garde, que toutes les raisons du monde. Des sentiments qui, si je leur lâchais la bride, échapperaient à tout contrôle.

Je m'écartai de lui.
— Je dois partir, Chris.
Il approuva d'un signe, mais me reprit la main.
— Attends. Je veux te donner ça loin des regards curieux.
Il fouilla dans sa poche et en tira une petite boîte blanche, nouée d'un fin ruban rose.
— Qu'est-ce que c'est ?
— Ouvre, dit-il en plaçant la boîte sur ma paume.
J'obéis sans hâte et saisis un médaillon d'or avec sa chaîne. Un rubis cerné d'éclats de diamants ornait le centre du pendentif.
— Oh, Chris ! Il est superbe. Il a dû coûter une fortune.
Il haussa les épaules en souriant, m'indiquant par là que j'avais raison.
— Et maintenant, ouvre le médaillon, m'ordonna-t-il.
Ce que je fis. Pour découvrir deux photographies face à face, l'une de Chris et l'autre de moi. Je ris et l'embrassai rapidement sur la joue.
— Merci, Chris. C'est un merveilleux cadeau. Je vais le mettre tout de suite, aide-moi à l'attacher.
Je lui rendis le bijou et me retournai. Il plaça le médaillon entre mes seins, verrouilla le fermoir, puis il m'embrassa dans le cou.
— Maintenant, dit-il dans un souffle, si un autre garçon s'approche de toi, il aura affaire à moi avant d'arriver jusqu'à ton cœur.
— Personne ne m'approchera d'aussi près, Chris.
— Ruby ! appela la voix de papa. C'est l'heure, ma chérie.
— J'arrive, papa.
Chris et moi revînmes sur nos pas. Edgar et papa transportaient Gisèle sur le siège arrière de la Rolls Royce, ayant déjà rangé son fauteuil dans la fourgonnette. Chris et papa échangèrent un rapide bonjour.
— Et comment vont les tiens, Chris ?
— Très bien, monsieur.
Malgré le temps, qui guérit toutes les blessures, Chris et papa éprouvaient encore une certaine gêne à se parler. Daphné avait fait ce qu'il fallait pour dramatiser la situation. Le regard de papa revint se poser sur moi, plein de

sympathie. Il savait ce qu'il en coûte de se séparer d'un être cher.

— Prête, Ruby ?

— Oui, papa.

Il monta dans la voiture et je me retournai vers Chris pour un baiser d'adieu. Gisèle avait le nez à la fenêtre.

— Allons, dépêche-toi ! Je ne peux pas supporter de rester là comme une bûche !

Chris lui sourit et m'embrassa.

— Je t'appelle dès que possible, lui chuchotai-je.

— Et dès que possible, je viens te voir. Je t'aime.

— Moi aussi, dis-je vivement, avant de contourner la voiture en courant pour grimper de l'autre côté.

— Tu pourrais me donner un baiser d'adieu, Chris Andréas, lança Gisèle. Il n'y a pas si longtemps, tu ne laissais pas perdre un seule occasion de m'embrasser.

— Des occasions inoubliables, riposta Chris d'un voix taquine en se penchant rapidement vers elle.

— Ce n'était pas un baiser, ça ! Tu as dû oublier comment on s'y prend, ironisa ma sœur en me décochant un regard bref. Tu ferais sans doute bien de t'exercer, en notre absence !

Et elle se renversa sur les coussins en riant.

Papa s'entretenait avec le chauffeur du van, revoyant avec lui la route à suivre au cas où nous serions séparés.

— Qu'est-ce que c'est que ça ? s'écria ma sœur en découvrant le médaillon sur ma poitrine.

— Un cadeau de Chris.

— Fais voir !

Elle se pencha pour le prendre en main, et je dus me courber vers elle pour éviter qu'elle ne m'arrache la chaîne du cou.

— Fais attention, lui recommandai-je.

Elle ouvrit le médaillon, aperçut les photos et sa mâchoire s'affaissa.

— Il ne m'a jamais rien offert de pareil ! constata-t-elle avec aigreur. En fait, il ne m'a jamais rien offert du tout.

— Il pensait peut-être que tu avais tout ce que tu voulais ?

Elle laissa retomber le bijou sur ma poitrine et s'adossa

aux coussins, la mine boudeuse. Papa remonta dans la voiture.

— Prêtes à partir ?

— Non, grogna Gisèle. Je ne serai jamais prête pour ça.

— Nous sommes prêtes, papa, déclarai-je à mon tour.

Et, par la fenêtre, je regardai Christophe en articulant silencieusement : « Au revoir. Je t'aime. »

Il hocha la tête, et papa mit le moteur en marche.

Par la vitre arrière je vis Nina et Wendy sur la galerie, qui agitaient la main. Je répondis à leur geste d'adieu, puis je fis signe à Edgar et à Chris. Gisèle refusa de tourner la tête et ne salua personne. Elle regardait droit devant elle, l'air mauvais.

En arrivant à la grille, je levai lentement les yeux vers la grande maison, jusqu'à ce que mon attention se fixe sur une fenêtre dont on avait soulevé le rideau. Quelque chose remua dans l'ombre, et je pus distinguer Daphné, debout, qui nous observait d'en haut.

Elle arborait un sourire profondément satisfait.

2

Encore plus loin du bayou

Comme nous quittions Garden District pour rejoindre l'autoroute, et contre toute attente, Gisèle se calma. Le nez à la vitre, elle observait les tramways verts qui tintinnabulaient le long de l'esplanade, couvait d'un œil affamé les clients attablés aux terrasses des cafés, comme si elle pouvait sentir le fumet des tasses et du pain frais. Comme toujours, La Nouvelle-Orléans bourdonnait de touristes et les badauds déambulaient partout, caméra en bandoulière et guide à la main. L'animation changeait selon les quartiers, plus ou moins tranquilles ou affairés. Mais la ville avait un cachet bien à elle, et il était impossible d'y vivre sans s'y intégrer ni l'empêcher de devenir une partie de vous-même.

Quand nous passâmes sous la voûte des grands chênes, devant les immenses demeures aux jardins foisonnant de camélias et de magnolias, la mélancolie s'empara de moi et ce sentiment m'étonna. Je n'avais jamais pris conscience que j'en étais venue à me sentir ici chez moi. Grâce à papa, sans doute, comme à Wendy et à Nina, et certainement à cause de Chris, c'était là mon foyer, désormais. Et je compris que je regretterais cette partie du monde, ce lieu que, près d'un an plus tôt, j'étais venue réclamer comme mon bien.

Je regretterais la bonne cuisine de Nina, ses croyances et ses mises en garde contre le mal. Ses discussions avec Edgar, au sujet du pouvoir d'une herbe ou du mauvais œil. La façon dont Wendy chantonnait toute seule en travaillant, le chaleureux sourire de papa pour m'accueillir, chaque matin.

Malgré la tension que Daphné faisait peser sur nous tous, depuis mon arrivée, la grande maison me manquerait elle aussi, je le savais. La maison et son hall immense, le faste des tableaux et des statues, le somptueux mobilier ancien. J'éprouvais une telle joie, les premiers jours, à descendre le grand escalier, telle une princesse dans un château! Comment pourrais-je oublier ce premier soir où papa m'avait conduite à ma chambre, et ouvert la porte sur ce grand lit tendu de cretonne, avec ses draps fins et ses gros oreillers joufflus? Et ce tableau, au-dessus de mon lit, avec la belle dame qui nourrissait un perroquet? Mes placards spacieux, ma grande salle de bains où je me prélassais dans l'eau pendant des heures... comme tout cela me manquerait!

J'avais fini par me sentir si bien chez nous, et même par me laisser un peu trop gâter, il faut bien le dire... Moi qui avais grandi dans une cabane de cyprès au toit de tôle, une maison cajun dont les pièces n'étaient pas plus grandes que certaines penderies de la villa Dumas, comment ne pas m'émerveiller d'avoir le droit de m'y sentir chez moi? Et mes soirées passées à lire sur la terrasse, parmi les geais bleus et les oiseaux moqueurs qui se perchaient sur la rambarde pour m'observer? Oh oui, je les regretterais, autant que la brise apportant l'odeur de l'océan, ou l'appel d'un corne de brume dans le lointain...

Et pourtant je n'avais pas le droit d'être malheureuse, décidai-je. Papa dépensait une fortune pour nous envoyer dans ce pensionnat, et cela pour nous éviter de mauvais jours. Pour que nous puissions profiter de notre adolescence, sans avoir à subir le poids des péchés anciens. Des péchés qu'il nous restait encore à comprendre, sinon à découvrir. Le temps venu, peut-être papa connaîtrait-il à nouveau un peu de joie. Peut-être serions-nous, à nouveau, tous réunis.

Ainsi rêvais-je, voulant croire au ciel bleu malgré l'horizon lourd de nuages, au pardon malgré la colère, l'égoïsme et la jalousie. Si seulement Nina détenait vraiment un procédé magique, une incantation, une herbe ou un vieil os, quelque chose que nous pourrions agiter en direction de la maison et de ses habitants, pour chasser les ombres tapies dans nos cœurs...

Après un virage, nous fûmes contraints de nous arrêter pour laisser passer un enterrement, ce qui n'améliora pas mon humeur morose.

— Oh, non! gémit Gisèle.

— C'est l'affaire d'un instant, la rassura papa.

Une demi-douzaine de Noirs en deuil soufflaient dans des instruments de cuivre en se balançant au son de la musique. Les gens du cortège portaient des parapluies roulés; presque tous oscillaient sur le même rythme. Si Nina s'était trouvée là, elle aurait certainement vu dans cet incident un présage funeste et jeté en l'air une de ses poudres magiques, j'en étais sûre. Après quoi, elle aurait certainement brûlé une chandelle bleue, à tout hasard. Instinctivement, je me penchai pour effleurer du doigt le talisman qu'elle m'avait donné.

— Qu'est-ce que c'est que ça? voulut savoir Gisèle.

— Juste un porte-bonheur, un cadeau de Nina.

Ma jumelle ricana.

— Tu crois à ces idioties? Débarrasse-toi de ça, tu me fais honte. Je ne veux pas que mes nouveaux amis se moquent de moi parce que j'ai une sœur arriérée.

— Crois ce que tu veux, Gisèle. Moi je crois en ce qu'il me plaît de croire.

— Papa, dis-lui qu'elle ne peut pas porter ce talisman ridicule à Greenwood. C'est gênant pour la famille. Ça ne va pas être facile de dissimuler ton passé, ajouta-t-elle à mon adresse.

— Je ne te demande pas de cacher quoi que ce soit, Gisèle. Je n'ai pas honte de mon passé.

— Eh bien, tu devrais! marmonna-t-elle.

Et elle jeta un regard mauvais au cortège, scandalisée que quelqu'un ait osé mourir et se faire enterrer au moment précis où elle voulait passer.

Dès que la procession eut libéré la voie, papa redémarra et bifurqua vers la sortie menant à l'autoroute inter-Etats, en direction de Baton Rouge. Du coup, Gisèle reprit conscience de la situation.

— Je quitte tous mes amis, larmoya-t-elle. Il faut des années pour s'en faire de bons, et voilà! Je n'en ai plus.

— Si tu as de si bons amis que ça, lui renvoyai-je,

comment se fait-il qu'aucun d'eux ne soit venu te dire au revoir ?

— Parce qu'ils étaient trop fâchés que je m'en aille.

— Trop fâchés pour te dire au revoir ?

— Parfaitement. D'ailleurs, j'ai parlé à tout le monde au téléphone, hier soir.

— Gisèle ! Depuis ton accident, la plupart d'entre eux ne savent même plus que tu existes. C'est le genre d'amis qui disparaissent quand ça va mal, à quoi bon le nier ?

— Ruby a raison, intervint papa.

— Ruby a raison, singea ma sœur. Ruby a toujours raison, bougonna-t-elle à mi-voix.

Quand le lac Pontchartrain apparut, avec ses voiliers qui semblaient peints sur l'eau, je pensai à l'oncle Jean, à son affreux accident de navigation et à la confession de papa sur ce sujet. En fait, ce n'était pas un accident, mais un acte délibéré de papa dans une crise de jalousie folle. Depuis, il avait passé tous les jours de sa vie à regretter son geste, à en souffrir, et tout le reste de son existence il porterait le poids de sa culpabilité. Mais maintenant, après des mois passés auprès de lui et de Daphné, je savais que c'était d'abord à elle qu'incombait la faute, et non à papa. C'était sans doute une raison de plus pour qu'elle souhaite me voir partir. Car chaque fois que je la regardais, elle savait que je la voyais telle qu'elle était. Fausse et calculatrice.

— Vous allez vous plaire à Baton Rouge, observa papa en jetant un coup d'œil dans le rétroviseur.

— J'ai horreur de cet endroit, rétorqua aussitôt Gisèle.

— Mais tu n'y es venue qu'une fois, ma chérie. Quand je vous y ai emmenées à l'occasion d'une entrevue avec des membres du gouvernement. Je m'étonne que tu t'en souviennes, tu n'avais que six ou sept ans.

— Je m'en souviens très bien. Je mourais d'impatience de rentrer à la maison.

— Maintenant, tu seras en mesure d'apprendre beaucoup plus de choses sur la capitale de l'Etat et d'apprécier ce qu'elle t'offre. Je suis sûr qu'avec l'école vous visiterez les monuments administratifs, les musées, le zoo... Tu sais d'où vient le nom de Baton Rouge, au moins ?

— Du français, répondis-je. Avant, c'était *Bâton* Rouge.

Gisèle me foudroya du regard.

— Je le savais ! Simplement, Ruby l'a dit avant moi.

— Bien, mais savez-vous pourquoi la ville porte ce nom ?

Je l'ignorais, tout comme Gisèle, probablement. Et c'était sûrement le cadet de ses soucis.

— C'est à cause d'un grand cyprès écorcé, enveloppé de peaux d'animaux fraîchement tués, qui servait jadis de limite entre les terrains de chasse de deux tribus indiennes.

— Charmant, commenta Gisèle. Des peaux d'animaux fraîchement tués. Beurk !

— C'est notre seconde ville en importance, et l'un de nos plus grands ports.

— Plein de fumées de pétrole, souligna ma sœur.

— Il est vrai que sur plus de cent cinquante kilomètres, jusqu'à La Nouvelle-Orléans, la côte est surnommée Côte d'Or Pétrochimique, mais il n'y a pas que du pétrole, ici. Il y a aussi de grandes plantations de canne à sucre, d'où le nom de la région : la Coupe à Sucre de l'Amérique.

— Nous ne sommes pas en classe d'histoire, cingla Gisèle.

Papa se rembrunit. Tous ses efforts pour la dérider semblaient vains. Je lui décochai un clin d'œil, ce qui lui rendit le sourire.

— Comment avez-vous déniché cette école, au fait ? s'enquit ma jumelle. Pourquoi n'en avoir pas choisi une plus près de La Nouvelle-Orléans ?

— A vrai dire, c'est Daphné qui l'a trouvée. C'est une institution très respectable qui possède une longue histoire et d'excellentes traditions. Elle est financée par les dons et les droits versés par des familles fortunées de Louisiane, mais pas seulement cela. Ses principaux revenus consistent en une dotation que lui garantit la famille Clairborne, par l'intermédiaire de son dernier membre survivant, Edith Dilliard Clairborne.

— Une vieille relique desséchée d'au moins cent ans, je parie, grommela Gisèle.

— Environ soixante-dix. Sa nièce, Martha Ironwood, est administratrice en chef. La directrice, si vous voulez. Comme vous voyez, conclut fièrement papa, vous êtes en plein fief de la bonne vieille tradition sudiste.

— Une école sans garçons, releva Gisèle. Autant entrer au couvent.

Papa rit de bon cœur.

— Je suis bien certain que cela n'y ressemble pas, ma chérie. Tu verras.

— Je voudrais déjà y être, ce voyage fastidieux n'en finit plus. Si au moins tu mettais la radio! Pas un de ces postes qui débitent de la musique cajun, ordonna ma sœur. Tâche de nous trouver Top Quarante.

Papa obéit mais, loin de ragaillardir ma sœur, la musique eut le don de l'endormir. Et pour le reste du voyage, je pus bavarder tranquillement avec papa. J'adorais qu'il me parle de ses séjours dans le bayou et de ses amours avec ma mère.

— Je lui ai fait un tas de promesses que je n'ai pas pu tenir, me confia-t-il d'un ton navré. Mais il y en a une que je tiendrai : je veillerai à ce que Gisèle et toi ayez ce qu'il y a de mieux, et surtout les meilleures chances. Evidemment, ajouta-t-il en souriant, j'ignorais ton existence. J'ai toujours pensé que ton arrivée à La Nouvelle-Orléans était un miracle que je ne méritais pas. Peu importe ce qui a pu se passer ensuite, conclut-il hâtivement.

La joie me fit monter les larmes aux yeux. J'avais fini par l'aimer tellement! C'était une chose que Gisèle ne pouvait comprendre, elle qui m'avait si souvent incitée à le haïr. Selon moi, elle était jalouse des relations qui s'étaient si vite établies entre nous. Elle me rappelait à tout bout de champ qu'il avait abandonné ma mère, enceinte de lui, pour épouser Daphné. Puis, pour aggraver ses torts, il avait laissé son père acheter le bébé. Les accusations et les questions de ma sœur m'étaient autant de coups de poignard.

— Quel homme faut-il être pour agir comme ça?

— Les jeunes gens commettent parfois des erreurs, Gisèle.

— A d'autres! commentait-elle cyniquement. Les hommes savent très bien ce qu'ils font, et ce qu'ils veulent de nous.

— Il n'a pas cessé de regretter sa faute, et il s'efforce toujours de la réparer. Si tu l'aimes, alors il faut tout faire pour alléger sa souffrance.

— Je ne fais que ça, s'était-elle esclaffée. Je lui donne l'occasion de m'acheter tout ce que je veux quand je le veux.

Elle était incorrigible. Nina et sa reine du vaudou pouvaient bien chanter des incantations ou trouver une poudre magique, rien ne la changerait. Pourtant si, un jour, quelque chose la changerait. J'en étais sûre. Mais quoi et quand ? Ça, je n'en savais rien.

— Baton Rouge, annonça finalement papa.

Les toits du Capitole se profilaient au-dessus des arbres, dans le centre de la ville. Je vis les raffineries gigantesques et les usines d'aluminium, le long de la rive est du Mississippi.

— L'école est un peu plus haut, vous aurez une vue superbe.

Gisèle s'éveilla quand nous quittâmes l'autostrade pour prendre une route de traverse. Elle passait devant d'anciennes maisons à colonnades, datant d'avant la guerre de Sécession et magnifiquement restaurées. J'en vis une superbe, avec des fenêtres à vitraux, et une balancelle sur la galerie du rez-de-chaussée. Deux petites filles y jouaient, deux petites blondes aux cheveux bouclés, en robe rose et souliers noirs.

Deux sœurs, supposai-je en m'imaginant que c'était Gisèle et moi qui aurions pu être là ; grandir ensemble dans une maison comme celle-ci, entre papa et notre vraie mère. Comme tout aurait été différent, alors !

— Nous y sommes presque, annonça papa en désignant une colline.

Et au tournant suivant, l'école fut devant nous. Nous vîmes d'abord le grand portail, avec ses deux massifs piliers de pierre que reliait un cintre en ferronnerie. L'inscription GREENWOOD s'y déployait en hautes lettres noires. Des deux côtés, bordant ce qui semblait couvrir des hectares de terrain, courait une grille en fer forgé. A ses pieds poussaient par endroits des touffes de fleurs sauvages, et sur presque toute sa longueur s'enroulaient des capucines grimpantes, aux corolles couleur de feu.

De part et d'autre du chemin s'étendait une pelouse immense, parsemée de chênes, de noyers et de magnolias, où bondissaient des écureuils. Je vis aussi un pivert se poser sur une branche et nous suivre des yeux. Des allées de pierres plates sinuaient entre des haies basses et partout se dressaient des fontaines ornées de statuettes blanches représentant des animaux des bois, oiseaux, écureuils et lapins.

Un grand jardin précédait le bâtiment principal, une profusion de fleurs où dominaient les iris, les tulipes et les impatiens aux tons blanc, rose et rouge. Tout était si parfaitement soigné qu'il devait falloir une armée de jardiniers pour entretenir ces parterres. J'avais l'impression de pénétrer dans une gravure en couleurs.

Devant nous se dressait le bâtiment principal, construction de brique patinée, à un étage, aux colombages peints en gris. La vigne vierge escaladait les murs, cernant les spacieuses fenêtres, la grande porte et le porche, où conduisait un escalier de pierre. Sur la droite s'étendait une aire de stationnement, fort encombrée, pour l'instant. Parents et jeunes filles échangeaient des saluts, il était clair que les amies se réjouissaient des retrouvailles. C'était une explosion de joie et d'excitation. Les visages souriaient, on s'embrassait et se congratulait, l'air résonnait de rires et tout le monde parlait à la fois.

Papa trouva une place pour la voiture et le van, et Gisèle entama aussitôt ses jérémiades.

— C'est trop loin de l'entrée principale. Et comment suis-je censée grimper ces marches tous les jours ? Ça promet !

— Du calme, l'apaisa papa. Ils m'ont dit qu'il y avait un accès pour les fauteuils roulants.

— Génial. Je suis certainement la seule à en avoir un. Tout le monde me regardera me faire trimbaler chaque matin.

— Il doit y avoir d'autres filles dans ton cas, Gisèle, affirmai-je. Ils n'auraient pas construit cet accès pour toi seule.

J'en fus pour ma peine. Elle continua d'observer d'un air sombre la scène qui se déroulait sous nos yeux.

— Regardez, tout le monde se connaît. Nous sommes probablement les seules étrangères à l'école.

— Voyons ! protesta papa. Il y a forcément une classe de nouvelles, celles qui entrent en seconde.

— Sauf que nous sommes en terminale, je te rappelle, répliqua-t-elle sans aménité.

Papa ouvrit la porte de la voiture.

— Laisse-moi d'abord trouver mon chemin, tu veux ?

— Le chemin de la maison, ce sera le mieux !

Papa fit signe au chauffeur du van de venir se ranger à côté de la Rolls, puis il alla parler à une femme en tailleur gris qui tenait un bloc-notes à la main.

— Parfait, annonça-t-il en revenant. L'entrée spéciale se trouve tout près d'ici. Vous allez d'abord vous présenter à l'accueil, dans le corridor principal, après quoi nous irons au dortoir.

— Pourquoi n'irions-nous pas au dortoir tout de suite ? ronchonna ma sœur. Je suis fatiguée.

— On m'a dit de vous conduire à l'accueil en premier, ma chérie. Vous y recevrez votre livret d'informations, un plan des lieux, enfin ce genre de choses.

— Je n'ai pas besoin de plan, riposta Gisèle. Je resterai tout le temps dans ma chambre, j'en suis sûre.

— Et moi je suis sûr que non, ma chérie. Je vais chercher ton fauteuil.

Elle pinça les lèvres et croisa les bras, tandis que je sortais de la voiture. Dans le ciel d'un bleu cristallin voguaient de légers nuages floconneux. La vue était superbe ; pardessus l'étendue de la ville, on voyait jusqu'au Mississippi, sillonné de bateaux remontant et descendant le courant. Je me serais crue au sommet du monde.

Papa aida Gisèle à prendre place dans son fauteuil, une Gisèle aussi raide et aussi peu coopérative que possible. Il dut littéralement la porter. Puis, quand elle fut installée, il la poussa en direction de la rampe d'accès. Elle garda le visage fermé, les traits tordus par un rictus désapprobateur. Plusieurs filles nous sourirent et même nous saluèrent, mais ma sœur fit celle qui ne voyait rien.

La rampe menait à un couloir latéral débouchant sur le hall principal, entièrement dallé de marbre. De grands lustres étaient suspendus au plafond haut, et une tapisserie représentant une plantation recouvrait le mur du fond. Le hall était si vaste que la voix des pensionnaires y résonnait, multipliée comme en écho. Elles se tenaient toutes debout en trois files, la place qu'elles occupaient dépendant de l'initiale de leur nom de famille. Le spectacle arracha un gémissement à ma sœur.

— Je ne peux pas rester plantée là à attendre ! se plaignit-elle, assez haut pour que ses voisines les plus proches l'entendent. Comme si nous faisions des simagrées pareilles, à La Nouvelle-Orléans ! Je croyais qu'on devait tenir compte de mes problèmes ?

— Attends-moi une minute, souffla papa.

Puis il alla s'entretenir avec un grand homme mince en complet-cravate, qui aidait les jeunes filles à trouver leur place et à remplir un formulaire. Il jeta un coup d'œil dans notre direction, et un instant plus tard papa et lui se dirigèrent vers le bureau affichant l'écriteau A-H. Papa s'adressa au professeur qui s'y tenait, une femme, et elle lui remit deux liasses de documents. Il la remercia, ainsi que l'homme qui lui avait servi de guide, et nous rejoignit.

— Tout est en ordre, j'ai vos fiches d'inscription. Vous êtes toutes les deux au pavillon Louella-Clairborne.

— En voilà un nom, pour un dortoir ! observa Gisèle.

— C'est le nom de la mère de M. Clairborne. Il y a trois dortoirs, et Daphné m'a certifié que vous seriez dans le meilleur des trois.

— Génial.

— Merci, papa, dis-je en lui prenant mon dossier des mains.

Je me sentais coupable de bénéficier du traitement de faveur de Gisèle, et j'évitai les regards envieux des autres filles, toujours en rang d'oignons.

— Tes documents, Gisèle.

Comme elle ne faisait pas mine de les prendre, papa déposa la liasse sur ses genoux, puis il fit pivoter son fauteuil et la roula vers la sortie.

— On m'a dit qu'il y avait un ascenseur dans le bâtiment principal, que tu pourras utiliser. Les salles de bains sont aménagées pour les handicapés, vos classes sont pratiquement toutes au même étage. Tu n'auras donc aucune difficulté à passer de l'une à l'autre.

Tandis que nous descendions la rampe, Gisèle ouvrit son dossier sans enthousiasme. En première page figurait une lettre de bienvenue de Mme Ironwood, invitant fermement les élèves à lire chaque page d'instructions sans sauter une ligne, et en particulier celles qui concernaient le règlement.

Deux des dortoirs étaient situés l'un au fond, l'autre sur la droite du pavillon, et le troisième au fond à gauche. Le nôtre. Tout en roulant sans hâte vers nos quartiers (on avait à nouveau replié le fauteuil), je balayai du regard la pente en contrebas, jusqu'au hangar à bateaux et au lac. D'une rive à l'autre s'étirait une véritable barrière de jacinthes bleues, avec leurs fleurs lavande étoilées de jaune et leur feuillage d'un vert tendre. Au milieu, le lac brillait comme une pièce d'argent polie.

Sur notre gauche, derrière les bâtiments, s'étendaient les terrains de jeux.

— Quel parc superbe, admira papa. Et si bien entretenu!

— Dis plutôt que nous sommes en prison, grogna Gisèle. Nous sommes à des kilomètres de la civilisation. Piégées.

— Allons donc! Tu auras des tas de choses à faire, ici, j'en suis sûr. Tu n'auras pas le temps de t'ennuyer.

Gisèle se renfrogna quand notre pavillon apparut. Dessiné comme une ancienne maison de planteur, le bâtiment Louella-Clairborne était presque invisible derrière un bosquet de chênes et de saules. Charpenté de cyprès, il comportait deux galeries superposées dont les piliers carrés montaient jusqu'au toit en avancée. Nous ne tardâmes pas à apercevoir le plan incliné, construit sur le côté de la galerie de façade. Exprès pour ma sœur, j'en aurais juré, mais je gardai mes impressions pour moi. Papa descendit de voiture.

— Parfait, je vous laisse vous installer. Pendant ce temps-là, j'irai voir la surveillante du pavillon, Mme Penny.

— Un penny, c'est sûrement tout ce qu'elle vaut! persifla Gisèle, en pouffant toute seule de sa plaisanterie.

Papa s'empressa de monter les marches du perron et disparut à l'intérieur.

— Tu vas devoir me pousser tous les jours jusqu'aux classes, je te préviens, annonça ma jumelle.

— Tu peux très bien te débrouiller toute seule, l'allée me paraît très facile pour rouler.

— Mais c'est trop loin! Je serai fatiguée avant d'arriver.

— Très bien. Si tu as besoin que je te pousse, je te pousserai.

— C'est vraiment trop nul, toute cette histoire ! bougonna-t-elle en jetant un regard mauvais vers la façade.

Quelques instants plus tard, papa reparut en compagnie de Mme Penny, petite femme replète aux épaisses nattes grises enroulées en couronne, et vêtue d'une éclatante robe bleu et blanc. Quand elle s'approcha, je pus voir qu'elle avait des yeux bleus au regard candide, des joues rebondies encadrant un petit nez en trompette, et une bouche généreuse. Elle me décocha un grand sourire chaleureux quand je sautai à terre.

— Bienvenue à Greenwood, je suis Mme Penny, dit-elle en me tendant une petite main potelée, que je serrai aussitôt.

— Merci, madame.

— Vous êtes Gisèle ?

— Non, Ruby. Voici ma sœur Gisèle.

— Super ! Elle ne sait même pas nous distinguer l'une de l'autre, grommela ma sœur à l'intérieur de la voiture.

Si Mme Penny l'entendit, elle n'en montra rien.

— C'est merveilleux, poursuivit-elle. Vous êtes mes premières jumelles et pourtant, cela fait vingt ans que je suis surveillante à Louella-Clairborne. (Elle s'inclina vers la portière.) Bonjour, ma chère Gisèle.

— J'espère que nous sommes au rez-de-chaussée, rétorqua ma sœur.

— Naturellement, ma chère petite. Vous êtes dans le premier carré. Le A.

— Carré ?

— Nos chambres sont disposées autour d'une salle d'étude centrale, expliqua Mme Penny, quatre chambres se partageant deux salles de bains et le salon. Toutes les autres filles sont déjà là, sauf une, précisa-t-elle, et son sourire s'effaça un instant, pour reparaître aussitôt. Des terminales, comme vous. Et très impatientes de faire votre connaissance.

— Nous aussi, nous mourons d'envie de les connaître, ironisa ma sœur, au moment où papa revenait.

Une fois de plus, il déplia son fauteuil et l'y transféra, puis il se chargea de la conduire à l'intérieur.

Le grand salon, situé en façade, était spacieux et sobrement meublé. Deux canapés de taille imposante encadraient deux longues tables en bois foncé, pourvues de quatre chaises capitonnées à haut dossier. Des lampadaires étaient disposés près des canapés et des tables, et dans les coins où je vis des tables plus petites et quelques sièges. Dans l'un des angles, un petit sofa et une autre chaise faisaient face à un meuble-télévision. Toutes les fenêtres étaient voilées de coton blanc, avec des doubles rideaux d'un bleu clair, et tous les canapés reposaient sur de grandes nattes ovales, du même bleu. Sur le mur du fond, seul ornement de la pièce, un grand tableau représentait une élégante dame d'un certain âge.

— C'est un portrait de Mme Edith Dilliard Clairborne, expliqua Mme Penny d'un ton respectueux. Quand elle était plus jeune, naturellement.

— Elle a déjà l'air vieille, commenta Gisèle. Je me demande à quoi elle ressemble maintenant.

Négligeant de répondre, Mme Penny poursuivit sa description des lieux.

— La cuisine est au fond. Nous déjeunons et dînons à heures fixes, mais vous pouvez vous restaurer quand cela vous convient. J'essaie de diriger cette maison comme si nous formions une grande famille, confia-t-elle à papa.

Puis, s'adressant à Gisèle :

— Je vous emmènerai faire un tour, quand vous serez installées. Votre carré se trouve par ici, dit-elle en indiquant le couloir de droite. Je vous montre d'abord où vous êtes, et ensuite nous nous occuperons de vos affaires. Vous avez fait bon voyage, depuis La Nouvelle-Orléans ?

— Excellent, répondit papa.

— Ennuyeux au possible, contra Gisèle.

Mais Mme Penny l'ignora, son sourire ne vacilla pas. Les choses désagréables ne semblaient pas l'atteindre.

Les murs du couloir, éclairé de deux lustres, étaient ornés de peintures. Des scènes de rue de La Nouvelle-Orléans alternaient avec des portraits que j'estimai être ceux des membres disparus de la famille Clairborne. Le corridor donnait sur le studio qu'avait mentionné Mme Penny ; une petite pièce où se trouvaient à l'étroit quatre chaises identiques à celles du grand salon, une table ovale en pin noirci et, dans le fond, quatre bureaux avec leurs lampadaires.

Le son d'un rire attira soudain notre attention vers une porte, la première sur notre droite.

— Bon, autant faire les présentations tout de suite, déclara Mme Penny. Jacqueline… Kathleen…

Une fille qui devait mesurer près d'un mètre quatre-vingts se montra la première. À sa façon de se voûter en marchant, je compris qu'elle était gênée par sa haute taille. Le visage étroit, elle avait une petite bouche aux lèvres minces qui devenaient pratiquement blanches quand elle les crispait en manière de sourire. Ce qui, je devais le découvrir, était son expression favorite. Son amertume se concentrait dans ses yeux noirs, pratiquement réduits à deux fentes. Elle semblait épier le monde, en invitée indésirable qui assisterait à une fête donnée pour de plus heureux qu'elle.

— Voici Jacqueline Gidot. Jacqueline, je vous présente Gisèle et Ruby Dumas. M. Dumas, leur père.

— Bonjour, dit la nommée Jacqueline, dont le regard glissa rapidement de Gisèle à moi-même.

Je supposai que les filles de notre carré devaient être averties de l'infirmité de Gisèle. Mais le savoir était une chose, la voir dans son fauteuil était naturellement plus impressionnant.

— Bonjour, articulai-je à mon tour.

Gisèle se contenta de hocher la tête, mais son intérêt s'éveilla quand elle vit s'avancer la compagne de chambre de Jacqueline.

— Et voici Kathleen Norton.

Le sourire de Kathleen était nettement plus chaud. Environ de notre taille, mais beaucoup plus étoffée, elle avait les cheveux d'un blond indécis, entre le terne et le cendré.

— Tout le monde m'appelle Kate, annonça-t-elle en gloussant.

— Ou Bouboule, jeta brièvement Jacqueline.

Kate pouffa. J'eus le sentiment qu'elle devait rire chaque fois qu'elle avait dit quelque chose, ou qu'on avait parlé d'elle. Une réaction nerveuse, sans doute. Ses yeux bleus s'arrondirent en voyant Gisèle, et je devinai que ma sœur n'allait pas apprécier.

— Bouboule ? releva-t-elle en ricanant.

— Elle mange tout ce qui lui tombe sous la main et entasse des sucreries dans toute la chambre, comme un écureuil, expliqua Jacqueline avec dédain.

Kate rit, absorbant le sarcasme comme une éponge, et reprit comme si de rien n'était :

— Bienvenue à Greenwood.

— Merci, m'empressai-je de répondre.

Gisèle s'impatientait :

— Où est notre chambre ?

— Juste de l'autre côté du couloir, la renseigna Mme Penny.

En nous retournant, nous nous trouvâmes face à face avec une adorable poupée blonde au visage creusé de fossettes, campée sur le seuil de la chambre contiguë à la nôtre.

— Et voici Samantha, nous annonça la surveillante.

— Bonjour, chantonna Samantha.

Elle semblait tellement jeune que Gisèle s'étonna :

— Tu es en terminale ?

La minuscule Samantha hocha la tête.

— Samantha vient du Mississippi, annonça Mme Penny, comme si l'Etat voisin était un pays étranger. Samantha, voici Gisèle et Ruby Dumas, et M. Dumas, leur père.

— Bonjour, répéta-t-elle au moment où un pas résonnait dans le couloir, détournant notre attention.

Une fille d'allure studieuse déboucha dans le carré. Ses cheveux noirs étaient coupés droit sous l'oreille, et ses lunettes aux verres épais grossissaient démesurément ses yeux bruns. Elle avait de grands traits accusés, le teint d'une pâleur maladive, mais un buste épanoui et une silhouette harmonieuse. Jacqueline nous dirait plus tard que c'était « du gâchis, avec une tête de cheval pareille » !

— Victoria ! Vous arrivez à point pour faire la connaissance de Ruby et de Gisèle Dumas, dit Mme Penny, précisant à notre intention : La compagne de chambre de Samantha.

— Bonjour. Je suis Ruby.

Victoria ôta ses lunettes avant de me tendre une longue main, que je serrai.

— Je viens de la bibliothèque, expliqua-t-elle, un peu

essoufflée. M. Warden a déjà affiché la liste des livres au programme, en histoire de l'Europe.

Du seuil de sa chambre, Jacqueline lança :

— Vicki est bien résolue à devenir chef de classe, cette année. Sinon, elle se suicide.

— Pas du tout, rétorqua Victoria. Je tiens à prendre un bon départ, c'est tout.

Puis, malgré le sourire dédaigneux de ma sœur, qui valait bien celui de Jacqueline, elle lui souhaita la bienvenue.

— Merci, laissa tomber Gisèle. Où est notre chambre, déjà ?

— Juste en face, mon enfant, lui rappela Mme Penny en allant lui ouvrir la porte.

Papa ne l'eut pas plus tôt conduite dans la pièce que Gisèle entama ses lamentations. Nous avions deux lits jumeaux séparés par une table de nuit et encadrés de deux armoires en bois sombre. Parallèles aux deux lits, le long des murs, deux commodes laissaient juste assez de place entre chacune d'elles et le lit voisin pour le fauteuil roulant de Gisèle. A droite en entrant se trouvait la coiffeuse, avec son miroir quatre fois plus petit que les nôtres, à La Nouvelle-Orléans. Rideaux de coton blanc aux fenêtres placées au-dessus des lits, plancher en bois blanc... le léger semis de fleurs du papier mural était la seule décoration de la chambre.

— Mais c'est minuscule, surtout pour deux ! Il n'y aura jamais assez de place pour mes affaires, sans compter celles de Ruby.

— Ravie de trouver quelqu'un d'autre de cet avis, commenta Jacqueline dans notre dos.

— Ne vous inquiétez pas, mon enfant, intervint Mme Penny. Nous disposons de la place nécessaire pour entreposer toutes les affaires que vous voudrez.

— Je ne les ai pas apportées pour les entreposer, j'en ai besoin.

— Ô mon Dieu ! gémit Mme Penny en se tournant vers papa.

— Tout ira bien, la rassura-t-il. Nous allons commencer par caser l'indispensable, après quoi...

— Tout est indispensable, s'obstina Gisèle, catégorique.

Mme Penny avança une idée :

— Peut-être pourrait-elle déposer certaines choses dans la chambre d'Abby ? Elle est seule.

— Qui est Abby ? voulut savoir Gisèle, et où est-elle ?

— Elle n'est pas encore arrivée, c'est notre autre nouvelle. De toute façon, ne vous faites pas de souci, mon petit. Mme Penny est là pour tout arranger et veiller à ce que vous soyez contente. Depuis le temps que je fais ça !

Gisèle se détourna, boudeuse, et papa déclara :

— Je vais chercher les bagages.

— Tu as besoin d'aide, papa ?

— Non, reste avec ta sœur, me recommanda-t-il avec un haussement de sourcils éloquent.

Je fis un signe d'assentiment et il s'en fut avec la surveillante. Jacqueline, Kate, Samantha et Vicki s'attroupèrent à la porte de notre chambre.

— Pourquoi avoir apporté tant de choses ? commença Vicki. Pas besoin d'une pareille garde-robe, nous portons l'uniforme.

— Je n'en porterai jamais ! glapit ma sœur.

— Il faudra bien, dit Kate avec un petit rire.

— Pas moi. Je ne peux pas. J'ai des problèmes particuliers. Je suis sûre que mon père s'arrangera pour que je porte mes propres vêtements. Je serai obligée de les laisser dans les malles, et elles encombreront le peu d'espace qu'il y a.

Vicki haussa les épaules.

— Tu ne seras presque jamais dans ta chambre, de toute façon. Nous serons presque tout le temps dans la salle d'étude, en train de travailler.

— Toi, peut-être, rétorqua Jacqueline. Pas nous. De quel coin de Louisiane êtes-vous, les filles ?

— De La Nouvelle-Orléans, répondis-je. Garden District.

— C'est un endroit magnifique ! s'exclama la jolie Samantha. Papa m'y a emmenée, l'année dernière, quand nous avons visité la ville. Nous sommes peut-être passés devant chez vous.

Gisèle fit pivoter son fauteuil pour mieux voir le groupe.

— Et vous, d'où venez-vous ?

— Je suis de Shreveport, annonça Jacqueline. Bouboule vient de Pineville et Vicki, de Lafayette.

— Mon père et moi vivons à Natchez, ajouta Samantha.

— Qu'est-il arrivé à ta mère ? s'informa Gisèle.

Les fossettes s'effacèrent du petit visage de poupée. Samantha se mordit la lèvre.

— Elle est morte il y a deux ans, dans un accident de la route.

— C'est comme ça que je suis devenue infirme, annonça Gisèle avec rancune, comme si la responsabilité des accidents incombait aux voitures. Si tu es du Mississippi, comment as-tu atterri dans cette école ?

— La famille de mon père est de Baton Rouge.

Gisèle promena le regard autour d'elle.

— Toutes les chambres sont aussi petites que celle-là ?

— Oui, confirma Jacqueline.

— Et pourquoi cette Abby a-t-elle une chambre seule ?

— Parce que ça s'est trouvé comme ça, fit Kate en gloussant de rire. Un coup de chance, peut-être.

— Ou peut-être que personne ne veut partager sa chambre, avança Jacqueline. Au fait, nous ne l'avons toujours pas vue.

— Tu ne veux pas dire qu'elle est... commença Kate.

— Non, coupa Jacqueline, on ne les accepte pas à Greenwood, et tant pis pour ceux que ça dérange. C'est une école sélecte, ici ! ajouta-t-elle avec une pointe d'orgueil.

— En tout cas, elle ferait bien de se presser, observa Vicki. La réunion d'ouverture a lieu dans une heure.

— Quelle réunion d'ouverture ? s'enquit vivement Gisèle.

— Tu n'as pas lu la première page de ton livret ? La Dame de Fer tient toujours une réunion de présentations réciproques. Montrez-moi qui vous êtes et surtout... sachez bien qui je suis...

— Elle nous lit nos droits, persifla Jacqueline. Et attention à la discipline, ou ça barde !

— La Dame de Fer ? m'étonnai-je.

— Quand tu la verras, tu comprendras, m'assura Jacqueline.

Gisèle brandit son livret.

— Ce n'est pas sérieux, tous ces règlements stupides ? Personne ne les prend à la lettre ?

— Elle, si. Et je te conseille d'éviter les blâmes. Bouboule pourra t'en parler.

— Comment ça ? demandai-je à Kate.

— Les mauvais points de conduite, si tu préfères. L'année dernière, j'en ai récolté dix et j'ai dû nettoyer les toilettes pendant un mois, soupira-t-elle. Et ne va surtout pas croire que les filles sont plus propres que les garçons. Elles laissent les toilettes dans un état dégoûtant.

— Ce n'est pas moi qu'on verra nettoyer cet endroit, déclara Gisèle.

Et Vicki commenta :

— Ça m'étonnerait qu'elle te punisse comme ça.

— Pourquoi ? se hérissa ma sœur. Parce que je suis en fauteuil ?

— Exactement, laissa tomber Victoria sans s'émouvoir.

Gisèle l'observa un instant et sourit.

— Alors c'est peut-être un avantage, finalement. Je vais peut-être m'en tirer mieux que vous.

— Je ne compterais pas trop là-dessus, renvoya Jacqueline.

— Et pourquoi ?

— Attends de la connaître, tu verras bien.

— Ce n'est pas si terrible que ça, dit Samantha. C'est une bonne école et on s'amuse bien.

— Et les garçons ? interrogea ma sœur.

Samantha rougit. Elle donnait l'impression d'être restée coincée à la frontière de l'enfance et de l'adolescence, troublée autant que choquée par sa propre sexualité. Je devais bientôt découvrir que son père la surprotégeait et la gâtait à outrance.

— Les garçons ? répéta Vicki.

Ma sœur mit les points sur les i :

— Est-ce qu'il vous arrive d'en rencontrer, oui ou non ?

— Evidemment. Aux réunions mondaines. Les garçons des écoles convenables sont invités à Greenwood. Nous donnons un bal une fois par mois.

— Charmant ! ricana Gisèle. Une fois par mois, comme nos petites misères de femmes.

— Quoi ?

Le petit visage en cœur de Samantha trahit un effarement total. Kate gloussa. Jacqueline grimaça.

— Les règles, précisa ma sœur. Mais tu ne sais peut-être pas encore ce que c'est ?

— Gisèle !

Ma protestation venait un peu tard. Samantha était cramoisie et toutes les autres riaient aux éclats.

— Voilà qui fait plaisir ! s'exclama Mme Penny, qui entrait derrière papa et le chauffeur avec une partie de nos bagages. Les petites ont déjà fait connaissance. Quand je vous disais, monsieur Dumas, que tout se passerait bien !

3

Acclimatation

Une demi-heure avant le moment de partir pour la réunion, Abby Tyler et ses parents arrivèrent. C'était la plus jolie d'entre nous, à mon avis. De ma taille environ, mais très mince, elle avait le type délicat d'Audrey Hepburn, des yeux turquoise et des cheveux d'ébène tombant librement sur les épaules. Son teint doré à l'éclat superbe laissait penser qu'elle avait passé beaucoup plus de temps à la plage que la plupart d'entre nous.

Elle parlait d'une voix mélodieuse et douce, avec un accent recherché, un peu différent du nôtre ; et des intonations françaises qui, me sembla-t-il, lui venaient de sa mère. Quand elle me sourit, je sentis que c'était une nature sincère. Tout comme nous, elle manquait un peu d'assurance, étant elle aussi nouvelle à Greenwood.

Les présentations faites, Mme Penny lui demanda si elle voyait un inconvénient à prendre chez elle quelques-uns des effets de ma sœur. Je savais que Gisèle n'apprécierait pas de paraître quémander un service, mais Abby se montra très coopérative.

— Mais non, dit-elle en souriant à Gisèle. Entre et prends toute la place que tu veux.

— Je déteste l'idée d'avoir à passer d'une chambre à l'autre pour aller chercher mes affaires, geignit ma sœur.

— Tu n'auras qu'à me dire ce qu'il te faut, j'irai te le chercher, proposai-je aussitôt.

— Ou je me ferai un plaisir de te l'apporter, offrit Abby en me décochant un regard compréhensif.

Et instantanément, je me sentis très proche de cette fille brune à la voix si douce.

— C'est ça, il va falloir que je supplie les gens de m'apporter ce dont j'aurai besoin, glapit ma sœur.

Craignant de la voir piquer une de ses colères, ce qui eût affreusement gêné papa, je tâchai de la calmer :

— Qui te parle de supplier, voyons ? Demander, c'est différent.

— Je t'apporterai volontiers tout ce qu'il te faudra, renchérit Abby. Cela ne me dérangera pas du tout.

— Pourquoi ça ? riposta ma sœur, bien loin de se montrer reconnaissante. Tu te destines à être femme de chambre ?

Le sang quitta les joues d'Abby.

— Gisèle ! protestai-je. Pourquoi ne peux-tu pas accepter gentiment ce qui t'est offert de bon cœur ?

— Parce que je ne veux pas dépendre de la bonté des autres, voilà pourquoi. Je veux dépendre de mes jambes.

— Doux Jésus ! s'écria Mme Penny en plaquant les mains sur sa poitrine. Moi qui ne demande qu'à voir tout le monde content !

Je foudroyai ma jumelle du regard.

— Tout va bien, madame Penny. Si Abby consent à partager l'espace de sa chambre avec elle, ma sœur sera contente.

Frustrée, Gisèle s'en prit à papa qui venait à peine d'apporter la dernière malle. Elle commença à se plaindre de devoir porter l'uniforme, et ce fut encore pis quand elle le vit. Une jupe de drap gris terne, une blouse tout aussi grise et fade, et des chaussures noires à gros talons plats. Le règlement spécifiait en outre — page deux du manuel — que le maquillage était interdit, rouge à lèvres y compris, ainsi que tout étalage ostentatoire de bijoux.

— Je suis déjà clouée dans ce fauteuil toute la journée, se lamenta Gisèle, et maintenant il faut que je porte cet horrible uniforme. J'ai tâté le tissu, il est trop rugueux pour ma peau et ces affreuses chaussures me feront mal aux pieds. Elles sont trop lourdes.

— J'en parlerai à qui de droit, promit papa en sortant.

Quelques minutes plus tard, il revenait annoncer à Gisèle qu'étant donné les circonstances, elle était libre de s'habiller à sa guise. Sur quoi elle se tassa dans son fauteuil, boudant de plus belle. Malgré tous ses efforts pour créer des difficultés, il se trouvait toujours quelqu'un pour les aplanir.

— Je sais que vous serez bien ici, toutes les deux, dit papa au moment de nous faire ses adieux. Tout ce que je te demande, Gisèle, c'est d'y mettre un peu du tien.

— Je déteste déjà cette école ! rétorqua-t-elle aigrement. La chambre est trop petite. Les classes sont trop loin. Qu'est-ce que je ferai, quand il pleuvra ?

— Exactement comme tout le monde, Gisèle : tu ouvriras un parapluie. Tu n'es pas en sucre, tu ne fondras pas.

— Tout se passera bien, papa, je te le promets.

— Pour toi, jappa ma sœur. Pas pour moi.

— Pour toutes les deux, papa.

— Bon, il faut que je m'en aille et vous avez des choses à faire, vous deux.

Papa se pencha pour embrasser Gisèle, mais elle se détourna, sans même lui accorder un petit baiser sur la joue. Ce qui l'attrista beaucoup, je le vis bien. Aussi je l'embrassai plus fort que d'habitude et fis durer plus longtemps notre étreinte.

— Ne t'inquiète pas, chuchotai-je, les bras noués autour de son cou. Je veillerai sur elle et je ferai en sorte qu'elle ne lâche pas la patate trop vite.

J'employai à dessein cette expression cajun qui signifiait baisser les bras, sachant que papa la connaissait. Je réussis à le faire rire.

— Je vous appelle d'ici un jour ou deux, promit-il.

Puis il dit au revoir aux autres filles et s'en fut avec les parents d'Abby, qui étaient restés presque tout le temps en conversation avec Mme Penny.

Sitôt après leur départ, Vicki déclara qu'il était l'heure de nous rendre à la réunion. Ce fut assez pour que ma sœur se lance dans une tirade larmoyante sur la distance qui séparait le pavillon du bâtiment principal.

— Il faudrait prévoir une voiture pour me transporter, décréta-t-elle.

— Ce n'est pas si loin que ça, Gisèle.

— Pour vous, sans doute. Vous pouvez courir où vous voulez.

— Je pourrais te pousser, proposa Samantha.

— Non. C'est Ruby qui me pousse.

— Eh bien, si jamais Ruby ne pouvait pas le faire, je serais heureuse de la remplacer.

— Pourquoi ? riposta Gisèle avec hargne. Ça t'amuse ?

Prise de court, Samantha nous regarda l'une après l'autre.

— N-non... je voulais simplement...

— Nous ferions mieux d'y aller, coupa Vicki en jetant un regard à sa montre. Pas question d'être en retard à une réunion de Mme Ironwood. Si jamais ça vous arrive, vous avez droit à un savon en public et à deux mauvais points.

Nous partîmes donc, Abby marchant à mes côtés derrière Gisèle.

— Pourquoi es-tu venue à Greenwood pour ta dernière année, lui demandai-je.

— Nous avons déménagé, et mes parents n'aimaient pas le lycée où j'étais censée m'inscrire, expliqua-t-elle en hâte.

Mais elle détourna les yeux, et pour la première fois j'eus le sentiment qu'elle ne parlait pas tout à fait sincèrement. Quelles que soient ses raisons véritables, elles devaient être aussi douloureuses que les miennes. Je ne l'interrogeai pas davantage et elle cessa de fuir mon regard.

— Quel joli médaillon tu as là, Ruby !

— Merci. C'est mon amoureux qui me l'a offert ce matin, avant mon départ. Il y a sa photo et la mienne à l'intérieur, dis-je en faisant halte pour ouvrir le boîtier. Tiens, regarde.

— Pourquoi vous arrêtez-vous ? se plaignit Gisèle, bien qu'elle eût tout entendu.

— Une minute, je voudrais montrer la photo de Chris à Abby.

— Pour quoi faire ?

Abby jeta un rapide coup d'œil aux photos.

— Il est très beau.

— Oui, c'est pourquoi il est probablement déjà l'ami d'une autre, s'immisça Gisèle. Je l'aurai prévenue.

Ignorant sa remarque, je poursuivis à l'intention d'Abby :

— Tu as quitté un ami, toi aussi ?

— Oui, convint-elle avec tristesse.

— Alors peut-être qu'il viendra te voir, ou qu'il t'écrira. Ou alors qu'il t'appellera.

— Non.

— Et pourquoi non ?

— Parce que. Il ne le fera pas, c'est tout, affirma-t-elle en se remettant en route.

Et elle hâta le pas pour rejoindre les autres.

— Qu'est-ce qu'elle a ? me demanda Gisèle.

— Le mal du pays, probablement.

— On la comprend ! Même un orphelin deviendrait nostalgique, ici ! s'esclaffa complaisamment ma jumelle.

Son ironie ne me fit pas rire. En arrivant à Greenwood, je croyais être celle qui avait le passé le plus mystérieux et le plus de choses à cacher, mais en moins d'une heure j'avais découvert qu'il n'en était sans doute rien. Apparemment, il y avait plus de portes closes dans le passé d'Abby que dans le mien. Me serait-il donné un jour d'en percer le secret ?

— Rattrape les autres, m'ordonna Gisèle. Tu me pousses comme si j'étais une vieille grand-mère.

Nous rejoignîmes le groupe et la conversation s'aiguilla sur les vacances, les films que nous avions vus, les endroits où nous avions passé l'été, nos chanteurs et nos acteurs préférés. Gisèle accapara la vedette, imposant hardiment ses opinions sur tous les sujets, opinions auxquelles Samantha s'empressait de souscrire. Elle buvait ses paroles comme une fleur s'imprègne de soleil. J'observai toutefois qu'Abby écoutait sans mot dire, un discret sourire aux lèvres.

En arrivant devant le bâtiment principal, tout le monde voulut accompagner ma sœur sur la rampe d'accès, ce qui fut loin de lui déplaire. Elle adorait qu'on la traite comme une personne différente des autres, et pas seulement comme une handicapée.

A l'entrée de l'auditorium, deux professeurs attendaient les élèves pour les diriger vers leurs places, M. Foster et M. Norman.

— A gauche, nous indiqua Vicki.

— Et pourquoi ?

Se voyant contrainte de rester à Greenwood, ma sœur était bien résolue à demander à tout bout de champ pourquoi le noir n'était pas blanc. Il fallait toujours qu'elle soit « comme un caillou dans votre chaussure », aurait dit grand-mère Catherine. Vicki répondit sèchement :

— Parce que c'est notre place attitrée, c'est écrit en toutes lettres dans le manuel. Tu n'as pas lu le tien ?

— Non, je n'ai pas lu mon manuel, riposta Gisèle en singeant le ton condescendant de Vicki. Pas la moindre ligne. Et d'ailleurs, je ne vois pas comment on pourrait m'assigner une place : je suis en fauteuil, tu as remarqué ?

— J'ai remarqué, mais ça ne te dispense pas de rester avec nous, continua patiemment Vicki. C'est Mme Ironwood qui nous a assigné nos places, selon notre dortoir et notre carré.

— Et qu'ordonne encore ce précieux manuel ? L'heure d'aller aux toilettes, sans doute ?

Vicki devint blême et partit en avant vers notre rangée, où nous nous plaçâmes en bon ordre. Gisèle resta dans l'allée. Je pris le siège du bord pour pouvoir être près d'elle, et Abby s'assit à côté de moi. Autour de nous, les filles bavardaient et riaient, beaucoup d'entre elles nous observaient avec curiosité. Certaines souriaient à Gisèle, mais ma sœur ne rendait pas les sourires. Quand la fille qui se trouvait de l'autre côté de l'allée lui adressa un regard de sympathie, ma sœur se tourna brutalement vers elle.

— Qu'est-ce que tu fixes comme ça ? Tu n'as jamais vu d'handicapé en fauteuil roulant ?

— Je ne fixais rien du tout...

— Gisèle, chuchotai-je en posant la main sur son bras, ne fais pas de scène, je t'en prie.

— Et pourquoi pas ? Qu'est-ce que ça changerait ?

Jacqueline fit signe à quelques amies, ainsi que Vicki, Samantha et Kate. Puis Jacqueline nous désigna certaines des pensionnaires, nous donnant brièvement son opinion sur elles.

— Deborah Stewart, une pimbêche tellement gonflée d'importance qu'elle saigne du nez une fois par jour. Et là, c'est Susan Peck. Son frère est à Rosewood. Un garçon tellement beau que toutes les filles courtisent Susan dans l'espoir qu'elle le leur présentera, quand leur école sera invitée à l'une de nos soirées. Ah, voilà Camille Ripley. Elle doit en vouloir à ses parents de lui avoir fait un nez pareil, tu ne crois pas, Vicki ?

— J'avais oublié à quoi elle ressemblait, répliqua Victoria d'un ton bref.

Brusquement, une vague de silence courut à travers l'assemblée. Partie du fond de la salle, elle se propagea vers l'avant à mesure que Mme Ironwood descendait l'allée.

— La Dame de Fer, souffla Jacqueline.

Et Abby, Gisèle et moi nous retournâmes pour voir la directrice gravir les quelques marches menant à la plate-forme centrale de l'auditorium.

Mme Ironwood ne devait pas dépasser le mètre soixante-cinq. Trapue, les cheveux gris tirés en gros chignon sévère, elle portait des lunettes à monture de nacre retenues par une chaîne d'argent, qui pour l'instant reposaient sur sa poitrine. Vêtue d'une tailleur bleu marine à jupe longue et d'un chemisier blanc, elle s'avança d'un pas ferme sur ses talons plats jusqu'au milieu du podium et s'y campa, épaules en arrière et menton haut. Lorsqu'elle se retourna pour faire face à l'assemblée, on eût entendu voler une mouche.

— Comment se fait-il qu'elle ne porte pas cet affreux uniforme ? marmonna Gisèle entre haut et bas.

— Chut ! la rabroua Vicki.

— Bonjour, mesdemoiselles, et bienvenue à Greenwood pour cette année qui, je l'espère, vous apportera une fois de plus le succès.

Mme Ironwood s'interrompit, chaussa ses lunettes et ouvrit son porte-documents. Puis elle leva la tête et il me sembla que son regard se fixait en plein sur nous. Même à cette distance, je pouvais voir l'éclat métallique de ses yeux. Elle avait d'épais sourcils et sa mâchoire paraissait taillée dans le granit.

— En premier lieu, j'adresserai ces vœux de bienvenue à toutes celles qui sont parmi nous pour la première fois. Je sais que les autres feront tout leur possible pour faciliter leur adaptation dans notre école. Souvenez-vous que vous avez toutes, un jour, été nouvelles.

« Ensuite, j'aimerais vous présenter trois nouveaux membres de notre équipe pédagogique. En première année d'anglais, M. Risel, annonça-t-elle en se tournant vers le groupe des professeurs.

Un homme grand et mince, blond, la quarantaine environ, se leva et salua l'assemblée d'un signe de tête.

— Cours supérieur de français, M. Marabeau, énonça la directrice avec un impeccable accent français.

M. Marabeau, un brun massif et moustachu, se leva à son tour et s'inclina légèrement vers l'auditoire.

— Et enfin, notre nouveau professeur d'éducation artistique, Mlle Stevens, présenta Mme Ironwood, avec un peu moins d'enthousiasme dans la voix, me sembla-t-il.

La jolie jeune femme brune qui se leva devait avoir dans les vingt-huit ou vingt-neuf ans. En tailleur de tweed et talons hauts, elle paraissait un tantinet mal à l'aise, malgré son chaleureux sourire.

— Attends qu'elle ait découvert ton talent! railla Gisèle.

Toutes les filles de notre rangée se tournèrent dans sa direction, mais Mme Ironwood aussi avait les yeux fixés sur nous. Je pouvais sentir le poids de son regard de reproche.

— Chut! fit encore Vicki, en manière d'avertissement.

Mme Ironwood ne nous avait pas quittées des yeux.

— Et maintenant, venons-en à nos règles de conduite. Comme vous le savez, nous attendons de vous la plus grande application dans vos études. Par conséquent, une moyenne inférieure à la note C+ ne sera pas tolérée. Si l'une d'entre vous devait descendre au-dessous de ce seuil, elle se verrait privée de toutes distractions mondaines et privilèges jusqu'à ce que sa moyenne ait remonté.

— Quels privilèges? s'enquit Gisèle, encore une fois un peu trop haut.

Mme Ironwood leva les yeux de ses feuillets pour lancer un regard noir dans notre direction.

— J'entends que l'on garde le silence, quand je parle. A Greenwood, le respect envers les professeurs et le personnel est de rigueur. Nous ne tolérons pas l'insubordination, ni en classe ni ailleurs. Est-ce bien clair?

Ces paroles résonnèrent dans un silence de mort. Personne n'osa remuer un cil, pas même Gisèle. Et bien que Mme Ironwood modérât légèrement le ton pour continuer son discours, sa voix était si coupante que les mots fendaient littéralement l'air entre elle et nous.

— Je vous invite à vous reporter à la page onze de vos manuels, et à mémoriser les articles du règlement qui s'y trouvent. Vous y verrez que la détention d'alcool ou de drogue sur le campus est passible de renvoi immédiat. Les droits d'inscription restant acquis à l'école, vos parents le savent. Faire de la musique bruyante, fumer, ainsi que tout acte de vandalisme, entraîne des punitions sévères et un nombre élevé de mauvais points.

« L'année dernière, je me suis montrée un peu trop indulgente, en ce qui concerne la toilette. Sauf autorisation spéciale, vous êtes tenues de porter l'uniforme, de l'entretenir avec soin, de ne pas utiliser de cosmétiques. A Greenwood, être attirante signifie être propre et nette, et non se barbouiller la figure.

Mme Ironwood marqua une pause et nous gratifia d'un sourire sans chaleur.

— J'ai le plaisir de vous annoncer que les bals seront aussi nombreux cette années que l'an passé. Nous n'avons eu à déplorer qu'un ou deux exemples de mauvaise tenue, et le sort des coupables a été promptement réglé, de sorte que personne n'en a souffert. Nous espérons que vous saurez vous conduire de façon décente avec nos invités, les jours de visite. Et rappelez-vous : tant que nos invités sont sur ce campus, ils sont soumis au règlement qui est le nôtre. Ceci vaut pour les deux sexes, souligna la directrice avec emphase.

Et, les yeux levés au plafond, les épaules rejetées en arrière, elle reprit avec lenteur :

— Je vous rappelle que vous êtes toutes des filles de Greenwood, maintenant. C'est-à-dire des filles hors du commun. Aux nouvelles, je recommanderai d'apprendre notre slogan : Une fille de Greenwood considère son corps et son esprit comme sacrés, elle sait que sa conduite retentit sur nous tous. Soyez fières d'être des filles de Greenwood, et faites que nous soyons fiers de vous compter parmi nous.

« Que celles qui doivent recevoir uniforme et chaussures se rendent directement à l'économat, en sous-sol. Que chacune étudie avec soin son programme et ses horaires. Et rappelez-vous : un seul retard, un mauvais point. Au deuxième, ce sera quatre et au troisième, six.

— Pas pour moi, bougonna Gisèle, je suis en fauteuil.

Quelques filles louchèrent dans sa direction avant de reporter les yeux sur Mme Ironwood qui, une fois de plus, nous vrillait d'un regard glacial. La longue pause causa un certain malaise dans l'assemblée. J'avais l'impression d'être assise sur une fourmilière, et je faisais des vœux pour que la directrice tourne la tête d'un autre côté. Ce qu'elle fit, enfin.

— Nos effectifs se sont accrus, mais nos classes demeurent suffisamment réduites pour que chacune de vous reçoive l'enseignement individuel nécessaire à sa réussite ; à condition, cela va de soi, de donner toute sa mesure. Bonne chance à toutes, conclut Mme Ironwood en ôtant ses lunettes.

Et, repliant son dossier, elle fronça une dernière fois le sourcil dans notre direction avant de quitter l'estrade. Personne n'osa faire un geste avant qu'elle n'eût quitté l'auditorium. Puis, les pensionnaires — qui pour la plupart avaient retenu leur souffle — se levèrent toutes à la fois dans un grand brouhaha de rires et de paroles.

— Merci beaucoup, cracha Gisèle en faisant pivoter son fauteuil vers moi, l'œil furibond.

— Pourquoi merci ?

— Pour m'avoir amenée dans ce trou infect !

Elle se propulsa en sens inverse, écartant les filles sur son passage, et se retourna pour appeler :

— Samantha !

— Oui ?

— Ramène-moi au dortoir, pendant que ma sœur va chercher ses jolis atours.

Samantha s'empressa d'obéir à son ordre et nous quittâmes l'auditorium à sa suite, comme le cortège d'une reine le jour du couronnement.

Pourvues de nos uniformes et de nos chaussures, Abby et moi retournâmes au dortoir. En route, je lui racontai l'accident de Gisèle et tout ce qu'il avait entraîné. Ses yeux s'humectèrent quand j'en arrivai aux funérailles de Martin et à la dépression de papa, pendant les jours suivants.

— Ce n'est donc pas son accident qui l'a rendue comme ça ?

— Non, malheureusement. Gisèle était déjà Gisèle depuis longtemps, et je crains qu'elle ne le reste longtemps encore.

Ma compagne éclata de rire.
— Et toi, Abby ? Tu as des frères et sœurs ?
— Non. (Elle observa un temps de silence.) Je n'étais pas censée venir au monde.
— Comment ça ?
— Je suis... un accident. Mes parents ne voulaient pas d'enfant.
— Mais pourquoi ?
— Ils n'en voulaient pas, voilà tout.
Je devinai qu'il existait des raisons profondes et plus sombres qu'elle ne voulait pas, qu'elle ne pouvait pas avouer. Elle en avait déjà dit plus qu'elle ne l'aurait voulu, sans doute parce que nous nous étions tout de suite senties très proches, et c'était normal. A part Gisèle, nous étions les deux seules nouvelles du dortoir. Je pressentais qu'avec le temps, je pourrais lui confier mon histoire. Et qu'elle saurait en garder le secret.
De retour au carré, nous essayâmes nos uniformes. Nous y étions aussi au large que dans des sacs de couchage, malgré la taille indiquée sur les étiquettes. Notre féminité devenait ainsi secret d'Etat, ce qui était probablement le but visé. Quand nous nous retrouvâmes dans le salon, accoutrées de nos blouses flottantes et de nos jupes tombant à la cheville, nous partîmes d'un fou rire incoercible. Gisèle parut ravie. Et les autres filles sortirent de leurs chambres, où elles étaient occupées à ranger.
— Qu'y a-t-il de si drôle ? s'enquit Samantha.
— Ce qu'il y a de drôle ? Mais regardez-nous !
— La Dame de Fer a dessiné ces uniformes elle-même, nous avertit Vicki. Alors ne vous plaignez pas trop haut.
— Sinon, gare à ses foudres, appuya Jacqueline.
Kate fut moins pessimiste.
— En tout cas, nous pouvons porter nos vêtements personnels pendant le week-end, aux réceptions et aux thés de Mme Clairborne, quand nous y sommes invitées.
— Les thés de Mme Clairborne ? releva Gisèle. Je vois ça d'ici !
— Attention, elle offre les meilleurs petits-fours qui soient, nous renseigna Kate. Et de ces pralines !
— Dont Bouboule chipe toujours une demi-douzaine, révéla Jacqueline, après quoi elle les cache dans la

chambre. Je me demande comment nous faisons pour ne pas avoir de rats.

Elles avaient éveillé ma curiosité.

— En quoi consiste-t-il au juste, ce fameux thé ?

— C'est bien plus qu'un simple thé. Il a lieu fréquemment et uniquement sur invitation. Chacune sait qui est invitée ou pas, et les professeurs ont une très haute opinion de vous si vous y avez assisté plus d'une fois.

— Au bout de trois fois, on devient Reine du Thé, nous informa Jacqueline.

— Reine du Thé ?

Abby me lança un coup d'œil éloquent. Je haussai les épaules.

— Chaque fois qu'on est invitée, on conserve son sachet de thé et on l'accroche au mur de sa chambre, comme une récompense ou une distinction. C'est une tradition de Greenwood et un honneur, exposa Vicki. Jacky a raison, celles qui sont invitées souvent sont mieux traitées.

— Elle dit ça parce qu'elle est Reine du Thé, railla Jacqueline. Elle a été invitée quatre fois, l'année dernière.

— Et toi ? lui demanda Gisèle.

— Une fois. Et Kate, deux, comme Samantha.

— Toutes les filles sont invitées au premier thé de l'année, dit encore Vicki. Mais comme c'est systématique, ça ne compte pas.

— Et ces thés, où ont-ils lieu ? voulut savoir Abby.

— A la maison Clairborne. Mme Penny vous fera un petit exposé sur son histoire. Ici, c'est plus important de savoir ces choses que de connaître l'Histoire de l'Amérique et de l'Europe, assura Jacqueline.

— Je meurs d'envie de voir ça, ironisa Gisèle. Ça doit être palpitant ! Je ne suis pas sûre de pouvoir le supporter.

Kate rit. Samantha sourit, mais Vicki parut choquée comme si elle venait d'entendre un blasphème. Gisèle insista :

— Et quand a lieu la première réception, celle avec les garçons ?

— Pas avant un mois, la renseigna Jacqueline. Tu n'as pas lu le calendrier mondain, dans ton livret ?

— Un mois ? J'avais bien dit à papa que cette boîte était un vrai couvent ! Et les sorties en ville ?

Les filles s'entre-regardèrent et Vicki se fit préciser :
— Qu'est-ce que tu entends par là ?
— J'entends aller en ville. C'est si dur à comprendre ? Je croyais que tu voulais être chef de classe ?
Vicki blêmit.
— Je... en fait...
— Aucune de nous ne sort jamais seule du campus, acheva Jacqueline à sa place.
— Et pourquoi pas ? Il y a sûrement des endroits où nous pourrions rencontrer des garçons.
— Pour commencer, il faut une permission sur formulaire spécial pour avoir le droit de sortir seule, expliqua Vicki.
— Quoi ! Je suis vraiment prisonnière ici, alors ?
Vicki haussa les épaules.
— Appelle tes parents et envoie-leur le formulaire à remplir, si tu y tiens.
— Mais vous, alors ? Dois-je comprendre que vous ne vous en êtes jamais souciées ? Mais qu'est-ce que vous êtes donc, toutes ? Une bande de pucelles ou quoi ? glapit ma sœur, au comble de la frustration.
Samantha en resta bouche bée. Kate eut un sourire mi-figue, mi-raisin. Vicki eut l'air interloquée, mais Jacqueline semblait morte de honte. Abby et moi échangeâmes un bref regard et ma sœur secoua la tête, la mine incrédule.
— Ne me dites pas que vous avez toujours obéi à ce règlement stupide !
Vicki protesta :
— Les mauvais points de conduite peuvent...
— Ruiner vos chances de devenir Reines du Thé, je sais. Mais il y a des choses plus importantes que d'épingler un vieux sachet sur un mur, aboya littéralement ma sœur.
Et elle se propulsa en direction de Victoria, qui recula.
— Les lettres d'amour, par exemple. Tu en as déjà reçu ?
Voyant tous les yeux braqués sur elle, Vicki bégaya :
— Je... j'ai... j'ai mon Histoire de l'Europe à lire. A tout à l'heure, acheva-t-elle en détalant vers sa chambre.
Gisèle pivota en direction de Jacqueline, qui finit par révéler :

— L'année dernière, des garçons de Rosewood ont voulu s'introduire dans le dortoir pendant le week-end, un soir.

— Et alors ?

— Nous n'avons pas eu assez de cran, avoua Jacky.

— Oui, eh bien, cette année, nous en aurons. Nous leur montrerons comment les filles de La Nouvelle-Orléans savent s'amuser, pas vrai Ruby ?

— Je t'en prie, Gisèle. Ne commence pas.

— Commencer quoi ? A vivre ? Tu voudrais que je devienne une brave petite fille de Greenwood bien docile ? Que je roule sagement dans mon fauteuil, la bouche cousue et un tas de vieux sachets de thé sur mes genoux bien serrés, c'est ça ?

— Gisèle, s'il te plaît...

— Quelqu'un a une cigarette ? lança vivement ma jumelle. (Kate ouvrit des yeux ronds et secoua la tête.) Samantha ?

— Non, je ne fume pas.

— Elles ne fument pas. Elles ne voient pas de garçons. Qu'est-ce que vous faites, alors ? Vous vous masturbez devant des magazines ?

Un coup de tonnerre n'eût pas produit plus d'effet. Affreusement gênée par l'éclat de ma sœur, je baissai la tête et contemplai le plancher.

— Ne vous en faites pas, les filles, reprit Gisèle. Je suis là, maintenant, je vous promets que tout va changer. D'ailleurs, ça tombe bien, j'ai réussi à passer des cigarettes en douce.

— Gisèle ! protestai-je. Tu vas causer des ennuis à tout le monde, et dès le premier jour, encore !

Rien à faire. Elle s'en prit à Kate, Jacqueline et Samantha :

— Vous n'êtes pas des mauviettes, pas vrai ? Parfait, reprit-elle comme aucune des trois ne répondait. Venez dans ma chambre. Vous m'aiderez à ranger mes affaires et nous fumerons une cigarette. Il est possible que je trouve quelque chose de mieux d'ici peu, ajouta-t-elle en se propulsant vers notre chambre. (Personne ne bougea.) Eh bien, vous venez ?

Jacqueline se décida enfin, puis Kate, et Samantha suivit. Quand elles furent entrées, Gisèle ordonna :

— Fermez la porte.

— Je n'aurais jamais cru que deux jumelles puissent être si différentes, médita tout haut Abby. Désolée, Ruby, je ne voulais pas dire que...

— Aucune importance. Je ne l'aurais jamais cru non plus, avant de la connaître.

Je me mordis la langue, mais trop tard.

— Avant de la connaître ?

— C'est une longue histoire. Je n'étais pas censée la raconter à qui que ce soit, ici.

— Je comprends.

A la façon dont elle dit cela, je crois bien qu'elle comprenait, en effet. Je m'empressai d'ajouter :

— Mais cela ne m'ennuie pas de t'en parler, à toi.

Elle me remercia d'un sourire.

— Et si nous allions dans ma chambre, plutôt ?

Je lorgnai la porte derrière laquelle Gisèle tenait sa cour parmi ses nouvelles protégées. Pour le moment, rien ne me tentait moins que de faire partie de leur cercle.

— Bonne idée, approuvai-je. Pendant que nous bavarderons, je trierai les effets de Gisèle que tu dois prendre chez toi. Je ferais bien de jeter un coup d'œil au reste aussi, ajoutai-je en baissant la voix. Va savoir ce qu'elle a encore trouvé le moyen d'introduire en fraude !

Une petite heure plus tard, Mme Penny vint voir comment se passaient les choses dans notre carré. Si elle remarqua l'odeur de fumée qui s'échappait de notre chambre, elle garda sa découverte pour elle. Mais franchement, je ne vois pas comment le fait aurait pu lui échapper. Les effluves imprégnaient les vêtements des filles et flottaient encore dans l'air, bien qu'elles aient ouvert les fenêtres.

— Je passais aussi pour transmettre une invitation à Gisèle, Ruby et Abby, nous informa-t-elle. Mme Clairborne les attend chez elle dimanche à deux heures, pour le thé. Vous pourrez vous habiller selon vos goûts, mais je ne saurais trop vous conseiller de bien choisir votre toilette. C'est une réception officielle.

— Oh, non ! Et moi qui ai laissé ma tenue spéciale pour thés officiels à la maison ! s'écria Gisèle.

— Vous dites, mon enfant ?

— Rien, fit Gisèle avec un sourire en coin.

Samantha et Kate souriaient aussi, dans le dos de Mme Penny. Jacky arborait son rictus habituel, mais je vis bien que toutes les trois étaient en admiration devant ma sœur.

— Bien. Le dîner a lieu dans un quart d'heure, annonça la surveillante. Et les nouvelles sont dispensées de corvées pendant les deux premières semaines, ajouta-t-elle en s'éclipsant.

Gisèle fit rouler son fauteuil au milieu du salon.

— Qu'est-ce que c'est que cette histoire ? Quelles corvées ?

— Nous participons toutes au service de la salle à manger, nous expliqua Jacky. Le tableau des tâches est affiché dans le grand salon. Cette semaine, Vicki, Bouboule, Samantha et moi sommes de corvée de chariot. Nous devons débarrasser les tables, porter les plats et les couverts sales à la cuisine quand tout le monde a fini de manger. Les filles des carrés B et C sont serveuses, et celles du carré D mettent le couvert.

— Quoi ! s'exclama Gisèle en pivotant pour me faire face. Tu ne m'avais pas dit ça.

— Je viens de l'apprendre moi-même, Gisèle. Qu'est-ce qu'il y a là de si terrible ?

— Je ne suis pas une bonniche, voilà ce qu'il y a.

— Je suis sûre qu'on ne t'imposera pas ce travail, étant donné…

Vicki s'interrompit.

— Que je suis infirme ? fulmina Gisèle. C'est ça que tu allais dire ?

— Que tu es en fauteuil roulant, voilà ce que j'allais dire. On ne peut pas te demander de porter des plats à la cuisine.

— Elle pourrait mettre la table, déclarai-je en souriant à ma sœur.

Si les regards pouvaient brûler, j'aurais été réduite en cendres.

— Entre ce que je peux faire et ce que je veux faire, il y a une marge. Si ces gourdes veulent dépenser une fortune dans une école privée pour servir de domestiques, c'est leur problème !

— Toutes les internes le font, surtout dans les dortoirs des grandes, intervint Samantha.

Le regard qu'elle reçut en retour lui fit l'effet d'une gifle bien appliquée. Elle recula d'un pas et balbutia en nous regardant, Abby et moi :

— C'est vrai...

— Pourquoi un peu de travail devrait-il nous effrayer ? dis-je à mon tour.

— J'aurais dû m'y attendre ! De ta part, c'est normal, tu...

Sur le point de révéler mes origines cajuns, Gisèle s'arrêta net et coula un regard vers les autres.

— J'ai faim. Allons-y, Samantha, ordonna-t-elle.

Et Samantha bondit pour pousser son fauteuil.

Dans la salle à manger, nous rencontrâmes toutes les pensionnaires de notre pavillon. Cinquante-quatre en tout, en comptant les carrés de l'étage. Trois longues tables occupaient la vaste salle à manger, sous les feux de quatre énormes lustres. Des gravures encadrées, représentant des plantations ou des vues du bayou, décoraient les murs lambrissés de bois sombre. Tout le monde papotait à notre arrivée, mais l'entrée de Gisèle en chaise roulante fit taire bon nombre de bavardes. Elle répondit aux regards curieux d'un air si accusateur qu'en un instant, tout le monde s'était détourné. Vicki nous désigna nos places et Gisèle eut droit au haut bout de la table, ce dont elle s'empressa de tirer avantage. Après quelques minutes à peine elle dirigeait la conversation, donnait ses ordres et racontait à qui voulait l'entendre sa vie dorée à La Nouvelle-Orléans.

Les filles paraissaient fascinées par elle. Certaines, les plus snobs d'après moi, affichaient des mimiques outrées devant ses mauvaises manières, mais ma jumelle n'en avait cure. Elle traitait les pensionnaires chargées du service comme des domestiques à sa solde, sans jamais remercier personne pour quoi que ce soit.

La cuisine était bonne, mais bien loin d'égaler celle de Nina. Le repas terminé, tandis que les filles de notre carré desservaient, Gisèle m'ordonna de la ramener dans notre chambre.

— Ne les attendons pas, ce sont de vraies gourdes.

— Tu te trompes, Gisèle. Elles veulent tout simplement participer. C'est amusant, et cela nous aide à nous sentir comme à la maison, nous qui en sommes si loin.

— Pas moi. C'est un cauchemar pour moi de ne pas être chez nous. Ramène-moi dans la chambre. Je veux écouter des disques et écrire à mes amis... ce que vaut cette soi-disant école, ajouta-t-elle à haute et intelligible voix.

Et elle appela par-dessus son épaule :

— Oh, Jacky ! Quand vous aurez fini vos corvées, venez donc dans ma chambre écouter des disques. Rien que des trucs récents, comme ça vous connaîtrez les derniers tubes.

Je l'emmenai rapidement, malgré ses protestations. Elle hurlait que j'allais la projeter contre le mur et, franchement, j'avoue que ça me démangeait !

Abby nous accompagna. Nous étions convenues d'aller faire un tour du côté du lac, après le dîner, elle et moi. Je comptais demander à Gisèle de venir avec nous, mais comme elle s'était déjà décidée pour autre chose, je ne jugeai pas utile de le lui préciser.

— Où allez-vous, toutes les deux ? s'enquit-elle quand je l'eus ramenée dans notre chambre.

— Faire quelques pas dehors. Tu nous accompagnes ?

— Je ne peux pas marcher, tu te rappelles ? me jeta-t-elle d'un ton acide, en me claquant la porte au nez.

— Désolée, Abby. J'ai bien peur de devoir passer mon temps à m'excuser pour ma sœur.

Elle secoua la tête en souriant.

— Je pensais vivre un calvaire et je me croyais à plaindre, soupira-t-elle quand nous eûmes quitté le pavillon, mais quand je vois ce que tu dois supporter...

— Que veux-tu dire, Abby ? Quel calvaire ? Tes parents ont l'air si gentils !

— Oh, ils le sont. Je les adore.

— Alors ? Est-ce que tu serais... malade ? Tu sembles pourtant aussi pleine de vie qu'un jeune alligator.

Ma compagne éclata de rire.

— Je suis en pleine santé, grâce à Dieu.

— Et très jolie, en plus.

— Merci. Toi aussi.

— Alors de quel calvaire parles-tu ? Je t'ai bien raconté mon histoire, moi !

Elle garda le silence. Nous prîmes la direction du lac, Abby la tête basse et moi les yeux levés vers le croissant de lune qui pointait derrière un nuage. Ses rayons argentés coulaient dans la nuit chaude, conférant à notre nouvel univers un aspect irréel, comme un rêve que nous aurions partagé. Sur notre droite se profilaient, tout éclairés, les deux autres pavillons, et de petits groupes de promeneuses allaient et venaient sans hâte. D'autres s'étaient simplement rassemblées çà et là, pour bavarder.

Quand nous franchîmes le tournant qui devait nous conduire au lac, toute une symphonie de coassements, stridulations et sifflements divers se fit entendre. Crapauds, criquets, cigales et autres animaux nocturnes avaient entamé leur petite musique de nuit.

Greenwood était trop éloigné de toute autoroute pour que les bruits de la circulation parviennent jusqu'à nous. Mais dans le lointain, des fanaux rayaient le Mississippi de lumières vertes et rouges, et j'imaginais le son des cornes de brume, les voix des passagers sur les bateaux longeant les rives. Le son peut porter très loin sur l'eau par de telles nuits. Si alors on ferme les yeux et qu'on tend l'oreille, on peut presque percevoir les mouvements des gens qui parlent, et jusqu'au rythme de leurs déplacements.

A nos pieds, le lac avait pris un éclat métallique. Il était si calme qu'en approchant, c'est à peine si nous pouvions distinguer le balancement des barques amarrées au ponton, près du hangar à bateaux. C'était un assez grand lac, avec une petite île au milieu. Nous avions déjà presque atteint la jetée lorsque Abby parla enfin.

— Je n'aime pas les cachotteries, Ruby. Tu m'es sympathique et j'apprécie la confiance dont tu as fait preuve envers moi. Et si je suis sûre, ajouta-t-elle avec amertume, que la plupart de ces filles te regarderaient de haut si elles savaient que tu viens d'un milieu cajun, ce n'est encore rien comparé au mépris qu'elles auraient pour moi.

— Mais pourquoi ? Qu'y a-t-il de si terrible dans ton passé ?

Debout sur l'estacade, nous contemplions le lac.

— Tout à l'heure tu m'as demandé si j'avais un ami, et j'ai dit oui. Tu as essayé de me réconforter en affirmant qu'il m'écrirait, ou m'appellerait, et j'ai dit non. Je suis sûre que tu t'es demandé pourquoi j'ai dit non. Je suis sûre que tu t'es demandé pourquoi j'en étais si certaine.

— En effet.

— Il s'appelle William. William Huntington Cambridge, comme son trisaïeul, précisa ma nouvelle amie avec un regain d'amertume. Un héros de l'armée confédérée, ce dont les Cambridge sont très fiers.

— Je suppose qu'en cherchant bien parmi les ancêtres des filles d'ici, on trouverait beaucoup de gens qui se sont battus pour le Sud, observai-je.

— Oui, j'en suis sûre. Raison de plus pour que je... (Abby se détourna, les yeux pleins de larmes.) Je n'ai jamais connu mes grands-parents paternels. Ils sont notre secret de famille, et c'est pour ça que je n'aurais pas dû naître.

Elle se tut et attendit, comme si elle espérait que j'allais tout comprendre, mais je ne devinai rien.

— Mon grand-père a épousé une Noire, Ruby. Une Haïtienne. Ce qui fait de mon père un mulâtre, mais assez clair pour passer pour un Blanc.

— Et c'est pour ça que tes parents ne voulaient pas d'enfant ? Ils avaient peur que...

— Que moi, le rejeton d'un mulâtre et d'une Blanche, je sois plus colorée, oui. Mais ils m'ont eue quand même, ce qui fait de moi une quarteronne. Si nous avons déménagé souvent, c'est surtout pour ça. Chaque fois que nous nous installions quelque part, les gens finissaient toujours par avoir des soupçons.

— Et ton ami, William...

— Sa famille a découvert la vérité. Ils se considèrent comme des aristocrates, et son père épluche l'arbre généalogique de toutes les relations de ses enfants.

— Je suis désolée, Abby. C'est injuste et stupide.

— Oui, mais ce n'en est pas moins lourd à supporter. Mes parents m'ont envoyée ici en espérant que, dans ce milieu choisi, l'influence de l'entourage serait la plus forte. Qu'elle effacerait mes origines, que je serais avant tout une fille de Greenwood, considérée comme telle. Et que, par conséquent, personne ne me soupçonnerait d'être une quarteronne.

« Je ne voulais pas venir ici. Mais ils désirent tellement me soustraire aux préjugés, ils se sentent si coupables de m'avoir mise au monde que je l'ai fait pour eux, pas pour moi. Tu comprends ?

— Oui. Et je te remercie.

— De quoi ? s'enquit Abby, retrouvant le sourire.

— De m'avoir fait confiance.

— C'est toi qui m'as fait confiance la première, Ruby.

Nous étions sur le point de nous sauter au cou pour nous donner l'accolade, quand une voix masculine cria derrière nous :

— Hé là !

La porte du hangar se rabattit brutalement, et nous nous retournâmes pour voir surgir un homme de haute taille d'environ vingt-quatre ou vingt-cinq ans, nu jusqu'à la ceinture. Son torse musculeux luisait au clair de lune, et ses épais cheveux noirs lui tombaient dans le cou. Il s'approcha suffisamment pour que nous puissions distinguer ses yeux noirs, sa bouche mince et sa mâchoire énergique, ses hautes pommettes et ses traits aiguisés annonçant une ascendance indienne. Il tenait un chiffon à la main et, tout en nous examinant, ne cessait de s'essuyer les paumes.

— Qu'est-ce que vous fabriquez là, toutes les deux ?

— Nous ne faisions que nous promener, commençai-je, et…

— Vous ne savez pas qu'il est interdit de venir ici après la tombée de la nuit ? Vous voulez m'attirer des ennuis ? Il y en a toujours une ou deux qui viennent jusqu'ici pour me tarabuster, histoire de s'amuser un peu, bougonna-t-il d'une voix mauvaise. Maintenant, filez, ou je vous dénonce à Mme Ironwood !

— Nous ne voulions pas causer d'ennuis à qui que ce soit, se défendit Abby en sortant de la zone d'ombre.

Dès qu'il put mieux la voir, l'homme se radoucit.

— Vous êtes nouvelles, on dirait ?

— Oui, acquiesça-t-elle.

— Vous n'avez pas lu leur manuel ?

— Pas en entier, non.

— Ecoutez, je ne veux pas de problèmes. Ce règlement-là, c'est pour moi que Mme Ironwood l'a écrit. La nuit, je ne devrais même pas parler aux pensionnaires si un professeur ou un membre du personnel n'est pas présent, compris ? Et surtout pas par ici, ajouta-t-il en s'assurant d'un regard circulaire que personne ne nous épiait.

Je n'en demandai pas moins :

— Mais qui êtes-vous ?

Il marqua une hésitation avant de répondre.

— Mon nom est Buck Dardar, mais ce sera Buck Bagarre si vous ne vous dépêchez pas de prendre le large.

— Compris, monsieur La Bagarre, répliqua ma compagne.

— Allez, ouste ! ordonna-t-il en pointant le doigt vers la colline.

Main dans la main, nous nous éloignâmes au galop, poursuivies par l'écho de nos rires que nous renvoyait le lac. Au sommet de la colline, nous fîmes halte pour reprendre haleine et regarder derrière nous. L'homme était parti, mais il continuait à faire travailler notre imagination, comme tout ce qui se pare de l'auréole de l'interdit.

Surexcitées, le cœur battant, nous regagnâmes rapidement le pavillon, nouvelles amies que tant de choses rapprochaient. Notre passé, nos espoirs secrets, sans oublier les vœux que chacune formait pour l'autre.

4

Je ne suis pas au bout de mes peines !

Notre premier jour à Greenwood ne me parut pas très différent de ce qu'il eût été ailleurs, si ce n'est que les garçons brillaient par leur absence. Toutefois, l'aspect flambant neuf des lieux m'impressionna. Les sols de marbre rutilaient de propreté, le bois de nos bureaux reluisait. Pas un seul de ces graffitis énigmatiques ou rageurs, si nombreux d'ordinaire, n'en rayait la surface. Le mobilier des classes était rigoureusement impeccable.

La raison de cet état de choses nous fut rapidement signifiée par nos professeurs. Chacun d'eux nous accueillit dans sa classe par un discours bref et net sur la nécessité de conserver au matériel sa perfection actuelle. Ils enflaient la voix comme s'ils espéraient être entendus de Mme Ironwood, en précisant bien qu'ils se considéraient comme responsables de la bonne tenue de leur classe.

— Sinon, gare au fouet de la Dame de Fer ! me souffla Jacky.

Le sermon ennuya Gisèle, mais elle n'en fut pas moins frappée par l'empressement des élèves à obéir aux consignes. Si l'une d'elles apercevait un papier tombé dans le couloir, ou même à la cafétéria, elle prenait la peine de le ramasser. Il était peut-être un peu tôt pour en juger mais, comparé à Greenwood, notre lycée de La Nouvelle-Orléans ressemblait à une écurie, bien qu'il fût l'un des meilleurs de la ville.

Après mes deux premiers cours, mon emploi du temps prévoyait une heure d'étude. Ma sœur, elle, n'ayant pas obtenu le niveau suffisant en algèbre, devait redoubler son programme dans cette matière. Depuis la première heure, c'était moi qui me chargeais de la véhiculer. Mais à la fin du deuxième cours, Samantha fit son apparition comme à dessein et s'offrit à me remplacer.

— Nous avons les trois derniers cours en commun, annonça-t-elle, à la satisfaction visible de Gisèle.

— Très bien, acquiesçai-je. Mais ne laisse pas ma sœur te mettre en retard.

— Si je suis en retard parce que certaines choses me demandent plus de temps qu'aux autres, il faudra bien qu'ils s'en arrangent ! riposta ma jumelle.

De toute évidence, elle avait déjà prévu de s'attarder aux lavabos, probablement pour fumer une cigarette. Je crus bon d'avertir Samantha :

— Elle va t'attirer des ennuis, je te préviens.

Autant m'adresser au mur. Gisèle avait déjà trouvé le moyen de faire de la naïve Samantha son esclave dévouée. La malheureuse ! elle ne savait pas ce qui l'attendait d'ici à ce que ma sœur en ait assez d'elle.

Je les quittai pour me rendre sans tarder en étude. Mais à peine avais-je posé mes livres que la surveillante s'approchait de moi pour une communication personnelle : Mme Ironwood avait demandé à me voir.

— Son bureau se trouve au bout du couloir sur la droite, en montant quelques marches, m'informa-t-elle. Et ne vous inquiétez pas, il n'est pas rare qu'elle convoque une nouvelle élève, ajouta-t-elle en souriant pour me rassurer.

N'empêche que j'avais le trac. Le cœur battant, je me hâtai dans le couloir désert et gravis les marches. A mon entrée dans l'antichambre, une petite femme replète se détourna du classeur qu'elle consultait. Mme Randle, annonçait la plaque posée sur son bureau. Elle retourna y prendre un papier, puis m'examina quelques instants à travers ses lunettes à double foyer.

— Ruby Dumas ?

— Oui, madame.

Elle hocha la tête d'un air grave, marcha jusqu'à la porte du bureau où elle frappa discrètement, puis l'ouvrit et annonça mon arrivée.

— Faites-la entrer, ordonna Mme Ironwood.

— Par ici, Ruby, dit Mme Randle en s'effaçant.

Et je pénétrai dans le bureau directorial.

La pièce était assez spacieuse, mais d'allure austère. Rideaux gris, tapis natté gris, grand bureau de bois sombre avec deux chaises en face, en bois aussi ; et, contre le mur de droite, une étroite banquette paraissant tout aussi dure que les chaises. Juste au-dessus d'elle, le seul tableau de la pièce : encore un portrait d'Edith Dilliard Clairborne, vêtue d'une robe stricte et sévère, pour changer. Sur les trois autres murs s'alignaient en rangs parallèles des médailles, distinctions et récompenses décernées dans des concours divers à des élèves de Greenwood.

Malgré le vase de roses rouges qui trônait sur le bureau, c'est une odeur de désinfectant qui flottait dans l'air, un peu comme dans un cabinet de médecin. La pièce donnait l'impression qu'on venait de la récurer à fond, et les vitres étaient si translucides qu'on aurait cru les fenêtres ouvertes. Mme Ironwood siégeait derrière son bureau, raide comme une canne.

— Asseyez-vous, s'il vous plaît, articula-t-elle en me désignant l'une des chaises rébarbatives.

Je m'empressai d'y prendre place, mes livres sur les genoux, et la directrice reprit aussitôt :

— Je vous ai fait venir afin de procéder sans tarder à une mise au point.

— Une mise au point ?

Un pli dur au coin de la bouche, Mme Ironwood tapota du bout de son crayon une épaisse chemise en carton.

— Voici votre dossier, annonça-t-elle. Et en dessous, celui de votre sœur. Je les ai étudiés attentivement tous les deux. Outre votre bilan scolaire complet, ce dossier contient d'importantes informations personnelles. Je dois vous dire…

Elle se renversa en arrière et marqua une pause.

— … que j'ai eu, à votre sujet, une conversation très longue et très instructive avec votre belle-mère.

— Ah, fis-je d'une voix sourde, au moins deux octaves en dessous de ma voix ordinaire.

Mme Ironwood fronça ses épais sourcils. Puisqu'elle appelait Daphné ma belle-mère, et non ma mère, il était clair qu'elle savait tout sur mes origines.

— Elle m'a parlé de… des circonstances déplorables

qui ont marqué votre enfance, et exprimé sa déception de n'avoir pas mieux réussi à vous transformer. A vous rendre apte à passer d'un mode de vie arriéré à des habitudes plus civilisées.

— Ma vie n'avait rien d'arriéré, protestai-je. Et quant à celle que j'ai connue depuis, je ne suis pas sûre qu'elle soit en tout point plus civilisée.

Les yeux de la directrice devinrent deux boutons de bottine et je vis blanchir ses lèvres.

— Eh bien, sous ce rapport, vous n'aurez pas à vous plaindre de celle que vous mènerez à Greenwood, je puis vous l'assurer. Nous avons l'honneur et la fierté d'entretenir les bonnes traditions, énonça-t-elle d'une voix coupante. Nous nous dévouons aux meilleures familles du Sud et j'entends que cela continue. La plupart de nos élèves en sont issues, et leur éducation les rend déjà capables de se conduire comme il faut dans le monde. Cela dit...

Elle chaussa ses lunettes et ouvrit mon dossier.

— Je vois que vous êtes une excellente élève, ce qui parle en votre faveur. Vous avez des ressources qu'il conviendra d'exploiter. Je note également que vous avez reçu du ciel un certain talent. J'espère le voir se développer chez nous. Toutefois, tous ces dons ne vous seront d'aucune utilité si l'éducation et les bonnes habitudes vous font défaut.

— Ce n'est pas le cas, répliquai-je vivement. Quoi que vous pensiez du milieu d'où je viens, et quoi que ma belle-mère ait pu vous dire.

Mme Ironwood secoua la tête avec énergie.

— Ce que votre belle-mère m'a dit restera enfoui entre ces quatre murs, énonça-t-elle d'un ton cinglant, c'est ce que je tenais à vous faire comprendre. Il dépend de vous que le secret soit bien gardé. Malgré les circonstances de votre naissance et votre malheureuse éducation, vous appartenez désormais à une famille distinguée, envers laquelle vous avez des obligations. Quant à vos façons d'être ou d'agir avant votre arrivée à La Nouvelle-Orléans, oubliez-les. Aucune ombre de votre passé sordide ne doit vous suivre à Greenwood.

« J'ai promis à votre belle-mère de veiller sur vous plus

étroitement que sur mes propres biens. Je tenais à vous en informer.

— Ce n'est pas juste ! Je n'ai rien fait pour mériter d'être traitée de façon différente des autres.

— Et quand j'engage ma parole envers les parents d'une élève, poursuivit la directrice, imperturbable, je puis vous garantir que je la tiens.

« Ce qui m'amène au cas de votre sœur, dit-elle en déplaçant le dossier de Gisèle de façon à pouvoir l'ouvrir. Ses résultats scolaires sont décevants, c'est le moins qu'on puisse dire ; tout comme sa conduite a pu l'être depuis quelque temps. Je comprends bien qu'elle souffre d'un sérieux handicap, maintenant, et j'ai pris quelques mesures en vue de lui faciliter la vie et de l'aider à réussir. Mais je vous considérerai pour responsable de sa conduite et de son succès, je tenais à ce que vous le sachiez.

— Mais pourquoi ?

Mme Ironwood me toisa de son regard minéral.

— Parce que vous jouissez du plein usage de vos membres, voilà pourquoi. Parce que votre père a une grande confiance en vous. Parce que vous êtes très proche de votre sœur, et donc la mieux placée pour savoir la conseiller.

— Gisèle n'apprécie pas mes conseils, et il est rare qu'elle en tienne compte. C'est une personne à part entière et quant à son handicap, elle s'arrange presque toujours pour en tirer avantage. Elle n'a pas besoin de mesures spéciales, elle a besoin de discipline.

— Je pense être seul juge en la matière, trancha la directrice. Et je vois maintenant ce que voulait dire votre belle-mère. Il y a en vous une tendance à la rébellion, un fonds d'entêtement et de sauvagerie cajuns qu'il convient de réprimer.

« Eh bien, reprit-elle en se penchant en avant, à Greenwood, nous veillerons à le réprimer, croyez-moi. Je tiens à ce que vous conserviez vos bons résultats scolaires. Je veux que votre sœur fasse des progrès. J'exige que votre conduite à toutes les deux soit irréprochable et que vous respectiez notre règlement à la lettre. J'aimerais qu'à la fin de cette année, votre belle-mère soit impressionnée par le changement qui se sera opéré en vous.

Elle se tut, attendant visiblement une réponse de ma part, mais je me gardai bien d'ouvrir la bouche. J'avais bien trop peur de ce que j'aurais pu lui jeter à la figure ! Force lui fut de continuer.

— Votre sœur s'est conduite de façon exécrable, pendant la réunion d'orientation. Si j'ai choisi de l'ignorer, c'est uniquement parce que nous n'avions pas encore eu cet entretien. La prochaine fois qu'elle manquera à ses devoirs, vous en subirez toutes les deux les conséquences, compris ?

— Vous voulez dire que je serai punie pour la mauvaise conduite de ma sœur, moi aussi ?

— Vous êtes la gardienne de votre sœur, désormais, que cela vous plaise ou non.

J'en aurais pleuré. Une sorte de vertige paralysant me prit en pensant à Daphné qui m'avait tendu ce piège, à sa joie de savoir ce qui m'attendait à Greenwood. A croire qu'elle avait juré de me créer des obstacles, où que je sois, et à n'importe quel propos. Même si je m'étais soumise à sa décision de nous envoyer à Greenwood, elle n'était pas satisfaite. Nous éloigner d'elle ne lui suffisait pas. Elle voulait être sûre de m'avoir gâché la vie.

— Pas de questions ? s'enquit Mme Ironwood.

— Si, une. Puisque c'est moi qui suis issue d'un milieu arriéré, pourquoi est-ce moi qu'on tient pour responsable ?

Elle parut un instant désarçonnée, je crus même entrevoir une lueur d'admiration dans son regard.

— Malgré vos origines, énonça-t-elle d'une voix lente, il semble que ce soit vous qui disposiez du meilleur potentiel. Vous avez certaines ressources, encore à l'état brut, et c'est à cette Ruby-là que je m'adresse. Pour l'instant, votre sœur souffre encore de son accident, elle n'est pas prête pour ce genre d'entretien.

— Elle ne l'était pas non plus avant son accident, affirmai-je. Elle ne le sera jamais.

— Eh bien, ce sera donc une part de vos responsabilités que de l'y amener, constata la directrice en se levant, un léger sourire aux lèvres. Vous pouvez regagner l'étude, maintenant.

Je me levai, quittai la pièce et passai à nouveau devant Mme Randle, qui me lança un bref coup d'œil. Je faisais bonne figure, sans doute, mais je tremblais si fort que c'est à peine si je marchais droit. J'étais certaine que papa ignorait le travail de sape auquel s'était livrée Daphné. Sinon, il ne nous aurait probablement jamais envoyées à Greenwood. J'étais tentée de le mettre au courant, mais j'imaginais trop bien comment cela finirait. Daphné s'arrangerait pour me traiter d'ingrate et me reprocher de priver Gisèle d'une chance de faire des progrès.

La mort dans l'âme, je regagnai ma place à l'étude. Et malgré l'excitation de la nouveauté, la gentillesse de la plupart des professeurs, la frustration dans laquelle m'avait plongée la Dame de Fer m'assombrit pratiquement tout le reste de la journée. Ce ne fut qu'en entrant dans la classe d'éducation artistique, celle de Rachel Stevens, que je retrouvai ma bonne humeur.

Elle ne m'avait pas donné l'impression d'être à l'aise en tailleur et talons hauts, à la réunion générale. Dès que je la vis dans sa classe, je sus que j'avais deviné juste. Ici, avec sa jupe courte et son chemisier rose, ses cheveux tombant librement sur les épaules, elle semblait beaucoup plus dans son élément. Et comme ce cours était facultatif, nous étions peu nombreuses. Six en tout, ce qui plaisait beaucoup à Mlle Stevens.

Etait-elle au courant de mes modestes succès artistiques ? Daphné ayant jugé bon de révéler mon passé à la directrice, papa avait peut-être fait allusion à mon talent, mais comment savoir ? Mlle Stevens eut la délicatesse de ne pas m'en parler devant les autres, pour ne pas m'embarrasser. Mais quand elle se fut présentée, nous eut souhaité la bienvenue et eut remis à chacune un livre à parcourir, elle s'approcha de ma table et me dit ce qu'elle savait de moi.

— C'est fantastique d'avoir déjà des œuvres exposées dans une galerie, Ruby. Qu'aimez-vous le mieux dessiner ou peindre ? Les animaux, les paysages ?

— Ma foi… oui, je crois.

— Moi aussi. Vous savez ce qui me plairait ? A condition que cela vous plaise aussi, bien sûr. Ce serait d'aller au bord du fleuve, un samedi, par exemple, et de chercher quelque chose à peindre. Alors, qu'en dites-vous ?

— J'adorerais ça.

Les derniers vestiges de mon humeur noire s'évaporèrent. Mlle Stevens était si passionnée, si pétillante ! Son enthousiasme contagieux réveillait mon besoin profond de m'exprimer par la peinture et le dessin. Tant de choses m'avaient détournée de mon art, ces temps derniers. Peut-être allais-je pouvoir m'y remettre avec plus d'énergie, en me sentant plus motivée.

Tandis que les autres étudiaient leurs livres, Mlle Stevens s'attarda près de moi, à bavarder, devenant en quelques instants mon professeur le plus proche.

— Dans quel pavillon êtes-vous logée ? voulut-elle savoir.

Je le lui dis, et mentionnai le fait que ma sœur était en fauteuil roulant.

— Est-ce qu'elle peint, elle aussi ?

— Non.

— Je parie qu'elle est fière de vous. Que toute votre famille est très fière de vous. En tout cas, votre père l'est, je le sais, ajouta-t-elle avec un grand sourire.

Elle avait des yeux bleus rayonnants de chaleur, un fin semis de taches de rousseur lui saupoudrait les joues et remontait vers ses tempes, à peine visible tant il était léger. Ses lèvres étaient d'un rose presque orange et une minuscule fossette lui creusait le menton.

Ne trouvant rien d'aimable à dire sur Gisèle, je me contentai de hocher la tête.

— J'ai commencé comme vous, Ruby. J'ai grandi à Biloxi, sur la côte, où je dessinais et peignais beaucoup de marines. J'en ai vendu dans une galerie, quand j'étais au lycée... mais je n'ai plus rien vendu depuis ! avoua-t-elle en riant. Et j'ai vite compris que je ferais mieux d'entrer dans l'enseignement, si je ne voulais pas mourir de faim ni coucher sous les ponts.

Je m'étonnai, à part moi, qu'une femme aussi charmante et aussi douée n'ait pas envisagé le mariage comme solution au problème.

— Depuis combien de temps êtes-vous professeur ? demandai-je, m'avisant d'un coup d'œil aux autres que notre entretien prolongé suscitait une certaine jalousie.

— J'ai enseigné deux ans, dans un collège privé. Un métier merveilleux ! Cela me permet d'accorder beaucoup d'attention à chaque élève en particulier.

Sur ce, Mlle Stevens se retourna vers les autres :

— Nous allons passer de bons moments ensemble, jeunes filles. Si vous voulez écouter de la musique en travaillant, je n'y vois pas d'inconvénient ; tant que vous ne montez pas trop le volume et ne dérangez ni vos camarades, ni les autres classes, naturellement.

J'eus droit à un nouveau sourire, puis Mlle Stevens nous exposa son programme de travail. Comment nous passerions du dessin à l'aquarelle, puis à l'huile. Ce que nous ferions en modelage, la façon d'utiliser le four à céramique, quelles œuvres nous réaliserions... Elle était si enthousiaste que je fus déçue quand la cloche sonna, mais il n'était pas question de m'attarder. Gisèle devait m'attendre à la sortie de sa classe pour que je la ramène au dortoir, comme convenu.

Mais quand j'arrivai, elle était déjà partie. Abby me fit signe du bout du couloir et se hâta de me rejoindre.

— Tu cherches Gisèle ?

— Oui.

— J'ai vu Samantha l'emmener, avec Kate et Jacky en remorque. Alors, ce premier jour ? Ça s'est bien passé ?

— Superbien... excepté un entretien avec la Dame de Fer.

Le reste, je le lui appris en route.

— Si j'étais convoquée, moi aussi, je serais terrifiée. Ça ne pourrait vouloir dire qu'une chose : qu'elle saurait tout sur mon passé.

— Et après ? Elle n'oserait tout de même pas...

— Oh, c'est déjà arrivé, tu sais. Et ça m'arrivera encore.

J'aurais bien aimé rassurer Abby, mais la Dame de Fer m'avait sapé le moral. Nous poursuivîmes notre chemin en silence, jusqu'au moment où un bruit de tondeuse à gazon nous fit tourner la tête : c'était Buck Dardar. Il nous aperçut de loin et ralentit pour nous regarder passer.

— M. La Bagarre, fit observer Abby.

Ce fut assez pour nous remonter le moral et nous rendre le sourire. Au risque de recevoir un blâme, nous saluâmes Buck Dardar d'un geste joyeux. Il inclina la tête et, malgré la distance, nous entrevîmes l'éclair de ses dents : lui aussi souriait. Toutes ragaillardies et la main dans la main, nous repartîmes au petit trot et courûmes tout le long du chemin.

Gisèle et les autres avaient à peine dix minutes d'avance sur nous, mais ma sœur fit comme si nous avions au moins une heure de retard.

— Où étais-tu ? geignit-elle à mon entrée dans la chambre.

— Et toi ? Pourquoi es-tu partie si vite ? Je t'avais dit que je viendrais te chercher.

— J'ai attendu je ne sais pas combien de temps ! Tu crois que c'est drôle de rester plantée là dans ce maudit fauteuil, pendant que les autres filent se reposer ? Je ne suis pas un meuble, figure-toi.

— Je suis venue dès que la cloche a sonné. C'est à peine si j'ai parlé une minute avec mon professeur.

— J'ai attendu bien plus longtemps que ça, et j'avais envie d'aller aux toilettes. Tu vas où tu veux quand tu veux, toi, et tu sais que j'ai besoin d'aide pour la moindre chose. Tu sais tout ça, mais ça ne t'empêche pas de bavasser avec ton professeur.

— Très bien, capitulai-je, excédée. Je suis désolée, Gisèle.

— Encore une chance que j'aie des amies pour s'occuper de moi, maintenant. Une sacrée chance.

— D'accord, d'accord.

A propos de chance, je ne m'étais jamais rendu compte de la mienne, à La Nouvelle-Orléans. Dire que j'avais ma propre chambre, avec un mur entre ma sœur et moi !

— Et tes cours ? demandai-je pour changer de sujet. Ça s'est bien passé ?

— Affreusement mal. Les classes sont minuscules, les profs sont toujours dans votre dos à vous épier à la loupe. Pas moyen de cacher la plus petite chose, ici !

J'éclatai de rire.

— Qu'est-ce qu'il y a de si drôle ?

— Que tu le veuilles ou non, tu vas être obligée de faire des progrès, Gisèle.

— Oh, ça va ! Parler avec toi ou ne rien dire, c'est pareil. Je parie que tu vas te mettre au travail sur-le-champ, je me trompe ?

— Abby et moi comptons faire nos devoirs tout de suite, pour en être débarrassées.

— Génial. Vous allez devenir élèves modèles et être invitées à des douzaines de thés, persifla ma sœur.

Sur quoi, elle se propulsa vers la chambre de Kate et Jackie.

Responsable de la conduite de Gisèle, moi ? Autant essayer d'apprivoiser un alligator !

Notre première semaine à Greenwood fila comme le vent. Le mardi soir, j'écrivis à Paul et à l'oncle Jean, décrivant tout par le menu. Le mercredi soir, Chris appela. Le téléphone se trouvait dans le hall, juste à la sortie de notre carré. Jacky vint me prévenir qu'on me demandait.

— Si c'est papa, je veux lui parler aussi, exigea ma sœur, impatiente de reprendre la liste de ses plaintes.

— Ce n'est pas votre père, précisa Jacky, c'est un certain Chris.

Pas question de laisser à ma sœur le temps de placer une de ses reparties malsonnantes, et devant Jacky, encore ! Je ne fis qu'un bond jusqu'au téléphone.

— Chris !

— J'ai préféré te laisser un jour ou deux pour t'installer, commença-t-il.

— C'est si bon d'entendre ta voix.

— Pour moi aussi, c'est bon d'entendre la tienne. Alors, ça se passe comment ?

— Plutôt dur. Gisèle n'a pas perdu une seconde pour tout faire aller de travers.

— Ce n'est pas moi qui le lui reprocherai, s'esclaffa-t-il. Si elle vous fait renvoyer toutes les deux, vous reviendrez ici.

— N'y compte pas trop. Si nous quittions Greenwood, ma belle-mère s'arrangerait pour nous envoyer ailleurs, et probablement deux fois plus loin. Et toi, ça va, le lycée ?

— Sans toi, c'est sinistre, mais je m'arrange pour m'occuper, le football et tout ça... Mais raconte-moi tout. C'est comment, là-bas ?

— L'endroit est très bien, la plupart des professeurs aussi. La directrice, par contre... je ne la porte pas dans mon cœur. C'est un vrai tyran, et Daphné lui a déjà raconté toutes sortes d'insanités sur mes sordides origines cajuns. Elle doit me voir comme une espèce d'Annie Christmas.

— Qui ça ?

— Une aventurière des marais, qui pouvait couper l'oreille d'un homme d'un coup de dents, paraît-il. Cette chère directrice est persuadée que je pourrais avoir une mauvaise influence sur ses précieuses jeunes filles créoles.

— Voyez-vous ça !

— Mais les cours me plaisent, surtout l'éducation artistique.

— Et... du côté des garçons ?

— Il n'y en a pas ici, Chris, tu te rappelles ? Quand viens-tu me voir ? Tu me manques.

— J'essaie de me débrouiller pour me libérer un week-end. Mais avec l'entraînement et tout ce qui s'ensuit... c'est dur.

— Essaie quand même, Chris, je t'en prie. Je vais mourir de solitude si tu ne viens pas.

— Je m'arrangerai pour venir... En catimini, bien sûr. Personne ne devra le savoir, et surtout pas Gisèle. Telle que je la connais, elle trouverait un moyen de prévenir mes parents. Elle en est bien capable !

— Je sais. Elle est devenue encore plus méchante, depuis son accident. Ah, au fait, je me suis liée avec une fille de notre carré, mais je ne sais pas si j'aimerais te la présenter.

— Ah ? Et pourquoi ?

— Elle est très jolie.

— Je n'ai d'yeux que pour toi, Ruby... Des yeux très amoureux, ajouta-t-il un ton plus bas.

Je m'appuyai au mur et pressai tendrement le combiné contre ma joue.

— Tu me manques, Chris... vraiment.

— Tu me manques, Chris, singea la voix de ma jumelle.

Je me retournai brusquement pour voir Gisèle derrière moi, encadrée de Samantha et Kate. Toutes les trois souriaient.

— Allez-vous-en ! m'écriai-je. C'est une conversation privée.

— Le règlement interdit de parler d'amour au téléphone, ironisa ma sœur. Page quatorze du manuel, paragraphe trois, ligne deux.

Kate et Samantha pouffèrent.

— Que se passe-t-il ? s'informa Chris.

— Rien du tout, c'est juste Gisèle dans son rôle habituel. Je vais te laisser, elle a décidé de gâcher notre conversation.

— C'est un vrai supplice de Tantale, de toute façon. Bon, je te rappelle dès que possible. Tu me manques. Je t'aime.

— Moi aussi, Chris. Au revoir.

Je raccrochai précipitamment et pivotai pour faire face aux trois autres, les yeux flamboyants de colère.

— Attendez un peu, lançai-je en passant devant elles. Attendez d'avoir besoin d'intimité, vous aussi !

Mais mon accès d'humeur n'impressionna pas ma jumelle, au contraire. Si quelque chose pouvait lui faire plaisir, c'était de me voir déprimée. Je choisis donc de l'ignorer, ce qui la laissa tout aussi froide. Elle avait les filles du carré de son côté, toutes apparemment ravies de passer leur temps libre avec elle, au dortoir, pendant les interclasses et même à la cafétéria. Poussée par Samantha, encadrée par Kate et Jacky, Gisèle ne tarda pas à former avec sa suite une sorte d'entité à part. Une petite clique évoluant en formation si serrée que toutes les quatre semblaient reliées par des fils, invisible réseau dont le centre était le fauteuil de Gisèle.

Le fauteuil lui-même se métamorphosa en trône roulant, d'où ma sœur lançait ses ordres et ses requêtes, prononçait ses jugements sur tout et sur tous. Après la classe, les trois filles s'empressaient de la ramener au pavillon où elle continuait à tenir sa cour, dévoyant ses suivantes, leur décrivant ses exploits à La Nouvelle-Orléans, les incitant à fumer et à négliger leur travail. Seule la studieuse Vicki fit bande à part, optant pour ses chères études, offense absolument impardonnable aux yeux de ma sœur.

Peu à peu, elle monta les autres contre Vicki. La pauvre petite Samantha elle-même, qui se changeait à vue d'œil en une sorte d'alter ego de Gisèle, commença à négliger sa compagne de chambre. Elle alla jusqu'à imiter ouvertement le ton insultant de ma sœur pour lui parler. Un mardi soir, histoire de plaisanter, ma sœur la poussa à voler le premier devoir de Vicki sur l'histoire d'Europe, un travail dont celle-ci était d'autant plus fière qu'elle l'avait terminé avec une semaine d'avance. La pauvre fille était aux quatre cents coups.

— Je sais qu'il était dans l'armoire avec mes livres ! clamait-elle en s'arrachant les cheveux.

Dans le studio, Gisèle et les autres l'écoutaient se démener et se désoler, essayer de reconstituer ses gestes dans l'espoir de remonter jusqu'aux feuillets disparus. Il ne me fallut qu'un regard sur la petite Samantha pour tout comprendre.

— C'est ma seule copie et j'ai passé des heures dessus, des heures ! se lamenta Vicki.

— Telle que je te connais, tu dois la savoir par cœur, ironisa Gisèle. Tu n'as qu'à recommencer.

— Mais... et les références... les citations...

— Ah, les citations : j'oubliais ! Quelqu'un aurait-il des citations, les filles ?

J'attirai Samantha à part et lui pinçai le bras sans douceur.

— C'est toi qui as pris cet exposé ?

— Juste pour plaisanter, Ruby. Nous allons le lui rendre.

— Ce n'est pas drôle de mettre quelqu'un dans un état pareil, juste pour s'amuser. Rends-lui ça tout de suite.

— Tu me fais mal au bras.

— Rends ce devoir ou je vais chercher Mme Penny, qui sera forcée de prévenir la directrice.

— Bon, d'accord.

Les yeux de Samantha brillaient de larmes, mais ça m'était bien égal. Si elle devait devenir l'esclave de Gisèle, il fallait qu'elle paie le prix.

Sur ces entrefaites, Vicki retourna dans la chambre pour reprendre ses fouilles.

— Ce n'était pas drôle, Gisèle, dis-je sévèrement.

Elle nous dévisagea l'une après l'autre, Samantha et moi.

— Qu'est-ce qui n'était pas drôle ?

— De pousser Samantha à prendre le devoir de Vicki.

— Je ne l'ai pas poussée, elle a fait ça toute seule. Pas vrai, Samantha ?

Le regard fixe de ma sœur fut suffisamment explicite. Samantha fit un signe affirmatif.

— Va lui rendre ça tout de suite, ordonnai-je.

Elle se baissa pour passer la main sous le canapé, fronça les sourcils, s'agenouilla et fouilla encore.

— Il n'y est plus! s'exclama-t-elle avec effarement. C'est pourtant là que je l'avais mis.

— Gisèle?

— Je ne suis au courant de rien, soutint ma jumelle avec aplomb.

Un hurlement nous attira toutes dans la chambre voisine. Assise sur son lit, Vicki gémissait bruyamment, son devoir sur les genoux. Il était trempé.

— Je l'ai trouvé dans cet état-là, sous l'armoire. Et maintenant il va falloir que je le recopie en entier, glapit-elle avec un regard de haine pour Samantha.

— Alors là, ce n'est pas moi, Vicki. Parole d'honneur.

— C'est pourtant bien quelqu'un!

— Peut-être que tu l'as fait toi-même et que tu essaies d'accuser l'une de nous, insinua Gisèle.

— Quoi! Et pourquoi aurais-je fait ça?

— Pour le plaisir d'attirer des ennuis à quelqu'un.

— C'est complètement idiot. Surtout quand on pense que je vais devoir tout recopier d'un bout à l'autre.

— Alors, tu ferais mieux de commencer tout de suite, avant que l'encre ne coule, suggéra ma sœur en faisant pivoter son fauteuil.

Et les autres la suivirent hors de la chambre.

— Abby et moi allons t'aider, Vicki, proposai-je aussitôt.

Elle s'essuya vivement les joues.

— Merci, mais je le ferai moi-même.

— Quelquefois, on trouve des corrections à faire en recopiant, fit remarquer Abby.

Vicki approuva d'un signe de tête, puis elle me toisa d'un œil froid.

— Ce genre de choses n'arrivait jamais, avant.

— Désolée, Vicki. Je parlerai à Gisèle.

Ce soir-là, nous nous disputâmes à ce propos, ma sœur et moi. Gisèle eut beau affirmer qu'elle n'avait pas plongé le devoir dans les toilettes, et même se prétendre offensée par mes soupçons, je ne la crus pas. Le lendemain, elle me fit une proposition surprenante.

— Nous ne devrions peut-être pas continuer à partager

la même chambre, commença-t-elle. Nous ne nous entendons pas si bien que ça, et nous ne nous lierons jamais avec d'autres filles si nous sommes toujours ensemble.

— Je ne te vois pratiquement jamais, objectai-je. Et ce n'est pas ma faute.

— Je n'ai jamais dit ça. Simplement, je trouve que tu devrais cohabiter avec Abby, puisque vous vous entendez si bien, et moi avec quelqu'un d'autre.

— Et quelle autre ?

— Samantha.

— Si je comprends bien, Vicki ne veut plus d'elle dans sa chambre depuis cette mauvaise farce, c'est ça ?

— Non, c'est Samantha qui ne veut plus partager sa chambre avec Vicki. Elle est tellement obnubilée par son travail de classe qu'elle se néglige, question hygiène personnelle.

— Qu'est-ce que c'est encore que cette histoire ?

Ma sœur grimaça d'un air dégoûté.

— D'après Samantha, Vicki ne sent pas très bon depuis deux jours, si tu vois ce que je veux dire. Elle n'a même pas pris le temps de se procurer le nécessaire et utilise du papier de toilette, voilà.

— Tu ne me feras pas croire ça.

— Et pourquoi mentirais-je ? (La voix de ma sœur monta d'une octave.) Vérifie toi-même, si tu veux ! Va lui demander ce qu'elle fourre dans...

— Gisèle ! Calme-toi, je t'en prie. Je te crois.

— Et ne donne pas tous les torts à Samantha, surtout. Bon, alors ?

— Alors quoi ?

— Tu t'installes chez Abby et tu laisses Samantha venir ici, oui ou non ?

— Mais tu as des besoins particuliers, voyons.

— Samantha est d'accord pour s'en occuper. Je veux que ce soit elle.

— Et moi je ne sais pas si papa aimerait ça.

— Bien sûr que oui, décréta Gisèle avec un grand sourire. Puisque ça me ferait plaisir !

L'idée me séduisait de plus en plus, moi aussi, mais je n'en montrai rien. Je me contentai d'observer :

— Je ne sais pas comment Abby prendrait ça.

— Elle va adorer, tiens ! Vous êtes devenues tellement intimes, toutes les deux. Comme... comme des sœurs, ajouta ma jumelle en attachant sur moi un regard aigu.

Etait-ce de l'envie et de la jalousie que je lisais dans ses yeux... ou de la haine à l'état pur ? Je me ressaisis.

— Bon, je parlerai à Abby. Et si ça ne marche pas, je pourrai toujours redéménager. Mais tes affaires, alors ? Il n'y aura plus de place pour les miennes dans la chambre d'Abby, maintenant.

De toute évidence, ma sœur était bien décidée à balayer tous les obstacles de son chemin.

— Je dirai à Mme Penny d'en entreposer quelques-unes ailleurs, comme elle l'avait proposé. D'ailleurs, tu n'en as pas tant que ça.

— Je sais pourquoi tu cherches à te débarrasser de moi, observai-je sévèrement. Tu ne veux pas que je sois sans cesse en train de te pousser à travailler. Mais ce n'est pas parce que nous ne serons plus dans la même chambre que je renoncerai à m'occuper de toi, Gisèle.

Elle poussa un soupir à fendre l'âme.

— Très bien. Je promets de m'appliquer. Samantha est bonne élève, tu sais ? Elle m'a beaucoup aidée en maths, jusqu'ici.

— Dis plutôt qu'elle a fait tes devoirs à ta place, oui ! Ce n'est pas comme ça que tu apprendras grand-chose.

Ma sœur leva les yeux au ciel. Je ne lui avais jamais parlé de mon entrevue avec Mme Ironwood, le premier jour. Je craignais qu'en apprenant ce qui s'y était dit, et quelle charge on m'avait confiée, elle ne se fâche tout rouge et ne demande à rentrer à la maison. Mais cette fois-ci, je fus tentée de tout lui raconter.

— Si tu ne réussis pas, c'est moi qui serai blâmée, Gisèle.

— Et pourquoi ? Tu fais toujours tout bien, toi !

— Parce que je suis censée t'aider à faire des progrès. (Je n'osais trop en dire, mais j'ajoutai dans l'espoir qu'elle comprendrait :) On compte sur moi pour ça.

Et naturellement, elle ne comprit pas.

— Ah oui ? Eh bien pas moi ! Tu es toujours sur mon dos, j'ai besoin de souffler, moi. J'ai besoin de me retrouver avec quelqu'un d'autre.

— D'accord, calme-toi. Tu as toutes les autres filles pour te tenir compagnie, Gisèle.

— Tu vas demander à Abby ?

— Oui, capitulai-je.

Peut-être un peu vite, mais la perspective d'être délivrée d'elle était trop tentante. Je la quittai pour aller soumettre sa proposition à Abby, qui s'en montra ravie.

Nous déménageâmes le soir même. Loin de paraître offensée, Vicki fut enchantée de se retrouver seule dans sa chambre. Elle aida même Samantha à transporter ses affaires. Naturellement, il fallut informer Mme Penny, qui fut d'abord très troublée. Mais elle changea rapidement d'attitude en voyant combien Gisèle était contente.

— Du moment que vous vous entendez bien, je suppose que vos arrangements personnels sont sans importance, déclara-t-elle. Mais n'oubliez pas, Gisèle : vous, votre sœur et Abby êtes invitées au thé de Mme Clairborne demain. Nous quittons le pavillon à deux heures moins dix très exactement. Mme Clairborne tient à la ponctualité.

— Je meurs d'impatience ! soupira comiquement Gisèle en battant des cils. J'ai déjà préparé ma robe de cérémonie et les chaussures assorties. Pensez-vous que le bleu clair soit une couleur qui convient ?

— J'en suis sûre, mon enfant. N'est-ce pas merveilleux ? s'extasia Mme Penny. Ah, comme j'aimerais être à nouveau jeune fille, voir la vie d'un œil neuf, tout expérimenter ! C'est sans doute pour cela que j'aime tant mon métier. Il m'offre la chance de revivre ma jeunesse encore et encore, à travers vous toutes, mes charmantes petites.

Dès que la surveillante fut hors de portée de voix, Gisèle tapa dans ses mains et entama une imitation pour sa clique.

— Comme j'aimerais être à nouveau pucelle et faire l'expérience de l'amour encore et encore ! minauda-t-elle.

Son fan-club, ainsi que j'avais baptisé ces demoiselles, battit des mains en riant pour l'encourager. Sur ce, elle les entraîna toutes dans ce qui avait été notre chambre, afin de régaler son fidèle auditoire d'une autre de ses histoires scandaleuses. Ce fut une joie pour moi de refermer la porte et de me retirer dans la paisible chambre d'Abby, devenue la mienne aussi, désormais.

Ce soir-là, nous veillâmes de longues heures, nous racontant l'une à l'autre des histoires de notre enfance. Abby adorait m'entendre parler de grand-mère Catherine et de ses talents. Je lui expliquai ce qu'était une guérisseuse chez les Cajuns, et quel genre de magie pratiquait grand-mère pour guérir les gens de leurs maladies bénignes et de leurs peurs.

— Tu as de la chance d'avoir eu une grand-mère, commenta ma compagne. Je n'ai connu aucun de mes grands-parents. Et avec tous ces déménagements, je n'ai eu que très peu de contacts avec ma famille. Gisèle ne connaît pas son bonheur, soupira-t-elle. J'aimerais tant avoir une sœur !

— Mais tu en as une, Abby.

Elle demeura longuement silencieuse, refoulant ses larmes. Moi aussi je retenais les miennes.

— Bonne nuit, Ruby. Je suis heureuse que nous partagions la même chambre.

— Moi aussi. Bonne nuit, Abby.

Oh oui, j'étais heureuse ! La seule ombre à mon bonheur était la pensée que papa ne serait peut-être pas content, et que tout le monde me jugerait égoïste. Mais je m'attendais plus ou moins que Samantha en ait vite assez de Gisèle, et demande à regagner ses pénates. Alors, autant profiter de ma chance tant qu'elle durait, décidai-je. Et, pour la première fois depuis notre arrivée à Greenwood, je m'endormis la joie au cœur.

5

Mauvais rêves

Papa téléphona le lendemain matin et je le mis tout de suite au courant des changements. Gisèle fut mortifiée qu'il ait demandé à me parler en premier. Elle bouda dans le couloir, menaçant de ne pas adresser la parole à papa tant que je ne lui aurais pas dit au revoir.

— Et ça se passe bien? s'étonna-t-il. Je veux dire... entre Gisèle et l'autre fille?

— Sa nouvelle camarade de chambre s'appelle Samantha. Tu vois qui c'est? (Il confirma que oui.) Elle a tout de suite beaucoup aimé Gisèle, expliquai-je.

— Je peux lui dire ça moi-même, coupa ma jumelle avec humeur. Passe-moi le combiné.

Je le lui tendis et elle me l'arracha des mains.

— Papa, je déteste cet endroit mais au moins je suis avec une fille sympa qui ne me harcèle pas sans arrêt, débita-t-elle en me regardant du coin de l'œil.

Et soudain, elle devint tout sucre tout miel.

— Oui, j'ai très bien commencé l'année scolaire. J'ai eu un A+ à mon devoir de maths et un A en anglais, hier. Et sans l'aide de Ruby, précisa-t-elle. Mais ce n'est pas pour ça que j'aime cette boîte, tu peux le dire à Daphné.

Là-dessus, elle me remit brutalement le téléphone en main.

— C'est moi, papa.

— Aimeriez-vous que je vienne? demanda-t-il d'une voix éteinte, presque brisée de fatigue.

— Non, tout ira bien. D'ailleurs nous sommes invitées chez Mme Clairborne, aujourd'hui. Pour le thé.

— Ah ! Voilà qui me paraît très sympathique. Je ne voudrais pas t'accabler de responsabilités, Ruby, mais…

— Tout se passera bien, papa. Gisèle va s'habituer, affirmai-je en foudroyant ma sœur du regard. J'en suis certaine.

— Vous n'avez besoin de rien ?

— Non, tout va très bien. Et de ton côté, papa ? Ta santé ?

— J'ai un peu de bronchite, mais rien de sérieux. Il se peut que je m'absente une semaine ou deux mais j'essaierai de vous appeler, où que je sois, promit-il. Et si vous aviez besoin de moi… appelez au bureau, ajouta-t-il précipitamment.

Autrement dit : Ne prenez pas la peine d'appeler Daphné, traduisis-je.

— Et à la maison, papa, ça se passe comment ?

— Rien à signaler.

— Comment vont Nina, Edgar et Wendy ?

Il hésita quelques instants.

— Nous avons remplacé Wendy.

— Vous l'avez remplacée ? Mais pourquoi ?

— Daphné n'était pas satisfaite de son travail. J'ai veillé à ce qu'elle ait d'excellentes références et je lui ai fourni quelques bonnes adresses. La nouvelle femme de chambre est plus âgée. Daphné l'a trouvée par une agence, elle s'appelle Martha Woods.

— Pauvre Wendy ! Je suis vraiment désolée pour elle.

— Elle s'en tirera, chuchota-t-il en hâte. Passez un bon week-end. Je vous aime.

— Nous aussi, papa. Nous t'aimons très fort.

— Qu'est-ce qui se passe, avec Wendy ? s'enquit Gisèle quand j'eus raccroché.

— Daphné l'a remplacée.

— Tant mieux. Elle se croyait un peu trop, celle-là !

— C'est faux. Elle en a vu de drôles avec toi, Gisèle. Je suis sûre que la nouvelle ne supportera pas ça.

— Il faudra bien, ou elle devra filer, décréta ma sœur avec un mauvais sourire.

Et, pivotant d'un mouvement rageur, elle regagna rapidement sa chambre. J'étais sûre qu'elle s'arrangerait pour nous mettre dans l'embarras au thé de Mme Clairborne.

En choisissant une tenue déplacée, par exemple, par pur dépit. Mais elle me fit la surprise d'apparaître en robe bleu clair, avec les chaussures assorties et les cheveux sagement tirés sur les côtés. Nous savions que Mme Clairborne désapprouvait l'usage intensif des cosmétiques, et je m'attendais donc que Gisèle soit outrageusement fardée, mais là encore elle me surprit. Son maquillage était on ne peut plus discret.

Et c'est avec une minute d'avance que, poussée par Samantha, elle nous rejoignit dans le grand hall, Abby et moi.

— Bouboule m'a demandé de lui ramener des pralines, annonça-t-elle. Dès que l'une de vous en aura l'occasion, glissez-en quelques-unes dans mon sac.

— Kate n'a pas besoin de calories supplémentaires, déclarai-je.

— Si ça lui est égal, de quoi te mêles-tu ?

— Les amies sincères doivent s'entraider, pas encourager leurs faiblesses réciproques.

— Et qui prétend que je suis une amie sincère ? riposta méchamment ma sœur.

Abby et moi échangeâmes un regard en secouant la tête. Et, presque aussitôt après, Mme Penny fit son apparition dans une robe en cotonnade fleurie. La taille drapée dans une large ceinture rose à pans flottants, elle portait un bouquet de fleurs au corsage et tenait en main une pochette en paille, brodée d'une rose de chaque côté.

— Tout à fait Scarlett O'Hara, déclara ma jumelle.

Samantha détala en pouffant, pour aller rapporter ce mot d'esprit aux autres, je n'en doutai pas une seconde. Mme Penny devint toute rose de confusion.

— Comme vous êtes jolies, toutes les trois ! Mme Clairborne va être ravie. Par ici, mes enfants. Buck nous attend devant l'entrée avec le break.

— Buck ? reprit Abby en me jetant un bref coup d'œil amusé.

Je lui souris en retour.

— Qui est Buck ? s'informa aussitôt Gisèle.

— Un jeune homme qui s'occupe un peu de tout, ici, expliqua Mme Penny.

Mais tandis que je la poussais vers la rampe de sortie,

ma sœur nous observa d'un œil soupçonneux, Abby et moi.

Vu de plus près, et en plein jour, Buck nous parut encore plus jeune que le premier soir, près du lac, ou que le jour où nous l'avions aperçu sur sa tondeuse. Ses cheveux étaient presque aussi noirs que ceux d'Abby, ses yeux d'un brun foncé, intense, et son teint très mat pour un Américain. Sa grosse chemise ne dissimulait pas sa puissante musculature et sa taille aussi nous surprit un peu. Mince, élancé, les hanches étroites, il nous sembla plus grand que nous ne l'avions cru tout d'abord. En nous voyant, il eut un sourire discret, mais pas assez pour échapper à l'attention de Gisèle.

— Bonjour, monsieur La Bagarre, plaisanta ma compagne.

Il rit, puis ses yeux trahirent la surprise et le plus vif intérêt quand il aperçut ma jumelle.

— Ne me dites pas qu'il y en a deux comme vous !

Je me contentai de sourire, mais ma sœur s'en mêla :

— Comment se fait-il que vous le connaissiez ?

Ni Abby ni moi ne lui répondîmes et ce fut Buck qui parla.

— Attendez, laissez-moi vous aider.

Il glissa un bras sous sa taille, l'autre sous ses genoux et la souleva avec une telle aisance qu'elle semblait ne pas peser plus lourd qu'une plume. Elle sourit, le visage tout près de celui de Buck, si près que ses lèvres lui frôlaient la joue. Il l'installa confortablement dans le break et, avec une dextérité surprenante, replia le fauteuil et le rangea. En l'observant, j'eus la quasi-certitude que ces gestes lui étaient familiers. Puis, Mme Penny en tête, tout le monde prit place dans la voiture.

— Mais ça empeste le jasmin ! s'exclama Gisèle, à peine étions-nous assises. Qui a bien pu s'en arroser comme ça ?

— Moi, ma chère petite, annonça Mme Penny. C'est le parfum préféré de Mme Clairborne.

— Eh bien, ce n'est pas le mien ! Et d'abord, pourquoi ne portez-vous pas le parfum que vous aimez, au lieu de celui qui plaît à une vieille dame riche ?

— Gisèle ! m'écriai-je en faisant les gros yeux.

N'avait-elle donc pas la moindre discrétion ?

— Mais j'aime aussi beaucoup le jasmin, affirma la surveillante. Ne vous inquiétez pas pour ça. Et pendant que nous roulons, laissez-moi vous parler un peu de la famille Clairborne. Mme Clairborne apprécie que les jeunes filles connaissent son histoire. En fait, ajouta-t-elle un ton plus bas, elle y tient beaucoup.

— Aurons-nous à passer un examen sur le sujet ? railla Gisèle.

— Un examen ? Grands dieux, non ! (Mme Penny pouffa de rire, puis se tut brusquement et parut pensive.) Montrez-vous simplement respectueuses avec elle et souvenez-vous : c'est sa générosité qui permet à la maison de survivre.

— Et qui fournit un emploi à sa nièce, grommela ma sœur.

Là, ce fut plus fort que moi : je souris. Mais comme toujours, Mme Penny ignora ce qui troublait l'ordre des choses et entama son sermon :

— Il y a une dizaine d'années, le domaine était encore une importante plantation de canne à sucre.

— Si récemment ? releva Gisèle.

Mme Penny sourit, comme si une question aussi sotte ne méritait pas de réponse.

— La résidence d'origine, une maison de quatre pièces datant de 1790, est maintenant réunie au bâtiment principal par une galerie carrossable qui sert d'entrée pendant les intempéries. Au temps de sa splendeur, poursuivit la surveillante, la plantation possédait quatre unités de production, pourvues chacune de son habitation et de logements pour les esclaves.

— Mon père affirme que la guerre de Sécession n'a pas mis fin à l'esclavage, railla ma jumelle. Et qu'elle a seulement fait monter le prix du travail de rien du tout au tarif maximal.

Je surpris un sourire sur les lèvres de Buck.

— Miséricorde ! s'écria Mme Penny. N'allez pas dire ça devant Mme Clairborne, je vous en prie. Et quoi que vous puissiez faire, ne mentionnez jamais la guerre de Sécession.

— Je vois, commenta Gisèle, savourant son pouvoir sur notre malheureuse gouvernante.

La pauvre dut reprendre son souffle avant de poursuivre :

— De toute façon, la plupart des meubles sont antérieurs à la guerre. Les jardins, comme vous le verrez bientôt, sont dessinés dans le style français du XVIIe siècle. Les statues de marbre sont importées d'Italie.

Quelques minutes plus tard, alors que nous arrivions en vue de la maison Clairborne, Mme Penny reprit son rôle de guide touristique.

— Regardez les magnolias et les chênes, indiqua-t-elle. Le cimetière familial est par là, derrière cette vieille grange. Vous voyez la grille en fer forgé ?

« Toutes les bibliothèques de la maison ont été fabriquées en France. Vous pourrez voir que presque toutes les fenêtres ont des voilages de dentelle ou des stores en cotonnade peints à la main, et des doubles rideaux de brocart. Nous prendrons le thé dans l'un des plus jolis salons, et peut-être... peut-être aurez-vous la chance de voir la salle de bal.

— Est-ce qu'elle sert souvent ? s'enquit Gisèle.

— Plus beaucoup, hélas !

— Quel gâchis ! soupira ma sœur.

Mais je vis bien que la maison l'impressionnait, elle aussi. Et il y avait de quoi. C'était une grande construction à un étage, cernée sur ses deux niveaux par une galerie à colonnades. Tout en haut, un belvédère vitré dominait la galerie supérieure. Côté ouest, la maison paraissait plus sombre, sans doute à cause du saule gigantesque dont les branches s'abaissaient vers elle, comme ployant sous leur propre poids. Leurs ombres s'étiraient sur les murs de brique enduits de plâtre et les lucarnes des mansardes.

A peine avions-nous fait halte devant l'entrée que la porte s'ouvrit, laissant paraître un Noir de taille élancée aux cheveux d'un blanc de neige. Il s'inclinait si bas que sa tête se projetait en avant d'une manière disgracieuse. On avait l'impression bizarre que, tout en se tenant sur le seuil, il partait à l'assaut d'une colline.

— Otis, le maître d'hôtel, nous renseigna Mme Penny. Otis est au service des Clairborne depuis plus de cinquante ans.

— J'aurais cru que ça faisait au moins cent! lança Gisèle avec insolence.

Nous descendîmes, et Buck fit rapidement le tour de la voiture pour aller chercher le fauteuil de ma sœur. Elle attendit avec impatience qu'il vienne la chercher, savourant d'avance le plaisir de se retrouver dans ses bras. Heureusement, il n'y avait que quelques marches à monter, un jeu d'enfant pour Buck. Il eut tôt fait d'installer Gisèle dans son fauteuil, sur le perron, et retourna s'asseoir au volant.

— Pourquoi Buck n'entre-t-il pas? s'enquit ma sœur.

— Vous n'y pensez pas! se récria Mme Penny. C'est le thé des nouvelles, aujourd'hui, personne d'autre n'est invité. Mme Clairborne vous reçoit par petits groupes, chaque semaine.

— M. La Bagarre, souffla Gisèle à mon intention. Tu ferais mieux de me dire comment tu le connais.

Je fis celle qui n'avait pas entendu et la poussai dans le hall. Otis salua Mme Penny, qui baissa la voix dès qu'elle franchit le seuil comme si elle pénétrait dans une église.

— Vous voyez ces banquettes de noyer sculpté, tendues de velours cramoisi? Tous les meubles sont d'époque et viennent de France.

Tout brillait comme un miroir, dans la maison, les sols de marbre autant que les statues, le mobilier ancien et les murs. Une vieille horloge en noyer blanc se dressait près de l'entrée, mais un détail me frappa: on avait dû oublier de la remonter car elle était arrêtée à deux heures cinq.

Les vastes pièces lumineuses du premier donnaient toutes sur le hall central, d'où montait la courbe gracieuse d'un escalier à rampe d'acajou poli. La cuisine se trouvait au fond, nous apprit Mme Penny. Au-dessus de nos têtes, de grands lustres allumés scintillaient comme des gouttes de glace. En fait, malgré ses tapisseries et ses tableaux, ses draperies et son mobilier tendu de velours, toute la maison avait quelque chose de froid. Même si des générations de Clairborne s'y étaient succédé, elle manquait de chaleur et de personnalité, on ne sentait pas qu'une famille y avait vécu. Elle me faisait penser à un musée. Les objets donnaient l'impression d'avoir été amassés uniquement pour leur valeur, et de n'avoir jamais servi. Ils étaient là pour la parade, comme à l'exposition. On ne sentait vibrer ni la vie, ni l'amour, dans cette maison-là: ce n'était qu'une vitrine.

On nous introduisit dans un salon, sur la droite, où tous les sièges étaient recouverts de velours. Une banquette et un canapé faisaient face à un grand fauteuil bleu brodé d'or, aux pieds de bois arqués ornés de moulures compliquées. Tel un trône, il occupait le centre d'un somptueux tapis persan. La partie visible du plancher était en bois blond, et une longue table en noyer se dressait entre les sièges et le fauteuil.

Quand nous eûmes pris place, Abby et moi, sur la banquette, Gisèle à côté de nous, j'eus le loisir d'examiner les papiers peints décoratifs et les tableaux. C'étaient des peintures à l'huile représentant diverses vues et scènes typiques de la vie dans une plantation, à part un seul: celui qui était accroché au-dessus de la cheminée. Le portrait d'un monsieur d'allure distinguée, tournant légèrement la tête et regardant le spectateur de haut, d'un air quasiment royal.

Tout à coup le tip-tap énergique d'une canne se fit entendre et Mme Penny, jusque-là restée près de la porte, s'approcha vivement de nous.

— J'oubliais de vous dire, mes enfants... Quand Mme Clairborne entrera, levez-vous.

— Et comment suis-je supposée m'y prendre? grinça Gisèle.

— Oh, vous êtes excusée, mon petit. Cela va de soi.

Ma sœur n'eut pas le temps de répliquer, Abby et moi nous levâmes d'un bond: Mme Clairborne faisait son entrée.

Elle s'arrêta sur le seuil, comme si elle posait pour une photographie, et promena lentement son regard sur Abby et moi, puis sur Gisèle. Elle était plus grande et plus vigoureuse que ne le laissaient supposer les portraits disséminés un peu partout dans l'école. Aucun d'eux ne montrait non plus les reflets bleus de ses cheveux gris, maintenant plus courts et plus clairsemés. Ils lui arrivaient à peine à l'oreille. Elle portait une robe en soie bleue à grand col blanc, boutonnée jusqu'au cou, et une montre de poche suspendue à une chaîne en argent. Les délicates aiguilles étaient arrêtées sur deux heures cinq. Gisèle et Abby avaient-elles remarqué ce curieux détail, elles aussi ?

Mon regard effleura les boucles d'oreilles en diamants, les manches à ruchés de dentelle cachant presque le bijou que Mme Clairborne portait au poignet gauche : un bracelet d'or et de diamants. Ses longs doigts osseux étaient chargés de pierreries serties dans divers métaux précieux, le platine, l'or et l'argent.

Même sur ses portraits, son visage étroit semblait presque déplacé sur son corps imposant. Au naturel, il l'était encore plus. Et son long nez proéminent faisait paraître ses yeux noirs encore plus enfoncés dans leurs orbites. Elle avait une grande bouche mince, si mince que lorsqu'elle pinçait les lèvres elles se réduisaient à un simple trait de crayon. Aucun maquillage n'agrémentait son teint plâtreux, et des taches de vieillesse parsemaient son front et ses joues de marques brunes.

De toute évidence, les artistes qui avaient peint ses portraits y avaient introduit une part d'imagination au moins égale à la fidélité au modèle.

— Soyez les bienvenues, dit-elle en s'avançant vers nous, penchée sur sa canne. Veuillez vous asseoir.

Abby et moi nous empressâmes d'obéir et Mme Clairborne marcha vivement vers son fauteuil, ponctuant chaque pas d'un coup de canne autoritaire. Elle salua brièvement Mme Penny, assise sur le canapé, s'installa dans son fauteuil et accrocha sa canne au bras du siège avant de reprendre son inspection. Gisèle d'abord, cette fois-ci, Abby et moi ensuite.

— J'aime connaître personnellement chacune de mes filles de Greenwood, commença-t-elle. Notre école a ceci de particulier qu'elle ne traite pas, ainsi que tant d'autres établissements privés sont enclins à le faire, les élèves comme des numéros. Par conséquent, j'aimerais que chacune de vous se présente et me parle d'elle-même en quelques mots. Ensuite, je vous ferai part des décisions que j'ai prises, il y a longtemps de cela, pour assurer la continuité de Greenwood, et de mes espoirs pour son avenir.

Elle s'exprimait d'une voix ferme, presque aussi grave que celle d'un homme, par moments.

— Après cela, poursuivit-elle, le thé sera servi. (Son expression finit par s'adoucir un peu, bien que son sourire me fît plutôt l'effet d'une grimace.) Alors, qui veut commencer ?

Personne n'ayant répondu, elle attacha son regard sur moi.

— Bon. Puisque nous sommes si timides, commençons par les jumelles, ne serait-ce que pour être sûre d'éviter toute confusion entre elles.

— L'handicapée, c'est moi, lança Gisèle d'un air goguenard.

Il se produisit une sorte de hoquet silencieux, comme si la pièce s'était brutalement vidée de son oxygène. Mme Clairborne se tourna lentement vers Gisèle.

— Physiquement seulement, j'espère ?

Médusée, ma sœur rougit jusqu'à la racine des cheveux. Quant à Mme Penny, elle rayonnait de satisfaction, son héroïne ne s'était pas laissé désarçonner. On ne pouvait pas la prendre en défaut. De plus malignes que Gisèle avaient dû essayer, supposai-je, pour se retrouver exactement au même point que ma sœur : le bec dans l'eau. Je me hâtai de rompre un silence devenu par trop embarrassant :

— Je suis Ruby Dumas et voici ma sœur Gisèle, madame. Nous avons dix-sept ans et nous venons de La Nouvelle-Orléans. Nous habitons le quartier qu'on appelle Garden District et notre père est investisseur immobilier.

Mme Clairborne m'étudia longuement, les yeux étrécis, au point que je commençai à me sentir franchement mal à l'aise. J'avais l'impression d'être assise sur un tas de boue et de m'enfoncer lentement.

— Je connais très bien Garden District, c'est un des plus beaux quartiers de la ville. Il fut un temps, dit Mme Clairborne d'une voix qui me parut un peu rêveuse, où j'allais très souvent à La Nouvelle-Orléans.

Elle poussa un soupir et se tourna vers Abby. Mon amie décrivit l'endroit où vivaient ses parents et fournit quelques précisions sur la profession de comptable de son père.

— Vous n'avez pas de frères et sœurs ?

— Non, madame.

— Je vois, commenta Mme Clairborne avec un nouveau soupir, encore plus appuyé. Etes-vous satisfaites de vos chambres, toutes les trois ?

— Elles sont trop petites, se plaignit Gisèle.

— Vous ne les trouvez pas confortables ?

— Non, juste trop petites, insista ma sœur.

— C'est sans doute à cause de votre regrettable situation. Je suis certaine que Mme Penny fera l'impossible pour assurer votre confort pendant votre séjour à Greenwood.

Mme Penny hocha vigoureusement la tête.

— Et je suis également certaine que vous reconnaîtrez les mérites de Greenwood et serez enchantée de recevoir notre éducation. Je dis toujours que nos élèves entrent chez nous petites filles et sont des femmes accomplies quand elles nous quittent. Non seulement parfaitement éduquées, mais moralement beaucoup plus fortes qu'en arrivant. J'ai le sentiment...

Son visage prit une expression grave et pensive.

— J'ai le sentiment que Greenwood est l'un des derniers bastions de cette qualité, cet esprit qui a fait du Sud le bastion de l'élégance et de la grâce. Ici, jeunes filles, vous acquerrez le sens de la tradition qui est votre héritage. Ailleurs, surtout dans l'Ouest et le Nord-Est, le radicalisme envahit notre culture, la grignote et la corrompt. Il change ce qui avait été la plus pure des crèmes en... en lait tourné.

Elle soupira derechef.

— Il règne une telle immoralité, un tel manque de respect envers ce qui nous était sacré, jadis. Cela vient uniquement de ce que nous oublions qui nous sommes et ce que nous sommes. Vous comprenez cela, vous toutes ?

Personne ne souffla mot. Gisèle semblait domptée. Abby et moi échangeâmes un bref regard de connivence.

— Bon, assez philosophé, déclara Mme Clairborne avec un hochement de tête en direction de la porte.

Deux femmes de chambre, debout sur le seuil, n'attendaient que ce signal pour apporter le thé, les gâteaux et les pralines. La conversation devint alors plus facile. Gisèle, après s'être un peu fait prier, raconta son accident à sa manière : les seuls responsables étaient les freins défectueux. Je mentionnai mon goût pour les arts et Mme Clairborne me suggéra d'aller examiner les tableaux du hall. Abby fut la plus réticente à parler d'elle-même, bien sûr. Ce qui, je le vis bien, fut remarqué par notre hôtesse, mais elle n'insista pas sur la question.

Au milieu de notre petite collation, je demandai la permission de me rendre aux toilettes et Otis m'indiqua le chemin des lavabos les plus proches. Comme j'en sortais, le son d'un piano me parvint à travers le hall et la beauté de cette musique me frappa : je me laissai attirer. Je me retrouvai devant la porte ouverte d'un salon ravissant, derrière lequel une terrasse vitrée donnait sur les jardins. Près de la porte de cette véranda, sur la droite, il y avait un piano à queue dont le couvercle était relevé, si bien que je ne vis pas tout de suite le jeune homme qui jouait. Je fis un pas sur la droite pour en voir davantage, et j'écoutai.

Vêtu d'un pantalon bleu marine et d'une chemise blanche à col ouvert, un jeune homme très mince aux cheveux bruns en bataille était assis devant le clavier. Des mèches folles lui retombaient sur le front et les yeux, mais cela ne semblait pas le gêner, à croire qu'il ne s'en apercevait même pas. Il était totalement perdu dans sa musique. Ses doigts couraient sur le clavier comme si elles se mouvaient d'elles-mêmes et qu'il n'était là qu'en auditeur, au même titre que moi.

Brusquement, il s'arrêta de jouer et pivota sur son tabouret pour me faire face. Ce ne fut cependant pas sur moi que son regard s'arrêta : il dériva comme s'il se fixait sur quelqu'un d'autre, derrière moi. Je dus me retourner pour m'assurer que je n'avais pas été suivie, et je l'entendis demander :

— Qui est là ?

Ce fut alors que je compris : il était aveugle.

— Je suis désolée, je ne voulais pas vous déranger.

— Qui est là ? répéta-t-il.

— Je m'appelle Ruby. Je suis venue pour le thé de Mme Clairborne.

— Oh, une des *greenies*, railla-t-il avec dédain, et je vis s'abaisser les coins de sa bouche.

Une très belle bouche, d'ailleurs, ferme et sensuelle.

Avec cela un nez droit au dessin parfait, et un front lisse que même sa grimace de mépris ne parvenait pas à rider.

— Je ne suis pas une des « greenies », ripostai-je avec humeur. Je suis Ruby Dumas, une nouvelle élève.

Il rit et se renversa en arrière, les bras croisés sur son buste étroit.

— Je vois. On a sa personnalité.

— Parfaitement.

— Eh bien, ma grand-mère et ma cousine Margaret, que vous connaissez sous le nom de Mme Ironwood, auront vite fait de vous ôter cet esprit d'indépendance. Elles veilleront à ce que vous deveniez une bonne petite fille du Sud, qui suit le chemin tracé pour elle, ne dit que ce qu'elle doit dire — et bien poliment, encore — et qui ne pense que ce qu'on lui dit de penser, acheva-t-il en riant.

— Personne ne me dictera ce que je devrai dire et penser !

Cette fois, il ne rit pas mais son sourire s'attarda longtemps sur son visage, puis il reprit son sérieux.

— Vous ne parlez pas tout à fait comme les autres, je discerne un accent dans votre voix. D'où êtes-vous ?

— De La Nouvelle-Orléans.

— Non, avant cela. J'ai l'ouïe plus développée que les autres, vous savez. Laissez-moi réfléchir... Vous êtes du bayou, n'est-ce pas ?

J'étouffai un hoquet de surprise. Quelle oreille il avait !

— Attendez... je suis un expert en intonations...

— Je suis de Houma, avouai-je.

Il hocha la tête.

— Une Cajun. Ma grand-mère connaît-elle vos origines ?

— C'est possible. Mme Ironwood les connaît.

— Et elle vous a acceptée comme élève ? s'écria-t-il avec une surprise non feinte.

— Oui. Pourquoi pas ?

— Cette école est très sélective. D'habitude, si l'on n'est pas créole bon teint, et d'excellente famille de surcroît...

— Mais c'est aussi ce que je suis.

— Hum. Intéressant. Ruby Dumas, c'est ça ?

— Oui. Et vous, qui êtes-vous ? (Je perçus son hésitation et m'empressai d'ajouter :) Vous jouez merveilleusement bien.

— Merci, mais je ne joue pas. Je pleure, je crie, je ris avec mes doigts, la musique est tout simplement... mon langage. Mais cela, seul un musicien, un poète ou un artiste pourrait le comprendre.

— Je comprends. Je suis moi-même une artiste.

— Oh ?

— Oui. J'ai même vendu des peintures dans une galerie du Vieux Carré, précisai-je, consciente de me faire valoir.

Cela ne me ressemblait pas mais les manières condescendantes de ce jeune homme, son attitude sceptique me piquaient au vif et aiguillonnaient mon orgueil. Je n'étais peut-être pas d'un sang assez pur selon les critères de Mme Clairborne et de son petit-fils, soit, mais j'étais la petite-fille de Catherine Landry, et fière de l'être.

— Vraiment ? (Il sourit, découvrant une rangée de dents aussi blanches que les touches de son piano.) Et que peignez-vous ?

— J'ai surtout peint des paysages du bayou, quand je vivais là-bas.

Il parut soudain tout pensif.

— Vous devriez peindre le lac au crépuscule, quand les jacinthes passent insensiblement du bleu lavande au violet pourpre... C'était mon endroit favori.

Il parlait des couleurs comme s'il évoquait des amis très chers, depuis longtemps disparus.

— Vous n'avez donc pas toujours été aveugle ?

— Non, dit-il avec un accent de tristesse.

Et, après un instant de silence, il ajouta :

— Retournez au thé de ma grand-mère, avant qu'on ne vous envoie chercher.

— Je ne sais toujours pas votre nom.

— Louis, dit-il très vite.

Et il se remit aussitôt à jouer, avec une sorte de fureur.

Je me sentais toute mélancolique en retournant au salon, et Abby s'en aperçut tout de suite. Mais avant qu'elle ait pu me questionner à ce sujet, Mme Clairborne annonça que le thé touchait à sa fin.

— Je suis heureuse d'avoir reçu votre visite, déclara-t-elle en se levant. Je regrette de vous voir partir si vite, mais je sais que vous avez beaucoup à faire, vous autres jeunes filles. Je vous reverrai sous peu, j'en suis sûre. D'ici là...

Elle marqua un temps d'arrêt avant de conclure :

— Travaillez bien et appliquez-vous à devenir de véritables filles de Greenwood.

Sur ce, elle sortit en martelant le sol de sa canne, la montre inutile oscillant au bout de sa chaîne comme un fardeau qu'elle était condamnée à porter sa vie durant.

— En route, jeunes filles, gazouilla Mme Penny d'un air ravi. Quel délicieux après-midi, n'est-ce pas ?

— Passionnant ! renvoya Gisèle. J'ai failli en avoir une attaque.

Mais elle me lança un regard soupçonneux, intriguée par ma longue absence et mon changement d'humeur. Je la roulai jusqu'au perron et Buck accourut aussitôt pour lui faire descendre les marches. Une fois de plus, il la souleva dans ses bras, mais cette fois elle fit exprès de lui frôler la joue de ses lèvres. Il jeta un regard furtif de notre côté pour voir si nous avions remarqué le manège de Gisèle, mais Abby et moi fîmes celles qui n'avaient rien vu. Quant à Mme Penny, elle n'avait pas besoin de se forcer pour ne rien voir. Une fois dans la voiture, Abby me demanda où j'avais disparu si longtemps.

— J'ai rencontré un jeune homme très intéressant mais très triste, annonçai-je.

Mme Penny avala brusquement une gorgée d'air.

— Vous êtes allée dans l'aile Ouest ?

— Oui, pourquoi ?

— Je ne laisse jamais les jeunes filles aller par là. Grands dieux, si Mme Clairborne l'apprenait ! J'ai oublié de vous prévenir qu'il ne fallait pas vous aventurer de ce côté.

— Pourquoi l'aile Ouest nous est-elle interdite ? s'enquit Abby.

— Ce sont les appartements privés. Ceux que Mme Clairborne occupe avec son petit-fils.

— Son petit-fils ? releva Gisèle en se tournant vers moi. C'est lui que tu as rencontré ?

— Oui.

— Quel âge a-t-il ? Comment est-il ? Comment s'appelle-t-il ? débita-t-elle tout d'une traite. Pourquoi n'a-t-il pas été invité au thé ? Cela aurait mis un peu de piquant… à moins qu'il ne soit aussi laid qu'elle !

— Il s'appelle Louis. Il est aveugle, mais il m'a dit qu'il ne l'avait pas toujours été. Que lui est-il arrivé, madame Penny ?

— Ô mon Dieu ! s'exclama-t-elle en guise de réponse. Ô mon Dieu, mon Dieu, mon Dieu…

— Arrêtez de vous répéter, ordonna ma sœur. Dites-nous plutôt ce qui est arrivé.

— Il est devenu aveugle à la mort de ses parents, dit précipitamment la surveillante. Et il n'est pas seulement aveugle, mais atteint de mélancolie. D'habitude, il ne parle à personne. Il avait quatorze ans à l'époque de la tragédie.

— Sa mère était la fille de Mme Clairborne ? insista Gisèle.

— Oui.

— Qu'est-ce que c'est, la mélancolie ? Une maladie ou quoi ?

— C'est une forme de dépression profonde, une langueur qui affecte aussi le corps. Il arrive que les gens se laissent mourir, dit Abby d'une voix sourde.

Gisèle la dévisagea longuement.

— Mourir de chagrin, tu veux dire ?

— Oui.

— C'est idiot ! Ce garçon ne sort jamais, madame Penny ?

— Ce n'est pas un garçon, mon enfant. Il a presque trente ans. Mais, pour répondre à votre question, non, il ne sort presque jamais. Mme Clairborne pourvoit à tous ses besoins et veille à ce qu'on ne trouble pas sa tranquillité. Mais je vous en prie, parlons d'autre chose. Mme Clairborne n'aime pas qu'on aborde ce sujet.

— C'est peut-être pour ça qu'il est si triste, suggéra ma jumelle. Obligé de vivre avec elle, pensez donc !

Mme Penny étouffa une exclamation indignée, qui amena un sourire satisfait sur les lèvres de ma sœur.

— Est-ce qu'il t'a dit comment ses parents étaient morts, Ruby ?

— Non, ni même qu'ils l'étaient. Nous n'avons pas parlé très longtemps.

— Alors ? Comment sont-ils morts, madame Penny ? (La gouvernante fit la sourde oreille.) Vous ne voulez pas nous le dire, c'est ça ?

— Nous n'avons pas à discuter de ce sujet, déclara sèchement Mme Penny, la mine sévère.

Ce ton catégorique lui était si peu habituel qu'il ne fallait pas demander de qui elle s'inspirait. Mais ma sœur ne se tint pas pour battue.

— Pourquoi nous en avoir parlé, alors ? Ce n'est pas juste de commencer une histoire et de la laisser en plan.

— Je n'ai rien commencé du tout, c'est vous qui avez voulu savoir. Ô mon Dieu ! C'est la première fois qu'une de mes filles s'aventure dans l'aile Ouest.

— Cela n'a pas semblé l'ennuyer beaucoup, rassurez-vous.

— C'est surprenant. Il n'a jamais parlé à aucune fille de Greenwood, jusqu'ici.

— Il joue très bien du piano.

— N'allez pas cancaner à son propos avec les autres, au moins. Je vous en prie, ajouta-t-elle d'un ton suppliant.

— Je ne suis pas cancanière, madame Penny. Et je ne voudrais pour rien au monde vous attirer des ennuis.

— Très bien, alors parlons d'autre chose. Les gâteaux vous ont-ils plu ?

— Oh, zut ! s'exclama Gisèle. J'ai oublié d'en prendre pour Bouboule. En tout cas, vous autres...

Elle nous regarda l'une après l'autre, Abby et moi.

— J'aurai deux mots à vous dire dès que nous serons seules, acheva-t-elle d'un ton catégorique.

Et elle ne quitta plus Buck des yeux jusqu'au pavillon.

Dès que Mme Penny nous eut laissées à notre porte, Gisèle exigea de savoir comment nous avions connu Buck et je lui racontai notre promenade au hangar à bateaux, le premier soir.

— C'est là qu'il vit ?

— Apparemment.

— Et vous ne l'avez pas revu depuis ? insista-t-elle, manifestement déçue.

— Juste une fois, quand il tondait la pelouse.

Elle réfléchit quelques instants.

— Il est mignon, mais ce n'est jamais qu'un employé,

constata-t-elle d'une voix rêveuse. En attendant, c'est tout ce qu'on a sous la main.

— Gisèle, fais-moi le plaisir de le laisser tranquille et de ne pas lui attirer d'ennuis !

— Mais oui, sœurette. Et toi, parle-nous de ce petit-fils aveugle et de ce qui s'est vraiment passé entre vous, sinon... c'est moi qui me charge de répandre la nouvelle et c'est Mme Penny qui aura des ennuis. Tu es prévenue.

Je secouai la tête en soupirant.

— Tu es impossible, Gisèle ! Je t'ai tout raconté. J'ai entendu de la musique, regardé dans la pièce et parlé quelques minutes avec lui, c'est tout.

— Il t'a dit comment ses parents étaient morts ?

— Non.

— Et qu'est-il arrivé, d'après toi ?

— Aucune idée, mais cela a dû être assez terrible.

C'était aussi l'avis d'Abby, ce qui réjouit ma sœur : elle sourit jusqu'aux oreilles.

— Eh bien, maintenant nous avons quelque chose à découvrir, au moins. Et de quoi faire pression sur Mme Penny, si jamais elle essaie de nous coller un mauvais point.

— Ça suffit, Gisèle ! Et pas un mot à ton fan-club, compris ?

Autant parler toute seule. A peine les autres filles nous eurent-elles aperçues que Gisèle était prête à leur débiter toute l'histoire, de Buck au petit-fils de Mme Clairborne.

Une fois dans notre chambre, quand nous eûmes ôté nos jolies robes et passé un jean et un chandail, j'en dis plus long à Abby sur Louis. Nous nous étendîmes côte à côte sur mon lit, à plat ventre, pour bavarder tout à notre aise.

— Il n'a pas une très haute opinion des filles de Greenwood, expliquai-je. Il trouve que sa grand-mère et Mme Ironwood font de nous de vraies marionnettes.

— Il n'a peut-être pas tellement tort. Ce speech qu'elle nous a fait sur la tradition du Sud !

— Tu as remarqué que toutes les pendules étaient arrêtées, même la montre qu'elle porte au cou ?

— Non. Tu es sûre ?

— A la même heure exactement : deux heures cinq.

— Ça, c'est bizarre.

— Je voulais interroger Mme Penny là-dessus ; mais quand je l'ai vue si agitée à propos de ma petite équipée, je n'ai pas voulu rajouter de poivre dans le gombo.

Abby sourit.

— Voilà tes origines cajuns qui montrent le bout de l'oreille, une fois de plus.

— Je sais. Louis a tout de suite identifié mon accent du bayou. Il était même surpris qu'on m'ait acceptée à Greenwood, n'étant pas une créole pur-sang.

— D'après toi, que se passerait-il si on découvrait la vérité sur mon passé ?

— Quelle vérité ? demanda Gisèle.

Nous nous retournâmes brusquement et restâmes bouche bée en la découvrant sur le seuil. Nous étions si absorbées dans notre conversation que nous ne l'avions pas entendue ouvrir la porte. A moins qu'elle ne l'eût ouverte en catimini dans l'intention de nous espionner, ce qui était bien dans son style. Elle se propulsa dans la pièce et je me redressai pour m'asseoir.

— Alors, les filles, on se fait des confidences ?

— Tu pourrais frapper avant d'entrer, protestai-je. Je suis sûre que tu tiens à *ton* intimité, toi.

— J'ai pensé que vous apprécieriez ma visite, déclara-t-elle avec son sourire en biais. (C'est fou ce qu'elle me faisait penser aux rats musqués que pêchait grand-père, quand elle grimaçait comme ça !) J'ai découvert toute l'histoire du pauvre Louis, figurez-vous.

— Et comment t'y es-tu prise ?

— Jacky était au courant. Ça n'a pas l'air d'être un si grand secret, finalement. Mme Clairborne cache des cadavres dans son placard, jubila-t-elle, piquant la curiosité d'Abby.

— Comment ça ? Quels cadavres ?

— Ton secret, d'abord.

— Mon secret ?

— Cette chose que tu ne voulais pas que Mme Ironwood découvre. Je t'ai entendue, va !

— Ce n'est rien, se défendit Abby, écarlate.

— Alors dis-le, si ce n'est rien. Dis-le, sinon... vous verrez ce dont je suis capable.

— Gisèle !

— C'est un marché honnête, non ? Une information contre une autre. J'étais sûre que tu avais des petits secrets avec elle, Ruby. Des choses que tu caches à ta sœur jumelle. Tu lui as même raconté notre histoire, si ça se trouve.

— C'est faux, protestai-je, ennuyée pour la pauvre Abby dont je vis l'expression désolée. Bon, nous allons te le dire.

Abby ouvrit des yeux ronds et je me hâtai de la rassurer.

— Ma sœur sait garder un secret, n'est-ce pas, Gisèle ?

— Ça, oui ! J'en connais plus que tu n'en connaîtras jamais, sur les garçons de notre ancien lycée par exemple. Et même sur ce cher Chris, ajouta-t-elle, toute réjouie.

Je réfléchis quelques instants avant de « révéler » une vérité plausible, pour ma sœur en tout cas.

— Abby a été renvoyée provisoirement d'un lycée pour avoir été surprise dans les sous-sols avec un garçon, voilà.

La stupéfaction d'Abby fit merveille : on aurait juré que je l'avais trahie. Gisèle nous examina l'une après l'autre d'un air de doute, puis elle éclata de rire.

— La belle affaire ! A moins que l'on ne vous ait surpris tout nus, bien sûr. Vous vous étiez déshabillés ?

Abby me consulta du regard et finit par répondre :

— Non, pas complètement.

— Pas complètement ? Jusqu'où, alors ? Tu avais enlevé ton chemisier ? (Abby fit signe que oui.) Ton soutien-gorge ? (Nouveau signe d'Abby. Gisèle parut impressionnée) Quoi d'autre ?

— C'est tout, dit précipitamment Abby.

— Eh bien, mademoiselle Sainte-Nitouche n'est pas si pure que cela, finalement !

— Gisèle, rappelle-toi ce que tu as promis.

— Pff ! Personne ne s'intéresse à ce genre d'enfantillages. Et maintenant, vous allez me demander comment Louis est devenu aveugle et ce qui est arrivé à ses parents, je suppose.

— Je croyais que tu devais nous l'apprendre ?

Elle hésita, savourant son pouvoir sur nous.

— Peut-être, plus tard... si j'en ai envie, dit-elle en faisant pivoter son fauteuil.

Et elle s'empressa de quitter la chambre. Abby la rappela :

— Gisèle !

— Oh, laisse-la partir, Abby. Elle ne ferait que nous taquiner tant et plus, affirmai-je.

Mais je ne pouvais m'empêcher de retourner sans cesse la même question dans ma tête. Comment ce jeune homme si beau était-il devenu aveugle ? Qu'est-ce qui avait fait de lui cet être mélancolique, n'exprimant plus ses sentiments et ses pensées qu'en promenant ses doigts sur le clavier d'un piano ?

6

Une invitation inattendue

Malgré ma curiosité dévorante, je ne donnai pas à ma sœur la satisfaction de m'entendre implorer ses confidences, et à Jacky non plus. Mais les choses tournèrent de telle sorte que je n'eus à supplier aucune des filles du fan-club.

Le lendemain matin, juste après le petit déjeuner, je reçus un appel téléphonique de Mlle Stevens.

— Je comptais passer ma journée de liberté à peindre en plein air et j'ai pensé à vous, m'annonça-t-elle. Je connais un coin, pas très loin de l'autoroute, d'où nous aurons une magnifique vue du fleuve. Cela vous plairait de m'accompagner ?

— Oh, oui ! Enormément.

— Parfait. Le temps est un peu couvert mais, d'après la météo, ça va s'éclaircir et se réchauffer sensiblement. Je suis en sweater et en jean.

— Moi aussi.

— Alors vous êtes prête. Je passe vous prendre dans dix minutes. Et pour le matériel, ne vous inquiétez pas : j'ai tout ce qu'il faut dans la voiture.

— Merci beaucoup.

J'étais si emballée à l'idée de dessiner et de peindre à nouveau dans la nature que je faillis renverser Victoria dans le couloir. Elle revenait de la bibliothèque, les bras chargés de livres. Je marmonnai en toute hâte :

— Peindre… avec mon professeur… excuse-moi.

Je me précipitai dans notre chambre où je trouvai Abby roulée en boule sur son lit, le nez dans un livre de classe.

— C'est super, me félicita-t-elle pendant que j'échangeais mes mocassins contre des tennis. Tiens ! je n'avais jamais remarqué cette chaîne, à ta cheville. Qu'est-ce que c'est ?

— Une pièce de monnaie, répondis-je, et je lui racontai brièvement pourquoi Nina me l'avait donnée. Je sais que tu vas trouver ça stupide, mais...

— Non, coupa-t-elle gravement, sûrement pas : mon père pratique secrètement le vaudou. Ma grand-mère était haïtienne, souviens-toi. Je connais certains rituels et...

Elle se leva et alla ouvrir son armoire.

— J'ai ceci.

Elle déplia devant moi une jupe bleu foncé, à laquelle je ne trouvai tout d'abord rien de particulier. Puis elle fit glisser l'étoffe entre ses doigts et je pus voir, cousu dans l'ourlet, une sorte de nid minuscule, tissé de crin de cheval et percé de deux racines entrecroisées.

— Qu'est-ce que c'est ?

— Une protection contre le mal. Je la garde pour une occasion spéciale, si jamais j'ai l'impression de courir un danger, par exemple.

— Je n'ai jamais rien vu de pareil, et pourtant je croyais que Nina m'avait tout appris du vaudou.

— Oh non, sourit Abby. Une mama est toujours capable d'inventer quelque chose de nouveau. Dire que je te cachais ça de crainte que tu ne te moques de moi, et voilà que tu portes une pièce en guise de grigri !

Nous nous étreignîmes en riant de bon cœur. Et juste à cet instant, Samantha passa devant la porte en poussant le fauteuil de Gisèle, Kate et Jacky dans leur sillage.

— Regardez-les ! glapit ma jumelle en nous désignant du doigt. Voilà ce qui arrive quand on est privées de garçons.

Leurs ricanements nous firent monter le rouge au front.

— Oh, ta sœur ! marmonna ma compagne, excédée. Un de ces jours je vais la pousser du haut d'une falaise.

— Il y a des amateurs, il faudra que tu attendes ton tour, plaisantai-je, ce qui nous fit rire de plus belle.

Puis je courus au-dehors pour attendre Mlle Stevens. Elle arriva quelques minutes plus tard, dans une Jeep beige découverte, et je sautai à côté d'elle.

— Je suis contente que vous ayez pu venir, Ruby.

— Et moi, je suis contente que vous me l'ayez proposé.

Elle avait noué ses cheveux en queue-de-cheval et remonté jusqu'aux coudes les manches de son sweater. Ce devait être son vêtement de travail favori, à en juger par les innombrables taches de peinture qui le constellaient. Il en avait vraiment vu de toutes les couleurs ! Dans cette tenue, avec son vieux jean et ses tennis, Mlle Stevens paraissait à peine plus âgée que moi.

— Alors, que pensez-vous de votre vie à Louella-Clairborne, Ruby ? Mme Penny est charmante, non ?

— Oui. Elle est toujours de bonne humeur. Au fait, j'ai changé de chambre, je ne suis plus avec ma sœur Gisèle.

— Ah ? Vous ne vous entendiez pas, toutes les deux ? Mais je suis peut-être indiscrète...

— Oh, non ! m'écriai-je avec sincérité.

Grand-mère Catherine m'avait toujours dit que la première impression qu'on a des gens s'avère être la bonne, parce que c'est le cœur qui réagit le premier. Depuis le début, je m'étais sentie en confiance avec Mlle Stevens, ne serait-ce que parce que nous éprouvions le même amour de l'art. Je m'exprimai sans contrainte :

— Non, je ne m'entends pas avec elle, et ce n'est pas faute d'avoir essayé. Peut-être que si nous avions été élevées ensemble, ce serait différent.

— Si ? répéta Mlle Stevens avec un sourire incertain.

— Nous nous connaissons depuis un peu plus d'un an seulement, commençai-je.

Et je me lançai dans le récit de mon histoire. Je parlais encore lorsque nous arrivâmes à l'endroit d'où l'on avait vue sur le fleuve. Rachel Stevens n'avait pas ouvert la bouche, elle observait un silence attentif.

— Et j'ai donc accepté de venir à Greenwood avec Gisèle, achevai-je.

— Incroyable. Et moi qui trouvais ma vie compliquée parce que j'ai été élevée à Sainte-Marie, un orphelinat religieux de Biloxi !

— Ah bon ? Qu'est-il arrivé à vos parents ?

— Je ne l'ai jamais vraiment su. Tout ce que les sœurs ont bien voulu me dire, c'est que ma mère m'avait confiée à elles très peu de temps après ma naissance. J'ai tenté d'en savoir plus, mais elles se sont toujours montrées rigoureusement discrètes.

Je l'aidai à installer nos chevalets, puis à sortir le papier, les crayons et le reste du matériel. Le ciel s'éclaircissait, selon les prévisions, et une plage bleue s'ouvrait entre les nuages. La brise soufflait plus fort, ici, au bord de l'eau. Derrière nous, les branches des chênes et des noyers s'agitèrent en frissonnant, envoyant une volée d'hirondelles s'égailler dans les cotonniers.

Une vieille péniche à pétrole descendait rapidement le fleuve, tandis qu'au loin, une réplique des anciens bateaux à aubes transportait vers Saint-Francisville son contingent de touristes en liesse.

— Vous croyez que vous découvrirez un jour la vérité sur vos parents ? demandai-je.

— Je n'en sais rien. Je me suis plus ou moins résignée à ne pas savoir. Et c'est aussi bien, ajouta Mlle Stevens en souriant. J'ai une très nombreuse famille : quelques religieuses, et toutes les autres orphelines que j'ai connues.

Elle promena son regard autour d'elle.

— C'est joli, par ici, non ?

— Oui.

— Qu'est-ce qui vous tenterait, en particulier ?

Je contemplai le fleuve, les bateaux, la rive. En aval, je vis la fumée des raffineries s'effilocher dans le vent et disparaître dans les nuages. Mais ce furent deux pélicans se balançant sur l'eau qui retinrent mon attention et, quand je le dis à Mlle Stevens, elle rit.

— Vous êtes comme moi. Vous aimez mettre des animaux dans vos compositions. Attaquons d'abord la perspective et ensuite, voyons si nous pouvons saisir le mouvement de l'eau.

Nous commençâmes à dessiner, sans interrompre notre conversation pour autant.

— Comment s'est passé le thé chez Mme Clairborne ? s'enquit Mlle Stevens.

Je lui en donnai tous les détails, mentionnai combien la maison elle-même m'avait impressionnée, puis j'en arrivai à Louis. Du coup, elle s'arrêta de dessiner.

— Vous lui avez vraiment parlé ?

— Oui.

— J'ai entendu les professeurs raconter toutes sortes de choses sur Mme Clairborne et son petit-fils, mais aucun d'eux ne l'a jamais vu. Et pourtant, ils sont là depuis des années ! Comment est-il ?

Je décrivis Louis et sa merveilleuse façon de jouer.

— Quand je lui ai dit que j'étais une artiste, il m'a suggéré de peindre les bords du lac au crépuscule. Il n'a pas toujours été aveugle, et il se souvient très nettement de ce qu'il voyait.

— Oui. Quelle histoire tragique !

— Je ne la connais pas, vous savez.

— C'est vrai ? s'étonna-t-elle. Mais je comprends pourquoi. C'est une de ces choses dont on ne parle pas, un de ces secrets que tout le monde connaît mais qu'on feint d'ignorer. Les anciens de la maison m'ont fait clairement comprendre qu'il valait mieux ne pas être surpris en train de papoter sur les Clairborne.

Je hochai la tête d'un air entendu.

— Mais je peux vous la raconter quand même, reprit-elle en souriant. Vous m'êtes sympathique et, entre artistes, on peut se permettre quelques petites indiscrétions.

Elle demeura quelques instants pensive, les yeux fixés sur le fleuve, puis se lança dans son récit.

— Il semble que la fille de Mme Clairborne, la mère de Louis, ait eu une liaison avec un homme plus jeune qu'elle. Beaucoup plus jeune qu'elle, paraît-il. Son mari l'a découverte et il a reçu un tel choc émotionnel qu'il a commis ce qu'on appelle un meurtre-suicide. Il a étouffé sa femme avec un oreiller, comme l'Othello de Shakespeare, puis il s'est tiré une balle dans la tête.

« Le malheureux Louis fut, on ne sait comment, témoin de la scène et le traumatisme a produit sur lui un effet dramatique. Il est entré dans un coma prolongé, dont il est finalement sorti, mais... aveugle.

« D'après ce qu'on m'a dit, on a fait l'impossible pour garder le secret, mais l'histoire a fini par transpirer. Pour le moment, Mme Clairborne refuse toujours d'accepter la vérité. Elle préfère croire que sa fille est morte d'un arrêt du cœur et que son gendre, incapable de supporter sa perte, a mis fin à ses jours.

Mlle Stevens s'interrompit et attacha sur moi un regard perplexe.

— Après la réunion d'orientation destinée aux nouveaux professeurs, nous avons tous été invités à un thé à la maison Clairborne. Quand vous y êtes allée, vous n'avez rien remarqué de spécial, à propos des pendules ?

— Si. Elles sont toutes arrêtées à deux heures cinq.

— C'est l'heure à laquelle, en principe, la fille de Mme Clairborne est morte. Un des anciens de Greenwood m'a expliqué que pour elle, le temps s'est arrêté là et qu'elle tient à le montrer de cette façon symbolique. Triste histoire, vraiment.

— Donc, Louis n'a rien aux yeux, en fait ? Aucune lésion physique ?

— Pour ce que j'en sais, non. Il ne sort pratiquement pas de la partie la plus sombre de la maison. Avec le temps, il est devenu complètement dépendant et rares sont ceux qui peuvent se vanter de lui avoir parlé. Vous êtes entrée dans la légende, commenta-t-elle avec un grand sourire chaleureux. Mais maintenant que je vous connais un peu, je ne m'étonne pas que les gens les plus taciturnes aient plaisir à vous parler.

— Merci, murmurai-je en rougissant.

— Nous avons tous du mal à communiquer, moi comme tout le monde. C'est encore par mon art que je m'exprime le mieux. Et c'est surtout avec les hommes que j'ai des problèmes, avoua Mlle Stevens en riant. Cela tient à mon éducation, j'imagine. Et c'est sans doute pourquoi je me sens si à l'aise à Greenwood, où je n'enseigne qu'à des filles.

Elle me décocha un autre de ses radieux sourires.

— Et voilà, nous nous sommes tout dit, comme deux sœurs. C'est cela, la fraternité artistique ! D'ailleurs, j'ai toujours rêvé d'avoir une sœur, quelqu'un avec qui tout partager dans la confiance réciproque. Votre jumelle ne sait pas ce qu'elle perd en vous traitant comme elle le fait. J'en suis jalouse.

— Ça, Gisèle aurait du mal à le croire ! m'écriai-je. D'ailleurs, ce n'est pas la jalousie qu'elle veut provoquer, c'est la pitié.

— La pauvre ! Subir un pareil handicap après avoir été

si active, ce doit être affreux. Enfin ! Il faut bien vous en accommoder, je suppose. S'il y a quelque chose que je puisse faire pour vous aider...

— Merci, mademoiselle Stevens.

— Oh, je vous en prie, Ruby. Appelez-moi Rachel, quand nous ne sommes pas en classe. J'aimerais que nos relations soient celles de vraies amies, et pas seulement celles d'une élève et d'un professeur. D'accord ?

— D'accord, approuvai-je, un peu étonnée mais ravie.

— Bien. Mais en attendant, nous papotons et nous ne faisons pas grand-chose, depuis que nous sommes là. Alors au travail, décida-t-elle avec un petit rire qui nous valut un regard offensé des pélicans.

Après tout, ils étaient là pour pêcher, eux !

Nous travaillâmes environ deux heures et demie, après quoi Mlle Stevens jugea qu'il était temps de penser au déjeuner. Elle m'emmena dans un petit restaurant, aux abords immédiats de la ville. Même avant d'entrer, de délicieux effluves nous chatouillèrent les narines. Nous nous régalâmes d'énormes sandwichs fourrés de crevettes sautées, crabe, salami et tomates en tranches, tout en bavardant à bâtons rompus. Je pris autant de plaisir que Rachel à ces confidences sur nos idées, goûts et préférences dans tous les domaines. J'avais l'impression d'avoir une grande sœur.

L'après-midi était déjà bien avancé quand elle me déposa au pavillon. Elle garda mon travail et promit de l'amener à l'atelier, pour que je puisse le terminer en cours.

— Ce fut un moment très agréable, Ruby. Cela vous dirait de recommencer ?

— Oh, oui ! Mais je ne peux pas vous laisser payer tout le temps le restaurant pour moi.

Elle éclata de rire.

— Il faudra bien, sinon cela pourrait passer pour une tentative de corruption.

Je lui dis au revoir et courus au dortoir, où je trouvai Mme Penny dans tous ses états.

— Dieu merci ! s'écria-t-elle en se tordant les bras. Dieu merci, vous voilà !

— Qu'y a-t-il, madame Penny ? Il est arrivé quelque chose ?

La main sur le cœur, elle se laissa tomber sur la banquette.

— Mme Clairborne a appelé. En personne. Je lui ai parlé, haleta-t-elle, comme si elle s'était entretenue avec le président des Etats-Unis. Elle vous demandait, alors je suis allée vous chercher, mais votre camarade de chambre...

Elle reprit bruyamment son souffle.

— Abby m'a dit que vous étiez quelque part au bord du fleuve, avec votre professeur d'éducation artistique. Elle aurait dû savoir, pourtant! Elle aurait dû savoir...

— Savoir quoi, madame Penny? m'informai-je avec patience.

— Qu'il faut une autorisation spéciale pour quitter le campus, surtout pendant le week-end. Il faut que les absences soient signalées sur mon registre.

— Mais nous sommes simplement allées peindre au bord de l'eau, madame Penny.

— Peu importe, elle aurait dû savoir. J'ai dû dire à Mme Clairborne que vous n'étiez pas là. Elle était très déçue.

— Qu'est-ce qu'elle voulait?

Mme Penny se pencha en avant et regarda autour d'elle pour vérifier si les autres ne pouvaient pas l'entendre.

— Quelque chose de stupéfiant s'est produit, annonça-t-elle dans un chuchotement sonore qui se voulait confidentiel. Son petit-fils... Louis... Il a demandé que vous veniez dîner à la grande maison... ce soir!

— Oh?

Mon manque d'enthousiasme parut la choquer.

— Vous m'entendez, au moins? Aucune des filles de Greenwood n'a jamais été invitée à dîner là-bas et voilà que Mme Clairborne vous invite, vous. On passera vous prendre à six heures vingt. Le dîner est à six heures trente, très précises.

— Vous avez répondu que j'irais?

— Naturellement. Qui aurait seulement l'idée de refuser? (Elle m'étudiait d'un air inquiet.) Vous allez y aller, au moins?

— Je me sens un peu intimidée, avouai-je.

— C'est tout à fait normal, me rassura-t-elle, soulagée. Quel honneur... et une de mes filles, en plus! s'exclama-t-elle en battant des mains. Mais il faudra que je gronde votre professeur. Elle aurait dû savoir.

— Vous n'en ferez rien, madame Penny. Sinon, je ne vais pas chez les Clairborne.

— Comment !

— Je lui expliquerai le règlement et j'obtiendrai une permission de mon père, mais je ne veux pas que Mlle Stevens ait des ennuis, décrétai-je avec autorité.

— Bon, mais... si Mme Ironwood l'apprenait ?

— Elle n'en saura rien.

— Bien, alors n'oubliez pas d'avertir votre professeur et procurez-vous cette permission. Et maintenant... (Elle retrouva brusquement le sourire.) Tâchez de trouver une jolie toilette, je vais m'assurer que la voiture arrive à l'heure. Une de mes filles... Une de mes filles... marmotta-t-elle en s'éloignant.

Je pris une longue inspiration. Je ne pouvais pas m'arrêter de trembler, tout en me traitant d'idiote. Ce n'était jamais qu'un dîner, après tout. Pas un examen ou une audition.

Mais maintenant que je connaissais toute l'histoire, l'appréhension me nouait la gorge. Pourquoi m'étais-je laissé charmer par la douceur plaintive de cette musique et l'avais-je suivie jusqu'à cette pièce ?

Naturellement, il était impossible de garder cette invitation secrète, comme je l'aurais voulu. Mme Penny s'en faisait une gloire, et en un temps record tout le pavillon connut la nouvelle. Au grand dépit de Gisèle, persuadée que j'étais au courant depuis le jour du thé mais que je n'avais rien voulu lui dire.

— Il faut que ce soit par les autres que je l'apprenne ! se plaignit-elle en roulant son fauteuil dans notre chambre.

Comme toujours, Samantha l'accompagnait, prête à satisfaire ses moindres désirs.

— Je viens de l'apprendre moi-même, Gisèle, je rentre à l'instant. J'ai passé la journée à peindre au bord du fleuve avec Mlle Stevens.

— Toute la journée à peindre avec Mlle Stevens ? Palpitant.

Elle loucha du côté du lit, où j'avais étendu les robes parmi lesquelles je comptais choisir avec Abby.

— J'ai plutôt l'impression que tu le savais avant, moi. Tu as déjà tout préparé.

— Absolument pas. Je viens juste de sortir ces robes de mon placard, pas vrai, Abby ?

— Tout ce qu'il y a de plus vrai, confirma-t-elle.

Mais ma jumelle ne désarma pas pour autant.

— Et pourquoi n'a-t-elle invité que toi, d'abord ?

— Aucune idée.

— Parce que c'est son petit-fils qui t'a fait demander, voilà pourquoi !

Elle faisait preuve d'un flair étonnant, quelquefois. Rien ne lui échappait. Rompue aux calculs et aux machinations les plus tortueuses, elle parcourait les chemins de l'intrigue en espionne professionnelle.

— C'est possible, dus-je admettre.

— Il ne t'a même pas vue et il veut que tu reviennes ! Qu'est-ce que vous avez fabriqué, tous les deux ?

— Gisèle ! (D'un regard éloquent, je lui rappelai la présence des autres.) Nous n'avons rien fait du tout. Je lui ai parlé à peine quelques minutes, je l'ai écouté jouer du piano et je suis partie. Je suis déjà assez nerveuse comme ça, ne me rends pas les choses encore plus pénibles. Je me serais bien passée de ce dîner, je t'assure, mais Mme Penny en fait l'événement du siècle.

— J'aime bien la robe bleu clair, intervint adroitement Abby. Elle est élégante sans être trop habillée.

— Elle sera parfaite pour un dîner avec un aveugle, persifla Gisèle, furibonde. Quand je pense que tu vas te régaler là-bas, pendant que nous nous contenterons de cette cuisine répugnante !

— Elle n'est pas répugnante, la reprit Abby.

— Il faut croire que tu y es habituée, cracha ma sœur. Fais-moi sortir d'ici, Samantha. Les odeurs sont trop fortes pour nos narines délicates.

Abby pâlit. Elle allait riposter de la belle manière mais je l'en dissuadai :

— Ne te rends pas malade pour ça, surtout, elle serait trop contente. C'est exactement ce qu'elle cherche.

— Tu as raison, approuva-t-elle.

Et nous revînmes à notre précédente occupation : le choix d'une robe, pour tomber d'accord sur la bleu clair.

Elle était très élégante, avec son décolleté en pointe. Un peu plongeant, peut-être, mais nous fûmes d'avis que le médaillon et sa chaîne en atténueraient l'audace. Abby me prêta des bijoux en or, ses boucles d'oreilles en forme de feuilles et un bracelet porte-bonheur. Nous décidâmes que je porterais les cheveux relevés, sans autre maquillage qu'un soupçon de rouge à lèvres. Pour finir, je m'enveloppai d'un nuage d'eau de Cologne au jasmin, prêtée par Mme Penny, et je sortis dans le hall où elle m'attendait pour une inspection finale. Elle se déclara satisfaite de mon apparence.

— Ceci est un événement historique, ajouta-t-elle, notez tous les détails pour me les raconter. Je suis si impatiente de savoir ! Je vous attendrai ici, d'accord ?

— D'accord, madame Penny.

Abby m'adressa un sourire encourageant.

— Passe une bonne soirée, Ruby.

— Merci, mais j'ai un trac fou.

— Tu n'as aucune raison de t'en faire, répliqua-t-elle avec un clin d'œil. Tu as toujours ton grigri, non ?

Je souris à mon tour. Abby avait raison : j'avais caché la pièce dans ma chaussure. Sur ces entrefaites, Mme Penny annonça que le break était là et je courus sur le perron.

Debout près de la voiture, Buck tenait la portière ouverte pour moi. Ses yeux s'agrandirent quand il m'aperçut, et j'y vis passer une lueur d'admiration, mais il ne dit rien. Je m'assis à ma place et il se hâta d'aller prendre la sienne. Mme Penny nous salua de la main et ce fut seulement quand nous eûmes parcouru quelques mètres que Buck se tourna vers moi.

— Vous êtes ravissante.

— Merci.

— Depuis trois ans que je suis ici, c'est la première fois que je conduis une pensionnaire à la grande maison pour dîner, observa-t-il. Vous êtes apparentée aux Clairborne ?

— Pas du tout, répliquai-je, amusée.

Il ne dit plus rien jusqu'à la maison et, une fois là, s'empressa de venir m'ouvrir la porte.

— Amusez-vous bien !

Je le remerciai d'un sourire et montai vivement les marches. Je n'avais pas encore atteint la porte qu'elle s'ouvrait devant moi, laissant apparaître Otis.

— Bonsoir, mademoiselle, dit-il en s'inclinant plus bas qu'à l'ordinaire.

— Bonsoir, Otis.

— Par ici, s'il vous plaît.

Il referma le battant et je le suivis dans le hall, puis dans le corridor qui nous amena dans l'aile Ouest jusqu'à la salle à manger. Contrairement au reste de la maison, tout était sombre dans cette aile. Papiers muraux, tapis et tentures, tout y était de teinte foncée, y compris les tableaux. Certains représentaient d'inquiétants paysages du bayou, des coins de marais envahis de mousse espagnole, le fleuve dans ses parties les plus larges où les eaux sont couleur de rouille et où les bateaux semblent remorquer leur ombre. Quant aux portraits de famille, ils montraient d'austères personnages à l'expression revêche.

Trois couverts étaient disposés à une extrémité de la longue table de chêne, qu'éclairaient chichement deux chandeliers d'argent. Les petites flammes vacillaient à la pointe des bougies, blanches comme de l'os, et le lustre unique ne dispensait qu'une lumière falote. Otis écarta une chaise pour me faire comprendre que c'était ma place.

— Merci, Otis.

— Mme Clairborne et M. Clairborne ne vont pas tarder à arriver, m'annonça-t-il.

Et il se retira, me laissant seule dans ce décor solennel. Pendant un moment, tout fut plongé dans un silence de mort. Puis je reconnus le tap-tap de la canne de Mme Clairborne s'avançant le long du corridor, et elle entra dans la pièce.

Sa robe noire lui arrivait presque à la cheville, et l'étoffe sombre donnait une importance toute particulière à la montre nichée au creux de son décolleté. Elle n'avait rien changé à sa coiffure, mais portait maintenant des boucles d'oreilles et un bracelet de perles fines. Ses mains s'ornaient toujours de la même collection de bagues.

— Bonsoir, dit-elle en s'approchant du haut bout de la table, d'où Otis écarta aussitôt la chaise.

— Bonsoir. Merci pour votre invitation, ajoutai-je quand elle eut pris place.

— Mais je ne vous ai pas invitée, contra-t-elle instantanément.

Vue d'aussi près, je lui trouvai le nez encore plus pointu. Sa peau blafarde paraissait presque transparente à force de finesse, et je distinguais les veines bleues qui saillaient sur ses tempes. L'ombre de moustache qui soulignait sa lèvre semblait plus apparente, et son lourd parfum de jasmin dominait complètement celui de mon eau de Cologne.

— Je ne comprends pas, balbutiai-je.

— C'est mon petit-fils qui a tenu à ce que vous veniez. En règle générale, je n'invite jamais les élèves à dîner. Elles sont trop nombreuses à mériter cette faveur, expliqua-t-elle. J'ignorais que vous l'aviez rencontré à l'heure du thé.

— Je l'ai entendu jouer du piano quand je suis sortie pour aller aux toilettes et…

— Mme Penny aurait dû vous faire bien comprendre…

— Grand-mère, manquerais-tu de savoir-vivre, par hasard ?

Je pivotai sur moi-même pour apercevoir Louis, debout dans l'embrasure. Et sans canne. Habillé pour le dîner en costume sombre et cravate noire, les cheveux lissés en arrière, il était vraiment très beau.

— Je n'ai rien à me reprocher, marmonna Mme Clairborne.

Louis sourit et, avec une aisance surprenante, gagna sa place de l'autre côté de la table.

— Ne soyez pas surprise, Ruby. Je parcours les mêmes trajets depuis si longtemps que j'ai dû creuser des sillons dans le sol, et tout le monde sait que rien ne doit être déplacé, dans l'aile Ouest.

— C'est pourquoi je n'y admets aucun visiteur, se hâta de préciser Mme Clairborne. Si jamais quelqu'un déplaçait un seul meuble…

— Personne ne s'aviserait de faire une chose pareille, coupa Louis, et surtout pas Ruby, tu ne crois pas ?

Mme Clairborne soupira et fit signe à Otis, qui commença son service en ouvrant une bouteille d'eau minérale.

— Nous n'avons pas de vin, ce soir ? s'étonna Louis en humant son verre.

— Je ne sers jamais de vin aux pensionnaires, répliqua sévèrement sa grand-mère.

Je le vis réprimer un sourire.

— Mais nous aurons quand même droit au menu spécial, j'espère ?

— Hélas oui, répondit la vieille dame en se tournant vers moi. Louis a insisté pour que nous servions un repas cajun.

— Laissez-moi le lui présenter, s'interposa Louis. Nous commencerons par une bisque de crevettes, ensuite un gombo de canard mais, comme dessert, j'ai commandé une spécialité de La Nouvelle-Orléans. Une crème brûlée à l'orange.

— Cela me paraît superbe, déclarai-je avec conviction.

Mme Clairborne émit un grognement, acquiesça d'un air contraint et le repas commença. Ce fut surtout moi qui parlai. Louis m'interrogea sur ma peinture et me demanda de décrire le tableau que j'avais vendu dans une galerie du Vieux Carré, à La Nouvelle-Orléans. Il n'était jamais allé dans le bayou et voulait tout savoir sur la vie dans le marais. A plusieurs reprises, Mme Clairborne ponctua notre conversation d'un clappement de langue réprobateur, surtout lorsque je mentionnai les talents de grand-mère.

— Je me demande si un guérisseur pourrait me rendre la vue, réfléchit Louis à voix haute.

Sur quoi, Mme Clairborne se lança dans une de ses tirades.

— Aucun de ces charlatans ne mettra le pied chez moi ! Les campagnes pullulent de ces bonimenteurs et autres docteurs Miracle, depuis l'arrivée des colons. C'est le fleuve qui les attire, hélas ! Et tu as les meilleurs médecins qui soient.

— Qui n'ont toujours rien fait pour moi, commenta Louis.

— Cela viendra. Nous devons...

Elle s'interrompit d'elle-même et il acheva en souriant :

— ... avoir la foi, c'est cela, grand-mère ?

— Non. Enfin, si. Foi en la science authentique, en la

médecine, pas dans toutes ces balivernes. Si cela continue, c'est un adepte du vaudou que nous inviterons à dîner !

Je retins mon souffle et il se fit un silence, auquel mit fin le rire de Louis.

— Comme vous le voyez, ma grand-mère a des idées très arrêtées sur toutes choses. Cela simplifie la vie, ajouta-t-il avec tristesse. Je n'ai pas besoin de penser par moi-même.

— Personne ne prétend t'interdire de penser, Louis. N'ai-je pas accepté d'inviter cette jeune fille ce soir ?

— Si. Merci, grand-mère. Le repas vous a plu, Ruby ?

— C'était délicieux.

— Et pour cause, commenta Mme Clairborne. J'ai le meilleur cuisinier de Baton Rouge.

Louis se tourna vers moi.

— Voudriez-vous m'entendre jouer du piano ?

— J'en serais ravie.

— Bien. Pouvons-nous quitter la table, grand-mère ?

— J'ai donné consigne au chauffeur de venir la chercher à neuf heures précises. Les filles de Greenwood ont des devoirs à faire et un couvre-feu à respecter.

— J'ai terminé mes devoirs, madame.

— Vous n'en êtes pas moins tenue de rentrer tôt.

— Quelle heure est-il exactement ? s'informa Louis.

Une fois de plus, je me retins de respirer. Allait-elle répondre : « deux heures cinq » ? Non. Elle demanda tout simplement l'heure à Otis, apparu juste au bon moment.

— Sept heures quarante, madame.

— Oh, alors nous avons tout le temps ! commenta Louis en se levant. En route pour le salon de musique, Ruby.

Mme Clairborne eut l'air très ennuyée, mais elle se leva en même temps que moi.

— Merci pour ce merveilleux dîner, madame Clairborne.

— Ce fut un plaisir de vous avoir à notre table, dit-elle très vite, les lèvres tordues en une grotesque parodie de sourire.

Louis arrondit le bras et je m'approchai vivement pour glisser le mien par-dessous.

— Vous portez le parfum favori de grand-mère,

observa-t-il en souriant. C'est quelqu'un qui vous l'a conseillé, je parie ?

— Mme Penny, notre surveillante de dortoir, avouai-je.

Il rit et m'entraîna hors de la pièce, d'un pas aussi assuré que s'il y voyait. Et quand nous arrivâmes dans son studio, il alla directement s'asseoir au piano, sans une hésitation.

— Venez près de moi, offrit-il en me faisant place à ses côtés, sur le tabouret.

Quand je l'eus rejoint, il se mit à jouer quelque chose d'infiniment doux et tendre. La mélodie paraissait couler de ses doigts, il balançait légèrement le buste, ses épaules frôlaient les miennes. J'étudiais son visage, et je vis que d'imperceptibles mouvements agitaient ses paupières et ses lèvres. A la fin du morceau, il garda les mains posées sur le clavier, comme si la musique vibrait toujours sous ses doigts.

— C'était merveilleux, chuchotai-je.

— Mon professeur... un homme plutôt guindé d'habitude... croit que ma cécité rend mon jeu plus sensible. J'ai même l'impression qu'il m'envie, quelquefois. Un jour, il m'a avoué qu'il lui arrivait de se bander les yeux pour jouer. Vous imaginez ça ?

— Oui.

Le corps penché en avant, les doigts toujours sur le clavier, Louis semblait sur le point d'entamer un autre morceau, mais non. Il continua de parler.

— C'est la première fois qu'une fille... une jeune femme... s'assied à mes côtés, vous savez. Je n'en ai jamais approché une d'aussi près.

— Et pourquoi ?

— Pourquoi ? répéta-t-il en souriant, mais son sourire s'effaça vite. Je ne sais pas. J'avais peur, sans doute.

— Peur ? Et de quoi ?

— D'être en état d'infériorité. Devant grand-mère, je prétends toujours que tout va bien, mais c'est une façade. Elle ne me voit jamais tâtonner, j'y veille de près. Elle ne m'entend jamais me plaindre, et je ne me souviens pas d'avoir pleuré devant elle. Nous accordons beaucoup d'importance aux apparences, ici, vous l'avez sûrement remarqué. Nous faisons comme si tout était pour le mieux dans le meilleur des mondes, comme s'il ne s'était rien passé.

« Mais j'en ai assez des faux-semblants ! s'exclama-t-il en pivotant vers moi. Je veux un peu de... de réel. C'est un tort ?

— Oh non !

— J'ai discerné quelque chose dans votre voix, la première fois que vous êtes venue ici. Quelque chose de sincère et d'honnête, qui m'a mis à l'aise et m'a donné de l'espoir. C'était comme si... comme si je pouvais vous voir, Ruby. Je sais que vous êtes belle.

— Oh non, je ne suis pas belle. Je suis...

— Si, vous l'êtes. Je le sais rien qu'à la façon dont grand-mère parle de vous. Ma mère était belle, ajouta-t-il rapidement. Ruby... (Je sentis mon pouls s'accélérer. Allait-il me raconter sa malheureuse histoire ?) Cela vous ennuie si je touche votre visage... vos cheveux ?

— Non.

Il éleva les mains vers mes tempes et, délicatement, dessina les contours de mon visage, promena le bout des doigts sur mes lèvres et enfin sur mon menton.

— Ravissante, souffla-t-il, et il poursuivit son exploration, effleurant mon cou, puis les clavicules. Votre peau est si douce... (Il passa la pointe de sa langue sur sa lèvre inférieure.) Puis-je continuer ?

Ma gorge se serra, mon cœur se mit à battre à grands coups. J'étais profondément troublée, mais je n'osais pas arrêter Louis. Il semblait tellement désespéré...

— Oui.

Ses doigts se posèrent sur le bord de mon col et le suivirent jusqu'au creux de mon décolleté. Sa respiration se précipita. Ses mains glissèrent vivement jusqu'à mes seins et s'animèrent en les étreignant, du geste qu'aurait eu un sculpteur pour modeler son œuvre. Elles descendirent encore, caressant mes côtes, ma taille, puis remontèrent et s'arrêtèrent à hauteur de ma poitrine, les paumes en coupe au-dessus de mes seins mais les frôlant à peine.

Et soudain il les retira, comme s'il venait de recevoir une décharge électrique, puis il baissa la tête.

— Ce n'est rien, Louis, le rassurai-je. Il n'y a pas de mal.

Sans répondre, il se remit brusquement à jouer, mais

cette fois il écrasait les touches avec une sorte de rage. Des gouttes de sueur perlaient à ses tempes, son souffle s'accéléra, on aurait dit qu'il cherchait à s'épuiser lui-même. Finalement, il plaqua les mains sur le clavier.

— Désolé, Ruby. Je n'aurais pas dû demander à grand-mère de vous inviter.

— Mais pourquoi ?

Il tourna lentement la tête.

— Parce que c'est un supplice pour moi, voilà pourquoi. J'ai presque trente ans, et je n'avais jamais touché une femme avant vous. Ma grand-mère et ma cousine m'ont conservé dans la naphtaline, railla-t-il. Si je n'avais pas piqué une colère noire, grand-mère ne vous aurait jamais fait appeler.

— C'est épouvantable. On n'a pas le droit de vous garder prisonnier dans votre propre maison !

— Je suis une sorte de prisonnier, c'est vrai, mais pas de la maison. De mes pensées, gémit-il en portant les mains à son visage.

Je posai la mienne sur son épaule et il releva la tête, puis laissa retomber ses bras.

— Vous n'avez pas peur de moi, Ruby ? Je ne vous dégoûte pas ?

— Mais non !

— Vous avez pitié de moi, c'est ça ?

— D'une certaine façon, oui, mais j'apprécie aussi beaucoup votre talent.

Son expression amère s'adoucit et il inspira profondément.

— Je veux que vous reveniez, Ruby. Les médecins prétendent que j'ai peur de retrouver la vue... Vous croyez que c'est plausible ?

— Cela se pourrait, en effet.

— Vous est-il arrivé de fuir quelque chose que vous n'osiez pas affronter ?

— Oh oui !

— Vous m'en parlerez, un jour ? Vous reviendrez ?

— Si cela vous fait plaisir, oui.

Ses traits s'illuminèrent.

— J'ai composé une ballade pour vous. Désirez-vous l'entendre ?

— C'est vrai ? Oh oui, s'il vous plaît !

Louis commença à jouer. C'était une mélodie délicieusement fluide et qui, pour moi, évoquait irrésistiblement le bayou, les eaux mouvantes, les oiseaux et les fleurs.

— C'est merveilleux ! soupirai-je quand il eut terminé. J'adore cette ballade.

— Je l'ai appelée « Ruby ». Je la ferai transcrire par mon professeur et la prochaine fois que vous viendrez, je vous en donnerai une copie, si vous voulez.

— Oh oui, merci beaucoup.

— J'aimerais en savoir plus long sur vous. Ce que j'aimerais surtout comprendre, c'est comment une jeune fille élevée dans le bayou a pu se retrouver dans une famille créole bon teint de Garden District.

— C'est une longue histoire.

— Tant mieux. J'aimerais qu'elle soit comme celles de Schéhérazade dans les *Mille et Une Nuits*... Un conte qui n'en finit pas, pour que vous reveniez toujours.

Je ris et il recommença son exploration de mon visage, mais cette fois il s'attarda plus longtemps sur mes lèvres.

— Puis-je vous embrasser ? Je n'ai jamais embrassé une fille.

— Oui, acquiesçai-je, sans trop savoir pourquoi moi-même.

Il s'inclina vers moi et je le guidai jusqu'à mes lèvres. Ce fut un baiser très bref, mais le souffle de Louis s'accéléra. Il posa les mains sur ma poitrine et reprit ma bouche, prolongeant son baiser tandis que ses doigts caressaient mes seins, avec une légèreté presque impalpable. Il tenta d'écarter l'étoffe pour découvrir ma poitrine et n'y parvint pas.

— Louis, nous ne devrions pas...

Ce fut comme si je l'avais giflé. Il s'écarta brusquement et, du même geste, se leva du tabouret.

— Non, nous ne devrions pas, siffla-t-il d'une voix rageuse. Vous feriez mieux de partir, maintenant.

— Je n'avais pas l'intention de...

— De quoi ? De me pousser à me couvrir de ridicule ? Eh bien, c'est fait. Vous ne voyez pas dans quel état je suis, maintenant ?

Je ne le voyais que trop bien.

— Louis...

— Vous n'aurez qu'à dire à ma grand-mère que je suis fatigué, me lança-t-il en s'éloignant vers la porte.

— Louis, attendez !

Il ne s'arrêta pas, au contraire : il hâta le pas et quitta la pièce. Dans un élan de pitié pour lui, je le suivis jusqu'à la porte et scrutai le couloir : personne, à croire que l'obscurité l'avait englouti. Je guettai le bruit de ses pas mais tout était silencieux. Intriguée, je m'aventurai plus avant dans l'aile Ouest, dépassai un autre petit salon, franchis un tournant et m'arrêtai à la première porte. J'y frappai tout doucement.

— Louis ?

Je n'obtins pas de réponse mais fis jouer la poignée quand même. La porte s'ouvrit sur une chambre spacieuse, très belle, avec un grand lit à baldaquin drapé d'une moustiquaire. Un relent d'humidité flottait dans l'air et je ne vis que des fleurs fanées dans les vases. Sur les tables de chevet brillaient faiblement deux antiques petites lampes à huile, jetant juste assez de lumière pour éclairer vaguement la silhouette d'une personne allongée, me sembla-t-il. Mais en y regardant de plus près, je vis qu'il s'agissait d'une chemise de nuit de femme.

J'allais me retirer, quand une porte de communication s'ouvrit brusquement sur ma droite et Louis s'encadra dans l'embrasure. Je m'apprêtais à l'appeler mais il poussa un gémissement, pressa les poings sur ses yeux et se laissa tomber à genoux, tout cela d'un seul mouvement. Le souffle coupé, je restai figée sur place, toute tremblante. Louis étreignit ses épaules et se mit à se balancer. Cela dura un moment, puis il se releva en s'agrippant au chambranle, quitta la chambre et ferma doucement la porte derrière lui.

Ce fut pratiquement sur la pointe des pieds que je rebroussai chemin, pour regagner sans bruit le centre de la maison et, finalement, le salon où nous avions pris le thé. Mme Clairborne était assise dans son fauteuil, les yeux fixés sur le portrait de son époux.

— Excusez-moi, murmurai-je.

Elle se retourna lentement, et je crus voir des larmes rouler sur ses joues décolorées.

— Louis vous fait dire qu'il est fatigué, madame. Il s'est retiré dans sa chambre.

— Très bien, répondit-elle en se levant. Votre chauffeur attend déjà dehors.

— Merci encore pour le dîner, madame.

Comme surgi de nulle part, Otis apparut près de la porte. Il l'ouvrit devant moi et s'inclina très bas.

— Bonsoir, mademoiselle.

— Bonsoir, Otis.

Je dévalai les marches et Buck jaillit de la voiture pour venir m'ouvrir la portière.

— Vous avez passé une bonne soirée ?

Sans répondre, je me glissai à ma place, et il claqua la porte sur moi. Dès qu'il eut démarré, je me retournai. Louis et sa grand-mère comptaient peut-être parmi les gens les plus riches que je connaîtrais jamais, me dis-je en contemplant la maison, mais quel bien en retiraient-ils ? Cela ne les protégeait pas contre le malheur.

Si seulement grand-mère Catherine vivait encore ! me laissai-je aller à rêver. Je la ferais venir un soir en secret, elle toucherait Louis et il verrait à nouveau, il serait délivré de sa tristesse. Des années plus tard, je me rendrais dans une magnifique salle de concerts pour l'entendre jouer. Avant la fin de son récital, il se lèverait pour annoncer qu'il dédiait le morceau suivant à une personne en particulier.

« Elle s'appelle Ruby », dirait-il encore. Puis il commencerait à jouer, et j'aurais l'impression de marcher dans les nuages, sous l'éclat des feux de la rampe.

Grand-mère aurait condamné ces rêveries, les aurait déclarées plus fragiles que des bulles de savon. Puis, secouant tristement la tête, elle aurait ajouté : « Toi au moins, tu peux rêver, mais ce pauvre garçon... il vit dans une maison sans rêves, lui. Il est emmuré dans les ténèbres. »

7

Une poigne de fer

Comme prévu, Mme Penny me guettait dans le hall et elle bondit littéralement de son fauteuil pour venir à ma rencontre, les yeux brillants d'excitation. Quelques filles des carrés A et B, qui regardaient la télévision, tournèrent la tête dans notre direction.

— Alors, comment s'est passé ce dîner ?

— Très bien, madame Penny.

— Très bien, sans plus ?

Elle eut la mine déçue d'une enfant qu'on vient de priver de glace. Je savais quel flot d'adjectifs et de superlatifs elle attendait de moi, mais je n'étais pas d'humeur à papoter. Elle reprit espoir avec une nouvelle question :

— Qu'est-ce que Mme Clairborne vous a servi ?

— Une entrée aux crevettes et du canard, répondis-je sans faire mention de la recette cajun. Ah, et aussi une crème brûlée à l'orange, comme dessert.

Ce dernier détail fit son bonheur.

— J'étais sûre qu'elle trouverait quelque chose de spécial. Et ensuite, qu'avez-vous fait ? Vous avez bavardé dans le salon du thé, ou vous êtes allés dans l'une des vérandas ?

— J'ai écouté Louis jouer du piano et comme il se sentait fatigué, je suis partie, résumai-je.

Elle hocha gravement la tête.

— Quel honneur. Quel grand honneur… vous devriez être fière de vous.

Fière d'avoir été invitée à dîner ? En quoi était-ce plus honorable que de réussir un tableau ou un examen ? Je fus tentée de poser la question, mais je me contentai de sourire et de demander la permission de me retirer.

Quand j'arrivai dans le salon d'étude, Gisèle y tenait sa cour, entourée de Samantha, Kate et Jacky. A voir leurs visages tout roses, je devinai sans peine que ma sœur venait de leur décrire une de ses performances amoureuses. Elles parurent très déçues de mon irruption dans leur cercle, mais je n'avais pas l'intention de me joindre à elles.

— Tiens, tiens, regardez un peu qui nous arrive, railla ma sœur. La princesse de Greenwood en personne.

L'éclat de rire attendu se fit entendre.

— Comment s'est passée la soirée, princesse ?

— Arrête de faire l'idiote, Gisèle, tu veux bien ?

— Mille pardons, princesse. Je ne voulais pas offenser votre royale majesté, reprit-elle, s'attirant de nouveaux rires du fan-club. Nous, pauvres sujets, avons eu un dîner tout à fait dépourvu de pittoresque... sauf au moment où j'ai renversé, sans le vouloir évidemment, ma soupe chaude sur Patti Denning. (Nouvelle crise d'hilarité du club.) Alors, et Louis ? Ça, tu peux bien nous en parler. Comment était-il ?

— Tout à fait charmant.

— Est-ce que vous vous êtes tripotés dans le noir, tous les deux ?

Ce fut plus fort que moi, le rouge me monta au front. Gisèle ouvrit des yeux grands comme des soucoupes.

— Alors, vous l'avez fait, oui ou non ?

— Ça suffit ! hurlai-je en m'engouffrant dans ma chambre.

Et je claquai la porte, coupant net un dernier éclat de rire. Surprise par cette entrée fracassante, Abby leva les yeux de son livre.

— Qu'est-ce qui ne va pas ?

— Gisèle, répondis-je simplement.

Avec un sourire éloquent, Abby referma son livre et le posa sur ses genoux.

— Comment s'est passée ta soirée ?

— Oh, Abby, c'était tellement... bizarre. Mme Clairborne ne tenait pas vraiment à ce que je vienne, tu sais ?

Elle s'en était doutée, je le lus dans son regard.

— Et Louis ?

— Il est extrêmement tourmenté. Très doué, très sensible, mais aussi tellement noué à l'intérieur, comme... comme un paquet d'herbes pris dans une hélice de bateau, achevai-je en me laissant tomber sur une chaise.

Après cela je lui racontai tout, ce qui nous rendit très mélancoliques, l'une et l'autre. Une fois au lit, nous restâmes éveillées pendant des heures à parler de notre passé. Je lui en dis davantage sur mon bien-aimé Paul et la terrible frustration que j'avais éprouvée en apprenant qu'il était mon demi-frère. Elle compara cette sinistre farce du destin à ses propres découvertes sur elle-même et sur sa famille.

— On dirait que nous devons toutes les deux subir des événements affreux que nous ne pouvons pas contrôler... comme si nous étions au monde pour racheter les péchés de nos parents et de nos ancêtres. C'est vraiment injuste. Nous devrions avoir droit à un nouveau départ.

— Louis aussi, observai-je.

— Oui, dit-elle d'un ton rêveur. Louis aussi.

Je fermai les yeux et m'endormis en écoutant chanter dans ma mémoire la ballade qu'il avait composée, celle qu'il appelait « Ruby ».

La semaine suivante commença dans la routine quotidienne et tout laissait à penser qu'elle finirait ainsi... Gisèle elle-même semblait plus raisonnable, et elle fit un réel effort de conduite et d'application. Dans les deux classes que nous partagions, elle se montra calme et attentive. Et j'eus la surprise, après un cours d'anglais, de la voir s'arrêter dans le hall et prier Samantha de ramasser un papier de chewing-gum tombé à terre. Evidemment, elle tenait toujours sa cour à la cafétéria, se donnait des airs de grande-duchesse et prodiguait ses commentaires, d'une façon qui provoquait généralement les rires d'un cercle sans cesse grandissant.

Mais ses sarcasmes, ses critiques acerbes visant à ridiculiser les professeurs et le règlement, tout cela n'était plus de mise. Par deux fois, alors que Mme Ironwood observait les élèves qui traversaient le hall, Gisèle avait fait arrêter son fauteuil pour saluer la Dame de Fer, s'attirant un hochement de tête approbateur.

Mais pour moi, assister à cette transformation de ma sœur, c'était comme surveiller une casserole de lait sur le feu. Je sentais qu'il n'allait pas tarder à bouillir et à déborder dans les flammes. Je la connaissais trop pour me fier à ses imitations de sourires et à ses paroles aimables, quand par hasard il lui en échappait une.

Ce qui arriva ensuite me parut d'abord sans aucun lien avec ce changement d'attitude. Il me fallut remonter la filière tortueuse des machinations de ma sœur jumelle avant de percer à jour ses véritables intentions dans toute cette comédie. En fin de compte, tout s'expliquait par sa rage d'avoir été envoyée à Greenwood. Malgré son apparente facilité d'adaptation, elle en était toujours là. Et bien résolue, j'allais l'apprendre à mes dépens, à retrouver ses vieux amis et son ancienne vie.

Un mercredi matin, alors que j'étais en cours de sciences sociales, un appel par haut-parleur m'annonça que j'étais convoquée dans le bureau de Mme Ironwood. En pareil cas, les autres élèves lançaient toujours à la malheureuse victime un regard de pitié mêlée au soulagement de n'être pas à sa place. Ayant déjà fait l'expérience une fois, je comprenais leurs craintes, ce qui ne m'empêcha pas de sortir en affectant le plus grand calme. Mais mon cœur battait la charge quand j'arrivai au bout du couloir principal. Un coup d'œil au visage de Mme Randle m'apprit que j'avais des problèmes.

— Une minute, aboya-t-elle, comme si elle n'était qu'un prolongement de Mme Ironwood, reflétant ses pensées, ses colères et ses humeurs, bonnes ou mauvaises.

Elle frappa à la porte, l'entrouvrit, chuchota mon nom, la referma et retourna s'asseoir, me laissant dans l'expectative. Je transférai mon poids d'un pied sur l'autre, soupirai, rien à faire : Mme Randle gardait le nez baissé sur ses paperasses. Au bout d'une minute de ce manège, Mme Ironwood vint ouvrir la porte.

— Entrez, ordonna-t-elle en rentrant dans la pièce.

Je l'y suivis, plus morte que vive. Elle referma derrière moi et marcha droit à son fauteuil.

— Asseyez-vous.

J'obéis, et attendis. Pas longtemps. Mme Ironwood me toisa d'un regard dur et passa à l'attaque :

— Après tout ce temps, je serais en droit d'espérer d'une nouvelle pensionnaire qu'elle ait lu le règlement de

Greenwood, surtout si c'est une bonne élève. Ai-je raison ou pas ?

— Heu... oui. Je pense que oui.

— Et vous l'avez lu ?

— Oui, bien que je ne l'aie pas appris par cœur, répliquai-je.

Un peu trop sèchement, sans doute, car les yeux de la Dame de Fer se rétrécirent et ses joues pâlirent sensiblement, surtout aux coins de la bouche. Elle se pencha en avant.

— Je n'exige pas qu'on me le récite mot à mot. J'exige qu'il soit lu, compris et obéi.

Elle se redressa, ouvrit un exemplaire du manuel, le feuilleta et le plaqua sur la table, grand ouvert.

— Section dix-sept, paragraphe deux, modalités concernant la sortie du campus : "Toute pensionnaire désireuse de sortir des limites de Greenwood doit avoir déposé à l'administration une autorisation écrite spéciale, remplie par ses parents. Ce document doit être daté et signé."

« La raison de cette clause est simple à comprendre, poursuivit la directrice en levant les yeux de son livre. L'admission d'une élève implique pour nous certaines responsabilités. Si quelque chose de grave vous arrivait alors que vous n'êtes pas sous notre surveillance, c'est nous qui serions blâmés pour vous avoir laissée vagabonder à votre guise.

« D'habitude, je ne juge pas nécessaire de fournir des explications sur ce point, mais dans votre cas particulier j'ai cru devoir le faire. Ceci pour bien vous faire comprendre que mon intention n'est pas de vous persécuter, pour employer le langage des personnes de votre espèce.

« Votre professeur aurait dû réfléchir avant de vous emmener dans sa voiture. Elle a déjà été réprimandée, cette inconséquence est notée dans son dossier. Il en sera tenu compte au moment de renouveler son contrat.

Les choses allaient si vite que je dévisageais la directrice en retenant mon souffle, de peur d'être noyée sous l'avalanche. C'était sûrement Mme Penny qui m'avait trahie, et ceci après avoir promis de se taire. Elle nous avait mises dans un beau pétrin, Mlle Stevens et moi.

— Ce n'est pas juste, protestai-je. Elle voulait seulement m'offrir une occasion de peindre. Nous ne courions aucun risque, nous...

— Elle vous a emmenée déjeuner aussi, n'est-ce pas?

Le regard de Mme Ironwood était si dur que mon cœur se serra au point de me faire mal.

— Oui.

— Et si la nourriture vous avait rendue malade? Qui aurait-on blâmé, à votre avis? Nous, bien sûr. Vos parents auraient même été en droit de nous poursuivre en justice.

— Ce n'était pas une gargote, c'était...

— Là n'est pas la question, trancha-t-elle en attachant à nouveau sur moi son regard glacé de dédain. Je connais les gens de votre espèce, vous savez.

Son mépris me rendit ma fierté. Je me rebiffai.

— De quel droit me parlez-vous ainsi? Je n'appartiens pas à «une espèce», je suis une personne à part entière, comme n'importe quelle autre élève de cette école.

Mme Ironwood eut un petit rire narquois.

— C'est ce qui vous trompe. Vous êtes la seule ici dont les origines laissent à désirer. En fait, quatre-vingts pour cent des jeunes filles de cette école viennent de familles qui remontent aux cent *Filles à la Cassette* jadis envoyées de France en Louisiane.

— La famille de mon père aussi, affirmai-je, bien que ce détail n'eût guère d'importance à mes yeux.

— Mais votre mère était une Cajun, et peut-être même une sang-mêlé, qui sait? Non, reprit la directrice en secouant la tête, je connais bien ceux de votre race, je le répète. Votre inconduite est sans doute plus insidieuse, voilà tout. Plus habile. Vous apprenez vite à reconnaître les gens vulnérables et vous vous servez de leurs faiblesses. Vous en jouez, insista-t-elle, comme le parasite des marais que vous êtes.

Les joues me brûlaient; j'étais sur le point de riposter mais je n'en eus pas le temps. Et ce qu'elle ajouta me fit comprendre à quoi elle voulait en venir, depuis le début.

— Exactement comme vous avez su vous servir de mon pauvre cousin Louis pour extorquer une invitation à dîner chez ma tante.

Cette fois, le sang se retira de mon visage.

— C'est faux!

— C'est faux ? répéta-t-elle avec un sourire torve. Bien des jeunes femmes ont rêvé de gagner le cœur de Louis afin d'hériter de toute cette fortune, de cette école, de ce domaine. Un jeune aveugle ne serait pas un parti très enviable, sans cela, n'est-ce pas ? Mais Louis est vulnérable. C'est pourquoi nous veillons à ce qu'il ne fréquente pas n'importe qui.

« Malheureusement, vous avez réussi à faire impression sur lui à l'insu de ma tante, mais ne comptez pas en tirer grand-chose, je vous préviens.

— Ce n'était pas mon intention. Je ne voulais même pas me rendre à ce dîner, figurez-vous. (Ses yeux trahirent la surprise, puis elle grimaça un sourire sceptique.) Je ne voulais pas, mais je me sentais désolée pour Louis et...

— Vous, désolée pour Louis ? s'esclaffa-t-elle. Ne vous inquiétez donc pas de son sort. Il va très bien.

— Non, il ne va pas très bien. Vous avez tort de le garder enfermé dans cette maison comme une chenille dans un cocon. Il a besoin de voir des gens, surtout des jeunes femmes, et...

— Comment avez-vous l'audace, l'impudence de suggérer ce qui convient à mon cousin ou pas ! glapit la directrice d'une voix suraiguë. Je vous interdis de prononcer encore un mot, une seule syllabe sur ce sujet, c'est clair ?

Les yeux brûlants de larmes de colère et de frustration, j'évitai son regard.

— Et maintenant que tout le campus est averti, j'en suis certaine, que vous avez violé l'article dix-sept du règlement, il convient que vous soyez dûment punie. Une telle violation entraîne une peine de vingt mauvais points, soit deux semaines de privation de contacts sociaux. Toutefois, comme c'est votre premier manquement et que votre professeur en est en partie responsable, je limiterai la sanction à une semaine. Dès maintenant et jusqu'à la levée de la punition, vous regagnerez votre pavillon immédiatement après la sortie des classes et vous y resterez pendant le week-end. Si vous manquiez à cette règle, ne fût-ce que pour une minute, je me verrais contrainte de vous renvoyer ; ce qui ne serait pas sans conséquences pour votre malheureuse jumelle, évidemment.

Les larmes ruisselaient sur mes joues, mes lèvres tremblaient, j'avais l'impression d'avoir un morceau de charbon coincé en travers de la gorge, tant elle me faisait mal. Mme Ironwood referma son livre d'un coup sec.

— Vous pouvez retourner en classe, maintenant.

Je me levai, les jambes molles. J'aurais voulu répondre à cette femme, la défier, lui crier ce que je pensais d'elle, mais l'image de papa s'imposait à moi. Je voyais son visage accablé, j'entendais sa voix lourde de tristesse. Non, Daphné serait trop contente. C'était exactement ce qu'elle voulait : triompher de moi et rendre la vie de papa encore plus difficile. Ravalant mon indignation et mes larmes, je quittai le bureau.

Je passai le reste de la journée dans une sorte de brouillard, le cœur lourd. Il pesait comme une pierre dans ma poitrine. J'assistai aux cours, fis mon travail et pris des notes comme un automate, changeai de classe en regardant fixement devant moi, sans rien voir ni m'intéresser à rien. Au déjeuner, je racontai tout à Abby.

— Je suis très déçue par Mme Penny, achevai-je.

— On a dû faire pression sur elle en la menaçant, suggéra mon amie.

— Je suppose que je ne dois pas lui en vouloir. La Dame de Fer terroriserait un alligator.

Abby éclata de rire.

— Je ne sors pas non plus ce week-end, tu sais ?

— Ah non ! Ne t'impose pas une punition injuste parce que je suis punie injustement.

— Mais j'y tiens. Je suis sûre que tu ferais la même chose.

Je prétendis le contraire, mais Abby n'en crut pas un mot.

— D'ailleurs, insista-t-elle, passer mon temps avec toi n'a rien d'une punition, je t'assure.

Je lui souris, tout heureuse de m'être fait si vite une amie pareille. Mais quand j'entrai dans l'atelier pour mon dernier cours de la journée, je n'en menais pas large. Mlle Stevens s'en aperçut et s'approcha vivement de mon bureau.

— Ne vous inquiétez pas, chuchota-t-elle. Tout s'arrangera. En fait, je suis plus ennuyée pour vous que pour moi.

— C'est exactement ce que je ressens à votre égard.

— Eh bien, s'égaya-t-elle, nous suivrons les conseils de Louis et peindrons le lac, il est sur le campus. A moins que vous n'obteniez une permission spéciale de vos parents.

— Pas cette semaine, en tout cas.

— En attendant, il vous reste la peinture que vous avez commencée au bord du fleuve. Vous la terminerez. D'ailleurs, les artistes ne sont pas censés obéir aux règlements, dit-elle en posant sa main sur la mienne. Ils sont impulsifs et imprévisibles. Il le faut, si nous voulons être créatifs.

Elle m'avait remonté le moral et je ne pensai plus à ma punition ni à la Dame de Fer jusqu'à mon retour au pavillon. Mais en apercevant Mme Penny dans le hall, je marchai droit sur elle et l'abordai sans douceur :

— Je croyais que nous avions conclu un marché, toutes les deux. Et que nous étions d'accord.

— Un marché ? répéta-t-elle, ébahie. Que voulez-vous dire, ma chère enfant ?

— Vous ne deviez parler à personne de ma promenade avec Mlle Stevens, il me semble.

— Mais je n'en ai pas parlé. Cela m'ennuyait un peu mais je n'ai rien dit. Pourquoi ? (Elle pressa les mains sur sa poitrine.) Mme Ironwood serait-elle au courant ?

— Oui. Je suis consignée au pavillon pour une semaine. Privée de sorties et de tous contacts sociaux. Vous n'allez pas tarder à l'apprendre, j'en suis sûre.

— Ô mon Dieu, mon Dieu ! gémit-elle, ses mains voletant de sa poitrine à ses joues comme des oisillons cherchant où se poser. Elle va me convoquer ! Elle voudra savoir pourquoi je l'ignorais, et pourquoi je n'ai rien dit quand je l'ai su. Ô mon Dieu, Seigneur !

— Dites que je suis sortie en cachette, madame Penny, et que vous n'étiez pas au courant. Je confirmerai votre version si elle m'interroge.

— Je n'aime pas mentir. Un mensonge en entraîne un autre et on ne sait plus où ça s'arrête.

— Vous n'avez pas menti, que je sache.

— Je n'ai pas fait mon devoir. Ô mon Dieu ! geignit-elle en s'éloignant, tout éperdue.

Ce ne fut pas avant le soir, quand j'eus l'occasion de parler à Gisèle en tête à tête, dans sa chambre, que je compris ce qui s'était réellement passé.

— Tu détestes cet endroit, maintenant, pas vrai ? triompha-t-elle après avoir entendu le récit de mon entrevue avec la directrice. Tu vas peut-être demander à papa de nous ramener pour retourner dans notre ancienne école ? (Elle eut un sourire cauteleux.) J'ai toujours envie de rentrer, même si la Dame de Fer m'apprécie plus que toi. C'est que nous sommes très amies, toutes les deux ! acheva-t-elle en riant.

Brusquement, tout me devint clair. Son application en classe, ses efforts pour bien se conduire... Elle s'était insinuée dans les bonnes grâces de Mme Ironwood et nous avait dénoncées, Mlle Stevens et moi.

— C'est toi qui as rapporté, Gisèle, n'est-ce pas ? Tu nous as mises dans de beaux draps, Mlle Stevens et moi.

— Pourquoi aurais-je fait ça ? protesta-t-elle en détournant les yeux.

— Pour me faire punir et me rendre malheureuse. Pour que je demande à papa de nous retirer d'ici. Et parce que tu es jalouse de moi, voilà pourquoi.

— Moi, jalouse de toi ? Sûrement pas ! Même si je suis en fauteuil roulant, je vaux toujours cent fois mieux que toi et ta famille qui pue le marais. Tu as des années de vie arriérée à rattraper, ma petite Cajun. Et maintenant, tu vas appeler papa, oui ou non ?

— Non. Il aurait trop de peine et Daphné serait trop contente de marquer un point sur nous. Un de plus.

— Oh, toi et ta stupide rivalité avec Daphné ! Pourquoi ne veux-tu pas retourner dans notre bon vieux lycée ? Là au moins, il n'y a ni Dame de Fer, ni règlements idiots, mais il y a des garçons et on s'amuse, non ?

Je ne résistai pas à la tentation de la rabrouer.

— Tu t'amuses tout autant ici, à mes dépens ou à ceux d'une autre victime. Il t'en faut une par jour, à ce que je vois.

Samantha s'avança dans la chambre, mais mon expression et le ton de ma voix la firent hésiter.

— Oh, pardon. Vous préférez sans doute être seules ?

— Pas du tout, répliquai-je. Et si j'ai un conseil à vous donner, à toi et à tes amies, c'est de faire très attention à ce que vous dites devant certaines personnes.

— Comment ! s'effara Samantha. Mais pourquoi ?

Je lançai un regard noir à ma jumelle.

— Les choses ont une curieuse tendance à parvenir jusqu'aux oreilles de Mme Ironwood, dis-je en pirouettant sur moi-même.

Et je sortis sans me retourner.

Mais Gisèle remporta presque la victoire qu'elle espérait quand Chris appela, dans la soirée. Il était fou de joie à l'idée de venir me voir à Greenwood, le samedi suivant. Et moi qui n'y pensais plus, avec toutes ces histoires ! J'en étais malade. Je pleurais en lui annonçant la nouvelle.

— Oh, Chris ! Tu ne peux pas venir, ce week-end. Je n'ai pas le droit de te voir, je suis consignée au pavillon.

— Quoi ! Mais pourquoi ça ?

En sanglotant, je lui racontai mes malheurs.

— Oh, non ! s'exclama-t-il. Et nous qui jouons un match à l'extérieur, le week-end suivant. Il faudra que j'attende encore deux semaines, alors ?

— Je suis désolée, Chris. Et je ne t'en voudrai pas si tu sors avec une autre, c'est ton droit.

— Je ne ferai jamais ça, Ruby. Je garde ta photo dans ma poche de chemise, contre mon cœur. En classe, je la regarde tous les jours et il m'arrive même de... de lui parler, avoua-t-il, comme si c'était toi.

— Oh, Chris, comme tu me manques !

— Mais si je venais, tu pourrais sortir en cachette et...

— Non, Chris. C'est justement ce que la directrice voudrait que je fasse. Même si personne ne me voyait, Gisèle se ferait un plaisir de me dénoncer, pour que je sois renvoyée.

— Alors là, je soutiens Gisèle.

— Je sais, mais mon père aurait trop de peine, et cela créerait toutes sortes de problèmes à la maison. D'ailleurs, Daphné trouverait une solution encore plus dure pour nous deux, et ce serait affreux. Même si Gisèle le mérite ! ajoutai-je avec colère.

Chris éclata de rire.

— Bon, alors je t'appellerai. Et d'ici là, je vais faire des vœux pour que le temps passe plus vite.

Quand il eut raccroché, je restai debout près du téléphone, secouée de sanglots. Mme Penny m'aperçut et trottina aussitôt jusqu'à moi.

— Qu'avez-vous, ma chère enfant? Qu'est-ce qui ne va pas?

— Tout, madame Penny, répondis-je en essuyant mes larmes. Mais mon petit ami, surtout. Il devait venir me voir ce week-end et je viens de lui annoncer que c'était impossible.

— Oh! fit-elle en ouvrant des yeux ronds. Vous lui avez parlé au téléphone?

— Oui, pourquoi?

Elle inspecta prudemment le corridor.

— Vous n'auriez pas dû, Ruby. Vous ne devez pas utiliser le téléphone, Mme Ironwood a été très claire sur ce point.

— Quoi! Je n'ai pas le droit de téléphoner?

— Uniquement à votre famille, pas à vos relations. Je regrette, mais je ne tiens pas à m'exposer une fois de plus au mécontentement de Mme Ironwood... ni à me faire renvoyer, acheva-t-elle sombrement. Je noterai cette restriction sur le tableau d'affichage, afin que les autres élèves sachent bien qu'elles ne doivent pas vous appeler.

« Si l'on vous demande, c'est moi qui dois prendre la communication. Toutefois, je vous transmettrai les messages le cas échéant.

Je baissai la tête, accablée. Peut-être que Gisèle avait raison, finalement. Peut-être valait-il mieux quitter Greenwood et tenter notre chance avec Daphné. Mon cœur était déchiré. Je me désolais pour papa et ce qui pourrait arriver, en même temps que pour Chris et ce qui était arrivé.

Je retournai dans ma chambre pour pleurer dans mon oreiller, en priant — comme devait le faire Chris — pour que le temps dévore les minutes, les heures et les jours.

Je me traînai laborieusement pendant le reste de la semaine, me préparant à un week-end équivalant aux arrêts de rigueur, lorsque survint le second événement inattendu. Le vendredi soir, après le dîner, alors que presque toutes les filles regardaient un film à l'auditorium, Mme Penny entra dans notre chambre. Nous faisions une partie de Scrabble, Abby et moi, tout en écoutant de la musique. Quelques coups discrets à la porte nous firent lever les yeux, et nous vîmes apparaître une Mme Penny tout émue.

— Je viens de prendre une communication pour vous, Ruby.

Chris! pensai-je aussitôt, et j'attendis. Mais comme la surveillante se tordait les mains sans rien ajouter, je lançai un coup d'œil intrigué en direction d'Abby.

— Oui, madame Penny?

— C'était le petit-fils de Mme Clairborne, Louis.

— Louis! Qu'est-ce qu'il voulait?

— Vous parler. Je lui ai dit que cela vous était interdit et il est devenu très...

— Très quoi, madame Penny?

— Très désagréable, acheva-t-elle, manifestement déconcertée. J'ai essayé de lui faire comprendre que je n'y pouvais rien mais il... il... a...

— Il a quoi?

— Il s'est mis à crier en m'accusant de faire partie de la conspiration dirigée par Mme Ironwood. Personne ne m'avait jamais parlé de la sorte, affirma la surveillante, offusquée. Après ça, il m'a raccroché au nez. J'en tremble encore!

— A votre place, je ne m'inquiéterais pas pour ça, madame Penny. Comme vous le disiez, vous n'y êtes pour rien. Quand ma punition sera terminée, j'essaierai de le joindre et de savoir ce qu'il voulait.

— Oui, c'est ça. Mais une colère pareille... j'en suis toute retournée, conclut-elle en se retirant.

— Et que te voulait-il, à ton avis? s'enquit Abby.

J'exprimai mon ignorance d'un haussement d'épaules.

— Je peux comprendre qu'il se sente victime d'une conspiration. Sa grand-mère et la Dame de Fer contrôlent chaque instant de sa vie, et particulièrement ses fréquentations. Mme Ironwood ne m'a pas caché ce qu'elle pensait de mon invitation là-bas.

Mais le contrôle exercé jusque-là sur Louis par Mme Clairborne et sa nièce devait faiblir, car le lendemain matin, à la première heure, Mme Penny revenait m'annoncer du nouveau. Abby et moi finissions à peine de nous habiller qu'elle était à notre porte, surexcitée autant qu'impressionnée par le cours imprévu des événements.

— Bonjour, jeunes filles. J'ai un message pour Ruby, de la part de Mme Ironwood en personne. Vous êtes autorisée à sortir deux heures dans la matinée, mon enfant.

— Sortir ? Et pour aller où ?

— A la plantation Clairborne, articula solennellement la surveillante.

Je me tournai vers Abby, visiblement aussi étonnée que moi.

— Elle me laisse sortir, et pour aller chez les Clairborne ? Mais pourquoi ?

— Louis, hasarda Mme Penny. Je suppose qu'il insiste pour vous voir aujourd'hui.

— Et si je n'ai pas envie de le voir, moi ? (La mine de la gouvernante s'allongea.) Je n'ai pas le droit de voir mon ami, qui a deux heures de route à faire et ne pourra pas venir avant deux semaines, mais j'ai le droit d'aller à la maison Clairborne ?

« Ils font bon marché des sentiments des gens, ceux-là ! On vous déplace ici et là, comme des pièces sur un échiquier, me lamentai-je en m'asseyant sur mon lit.

Mme Penny se tordit les mains.

— Mais... c'est sans doute très important, pour que Mme Ironwood adoucisse la punition. Comment pouvez-vous refuser ? Elle sera encore plus fâchée contre vous, j'en suis sûre. Et c'est moi qui aurai tous les reproches.

— Mais non, madame Penny. Elle ne peut quand même pas vous donner tous les torts.

— Oh si, elle peut. C'est moi qui ai omis de signaler que vous aviez quitté le campus, rappelez-vous. Et c'est de là que tout est parti, acheva-t-elle en gémissant.

Tout le monde vivait donc dans la terreur, à Greenwood ? J'en avais la nausée.

— Très bien, capitulai-je. Quand suis-je censée y aller ?

— Après le petit déjeuner, dit-elle avec soulagement. Buck sera devant la porte avec la voiture.

Toujours mécontente et froissée, je me changeai pour une toilette plus appropriée aux circonstances et nous nous rendîmes à la cafétéria, Abby et moi. Mais quand Gisèle apprit que je sortais dans la matinée, elle fit un tel éclat que toutes les conversations s'arrêtèrent aux autres tables. Tout le monde avait les yeux fixés sur nous.

— Alors tu vas où tu veux, tu fais ce que tu veux mais ce n'est pas grave, geignit ma sœur. Pour Mademoiselle Chouchoute, la Dame de Fer fait une entorse au règlement mais pour nous, attention. Ce n'est plus la même chanson.

— Je ne crois pas que Mme Ironwood fasse quoi que ce soit pour moi, répliquai-je. Et même si elle le fait, ce n'est pas de bon cœur.

Mais ma sœur ne voyait qu'une chose : j'échappais en partie à ma réclusion forcée.

— Eh bien, si l'une de nous récolte une punition, nous saurons lui rappeler ça ! menaça-t-elle en promenant un regard furibond tout autour de la table.

Je quittai le pavillon sitôt le repas fini et montai dans la voiture. Buck ne parla presque pas, sinon pour grommeler qu'on le dérangeait sans cesse dans son travail. Apparemment, mon invitation à la grande maison ne faisait plaisir à personne. Mme Clairborne ne daigna pas se déranger pour m'accueillir. Ce fut Otis qui me pilota le long des corridors, jusqu'au salon de musique où Louis m'attendait, en blazer gris, chemise blanche et pantalon de flanelle anthracite ; il était assis au piano.

— Mlle Dumas, monsieur, annonça le maître d'hôtel.

Sur quoi, il nous laissa seuls. Louis devina tout de suite que j'étais toujours debout à la porte.

— Entrez, s'il vous plaît, dit-il en levant la tête.

Je ne cherchai pas à cacher ma mauvaise humeur.

— Eh bien, Louis ? Pourquoi m'avez-vous envoyé chercher ?

— Je sais que vous êtes fâchée, Ruby, et vous avez le droit de l'être. Je vous ai traitée un peu cavalièrement, je l'avoue. Je vous ai mise dans l'embarras et maintenant, je vous persécute. Je tenais à vous présenter mes excuses, Ruby. Face à face, même si je ne peux pas vous voir, ajouta-t-il avec un sourire timide.

— N'en parlons plus. Je n'étais pas fâchée contre vous.

— Je sais. Vous aviez pitié de moi et c'est tout ce que je méritais, je suppose. Non ! s'exclama-t-il, arrêtant net ma tentative de protestation. Je le comprends et je l'accepte. Qui éprouverait autre chose que de la pitié pour quelqu'un comme moi, qui suis toujours en train de m'apitoyer sur moi-même ? Mais vous...

Il s'interrompit et parut chercher ses mots.

— Quelque chose en vous m'a attiré, rapproché de vous. Je n'ai pas eu peur que vous vous moquiez de moi, comme l'auraient fait presque toutes les filles de votre âge... et spécialement ces chères filles de Greenwood, les protégées de ma grand-mère.

— Elles n'auraient pas ri de vous, Louis. Même les précieuses *Filles à la Cassette* ne l'auraient pas fait, ajoutai-je avec ironie.

Son visage s'éclaira.

— Qu'est-ce que je vous disais ! Vous pensez comme moi, vous n'êtes pas comme les autres. Je sais que je peux avoir confiance en vous. Je suis désolé si ma requête ressemblait un peu trop à une sommation à comparaître.

— Oh, ce n'est pas si grave. J'étais punie, de toute façon.

— Justement. Pourquoi étiez-vous punie ? Pour quelque chose de très vilain, je parie.

— Je crains que non, répliquai-je, et je lui racontai mon équipée artistique au bord du fleuve.

— Et c'est pour ça ?

Je lui en aurais bien dit plus, en particulier comment sa cousine m'avait fait payer son invitation, mais je préférai ne pas jeter d'huile sur le feu. Il parut soulagé.

— J'ai commis un léger abus de pouvoir, en somme ? Ma cousine s'en remettra. Je n'avais jamais rien exigé, avant ça. Grand-mère n'était pas enchantée non plus, naturellement.

— Je parie que vous avez commis plus qu'un léger abus de pouvoir, dis-je en me rapprochant du piano. N'auriez-vous pas piqué une petite colère, par-dessus le marché ?

— Toute petite, reconnut-il en riant.

Puis, après un instant de silence, il me tendit quelques pages de musique.

— Tenez, votre ballade.

Je lus le titre en haut du premier feuillet : « Ruby ».

— Oh, merci ! m'écriai-je en fourrant la partition dans mon sac.

— Aimeriez-vous faire quelques pas dans le parc, maintenant ? Ou devrais-je dire : m'emmener dans le parc ?

— Volontiers.

Il se leva, la main tendue vers moi.

— Sortez par la terrasse et tournez à droite, m'indiqua-t-il en glissant son bras sous le mien.

Et je l'entraînai à travers les jardins. Le temps était doux, légèrement couvert, à peine rafraîchi par un soupçon de brise. Avec une précision étonnante, Louis me décrivit les fontaines, les fougères et les philodendrons, les chênes, les bambous, et jusqu'aux treillis débordant de glycine mauve. Il reconnaissait chaque plante à son parfum, distinguait les camélias des magnolias, et cette mémoire olfactive était pour lui comme un plan précis des lieux. Il sut exactement quand nous arrivâmes à certaine véranda de l'aile Ouest, qui, m'apprit-il, donnait accès à sa chambre.

— Personne, à part les domestiques et ma grand-mère, n'est jamais entré dans cette pièce depuis la mort de mes parents, Ruby. J'aimerais que vous soyez la première à faire exception à la règle, si vous voulez bien.

— Je veux bien.

Il ouvrit les portes vitrées de la terrasse et me fit entrer dans une chambre spacieuse, meublée en acajou mais très simplement. Une armoire, un lit, une commode, le tout aussi reluisant et bien rangé que si la bonne venait de faire le ménage. Au-dessus de la commode était accroché le portrait d'une jolie jeune femme blonde.

— C'est votre mère, Louis ?

— Oui.

— Elle était très belle.

— Oui, acquiesça-t-il, tout rêveur. Elle l'était.

Je ne vis aucun portrait de son père, ni de ses parents posant ensemble. Les seuls autres tableaux étaient des vues du Mississippi, et il n'y avait pas non plus de photos encadrées sur la commode. Avait-il ôté tous les portraits de son père ?

Mon regard s'attarda sur une porte de communication qui, supposai-je, donnait sur la chambre de ses parents. Probablement celle où, le soir du dîner, je l'avais vu pleurer, dévoré de chagrin.

— Comment trouvez-vous ma cellule de reclus, Ruby ?

— Très belle. Tout a l'air flambant neuf. Vous êtes vraiment quelqu'un de très méticuleux !

Il rit, puis reprit très vite son sérieux. Il lâcha mon bras, s'approcha du lit et caressa l'un des montants.

— J'ai dormi dans ce lit depuis l'âge de trois ans, dit-il en se retournant. Cette porte, c'est celle de la chambre de mes parents. Ma grand-mère l'entretient comme si elle servait toujours.

Mon cœur s'accéléra soudain, comme si je pressentais quelque chose que j'aurais dû voir mais qui m'échappait.

— Vous avez de la chance d'avoir grandi dans un endroit pareil, fis-je observer, histoire de parler.

Il eut un sourire contraint, comme s'il luttait avec des souvenirs obsédants, et s'avança vers la porte.

— Oui et non, dit-il en y plaquant la paume. Pendant des années, cette porte est constamment restée ouverte. Ma mère et moi étions... très proches l'un de l'autre.

Faisant toujours face à la porte, il continua de parler comme s'il voyait au travers.

— Le matin, quand mon père était parti travailler, elle venait souvent dans ma chambre et se glissait dans mon lit, tout contre moi, pour que je m'éveille dans ses bras. Et si quelque chose m'effrayait, à n'importe quelle heure du jour ou de la nuit, elle accourait ou me permettait de la rejoindre. C'est la seule femme avec qui j'aie jamais dormi, dit-il en se retournant. Plutôt triste, non ?

— Vous n'êtes pas vieux, Louis. Vous trouverez quelqu'un à aimer, j'en suis sûre.

Il eut un pauvre petit rire, étrange et désolé.

— Et qui voudrait m'aimer, moi ? Je suis non seulement aveugle mais contrefait. Aussi tordu que le bossu de Notre-Dame !

— Mais non, voyons. Vous êtes très beau et très doué.

— Et riche, n'oubliez pas ce détail.

Il revint vers le lit, s'appuya au montant et effleura doucement la couverture.

— Je m'allongeais souvent ici, espérant qu'elle allait venir. Et quand elle ne venait pas d'elle-même, je faisais semblant d'avoir eu un mauvais rêve pour qu'elle vienne à moi. Est-ce que c'était vraiment très mal ?

— Bien sûr que non.

— Mon père pensait que si, dit-il d'un ton hargneux. Il

lui reprochait toujours de me gâter ou de m'accorder beaucoup trop d'attention.

N'ayant jamais connu ma mère, je ne pouvais imaginer la douceur d'être gâté, mais ce ne devait pas être une faute bien grave.

— Il était jaloux de nous, reprit Louis.

— D'une mère et de son fils ? Vraiment ?

Il se tourna vers le portrait comme s'il pouvait le voir.

— Il trouvait que j'étais trop âgé pour être dorloté par ma mère. Elle a continué à venir dans mon lit quand j'ai eu huit ans, neuf ans... dix ans. Et même après mes treize ans, ajouta-t-il en se retournant pour me faire face. Vous pensez que c'était mal ?

Mon hésitation parut le peiner.

— Oui, vous aussi vous le pensez, n'est-ce pas ?

— Non, dis-je avec douceur.

— Mais si, insista-t-il en s'asseyant sur le lit. Je croyais pouvoir vous en parler. Je croyais que vous comprendriez.

— Je comprends, Louis. Et je ne vous juge pas mal. Je suis désolée que votre père ait vu les choses ainsi.

Il releva la tête, l'air plein d'espoir.

— C'est vrai, vous ne me jugez pas mal ?

— Bien sûr que non. Une mère et son fils ont le droit de s'aimer et de chercher du réconfort l'un près de l'autre.

— Même si je faisais seulement semblant d'avoir besoin de réconfort... pour qu'elle vienne ?

— Je pense que oui, répondis-je, un peu perplexe.

Louis reprit le fil de ses souvenirs.

— J'allais entrouvrir la porte et je retournais me recoucher, roulé en boule... comme ça, dit-il en se lovant sur son lit, en position fœtale. Et je commençais à gémir. (Il imita la plainte d'un enfant.) Allez ouvrir la porte, Ruby. S'il vous plaît.

Je m'exécutai, le cœur battant, complètement déroutée par ce comportement étrange.

— Ouvrez-la, maintenant. Je veux entendre grincer les gonds.

— Mais... pourquoi ?

— S'il vous plaît, implora-t-il, et j'obéis encore.

Il semblait si heureux de se livrer à ce petit jeu... Mais ce n'était pas fini.

— Alors elle disait : « Louis ? Tu pleures, mon chéri ? » Je répondais : « Oui, maman. » Et elle me consolait : « Ne pleure pas, trésor. » (Il hésita un bref instant.) Vous voudriez me dire ça, Ruby ?

Je gardai le silence.

— S'il vous plaît...

Je me sentais complètement ridicule, et même un peu effrayée, mais que pouvais-je faire ? J'entrai dans le jeu :

— Ne pleure pas, trésor.

— Je ne peux pas m'en empêcher, maman, prends-moi la main. (Il me tendit la sienne.) Allez, prenez-la.

— Louis, à quoi rime...

— Je veux simplement vous montrer, pour savoir ce que vous en pensez.

Je saisis sa main et aussitôt, il m'attira vers lui.

— Allongez-vous simplement près de moi pour un moment. Juste un moment. Faites semblant d'être ma mère.

— Mais pourquoi, Louis ?

— S'il vous plaît, insista-t-il en accentuant la pression de ses doigts.

Je m'assis sur le lit et il me fit basculer contre lui.

— Elle faisait exactement comme ça. Et je lui caressais les épaules, pendant qu'elle me caressait les cheveux et m'embrassait le visage. Puis elle me laissait lui toucher la poitrine, dit-il en joignant le geste à la parole, alors je sentais son cœur battre et j'étais consolé. C'est ce qu'elle voulait que je fasse, je le faisais seulement parce qu'elle le voulait ! C'était mal, dites ? C'était mal ?

— Louis, arrêtez, l'implorai-je. Vous vous torturez avec ces souvenirs.

Il ne parut même pas m'entendre.

— Alors elle mettait sa main ici, dit-il en étreignant la mienne pour la glisser entre ses jambes.

Je la retirai comme si j'avais touché des braises, mais pas encore assez vite. J'avais eu le temps de me rendre compte qu'il était en érection.

Et maintenant, ses joues ruisselaient de larmes.

— Un jour... mon père nous a surpris comme ça et il s'est mis dans une rage folle. Il a fermé la porte à clé, et quand je pleurais il venait dans ma chambre et me battait avec une lanière de cuir. Une fois, il m'a fouetté si fort que j'ai eu des marques et ma mère a dû me mettre du baume sur tout le corps. Après, elle a essayé de me consoler.

« Mais j'étais inconsolable, et elle est devenue très malheureuse, elle aussi. Elle croyait que je ne l'aimais plus.

L'expression de Louis changea, ses traits reflétèrent une colère intense. Puis je vis trembler les coins de sa bouche tandis qu'il se forçait à prononcer les mots qui le hantaient, les mots qui se bousculaient sur ses lèvres.

— Alors elle a voulu qu'un autre garçon soit son fils et mon père a tout découvert, débita-t-il tout d'une traite.

Puis il reprit ma main, la promena sur ses joues et la couvrit de baisers.

— Je n'ai jamais dit ces choses à personne, Ruby, pas même à mon médecin, mais je ne pouvais plus les garder en moi. C'était... comme si j'avais un essaim d'abeilles dans la poitrine. Je regrette de vous avoir amenée ici et forcée à entendre tout ça. Je vous demande pardon.

— Ce n'est rien, Louis, dis-je en lui caressant les cheveux de ma main libre. Ce n'est rien...

Il sanglotait, maintenant, de plus en plus fort. Je l'entourai de mon bras, l'attirai à moi et le laissai pleurer. Il finit par se calmer, jusqu'à devenir tout à fait tranquille et je reposai doucement sa tête sur l'oreiller. Mais quand je voulus retirer ma main, il la retint dans la sienne.

— J'ai peur d'avoir gâché cette entrevue, Ruby, mais je vous en prie... restez encore un peu.

— Très bien. Je reste.

Il se détendit, sa respiration s'apaisa, ralentit, se fit plus régulière. Dès qu'il se fut endormi, je me coulai hors du lit et sortis sur la pointe des pieds ; mais une fois dehors, je pressai le pas et regagnai promptement le salon de musique.

Puis, tandis que je me hâtais vers la sortie, un mouvement furtif sur ma droite me fit tourner la tête : Mme Clairborne me guettait dans une embrasure. Je m'arrêtai, prête à me diriger vers elle, mais elle avait déjà refermé la porte.

Cette fois, je n'hésitai plus. Je m'élançai hors de cette maison sinistre, repaire de l'ombre et du malheur.

8

Quelque chose se trame

J'avais le cœur si lourd en arrivant au pavillon que j'en avais mal dans la poitrine. Ce fut un soulagement immense de ne pas trouver Gisèle et sa clique au salon d'étude, guettant mon arrivée pour m'accabler de leurs sarcasmes. Les pénibles révélations de Louis, sur lui-même et sur ses parents, me laissaient l'impression de m'être égarée dans un confessionnal et d'avoir surpris les péchés d'un autre. Abby n'eut pas besoin de me regarder deux fois pour deviner que je venais de subir une rude épreuve.

— Tu te sens bien ? s'enquit-elle avec douceur.

— Oui.

— Que s'est-il passé ?

Je secouai la tête : je ne pouvais pas me résoudre à répondre et Abby le comprit, je le lus dans ses yeux. Sans mot dire, je plongeai tête baissée dans la préparation du contrôle de maths et de sciences, dont la date approchait. Je redoutais les questions mordantes et les réflexions de Gisèle. Mais, que ce fût de sa part une feinte indifférence ou un réel manque d'intérêt pour moi, ni au déjeuner ni au dîner elle ne me fit subir d'interrogatoire. Elle semblait n'avoir toujours pas digéré le fait qu'on eût adouci ma punition.

A vrai dire, le dimanche soir fut tout ce qu'il y a de plus tranquille. Jacky, Vicki et Katie quittèrent le pavillon pour aller à la bibliothèque, ouverte jusqu'à neuf heures du soir ; et Gisèle et Samantha passèrent le plus clair de leur temps dans leur chambre ou dans le salon, à papoter ou à regarder la télévision.

Pour ma part, je me prélassai longuement dans un bain chaud et me mis au lit de bonne heure. Juste comme j'allais m'endormir, Abby me demanda une fois de plus pourquoi Louis avait voulu me voir. Je pris une grande inspiration avant de répondre.

— Surtout pour s'excuser, en fait, à cause de sa conduite de l'autre soir.

Le reste, ses relations bizarres avec ses parents, je ne savais pas trop comment m'y prendre pour en parler.

— Et tu comptes retourner le voir ?

— Je n'y tiens pas, dus-je admettre. Je suis désolée pour lui, sincèrement, mais il y a plus de recoins ténébreux dans cette maison que dans le bayou. La richesse et la distinction ne garantissent pas le bonheur, Abby. En fait, cela le rend plus difficile à atteindre. On est tellement certain que tout vous est dû...

Abby m'approuva, puis elle exprima un souhait qui lui tenait à cœur.

— Je voudrais tant que mes parents cessent de dissimuler mes origines ! Je suis une quarteronne, à quoi bon prétendre le contraire ? Je pense que nous serions plus heureux, mes parents et moi, en étant simplement nous-mêmes.

— Nous le serions tous, Abby, l'approuvai-je à mon tour.

Nous n'en dîmes pas davantage ce soir-là.

Louis ne m'appela pas le lendemain mais, le mardi, Mme Penny me remit une lettre qu'il avait fait parvenir au pavillon. Elle s'attarda sur le seuil de la chambre, espérant sans doute que je la lirais devant elle, mais je me contentai de la remercier en posant l'enveloppe sur la table. Quand je l'ouvris, un peu plus tard, mes doigts tremblaient.

Chère Ruby,

Je gribouille ces quelques mots pour vous remercier d'être revenue, bien que je me sois montré si désagréable, la première fois. J'étais tout étonné de me réveiller seul, des heures après votre départ, me semble-t-il. Je ne me rappelle rien de ce que j'ai pu faire ou dire avant, mais j'espère que ce n'était pas de nature à vous froisser. J'espère aussi que vous reviendrez, naturellement.

Et maintenant, quelques nouvelles extraordinaires. Hier, en m'éveillant, j'ai entrevu pour la première fois une vague lueur. Je ne peux rien voir à proprement parler, mais je peux tout d'un coup faire la différence entre la lumière et l'obscurité. Cela ne représente pas grand-chose pour un voyant, mais pour moi c'est presque un miracle. Grand-mère est très enthousiaste et mon médecin aussi, bien sûr. Il voudrait m'envoyer pour quelque temps dans une institution spécialisée. Je ne me sens pas encore prêt à quitter la maison, et pour l'instant j'en reste aux soins médicaux à domicile. Donc, si vous êtes d'accord, vous pourrez venir me voir autant que vous voudrez, à tout moment. Cela me plairait beaucoup. J'espère que vous aimez votre ballade.

Avec mon plus profond respect,

Louis.

Je glissai la lettre dans la boîte où je gardais celles de Paul et de Chris, puis je m'assis pour répondre à Louis. Un mot très bref, où je m'associais à sa joie et lui exprimais l'espoir de le savoir bientôt guéri. Je ne mentionnai aucune date précise de visite, me bornant à une vague promesse de le revoir bientôt. Mme Penny promit de faire en sorte que ma lettre lui parvienne sans tarder.

Le bal de Halloween approchait, ce serait notre première réunion mondaine et, vers le milieu de la semaine, l'excitation montait déjà. Au dîner, ce fut pratiquement le seul sujet de conversation et je fus surprise d'apprendre que les déguisements n'étaient pas permis. Abby et moi discutions de la question au salon quand nous aperçûmes Vicki, plongée dans un livre. Nous l'interrogeâmes sur les causes de cette interdiction, et son air maussade nous fit comprendre qu'elle n'appréciait pas d'être dérangée dans sa lecture.

— Les costumes choisis par certaines filles au bal de l'année dernière ont été jugés déplacés, nous expliqua-t-elle en remontant ostensiblement ses lunettes sur son nez. Il fut donc décidé qu'il n'y aurait plus de costumes du tout.

— Quel dommage ! m'écriai-je, imaginant déjà les déguisements que nous aurions créés, Mlle Stevens et moi.

C'est elle qu'on avait chargée de décorer le gymnase et, durant toute la semaine, j'étais restée après la classe pour l'aider. Nous avions dessiné, découpé fantômes et lutins, citrouilles et sorcières. Le samedi, aidées de quelques membres du comité de loisirs, nous devions porter tout cela au gymnase, en même temps que des serpentins, des lanternes japonaises et des flots de guirlandes.

— Alors, que sommes-nous censées mettre ? s'enquit Abby.

— Tu peux mettre ce que tu veux, pourvu que ce ne soit pas trop ajusté ni trop provocant. Sinon, tu seras refoulée à l'entrée, je te préviens.

— C'est vrai ?

— Tout ce qu'il y a de plus vrai. Mme Ironwood se tient un peu en retrait, à côté de la porte, et fait un petit signe de tête quand nous arrivons : oui ou non. Et selon le signe, le professeur de service ou la bibliothécaire, Mme Weller, nous laisse entrer ou pas. Si tu es refoulée, tu dois retourner à ton pavillon et mettre quelque chose de plus convenable.

— Autrement dit ?

— Autrement dit : pas de décolleté découvrant la naissance des seins, ne fût-ce que d'un millimètre. Pas de jupe au-dessus du genou. Pas de chemisier révélateur ou de chandail trop près du corps. L'année dernière, une fille a été refoulée parce qu'on devinait son soutien-gorge sous son chemisier : l'étoffe était trop fine.

Abby eut l'air écœurée.

— Autant porter nos uniformes, pendant qu'on y est ! A moins que ce ne soit considéré comme un déguisement ?

— Certaines filles viennent en uniforme.

— Tu plaisantes ? A un bal ?

Vicki haussa les épaules, et je me demandai si elle ne faisait pas partie de ces certaines filles-là.

— Et le bal ? voulut savoir Abby. Comment se passe-t-il ?

— Les garçons se rangent d'un côté du gymnase, nous de l'autre, et quand la musique commence ils traversent pour nous inviter. Une invitation en règle, naturellement.

— Naturellement, ironisai-je, m'attirant un sourire pincé.

— Vous n'avez donc pas lu les instructions du manuel, relatives à la conduite à tenir pendant les rencontres inter-écoles ? Fumer ou boire de l'alcool est strictement interdit, cela va de soi, mais certaines façons de danser sont également prohibées. Il est spécifié que, sur la piste de danse, une dizaine de centimètres doivent séparer le garçon et la fille.

Abby ouvrit des yeux incrédules.

— Je n'ai rien lu de pareil dans mon manuel, pourtant.

— Cherche dans les notes en bas de page.

— Les notes en bas de page ! répétai-je d'un ton plaintif. (Puis j'éclatai de rire.) Que pourrait-il bien arriver sur une piste de danse ?

— Je l'ignore, dit Vicki, mais c'est le règlement. Tu n'as pas le droit de quitter le gymnase seule avec un garçon, mais des tas de filles s'arrangent pour le faire. Elles sortent de la salle sans leur cavalier, puis vont le retrouver quelque part dehors. De toute façon, au bout de deux heures et demie très exactement, Mme Ironwood annonce la fin du bal et fait arrêter la musique. Les garçons sont priés de regagner leurs bus et les filles retournent à leur pavillon.

« Certaines raccompagnent leur danseur jusqu'au bus mais Mme Ironwood veille à ce que les adieux soient corrects. Les baisers passionnés sont strictement interdits. Et si jamais une fille est surprise à laisser la main d'un garçon s'égarer, elle reçoit un blâme et le nombre de mauvais points approprié. Elle risque même de se voir priver du bal suivant.

— Mme Ironwood devrait assister à un *fais-dodo* dans le bayou ! m'exclamai-je, ce qui fit pouffer Abby.

Vicky fronça les sourcils.

— En tout cas, les rafraîchissements sont toujours délicieux, déclara-t-elle en manière de conclusion.

— Je sens que nous allons nous amuser comme des folles, commenta ma compagne.

Ce qui nous fit effectivement rire comme des folles, mais ne fut pas du goût de Vicki. Elle se replongea dans son livre.

Mais ni la perspective de ces restrictions ni la menace d'être sous la surveillance constante de Mme Ironwood et de ses satellites n'abattirent la fièvre de l'attente. Elle ne fit que croître tout au long de la semaine.

Gisèle, toujours si amère quand il était question de bal puisqu'elle ne pouvait pas danser, semblait partager l'enthousiasme général. Ses suivantes ne la quittaient plus, buvant ses précieux conseils en matière de relations avec le sexe opposé. Et elle leur prodiguait avec délectation ses leçons de coquetterie en fournissant force détails tirés de son expérience personnelle. Le jeudi et le vendredi soir, au petit salon, ce fut une véritable démonstration qu'elle donna au bénéfice de Jacky, Samantha et Katie. Comment rouler des épaules, battre des cils, frôler de la poitrine le bras de son cavalier... Toutes choses qui faisaient froncer les sourcils à Vicki mais qu'elle n'écoutait pas moins, debout sur le seuil de sa chambre, comme un exilé soupirant après un monde interdit. Assises à l'écart, Abby et moi nous contentions de sourire sans mot dire, de crainte de provoquer une des scabreuses reparties de ma jumelle.

Puis, le samedi matin, alors que j'allais sortir pour aider à la décoration du gymnase, j'eus la surprise de voir entrer ma sœur et Samantha dans notre chambre, pour parler à Abby.

— Je sais que ça ne me regarde pas, commença Gisèle, mais tu devrais changer de coiffure, Abby. Si tu portais les cheveux sur les épaules et le front bien dégagé, cela mettrait ton visage en valeur. De l'avis général, tu es la plus jolie de nous toutes et c'est toi qui as les meilleures chances d'être élue reine du bal, ce soir. Ce dont nous serions toutes très fières, évidemment.

Abby en resta sans voix et nous échangeâmes un regard effaré. Qu'est-ce que ma chère sœur mijotait encore ? Ma perplexité augmenta quand elle tendit à mon amie un ruban de soie blanche.

— Tiens, ce sera parfait dans tes cheveux noirs.

Abby prit le morceau de soie et le contempla un moment, comme si elle s'attendait à le voir exploser. Mais ce n'était qu'un ravissant ruban, sans plus.

— Qu'est-ce que tu comptes mettre avec ça ? Du bleu ? Du rose ?

— J'avais pensé à ma robe bleu nuit. C'est la seule dont la jupe ait la longueur requise.

— Bonne idée, approuva Gisèle. Et toi, Ruby ?

— Ma robe vert pré, probablement.

— Alors moi aussi. Nous serons de vraies jumelles, ce soir. Pourquoi ne pas entrer dans la salle toutes ensemble, les filles du carré ?

Une fois de plus, Abby et moi échangeâmes un regard surpris, fortement teinté de méfiance.

— Entendu, acquiesçai-je, toujours perplexe.

Sur le point de faire pivoter son fauteuil, Gisèle se ravisa.

— Oh, j'oubliais. Susan Peck a beaucoup parlé d'Abby à son frère et il est très impatient de la connaître. Jonathan Peck, précisa-t-elle, vous vous rappelez ? Toutes les filles lui courent après quand les garçons de Rosewood viennent à Greenwood.

Abby n'en revenait pas.

— Susan ? Si je ne me trompe, elle ne m'a jamais adressé la parole.

— Elle est timide, que veux-tu. Mais pas son frère, ajouta ma jumelle avec un clin d'œil.

Nous la regardâmes faire tourner son fauteuil et attendre que Samantha la pousse hors de la chambre.

— Qu'est-ce que ça peut bien vouloir dire ? s'étonna mon amie.

— Ne me le demande pas. Ma sœur est aussi mystérieuse qu'un hibou des marais. Il vous épie, bien caché derrière la mousse espagnole, et on ne sait jamais ce qu'il vous réserve. Quand on s'en aperçoit, c'est généralement trop tard.

Abby rit de bon cœur.

— Bah ! le ruban est joli, en tout cas, observa-t-elle en le nouant dans ses cheveux. Je crois que je le mettrai.

A mesure que l'heure avançait, l'excitation devenait contagieuse. Les filles se rendaient visite d'un carré à l'autre pour faire admirer leur nouvelle robe, leurs chaussures, leur collier, ou tout simplement pour parler coiffure et maquillage. L'usage des cosmétiques était autorisé, les jours de réunion, à condition d'éviter « les barbouillages clownesques », selon les termes du manuel.

La chambre de Gisèle et Samantha prit une importance croissante, à mesure que les autres pensionnaires du pavillon y défilaient, comme pour rendre hommage à l'expérience supérieure et désormais incontestée de ma sœur. Celle-ci trônait dans son fauteuil, approuvait ou condamnait les toilettes, les coiffures et jusqu'aux maquillages, comme si elle avait dirigé toute sa vie un studio de Hollywood.

— Cette école a un siècle de retard en éducation sexuelle, me chuchota-t-elle quand nous nous retrouvâmes dans le hall. Une des filles croyait qu'un orgasme était un instrument de musique ! Une espèce d'orgue, en fait... non, mais tu te rends compte ?

Pour le coup, j'éclatai de rire. Au fond, j'étais plutôt contente de voir Gisèle s'amuser si bien. J'avais craint de la voir devenir de plus en plus amère et déprimée à mesure que l'heure du bal approcherait, mais non. A mon grand soulagement, c'était exactement l'inverse. Et moi qui n'espérais rien de particulier de cette soirée — pas de faire la connaissance d'un garçon, en tout cas —, j'étais gagnée par cette atmosphère de joyeuse attente. Personnellement, ce que j'attendais vraiment, c'était la venue de Chris, le week-end suivant. J'étais bien décidée à ne rien faire qui eût risqué de compromettre mes chances de le voir, il y avait trop longtemps que je me morfondais.

En fin d'après-midi, alors que je revenais du gymnase, papa appela. Gisèle lui parla la première et le retint si longtemps pour lui décrire les préparatifs du bal que, lorsque ce fut enfin mon tour, il rit de bon cœur.

— Je viendrai vous voir mercredi, promit-il.

Malgré sa joie de savoir Gisèle enfin heureuse à Greenwood, je décelai dans sa voix un je-ne-sais-quoi de triste qui me serra le cœur.

— Tu vas bien, papa ?

— Très bien, à part une légère fatigue. J'ai dû travailler un peu trop, c'est tout. Quelques petits problèmes à l'agence que j'ai dû régler.

— Tu ne devrais peut-être pas faire ce voyage, alors. Il vaudrait mieux te reposer.

— Pas question, il y a trop longtemps que je n'ai pas vu mes filles. Je ne veux pas les négliger. (Il eut un petit rire, que suivit presque aussitôt une quinte de toux.) Ce n'est rien, Ruby, juste un petit rhume. Amusez-vous bien, et à bientôt, conclut-il sans me laisser le temps d'insister.

Notre conversation me causa un certain malaise, mais je n'eus pas le temps de m'attarder sur cette impression. L'heure tournait, le moment était venu de nous doucher, de nous habiller, de nous pomponner. Les distractions étaient si rares, à Greenwood, que toutes les filles se promettaient monts et merveilles de cette soirée, dont elles exagéraient volontairement l'importance. Je ne pouvais pas les en blâmer ; je faisais exactement la même chose.

Selon le souhait assez inattendu de Gisèle, tout le carré quitta le pavillon en même temps pour se rendre au gymnase. A sept heures et demie pile, ma sœur était prête. Avec elle en tête du groupe — poussée par Samantha —, nous nous rendîmes au bâtiment central dans un brouhaha de voix joyeuses. Même Vicki, d'ordinaire si peu coquette, était pimpante au point d'être presque jolie. On aurait dit que, rentrées dans nos pavillons respectifs sous l'aspect de chenilles grises et quasiment identiques, nous en étions ressorties papillons, ravissants à voir et chacun unique en son genre.

Grâce à Mlle Stevens et au comité des loisirs, on pouvait en dire autant du gymnase. Décorations, serpentins, illuminations et guirlandes l'avaient transformé en une éblouissante salle de bal. L'orchestre était installé dans le fond, sur la gauche, les six musiciens en smoking et cravate noirs. A l'entrée se dressait le podium, d'où Mme Ironwood ferait les annonces au micro et où serait couronnée la reine du bal. En son centre, sur une petite table, trônait le trophée qui lui était destiné : une statuette dorée représentant une fille de Greenwood qui tournait en scintillant sur son piédestal.

Au fond à droite étaient alignées les longues tables du buffet, auquel avaient collaboré les chefs cuisiniers de tous les pavillons. L'une d'elles, réservée aux desserts, offrait un choix de sucreries et de pâtisseries à faire venir l'eau à la bouche. Tartelettes, mokas, croquettes aux grains de chocolat glacées de caramel, fourrés à l'orange, pralines... sans compter les beignets, les crêpes à la française et autres alléchantes spécialités.

— Je sens que Bouboule va prendre racine ici, lança Gisèle dès que nous eûmes aperçu ces merveilles. Pas vrai, Bouboule ?

Katie rougit.

— J'ai l'intention de me surveiller, ce soir.

— La pauvre chérie, pouffa ma jumelle.

Nous nous avançâmes entre les deux chaperons qui nous firent subir un examen en règle, tandis que Mme Ironwood, debout un peu plus loin, nous épluchait littéralement du regard. Puis, quand toutes les pensionnaires furent entrées, les professeurs qui formaient cercle autour d'elle se regroupèrent à leur table réservée.

Deux rangées de chaises se faisaient face, le long des murs latéraux. A gauche pour les filles de Greenwood, à droite pour les garçons de Rosewood. Il n'était pas encore huit heures quand Suzette Huppe, du carré A, nous rejoignit en toute hâte pour nous annoncer que les bus de Rosewood arrivaient. Tout le monde baissa la voix tandis que les garçons faisaient une entrée en bon ordre.

Tous portaient la même tenue bleu marine, avec l'insigne de Rosewood sur la poche de leur blazer. Un écusson brodé d'or portant une devise en latin, qui, s'il fallait en croire Vicki, signifiait : « L'excellence est notre tradition. » Ces armoiries passaient pour être l'emblème de la famille Rosewood, originaire d'Angleterre.

Tous les étudiants étaient tirés à quatre épingles et coiffés de la même façon, les cheveux soigneusement lissés. Comme nous, ils avaient formé de petits groupes et jetaient des regards nerveux de l'autre côté de la salle. Certains d'entre eux, reconnaissant une fille de Greenwood rencontrée à une précédente réunion, lui adressaient un petit signe de la main. Puis, tous s'approchèrent des bols à punch, comme nous l'avions déjà fait, et chacun remplit sa coupe. Soudain, le bruit des voix et des rires monta d'un ton : le dernier contingent des pensionnaires de Rosewood faisait son entrée dans le gymnase.

— Voilà Jonathan, indiqua Jacky de la pointe du menton.

Nos regard s'aiguillèrent vers un grand jeune homme

brun qui semblait être le pivot de son groupe. Large d'épaules, hâlé, superbe, il avait le charme insolent d'un jeune premier de cinéma. Pas étonnant qu'il fût la coqueluche des filles de Greenwood ! Mais il se tenait, parlait, se déplaçait comme s'il le savait un peu trop. Même à travers la salle je pouvais sentir chez lui cette arrogance innée, typique de certains jeunes aristocrates du Sud. Il parcourait d'un œil hautain l'essaim des filles de Greenwood, murmurait à ses amis quelques mots qui provoquaient leurs rires et affectait une mine détachée, supérieure. L'air d'attendre la suite, comme si la réception n'avait lieu qu'en son honneur.

Puis tout ce brouhaha s'éteignit quand Mme Ironwood s'avança vers le podium, pour souhaiter la bienvenue aux étudiants de Rosewood.

— Je n'ai nul besoin de vous rappeler que vous tous, garçons et filles, appartenez à des familles honorables et que vous fréquentez les deux établissements les plus considérés de Louisiane, sinon du pays tout entier. Je suis sûre que vous saurez vous conduire avec décence et quitterez cette école tels que vous y êtes entrés : fiers de vous, et dignes de l'honneur et du respect dont jouissent vos familles. Dans une heure exactement, nous interromprons le bal pour nous retrouver autour d'un délicieux buffet, préparé à votre intention par les cuisiniers de Greenwood.

Elle inclina la tête en direction du chef d'orchestre, qui à son tour donna le signal à ses musiciens et attaqua le premier morceau de musique. Ceux des garçons qui connaissaient des filles de Greenwood furent les premiers à traverser la piste pour les inviter. Puis, peu à peu, les autres rassemblèrent leur courage et les imitèrent.

Quand Jonathan Peck s'avança vers notre groupe, nous eûmes la certitude qu'il venait pour Abby, comme l'avait suggéré ma sœur. Mais il nous surprit toutes en s'arrêtant devant moi pour me demander cette danse. Je coulai un regard vers Abby, qui souriait, un autre en direction de Gisèle, qui paraissait jubiler, puis j'acceptai l'invitation de Jonathan.

Il me conduisit au centre de la piste et, une fois là, posa une main sur ma hanche avant d'élever la mienne à la hauteur prescrite, juste au niveau de mon menton. Puis, avec la précision parfaite du danseur exercé, il m'entraîna d'un pas rapide et rythmé, sans rien perdre de son assurance hautaine et les yeux fixés sur les miens.

— Je suis Jonathan Peck, dit-il enfin.

— Ruby Dumas.

— Je sais. Ma sœur m'a parlé de vous et de votre jumelle, Gisèle.

— Vraiment ? Et que vous a-t-elle dit ?

— Rien que des choses aimables, répliqua-t-il en clignant de l'œil. Comme vous le savez, Rosewood et Greenwood sont quasiment frère et sœur, maintenant. Nous connaissons tous vos petits secrets, mesdemoiselles. Vous ne pouvez rien nous cacher, ajouta-t-il en se retournant sur Gisèle, qui avait déjà capté l'attention d'une demi-douzaine d'étudiants.

Mais ce qui m'étonna le plus, ce fut de voir Abby faire tapisserie. Aucun garçon de Rosewood ne l'avait invitée. Aucun des admirateurs de Gisèle ne montrait le moindre intérêt pour elle : ils bavardaient et riaient autour de ma sœur. Et pourtant, Katie elle-même avait trouvé un cavalier.

— Par exemple, poursuivit Jonathan, je sais que vous aimez jouer les artistes. Exact ?

— Je ne joue à rien du tout, ripostai-je vertement. Je *suis* une artiste.

Il rejeta la tête en arrière et partit d'un éclat de rire que je trouvai plutôt surfait.

— Mais oui, bien sûr ! Vous êtes une artiste ! Quelle grossièreté de ma part d'avoir osé suggérer le contraire !

— Et vous, vous êtes quoi, à part votre qualité d'encyclopédie ambulante des ragots de Greenwood ? A moins que ce ne soit votre unique ambition ?

— Wouaouh ! Susan avait raison. Vous n'avez pas froid aux yeux, votre sœur et vous. De vrais petits dragons ! Vous crachez des flammes.

— Oui ? Alors faites attention, vous pourriez vous brûler.

Cette repartie le fit rire de plus belle. Avec un coup d'œil entendu à l'adresse de ses camarades, il me fit virevolter d'un geste un peu trop vif, mais je ne perdis pas l'équilibre. Ayant déjà dansé plus d'une douzaine de fois dans un *fais-dodo*, je n'eus aucune peine à rester droite et gracieuse dans les bras de Jonathan Peck.

— La soirée s'annonce passionnante, déclara-t-il quand la musique se tut. Je vous inviterai encore. Mais avant cela, il faut que je fasse plaisir à quelques-unes de mes fans.

— Ne vous surmenez pas, surtout !

La sécheresse de ma réplique le laissa pantois. Pirouettant, je l'abandonnai à son sort et courus rejoindre Abby. J'avais les joues en feu.

— Quelque chose ne va pas ? s'inquiéta-t-elle.

— Il est odieux ! Aussi cinglant qu'une vipère des marais, et probablement aussi venimeux. Je parie qu'il a des miroirs sur tous les murs de sa chambre.

Abby pouffa. Une autre danse commença, un autre garçon m'invita, du genre timide, celui-là, ce qui ne fut pas pour me déplaire. La cour de ma sœur resta autour d'elle, sauf un garçon qui s'éloigna pour aller lui chercher un autre verre de punch. Une fois de plus, en me retournant, je pus voir que toutes les filles de notre carré avaient été invitées, à l'exception d'Abby. Délaissée pour la seconde fois, elle paraissait un peu mal à l'aise mais faisait bonne contenance.

— Je suis désolée, dis-je à mon cavalier, mais ma cheville commence à me faire mal. Je me la suis foulée il y a quelques jours. Et si vous invitiez mon amie à ma place ?

Mon danseur, un rouquin aux joues semées de taches de son, suivit la direction de mon regard et secoua lentement la tête.

— C'est très bien comme ça, déclara-t-il. Merci beaucoup.

Et il s'empressa d'aller rejoindre ses amis.

— Que s'est-il passé ? s'enquit Abby quand je revins près d'elle.

— Je crois que je me suis tordu la cheville en venant. Elle commence à me faire mal, j'ai dû m'arrêter de danser.

— La musique est très bonne, se contenta-t-elle de répondre en marquant le rythme du bout du pied.

Pourquoi personne ne venait-il l'inviter ? Ce n'était

pourtant pas les garçons qui manquaient! Beaucoup d'entre eux restaient groupés contre le mur d'en face, lorgnant timidement du côté des filles. Je me tournai vers Gisèle, qui riait de ce qu'un de ses admirateurs venait de lui dire. Elle lui prit la main et l'attira vers elle pour lui chuchoter quelque chose à l'oreille, ce qui eut sur lui un effet spectaculaire. Ses yeux brillèrent comme des lampions, il devint cramoisi et loucha vers ses camarades en ricanant nerveusement. Sur quoi, Gisèle regarda de notre côté avec un sourire satisfait.

A la troisième danse, j'étais presque sûre qu'Abby serait invitée, surtout quand je vis s'avancer deux garçons de notre côté. Mais le premier s'inclina devant Jacky et le second devant moi.

— Non, merci, m'excusai-je poliment. Je me suis foulé la cheville, il faut que je me repose. Mais mon amie est libre, ajoutai-je en désignant Abby d'un léger signe de tête.

Il la dévisagea un instant et, sans un mot, tourna les talons pour aller en choisir une autre.

— Est-ce que c'est mon parfum qui produit cet effet-là ou quoi ? s'étonna ma compagne.

Mon cœur battit plus vite et un début de panique me contracta l'estomac. Il se tramait quelque chose ici, quelque chose de très bizarre, décidai-je en me tournant une fois de plus du côté de ma sœur. Sa mine à la fois sournoise et ravie n'annonçait rien de bon. Danse après danse, des garçons s'approchaient de moi, pour s'éloigner en murmurant de vagues excuses lorsque je refusais en leur suggérant d'inviter Abby. D'abord perplexe, je finis par être vraiment fâchée de voir que l'une des plus jolies filles de l'école, sinon la plus jolie, risquait de passer toute la soirée sans danser une seule fois. Juste avant que l'on annonce la pause, je roulai le fauteuil de ma sœur à l'écart.

— Il se passe quelque chose de louche, Gisèle. Aucun garçon n'a invité Abby, même quand je le leur ai suggéré.

— Vraiment ? C'est incroyable.

— Toi qui es toujours au courant de tout, Gisèle, dis-moi ce qu'il se passe. Si c'est une farce, elle n'est pas...

— Je ne suis au courant de rien du tout. Personne ne

m'a invitée à danser non plus, je te signale, mais tu ne sembles pas tellement t'en faire pour moi !

— Mais tu t'amuses, toi. Tous ces garçons...

— Je les aguiche pour passer le temps, c'est tout. Tu crois que c'est drôle d'être clouée dans ce fauteuil pendant que tout le monde gambade à travers la salle ? Pauvre Abby, railla-t-elle avec un rictus mauvais. Pauvre, pauvre Abby... Tu l'as choisie comme sœur parce qu'elle n'est pas handicapée, elle !

— Tu es injuste. C'est toi qui as voulu partager ta chambre avec une autre, et...

Je m'interrompis net : la musique avait pris fin. Mme Ironwood annonça qu'on allait servir les rafraîchissements, des acclamations enthousiastes s'élevèrent et tout le monde se dirigea vers les tables.

— Je meurs de faim et j'ai promis à ces garçons de m'asseoir à leur table, annonça ma sœur en me regardant par en dessous. Va donc t'occuper de cette pauvre Abby !

Elle se propulsa en direction de ses courtisans, déjà réduits à l'état d'esclaves, et ils se disputèrent l'honneur de la véhiculer à travers la salle. Elle se retourna sur moi, me jeta un regard triomphant accompagné d'un rire aigu, et tendit la main à l'un des garçons tandis que les autres s'empressaient autour d'elle.

— Ma sœur est insupportable, fis-je observer à Abby. Elle commence à me taper sur les nerfs.

Presque tous les garçons allaient chercher quelque chose au buffet pour les filles avant de se servir eux-mêmes, selon les meilleurs usages. Mais pas un d'entre eux ne s'offrit à nous rapporter quelque chose, à Abby comme à moi. Certains s'écartèrent pour me faire place, mais aucun ne se dérangea pour Abby. Quand nous eûmes choisi ce que nous voulions, nous trouvâmes une table encore libre, sur le côté. Personne ne vint nous y rejoindre, pas même les filles de Louella-Clairborne. On nous laissa seules.

Mme Ironwood et Mme Weller évoluaient parmi les tables, saluant un étudiant, adressant quelques mots à une fille de Greenwood. Quand elle arriva près de nous, Mme Ironwood s'arrêta un instant, nous toisa d'un œil furibond et tourna les talons.

— Est-ce que j'aurais des boutons sur la figure, par hasard ? tenta de plaisanter Abby.

— Tu es en beauté, au contraire.

Elle me sourit sans conviction. Ni l'une ni l'autre n'avions beaucoup d'appétit, mais nous grignotâmes pour passer le temps. Non loin de nous, ma sœur pérorait au milieu de ses soupirants et les rires fusaient autour d'elle. Les garçons ne savaient que faire pour la contenter. Sur un signe d'elle, deux ou trois d'entre eux se précipitaient vers le buffet, se bousculant pour devancer les autres et lui rapporter ce qu'elle désirait.

— Ta sœur a toujours eu autant de succès auprès des garçons ? s'enquit Abby avec une pointe d'envie.

— A ma connaissance, oui. Elle a le don de les prendre par leur point faible. Je me demande bien ce qu'elle a pu leur promettre ! ajoutai-je avec humeur.

Sur ces entrefaites, le comité des loisirs s'égailla dans la salle pour distribuer aux filles leurs bulletins de vote : l'heure était venue d'élire la reine du bal. Deux élèves suivaient, portant des boîtes dans lesquelles nous devions jeter les réponses, une fois notre choix fait.

— Je parie que Gisèle a voté pour elle, grommelai-je.

— Je vote pour toi, Ruby.

— Et moi pour toi.

Nous remplîmes nos bulletins en riant et les déposâmes dans une des boîtes.

Après avoir goûté aux desserts, nous allâmes toutes les deux nous rafraîchir aux lavabos des filles. Il y avait foule, tout le monde riait et parlait à la fois, mais à notre arrivée il se produisit une accalmie soudaine. On aurait juré que nous étions des parias ou des lépreuses, des espèces d'intouchables dont l'apparition suffisait à répandre la terreur ou la contagion. Nous échangeâmes un long regard perplexe.

La seconde partie de la soirée ne fut guère différente de la première, si ce n'est que plus je m'attardais auprès d'Abby, plus le vide se faisait autour de moi. Quand l'orchestre attaqua l'avant-dernière danse, Abby et moi fûmes les seules à n'être pas invitées. Puis, juste avant la toute dernière de la soirée, Mme Ironwood revint au micro.

— A Greenwood, comme vous le savez presque tous, la tradition veut qu'à la fin de chaque réception — et particulièrement s'il s'agit d'un bal, nos jeunes filles élisent la reine de la soirée. Le comité des loisirs a dépouillé les votes et demandé que j'appelle Gisèle Dumas pour proclamer les résultats.

Abby et moi nous regardâmes avec stupéfaction. Quand Gisèle avait-elle manigancé tout ça? Des applaudissements éclatèrent; quittant le cercle de ses admirateurs, ma jumelle se propulsa sans aide à travers la salle. Puis, le visage épanoui, elle se retourna vers l'assemblée. L'une des filles du comité s'approcha, une enveloppe à la main, et on abaissa le micro pour que ma sœur puisse s'en servir.

— Merci pour cet honneur, commença-t-elle. C'est pour moi une joie immense.

Elle se tourna vers la fille qui avait apporté les résultats et prononça d'un ton directorial, exactement comme s'il s'agissait d'une distribution de prix:

— L'enveloppe, s'il vous plaît.

Tout le monde rit. Mme Ironwood elle-même daigna ébaucher un soupçon de sourire. Gisèle déchira l'enveloppe, lut le carton en silence et s'éclaircit la gorge.

— Nous avons là un choix plutôt... surprenant, annonça-t-elle. Une grande première pour Greenwood, si j'en crois la note du comité. (Elle se tourna vers Mme Ironwood, qui paraissait maintenant plus attentive.) Je vais lire en premier le nom de l'élue, puis l'appréciation exacte formulée par le comité des loisirs. Les élèves de Greenwood... (elle regarda dans notre direction)... ont choisi Abby Tyler...

Les yeux d'Abby s'agrandirent de surprise, mais je secouai la tête avec appréhension: je pressentais le pire. Un grand silence tomba sur la salle. Abby se leva lentement. Mon cœur se mit à battre à grands coups quand je parcourus du regard les rangs des autres filles: on aurait dit qu'elles retenaient leur souffle.

Gisèle contempla la carte et approcha la bouche du micro pour ajouter:

— ... qui est la première quarteronne à avoir été élue.

Ce fut comme si nous avions tous plongé dans l'œil

d'un cyclone. Il n'y eut pas le moindre rire, pas un seul petit bruit de toux. Abby se figea. Elle abaissa sur moi un regard vitreux: elle était en état de choc. Voilà donc pourquoi aucun des garçons ne l'avait invitée... on les avait prévenus qu'elle était quarteronne. Et voilà pourquoi Gisèle s'était montrée si suave et lui avait offert ce ruban blanc. Pour qu'ils la reconnaissent au premier coup d'œil.

— Qui leur a dit? chuchota la pauvre Abby.

Je secouai la tête.

— Je n'aurais jamais...

— Viens chercher ton trophée! glapit Gisèle dans le micro.

Debout devant moi, plus grande et plus droite qu'à l'ordinaire, me semblait-il, Abby était si belle qu'on l'aurait prise pour une princesse.

— Ne t'en fais pas, Ruby, ce n'est rien. J'avais déjà décidé de dire à mes parents de mettre fin à cette vie de mensonges. Mon cœur ne renie aucun de mes ancêtres et je ne veux plus jamais cacher mon ascendance.

Sur ces mots, Abby traversa fièrement la salle et sortit.

— J'ai l'impression qu'elle n'apprécie pas notre trophée, bouffonna Gisèle, soulevant une vague de rires.

Je les entendais encore lorsque j'eus quitté le gymnase, sur les traces d'Abby. Je me ruai dans le hall et courus à la porte latérale, qui se refermait tout juste sur mon amie. Le temps que j'arrive dehors, elle avait déjà traversé la moitié du campus et je la vis s'éloigner dans l'obscurité, la tête haute.

— Abby, attends! appelai-je, mais elle ne s'arrêta pas. Elle coupait à travers la pelouse, maintenant, en direction de l'allée qui menait à la grand-route. Je m'engageais dans cette direction quand j'entendis prononcer mon nom.

— Ruby Dumas.

Je pivotai pour voir Mme Ironwood, toute droite dans la flaque de lumière que projetaient les lanternes du perron.

— Ne vous avisez pas de sortir des limites de cette école!

— Mais, madame Ironwood, mon amie... Abby...

— Vous êtes prévenue.

Je me retournai pour regarder dans la direction qu'avait prise Abby, mais je ne vis plus rien, que les ténèbres. Les ténèbres qui lançaient vers moi leurs vagues d'ombre, assez près pour m'atteindre et voiler de noir mon cœur en deuil.

9

Une amie dans le besoin

— Je vous conseille de regagner la réunion, gronda Mme Ironwood qui s'était rapprochée, rôdant autour de moi comme un faucon prêt à fondre sur sa proie.

Le ciel tournait à l'orage, la pluie et le vent menaçaient. Pendant quelques instants, je continuai à scruter l'obscurité de la route en espérant voir Abby réapparaître, mais non. Je ne vis rien. Et je restai plantée là, comme une île assaillie par la marée montante, affreusement triste et malheureuse.

— Vous entendez ce que je vous dis ?

J'entendais. Tête basse, je revins sur mes pas et dépassai Mme Ironwood sans même tourner la tête de son côté.

— Je n'ai jamais vu quelqu'un se conduire ainsi, poursuivit-elle en m'emboîtant le pas. Jamais une de mes pensionnaires n'a causé un tel affront à cette école.

— Comment une fille aussi belle, aussi brillante et aussi bonne qu'Abby peut-elle avoir mis quelqu'un dans l'embarras ? J'espère qu'elle est fière de ses ancêtres, comme je le suis de mon héritage cajun !

Redressant les épaules, la directrice me toisa de son regard minéral. Silhouettée contre le ciel noir de plus en plus menaçant, elle ressemblait à l'un des terribles esprits vaudou de Nina.

— Quand les gens s'immiscent dans un autre milieu que le leur, ils n'y gagnent que des ennuis, proféra-t-elle de son ton le plus cassant.

— Abby est plus à sa place ici que n'importe qui ! m'écriai-je. C'est la plus intelligente et la meilleure fille qui...

— Ce n'est ni le lieu ni le moment de discuter de ces questions, et d'ailleurs cela ne vous regarde en rien, cracha la directrice d'une voix coupante. Vous feriez mieux de vous occuper de vous-même et de votre propre conduite. Je croyais avoir été parfaitement claire sur cette question, à notre dernière entrevue.

Je la dévisageai quelques secondes, en proie à une colère meurtrière. Grand-mère Catherine m'avait enseigné le respect envers mes aînés, mais elle n'avait sûrement pas prévu que je pourrais être confrontée à une Mme Ironwood. Son âge et sa position ne la mettaient pas à l'abri des critiques, même de la part d'une fille aussi jeune que moi, décidai-je, mais je me mordis la lèvre et dominai ma fureur.

La Dame de Fer semblait prendre plaisir à me voir lutter ainsi contre moi-même. Elle soutint mon regard avec une dureté provocante, attendant, espérant que j'allais me rebeller, m'exposant à une punition plus dure, sinon au renvoi. Et ainsi je ne reverrais jamais Louis, ce qui — j'en eus soudain le soupçon — devait être son véritable motif.

Ravalant ma rage et mes larmes, je tournai les talons et regagnai la salle de bal, où la dernière danse avait commencé.

La plupart des filles se retournèrent sur moi, l'air goguenard, et ce qu'elles chuchotèrent à leurs cavaliers provoqua leur hilarité. Comment pouvaient-ils être si joyeux, après ce qu'ils venaient de faire à Abby ? J'en étais malade.

Du côté des tables, Gisèle tenait toujours sa cour parmi un cercle encore plus grand d'admirateurs, auquel s'était joint Jonathan Peck. Elle riait si haut que le son de sa voix dominait la musique.

— Je parie que c'est la première fois qu'une fille refuse le trophée du bal, claironna-t-elle à mon approche. (Et à mon intention aussi, j'en eus la certitude.) Tiens, tiens, Ruby ! Alors, raconte. Où est allée la quarteronne ?

— Elle s'appelle Abby, ripostai-je vertement. Et grâce à toi, elle est partie.

— Comment ça, grâce à moi ? Je n'ai fait qu'annoncer les résultats du vote. Quelle raison aurait une gagnante de se sauver ? feignit de s'étonner Gisèle, avec l'air innocent d'un agneau nouveau-né.

Les autres opinèrent en souriant, guettant ma réponse avec une joie féroce.

— Tu sais très bien de quoi je parle, Gisèle. C'est vraiment mesquin, ce que tu as fait ce soir.

— Ne me dites pas que vous approuvez la présence de sang-mêlé à Greenwood, laissa tomber Jonathan Peck.

Sur quoi, redressant les épaules, il lissa soigneusement ses cheveux à deux mains comme s'il se tenait devant son miroir, et non devant une demi-douzaine d'admiratrices.

— Ce que je n'approuve pas, ripostai-je, c'est la présence de gens cruels et malfaisants. Ni celle de jeunes snobs arrogants, qui se croient sortis de la cuisse de Jupiter et sont plus amoureux d'eux-mêmes qu'ils ne le seront jamais de quelqu'un d'autre. Voilà ce que je n'admets pas !

Jonathan vira au cramoisi.

— Voilà ce qui arrive quand on fraie avec des gens d'une classe inférieure ! Peut-être n'êtes-vous pas à votre place ici, vous non plus, pérora-t-il en quêtant du regard l'approbation de ses auditeurs.

Et presque tous hochèrent la tête avec conviction.

— C'est possible, répliquai-je en refoulant les larmes qui me brûlaient les paupières. J'aimerais mieux être dans un marais, entourée d'alligators, qu'avec des gens qui méprisent les autres à cause de leur ascendance.

— Oh, arrête de jouer les bons apôtres, tu veux ? gémit Gisèle. Ton Abby s'en remettra !

Je me rapprochai d'elle, les yeux si brûlants de rage que les autres s'écartèrent pour me laisser passer. Une fois près de Gisèle, la dominant de toute ma hauteur, je crachai littéralement ma question sur elle.

— Comment t'y es-tu prise, Gisèle ? Tu as écouté à notre porte ?

— Tu crois que vos petits papotages m'intéressent tant que ça ? riposta-t-elle, rougissant sous l'accusation. Tu crois que je n'ai jamais rien lu sur le genre de choses que vous faisiez ? Je n'ai pas eu besoin d'écouter aux portes pour savoir ce que tu fabriquais avec ta quarteronne ! Mais...

Elle se carra sur son siège en souriant.

— Si tu voulais bien te confesser, nous raconter comment c'était de coucher avec elle...

— Tais-toi ! hurlai-je, incapable de me contrôler. Ferme ton sale bec avant que je...

Avec une grimace théâtrale, Gisèle prit son auditoire à témoin :

— Regardez comment elle traite sa sœur infirme ! Vous voyez bien que je suis sans défense contre elle, que je l'ai toujours été. Vous savez ce que c'est maintenant, d'être invalide et de regarder jour après jour votre sœur s'amuser, aller où elle veut et faire ce qui lui plaît.

Elle se couvrit le visage de ses mains, émit quelques sanglots convaincants. Tout le monde me regarda d'un air courroucé.

— Oh, et puis à quoi bon ? soupirai-je.

Et je tournai les talons, au moment précis où cessait la musique. Mme Ironwood revint immédiatement au micro.

— Il semble qu'un orage se prépare, annonça-t-elle. Les jeunes gens devraient regagner immédiatement leurs bus et les filles leurs pavillons.

Tout le monde se dirigea vers les portes, mais Mlle Stevens accourut vers moi.

— Pauvre Abby ! c'est ignoble, ce qu'elles lui ont fait. Où est-elle allée ?

— Je ne sais pas, mademoiselle Stevens. Elle s'est sauvée dans l'allée, en direction de la route. Je m'inquiète pour elle, mais Mme Ironwood m'a interdit de la suivre.

— Je sors ma Jeep et je vais voir si je peux la trouver, promit Mlle Stevens. Retournez au pavillon et attendez-moi.

— Merci. C'est vraiment un très mauvais orage qui se prépare, et elle pourrait être prise en plein dedans. Si vous la trouvez, dites-lui que je ne suis pour rien dans ce que ma sœur lui a fait. Dites-le-lui, je vous en prie.

— Je suis sûre qu'elle ne croit rien de tel, dit Mlle Stevens avec un sourire plein de bonté.

De sa place, sur l'un des côtés de la salle, Mme Ironwood nous suivit des yeux quand nous rejoignîmes la foule qui se hâtait vers les portes. Un éclair blanc troua la nuit, zébrant le ciel menaçant, et quelques filles poussèrent des cris de frayeur feinte. Des garçons volaient des baisers furtifs avant de monter dans leur bus. Un essaim d'adoratrices entourait Jonathan Peck, souhaitant, attendant que ses précieuses lèvres se posent sur les leurs... ou au moins sur leur joue.

Un nouveau coup de tonnerre fit jaillir des cris plus aigus et déclencha une véritable débandade. Je vis Mlle Stevens partir en courant pour aller chercher sa Jeep et me retournai vers l'autoroute, dans l'espoir d'apercevoir Abby. Cet espoir déçu, je me hâtai vers le pavillon. Peut-être en avait-elle fait simplement le tour, avant de rentrer de son plein gré ? Mais non. Je trouvai notre chambre vide et retournai dans le hall pour y attendre Mlle Stevens. Toutes les filles arrivaient à la fois, pépiant avec excitation au sujet du bal et de leurs danseurs. Je les ignorai, ce qu'elles me rendirent avec usure, pour la plupart en tout cas.

Venu du fleuve, l'orage s'approchait rapidement du campus et bientôt le vent tordit les branches des grands chênes. Tout devenait de plus en plus sombre au-dehors et soudain la pluie se déversa en nappes, fouettant les fenêtres et rebondissant dans les allées. Sur la galerie, de véritables ruisseaux s'écoulaient le long des rambardes et les éclairs se succédaient, rayant l'obscurité de brèves lueurs blanches, puis tout retombait dans la nuit. Et si Mlle Stevens n'avait pas retrouvé Abby ? Je l'imaginais, réfugiée sous un arbre au bord de la route menant à Greenwood, terrifiée. Il y avait quelques belles maisons au bord de cette route. Avait-elle réussi à en atteindre une ? Et lui avait-on offert l'hospitalité jusqu'à la fin de l'orage ?

Il s'était passé près d'une heure quand, par les fenêtres du hall, je vis s'approcher des phares. La Jeep beige freina devant notre pavillon et Mlle Stevens en émergea pour courir jusqu'au perron, son imperméable relevé sur la tête. Je l'accueillis à la porte.

— Est-ce qu'elle est rentrée ? fut sa première question.

Je sentis mon cœur chavirer.

— Non.

— Non ? (Elle secoua ses cheveux ruisselants.) J'ai parcouru la route dans les deux sens. Je suis allée plus loin qu'elle n'aurait pu le faire, même en courant sans arrêt, mais rien. Pas la moindre trace d'elle. J'espérais qu'elle serait revenue d'elle-même.

— Qu'a-t-il pu lui arriver ?

— Quelqu'un l'a peut-être prise en stop.

— Mais où irait-elle, mademoiselle Stevens ? Elle ne connaît personne à Baton Rouge.

— Elle aura trouvé un abri quelconque, où elle attend la fin de l'orage, suggéra-t-elle pour me rassurer.

Mais l'inquiétude assombrissait son visage tandis qu'elle et moi évoquions — sans mot dire — les risques effrayants que courait une jolie fille errant seule sous l'orage, le long d'une route peu fréquentée.

Mlle Penny nous rejoignit, les traits tirés par l'angoisse et se tordant les mains.

— Mme Ironwood vient de m'appeler, pour demander si Abby était rentrée. Où est-elle allée, Ruby ?

— Je l'ignore, madame Penny.

— Elle a quitté le campus, en pleine nuit... sous l'orage !

— Elle s'en serait bien passée, madame Penny.

— Ô mon Dieu ! se lamenta-t-elle. Nous n'avons jamais eu ce genre de problème à Greenwood, jusqu'ici. J'aimais tellement mes fonctions, c'était une telle joie de m'occuper de mes filles !

— Je suis sûre que tout s'arrangera, la rassura Mlle Stevens. Laissez simplement la porte ouverte pour elle.

— Mais je la ferme toujours, après le couvre-feu ! Et toutes les autres, dont je suis responsable ? Ô mon Dieu, qu'est-ce que je vais bien pouvoir faire ?

— Ne vous inquiétez pas pour cette porte, dis-je en me laissant tomber sur la banquette du hall. Je vais rester là et attendre qu'Abby revienne.

— Seigneur ! Et dire que les réceptions étaient toujours des moments si merveilleux !

— Si vous avez besoin de moi, appelez-moi, me dit Mlle Stevens à voix basse. Et si elle revient aussi, bien sûr. Je serai heureuse de savoir qu'elle va bien.

Quand elle m'eut donné son numéro de téléphone, je la raccompagnai jusqu'au perron et, une fois dehors, elle serra ma main entre les siennes.

— Vous verrez, affirma-t-elle pour me remonter le moral, tout va s'arranger.

Je réussis à esquisser un pauvre sourire et la regardai courir jusqu'à sa Jeep sous la pluie battante, son imperméable remonté sur la tête, comme à son arrivée. Elle venait de démarrer quand Mme Penny revint pour fermer les portes.

— J'ai dû appeler Mme Ironwood; elle est de plus en plus en colère, me confia-t-elle. Prévenez-moi si Abby revient, voulez-vous ?

J'acquiesçai d'un signe de tête et retournai m'asseoir sur la banquette, les yeux fixés sur la porte vitrée. La pluie faisait rage, martelant sans répit le toit du pavillon, et il me semblait que c'était sur mon cœur désolé qu'elle s'acharnait ainsi. Je m'endormais de temps en temps et me réveillais toujours en sursaut, ayant cru entendre frapper à la porte, mais ce n'était jamais que le bruit du vent. Finalement, à bout d'inquiétude et de fatigue, je retournai dans notre chambre. Je ne pris même pas la peine de me déshabiller : je m'abattis sur mon lit en sanglotant de chagrin pour Abby. Le sommeil me surprit brusquement, un lourd sommeil sans rêves, dont je ne m'éveillai qu'en entendant les allées et venues des pensionnaires qui s'en allaient à la salle à manger. Je me retournai vivement vers le lit d'Abby et mon cœur se serra en le trouvant vide... et intact.

Je frottai mes paupières ensommeillées, me redressai sur mon séant et réfléchis un moment. Puis j'allai à la salle de bains où je me tamponnai le visage à l'eau froide. Un éclat de rire me parvint : c'était Gisèle. J'ouvris brutalement la porte et me retrouvai nez à nez avec elle, au moment où Samantha s'apprêtait à l'emmener. La mine fraîche et reposée, ma jumelle rayonnait de satisfaction triomphante.

— Bonjour, petite sœur ! me lança-t-elle sur un ton réjoui. On dirait que tu as veillé tard. Est-ce que ta... ton amie est revenue ?

— Non, Gisèle. Et elle ne reviendra pas.

— Oh, non ! Qu'allons-nous faire du trophée, alors ?

Elle se tourna vers Jacky, Samantha et Katie, qui lui répondirent par un triple sourire. Mais ce sourire s'évapora quand elles rencontrèrent mon regard. Au moins elles montraient quelque remords, surtout Samantha, qui paraissait de loin la plus triste.

— Ce n'est plus drôle, Gisèle. Il lui est peut-être arrivé quelque chose de terrible, cette nuit. Où pouvait-elle aller ? Comment s'est-elle débrouillée ?

Ma sœur haussa les épaules.

— Est-ce que je sais, moi ? Elle a pu se réfugier dans la cabane d'un journalier... un de ses anciens amoureux, si ça se trouve, ajouta-t-elle avec un rire hystérique. Allons-y, Samantha, j'ai une faim de loup, ce matin.

Ecœurée, honteuse d'avoir une sœur pareille, je baissai la tête et retournai dans ma chambre. Je n'avais pas grand appétit, et je n'étais pas pressée de me retrouver en face de ces filles, qui guetteraient avidement mes moindres paroles et réactions. Néanmoins, je me changeai pour me mettre en uniforme et je m'apprêtais à me rendre à la salle à manger quand Mme Penny entra dans la chambre. Un coup d'œil me suffit pour comprendre qu'elle avait des nouvelles d'Abby. Ses doigts étaient crispés comme si elle se raccrochait désespérément à elle-même.

— Bonjour, ma chère enfant.

— Qu'est-il arrivé, madame Penny ? Où est Abby ?

— Mme Ironwood vient d'appeler pour m'avertir que ses parents viendraient chercher ses affaires dans la journée, débita-t-elle tout d'une traite.

Sur quoi, elle libéra un interminable soupir.

— Alors, elle va bien ? Ils l'ont retrouvée ?

— Apparemment elle les a appelés hier soir, de Baton Rouge. Maintenant, elle va nous quitter. Elle aurait été renvoyée pour avoir quitté le campus en pleine nuit, de toute façon.

— Oh, ça, elle aurait été renvoyée, madame Penny, mais pas pour s'être enfuie de l'école. La vraie raison de Mme Ironwood n'était pas du tout celle-là.

Mme Penny baissa tristement la tête.

— Nous n'avons jamais eu ce genre de problème, marmonna-t-elle, c'est... très déroutant. (Elle releva la tête et inspecta rapidement la pièce.) En tout cas, je sais que vous mélangiez plus ou moins vos affaires, toutes les deux. J'aimerais que vous fassiez le tri, pour que les parents d'Abby n'aient pas à s'attarder. Ce serait gênant pour tout le monde, et surtout pour eux.

— Je ne vois pas pourquoi, mais bon... je m'en occupe, promis-je à la pauvre gouvernante.

Et je commençai aussitôt à séparer des miens les vêtements et les objets personnels d'Abby, emballant les siens dans ses valises et dans des boîtes pour faciliter la tâche à ses parents. Tout le temps que dura ce tri, les larmes ruisselèrent sur mes joues.

Quand les filles du carré revinrent de la salle à manger, j'avais pratiquement terminé le rangement et j'étais assise sur le bord de mon lit, contemplant tristement le plancher. Gisèle s'encadra dans la porte, Samantha derrière elle, et promena sur les bagages un regard curieux.

— Que se passe-t-il ? Mme Penny n'a rien voulu nous dire.

Je relevai la tête, les yeux rouges et tuméfiés.

— Les parents d'Abby viennent chercher ses affaires, elle quitte Greenwood. Tu es satisfaite ?

Samantha se mordit la lèvre et détourna vivement les yeux, mais pas ma sœur.

— C'est aussi bien pour tout le monde, commenta-t-elle. Cela aurait fini par arriver, de toute façon.

— S'il fallait qu'elle parte, il valait mieux que ce soit de son plein gré, ripostai-je amèrement. Et pas pour avoir été humiliée, par toi et ta clique, devant les professeurs et tous les garçons de Rosewood.

— C'est ce que risque une fille comme elle, si elle essaie de se faire passer pour l'une des nôtres, contra ma sœur sans le moindre signe de remords.

Au contraire : elle semblait si ravie de sa prouesse que j'en eus la nausée.

— Je ne tiens pas à parler de ça plus longtemps, dis-je en lui tournant le dos.

— Et moi non plus ! lança-t-elle en faisant signe à Samantha, qui s'empressa de l'emmener.

Mais au début de l'après-midi, juste avant l'arrivée des parents d'Abby, Samantha se présenta seule à ma porte. Elle avait laissé Gisèle dans le hall et venait chercher quelque chose de sa part. Je l'accueillis plutôt fraîchement.

— Qu'est-ce que tu veux ?

— Gisèle m'envoie reprendre un disque dans la boîte qui est dans l'armoire d'Abby, expliqua-t-elle sans se fâcher. Elle voudrait le prêter à une fille du carré B.

Elle s'avança dans la pièce et je lui tournai le dos quand elle s'agenouilla sur le plancher, devant l'armoire. Elle trouva très vite ce qu'elle cherchait, regagna la porte, mais au moment de sortir elle pivota vers moi.

— Je suis désolée, pour Abby. Je ne m'attendais pas que ça finisse comme ça.

— Et qu'est-ce qui peut arriver, d'après toi, quand quelqu'un est mis dans une situation pareille, devant tout le monde ? Et pour quelle raison, d'abord ? Qu'est-ce qu'elle vous avait fait, à toi comme aux autres, pour mériter ça ?

Samantha baissa le nez sur ses chaussures.

— Au fait, demandai-je après avoir réfléchi quelques instants, comment ma sœur a-t-elle appris ça ? En collant son oreille à la porte ? (Samantha secoua la tête.) Alors, comment ?

Samantha coula un regard sur sa droite avant de répondre.

— Quand elle venait chercher une des choses qu'Abby lui gardait dans son placard, elle lisait les lettres de ses parents, avoua-t-elle. Mais je t'en prie, ne va pas lui répéter que je te l'ai dit. Je t'en prie, implora-t-elle, au bord des larmes.

— Et sur toi, qu'est-ce qu'elle va révéler ?

Les yeux de Samantha s'agrandirent et ses joues, toujours si roses, perdirent toute couleur.

— Tu n'aurais jamais dû lui confier ce que tu ne voulais pas que tout le monde sache, fis-je observer sur un ton de reproche.

Son air contrit m'apprit que ce conseil était justifié.

— En tout cas, insista-t-elle, je suis désolée pour Abby.

Je n'étais pas d'humeur clémente mais je vis qu'elle était sincère : d'un signe de tête, j'acceptai ses regrets. Elle hésita encore quelques instants, finit par se décider à sortir et, peu de temps après, les parents d'Abby arrivèrent.

— Madame Tyler ! m'écriai-je à leur entrée en bondissant sur mes pieds. Comment va Abby ?

— Bien, répondit sèchement Mme Tyler, le visage dur et les lèvres pincées. Ma fille a plus de caractère que toutes les pimbêches de ce précieux Greenwood.

Elle ajouta cela d'un ton amer, et son mari détourna vivement son regard de moi.

— Il faut que je lui parle, madame Tyler. Il faut qu'elle sache que je ne suis pour rien dans cette horrible histoire.

— C'est pourtant votre sœur jumelle qui a comploté toutes ces turpitudes, si j'ai bien compris.

— Oui, mais nous sommes tout à fait différentes, madame Tyler, même si nous sommes jumelles. Abby le sait.

Au regard qu'elle échangea avec son mari, je vis que cela aussi, Abby le leur avait déjà dit.

— Où sont ses affaires ? s'enquit-elle abruptement.

— J'ai déjà tout rangé, tout est là, répondis-je, et M. Tyler me remercia du regard. Quand pourrai-je parler à Abby ? Quand pourrai-je la voir ?

— Elle est dans la voiture, consentit à révéler M. Tyler.

— Abby est là ?

— Elle n'a pas voulu entrer avec nous.

— Je la comprends ! m'exclamai-je en m'élançant vers la porte.

Dans le hall, les filles échangeaient leurs commentaires en chuchotant, depuis l'arrivée des parents d'Abby. Ma sœur elle-même ne parlait plus qu'en murmurant. Sans un regard pour elles, je courus sur le perron et dévalai les marches jusqu'à la voiture des Tyler. Abby avait déjà baissé la vitre.

— Salut, Abby !

— Salut. Désolée d'avoir filé comme ça, hier soir, mais une fois lancée, je ne pouvais plus m'arrêter. Tout ce que je voulais, c'était me retrouver ailleurs.

— Je sais, mais j'étais si inquiète pour toi ! Mlle Stevens est partie à ta recherche en Jeep mais moi... Mme Ironwood m'a défendu de quitter le campus.

— La Dame de Fer, murmura mon amie avec une grimace de mépris.

— Où étais-tu ?

— Je me suis abritée un moment en attendant que la

pluie se calme, puis j'ai fait du stop jusqu'à la ville et j'ai appelé mes parents.

— Oh, Abby, je suis vraiment désolée... c'est tellement injuste ! Ma sœur est encore plus ignoble que je ne l'aurais cru. J'ai découvert qu'elle fouillait dans tes affaires et lisait les lettres de tes parents.

— Ça ne m'étonne pas. En tout cas, elle n'a pas manigancé ça toute seule, j'en suis sûre. Même si elle se donnait l'air de n'y être pour rien, tu ne crois pas ?

Je hochai la tête et Abby sourit, puis elle descendit de voiture.

— Allons faire un tour, suggéra-t-elle en m'entraînant le long de l'allée.

— Et qu'est-ce que tu vas faire, maintenant, Abby ?

— M'inscrire dans un lycée. Au fond, tout ça aura été plutôt bénéfique. Mes parents ont décidé de ne plus jouer à cache-cache avec la vérité. Plus de déménagements dans toute la région, plus de faux-semblants, et... plus d'écoles de luxe, acheva-t-elle en balayant le campus du regard.

— J'en ai assez de ces endroits-là, moi aussi.

— Oh non, Ruby, tu t'en tires très bien. Tous tes professeurs t'apprécient et tu as d'excellents rapports avec Mlle Stevens. Tu iras loin, avec ton art. Profite de tes chances et ignore le reste.

— Je déteste vivre dans un endroit où règne une telle hypocrisie. Grand-mère Catherine n'aimerait pas me savoir là.

Abby éclata de rire.

— A t'entendre, on croirait qu'elle aurait voulu te voir t'enterrer comme un bigorneau dans la vase ! D'ailleurs, tu sais comment te protéger des mauvais sorts, chuchota-t-elle d'un ton confidentiel. Mon erreur, l'autre soir, c'est de n'avoir pas mis ma jupe bleue, celle qui a un grigri cousu dans l'ourlet.

Elle me fit un clin d'œil et cette fois, nous fûmes deux à rire. Je me sentis beaucoup mieux, jusqu'au moment où je compris que je n'entendrais plus jamais le rire de mon amie. Que nous n'aurions plus de nos conversations cœur à cœur, que nous ne partagerions plus nos rêves ni nos craintes. Gisèle avait eu de bonnes raisons d'être jalouse : Abby avait été la sœur que je n'avais jamais eue. Celle que, malgré nos visages identiques, Gisèle ne serait jamais pour moi.

— J'aimerais tellement pouvoir faire quelque chose pour toi ! soupirai-je.

— Tu as déjà fait beaucoup. Tu as été bonne amie, et nous pouvons le rester. Nous nous écrirons. A moins que Mme Ironwood n'intercepte le courrier, naturellement.

— Je n'en serais pas plus étonnée que ça.

Abby s'anima soudain.

— Je vais te dire ce que tu peux faire pour moi. La prochaine fois que tu seras convoquée dans le bureau de Mme Ironwood, regarde si un de ses cheveux ne traîne pas quelque part, mets-le dans une enveloppe et envoie-le-moi. Je le donnerai à une mama vaudou pour qu'elle en fasse une poupée où je planterai des épingles !

Cela nous fit rire, mais de la part d'Abby ce n'était pas une simple plaisanterie. Cessant brusquement d'avancer, nous nous retournâmes pour regarder ses parents qui achevaient de charger la voiture.

— Je ferais mieux d'y aller, dit-elle après les avoir observés un moment.

— Oui. Je suis heureuse d'avoir pu te revoir.

— En fait, c'est pour ça que je suis venue, tu sais. Au revoir, Ruby.

— Oh, Abby !

— Pas de larmes, ou je vais pleurer aussi, et ça ferait trop plaisir à ta sœur et à sa troupe ! Elles doivent avoir le nez collé aux vitres, en ce moment même.

Je regardai du côté du pavillon et parvins à prononcer, ravalant mes sanglots :

— C'est plus que probable.

— Ne t'engage pas trop avec Louis, Ruby. Je sais que tu es désolée pour lui, mais il y a trop de fantômes dans cette famille. Les rêves des Clairborne ressemblent trop à des cauchemars.

— Je sais. Je serai prudente.

— Bon, eh bien...

Nous nous embrassâmes rapidement. Abby se dirigea vers la voiture et, brusquement, se retourna :

— Ho, Ruby ! N'oublie pas de dire adieu de ma part à M. La Bagarre !

— Promis.

— Je t'écris dès que je peux, promit-elle à son tour.

Son père claqua la porte du coffre et sa mère monta dans la voiture. Abby la rejoignit, M. Tyler se glissa derrière le volant et quelques secondes après, ils étaient partis. Je vis Abby se retourner pour me faire signe et j'agitai la main en retour, sans quitter des yeux la voiture jusqu'à ce qu'elle ait disparu dans le tournant. Alors, le cœur oppressé comme si une chape de béton m'enserrait la poitrine, je regagnai le pavillon de ma chambre à moitié vide.

Le reste de la journée fut pour moi triste à mourir. L'orage avait pris fin, mais il laissait derrière lui une longue et lourde traîne de nuages, de noirs nuages qui planaient comme une menace sur Baton Rouge et les environs, les plongeant dans des semi-ténèbres. Si j'allai dîner ce soir-là, c'est surtout parce que je n'avais rien mangé de la journée. A table, les filles bavardaient avec exubérance, et si certaines parlaient d'Abby, les autres semblaient l'avoir totalement oubliée. Gisèle, par exemple. Elle ne tarissait pas d'éloquence sur les garçons merveilleux qu'elle avait connus, auprès desquels Jonathan Peck lui-même faisait figure de monstre de Frankenstein. A l'en croire, elle avait pratiquement flirté avec toutes les idoles de l'Amérique.

Ecœurée, épuisée par toutes ces émotions, je me retirai dans ma chambre dès que cela me fut possible et décidai d'écrire à Paul. Je lui dis tout, noircissant des pages et des pages. Tout ce qui était arrivé, tout ce que Gisèle avait fait, si longuement que je finis par m'excuser auprès de lui.

Je ne voulais pas me décharger sur toi du poids de mes malheurs, Paul. Mais maintenant encore, quand j'éprouve le besoin de parler en toute confiance à quelqu'un, c'est à toi que je pense. Je devrais plutôt penser à Chris, je suppose, mais il y a des choses qu'une fille préfère confier à un frère plutôt qu'à un amoureux, tu ne crois pas ? Je n'en sais rien. Je suis tellement désemparée pour le moment. Gisèle est arrivée à ses fins, au bout du compte : je déteste cette école. Si je m'écoutais, j'appellerais papa pour faire ce qu'elle souhaite me voir faire depuis le début: lui demander de nous retirer de Greenwood. La seule personne que je regretterais, ce serait Mlle Stevens.

Mais d'un autre côté, je suis tentée de m'accrocher, ne serait-ce que pour ne pas voir triompher Gisèle. Je ne sais pas quoi faire, je ne sais plus ce qui est bien. Les bons souffrent et les méchants beaucoup moins, c'est à se demander si les mauvais grigris ne sont pas plus nombreux que les bons, dans ce monde. Grand-mère Catherine me manque terriblement. Sa force, sa sagesse me manquent. En tout cas, j'attends impatiemment ta visite à La Nouvelle-Orléans pour Noël. Tu as promis. J'en ai déjà parlé à papa et il a hâte de te connaître. Tout ce qui lui rappelle maman lui apporte un bonheur et une paix immenses, je le sais. Même s'il ne le montre qu'à travers son sourire.

Ecris-moi vite,

Tendresses, Ruby.

Ma longue lettre achevée, je la pliai, et c'est alors que je découvris les traces de mes larmes sur le papier.

Le lendemain matin, je pris mon petit déjeuner en silence, ne regardant personne et ne parlant pratiquement à personne, à part Vicki. Elle voulait savoir si j'étais prête pour le contrôle de sciences sociales, et nous en discutâmes en nous rendant au bâtiment principal. Et tout le long du jour, je sentis le regard des autres fixé sur moi. Les nouvelles d'Abby s'étaient répandues comme une traînée de poudre, et naturellement les élèves se posaient des questions. Elles voulaient voir et savoir comment je réagissais. J'eus à cœur de ne pas leur laisser deviner mon chagrin, ce qui me fut beaucoup plus facile quand j'entrai dans la classe de Mlle Stevens.

Elle nous donna ses directives et nous commençâmes à travailler. Ce fut seulement vers la fin du cours, juste avant la sonnerie, qu'elle s'approcha de moi pour me parler d'Abby. Je lui dis combien mon amie semblait soulagée maintenant que tout était fini, et même plus heureuse qu'avant. Elle n'en parut pas autrement surprise.

— Ce qui ne nous détruit pas nous rend plus forts, Ruby. L'épreuve nous endurcit... quand elle ne nous tue pas! Regardez tout ce que vous avez déjà enduré vous-même.

— Je ne suis pas si solide que ça, mademoiselle Stevens.

— Vous l'êtes plus que vous ne le croyez.

Je baissai le nez sur mon bureau.

— Je voulais demander à mon père de nous retirer de Greenwood, Gisèle et moi.

— Surtout pas! Je ne me consolerais pas de vous perdre. Vous êtes l'élève la plus douée que j'aie jamais eue, et que j'aurai probablement jamais. Les choses s'arrangeront pour vous, j'en suis sûre. Essayez d'oublier leur mauvais côté, me conseilla-t-elle. Plongez-vous dans votre art. Ne vivez plus que par lui.

— J'essaierai.

— Bien. Et n'oubliez pas: je serai toujours là pour vous si vous avez besoin de moi.

— Merci, mademoiselle Stevens.

Notre brève conversation me remonta le moral. Tournant le dos à toutes ces misères, je ne voulus plus songer qu'à la visite de papa, le mercredi, et à celle de Chris le samedi suivant. Parmi les êtres que j'aimais le plus au monde, deux au moins seraient près de moi pour éclairer d'un rayon de soleil cet endroit devenu si morne et si gris. Je m'en réjouissais d'avance.

Et en rentrant au pavillon, j'y trouvai une lettre de Paul, délivrée avant même que la mienne n'ait été postée. La sienne était pleine d'optimisme et il ne m'annonçait que d'heureuses nouvelles. Ses succès scolaires, la prospérité croissante des affaires de ses parents, comment son père lui confiait des responsabilités de plus en plus grandes. Et enfin, les mots que j'attendais le plus.

J'ai quand même le temps de prendre ma pirogue et de pagayer dans le bayou, pour aller pêcher dans mes petits coins secrets. Hier, je me suis simplement couché au fond du canoë pour regarder le soleil virer au pourpre, jusqu'à ce qu'il descende entre les sycomores. La mousse espagnole brillait comme de la soie, dans cette lumière. Puis, les ragondins ont commencé à s'enhardir, les libellules ont entamé leur ballet rituel : les brèmes et les poissons-lunes se sont mis à bondir dans l'eau comme si moi, mon bateau et ma perche n'étions tout simplement pas là. Une aigrette neigeuse a plongé si bas que j'ai cru un instant la voir se poser sur mon épaule, puis elle a viré tout net et poursuivi sa course vers l'aval.

En me retournant, j'ai vu un cerf à queue blanche m'épier à travers les cotonniers, sur la rive. Il m'a regardé quelques instants dériver, puis il a détalé pour disparaître bientôt derrière les saules.

Tout cela m'a fait penser à toi, à nos merveilleux après-midi, et je me suis demandé comment c'était pour toi de vivre ailleurs, maintenant, loin du bayou. Cela m'a rendu triste, jusqu'au moment où je me suis souvenu de la façon dont tu absorbais toute cette beauté, pour lui rendre vie sur la toile avec ton fabuleux talent. Ils ont bien de la chance, les gens qui achètent tes tableaux !

Je compte les jours en attendant de te revoir,

Paul.

Cher Paul... Sa lettre me remplit de ce bonheur léger, délicieux, où la joie se mêle à la mélancolie, les souvenirs à l'espérance. Je me sentais libérée, flottant au-dessus de la mêlée, en plein ciel. Je dus arborer un sourire de satisfaction profonde, ce soir-là, au dîner. Gisèle ne cessa pas de me dévisager d'un air frustré.

— Qu'est-ce qu'il te prend, finit-elle par demander, faisant cesser d'un coup toutes les conversations.

— Rien, pourquoi ?

— Tu as l'air tellement idiote avec ton sourire béat ! On dirait que tu sais quelque chose que nous ignorons.

— Non, me contentai-je de répondre en haussant les épaules.

Puis je réfléchis, posai ma fourchette et, les mains croisées devant moi, je fis face au groupe tout entier.

— Ou plutôt si. Je sais que la plupart des choses qui vous semblent si importantes, la naissance, le milieu, la fortune, toutes ces choses ne font pas le bonheur.

— Ah non ? persifla Gisèle. Alors c'est quoi, le bonheur, d'après toi ?

— C'est de s'aimer soi-même. Pour ce que l'on est réellement, et non pour ce que les autres croient qu'on est.

Là-dessus, je quittai la table et regagnai ma chambre. Je relus la lettre de Paul, dressai une liste de tout ce que je voulais faire avant la visite de papa et celle de Christophe, terminai mes devoirs et me mis au lit. Je gardai longtemps les yeux ouverts, contemplant le plafond, imaginant que j'étais allongée près de Paul dans sa barque, et que nous dérivions au fil du courant. Je crus même voir se lever la première étoile.

Le matin, en m'éveillant, ma tête fourmillait de projets de tableaux que je voulais soumettre à Mlle Stevens. Son amour de la nature était aussi profond que le mien ; je savais qu'elle apprécierait mes visions. Je fis promptement ma toilette et fus l'une des premières à paraître à table, encore une chose qui parut déplaire à Gisèle. Je m'aperçus qu'elle se montrait de plus en plus intolérante envers Samantha, la houspillant pour un oui ou pour un non et lui reprochant de ne pas la servir assez vite.

Notre carré se trouvait à nouveau chargé de débarrasser, corvée dont Gisèle était dispensée, naturellement. Mais elle s'arrangea pour nous compliquer la tâche en s'attardant indéfiniment à table. Je faillis même arriver en retard en classe, et j'avais justement un contrôle d'anglais. Je l'avais préparé avec soin, et j'attendais les épreuves avec impatience. Mais en plein milieu de l'examen, une surveillante entra dans la classe et alla chuchoter quelques mots à l'oreille de notre professeur, M. Risel. Il hocha la tête, fit face à la salle et annonça que je devais me rendre au bureau de la directrice.

— Mais… balbutiai-je, mon examen…

— Apportez-moi ce que vous avez déjà fait, cela ira.

— Mais…

Le regard de M. Risel s'assombrit.

— Vous feriez bien de ne pas vous attarder, Ruby.

Qu'est-ce que la Dame de Fer pouvait bien me vouloir, cette fois-ci ? De quoi allait-elle encore m'accuser ? ruminai-je en me hâtant d'un pas rageur vers le bureau directorial.

Mme Randle leva le nez de ses paperasses mais son regard n'avait rien de sévère, aujourd'hui, au contraire. Il était plein de sympathie.

— Entrez vite, me dit-elle avec gentillesse.

Ma main tremblait un peu quand je la posai sur la poignée. Je la tournai, poussai la porte et ne fus pas peu surprise d'apercevoir Gisèle. Les yeux rouges et gonflés, elle serrait un mouchoir dans son poing crispé.

— Qu'y a-t-il ? m'écriai-je en cherchant le regard de Mme Ironwood, debout près de la fenêtre.

— C'est votre père. Votre belle-mère vient de m'appeler à l'instant.

— Comment ?

— Papa est mort ! hurla ma sœur, il a eu une crise cardiaque.

Quelque part au plus profond de moi, un cri se changea en plainte. Cette sorte de plainte qui plane sur les eaux, s'insinue entre les branches et les feuillages, fait se muer le jour en nuit, le soleil en morne grisaille et la pluie en larmes.

Instinctivement, je fermai les yeux pour ne plus voir, ne plus savoir. Mais derrière l'écran de mes paupières, je vis se dérouler l'un des cauchemars que je faisais souvent dans mon enfance. Je courais dans les marais, poursuivant une pirogue qui filait de plus en plus vite et finissait par disparaître dans un tournant, emportant au loin cet homme mystérieux que j'aurais voulu appeler papa. Le mot me restait dans la gorge et l'instant d'après, l'homme était parti.

Une fois de plus, je me retrouvais seule au monde.

10

Doublement orpheline

Pour moi, les funérailles de papa commencèrent avec notre voyage de retour à La Nouvelle-Orléans. Juste avant notre départ, Gisèle elle-même s'assombrit et devint plus tranquille, nous faisant grâce de ses sempiternelles jérémiades. Ses plaintes se bornèrent à quelques réflexions sur le peu de temps qu'on lui laissait pour faire ses bagages, et sur la façon dont on l'installait dans la limousine envoyée par Daphné. Le chauffeur n'était pas prévenu qu'une de ses passagères était invalide, et il ne savait que faire de cette embarrassante chaise roulante. Heureusement, Buck Dardar vint offrir son aide, ce qui eut un effet immédiat sur le moral de ma sœur. Elle reprit aussitôt ses mimiques aguicheuses, l'œil brillant et la mine ravie.

— Grâce à Dieu, voici ton Monsieur La Bagarre, déclara-t-elle, assez haut pour que Buck l'entende. Sinon, nous serions arrivées une semaine après l'enterrement de ce pauvre papa.

Je lui lançai un regard noir, dont elle ne fit que rire, puis elle se pencha par la fenêtre pour couler une œillade enflammée à Buck et l'accabler de protestations de gratitude.

— Je ne peux pas vous remercier comme je le voudrais, minauda-t-elle, nous devons partir tout de suite. Mais quand je reviendrai…

Buck me jeta un bref coup d'œil et se hâta vers son tracteur, le chauffeur s'installa au volant et démarra. Toutes les autres élèves étaient en classe. Gisèle s'était arrangée pour prévenir sa cour de fidèles et s'abreuver de leurs condoléances, mais je n'avais parlé qu'à Mlle Stevens. La nouvelle l'avait bouleversée. Ses yeux s'étaient emplis de larmes quand elle avait vu mon visage ravagé.

— Maintenant, je suis vraiment orpheline, avais-je soupiré tristement. Comme vous.

— Mais vous avez votre belle-mère, et votre sœur.

— Je suis d'autant plus orpheline, alors !

Elle s'était mordu la lèvre et, sans chercher à me contredire, m'avait serrée dans ses bras.

— Vous aurez toujours de la famille ici, Ruby.

Je l'avais remerciée avec chaleur et j'étais retournée au pavillon faire mes bagages.

Et maintenant, la limousine nous emportait dans ce qui était moins un voyage qu'un mauvais rêve. Un parcours à travers ce qui, pour moi du moins, ressemblait à un tunnel sans fin, creusé dans la matière même de mes plus vives angoisses, dont la plus lancinante était encore la peur de me retrouver seule. Depuis que j'étais en âge de comprendre que ma mère était morte et que mon père m'avait abandonnée — du moins je le croyais —, je ressentais en moi un vide immense, comme si un gouffre s'était creusé dans ma poitrine. Et aussi cette impression très forte de ne pas avoir d'attaches, de ne tenir à la rive que par une fragile amarre de chanvre. Combien de fois ne m'étais-je pas réveillée la nuit en plein cauchemar, me voyant moi-même endormie au fond de ma barque secouée par la bourrasque ! L'orage qui cinglait le bayou s'acharnait sur le filin jusqu'à ce qu'il se rompe, me précipitant dans le courant qui m'emportait vers la noirceur de l'inconnu.

Et bien sûr grand-mère Catherine me prenait dans ses bras, pour me calmer par de douces paroles rassurantes. Elle était pour moi ce lien qui me rattachait à la sécurité, ma ligne de sauvetage, mon unique certitude. Et à sa mort je me serais sentie totalement désemparée, abandonnée aux vents mauvais du destin si, au moment de rendre l'âme, elle ne m'avait insufflé un nouvel espoir. Au dernier instant, elle m'avait appris le nom de mon père et encouragée à le retrouver. C'est en mendiante que j'avais frappé à sa porte, implorant l'aumône d'un peu d'amour, mais sa façon de m'accueillir à bras ouverts m'avait réchauffé le cœur. Je retrouvais la sécurité, une fois de plus, et mes rêves d'enfant perdue dans la tempête s'étaient évanouis.

Et maintenant, papa s'en était allé, lui aussi. Ces tableaux prophétiques où je représentais ce père mystérieux disparaissant au loin étaient devenus réalité. Le mauvais vent se levait, rabattant sur moi les ombres de la nuit. Transie jusqu'au fond de l'âme, je regardais tristement le morne paysage défiler à toute allure et, telle une eau grise emportée par le courant, disparaître aussitôt. C'était comme si le monde s'effaçait rapidement derrière nous, comme si d'un moment à l'autre nous allions nous retrouver seules dans le vide infini de l'espace.

J'en étais là de mes pensées quand, incapable de se taire plus longtemps, Gisèle entama une nouvelle complainte.

— Daphné va nous avoir totalement sous sa coupe, maintenant. Quel que soit notre héritage, il sera placé sous tutelle et nous devrons passer par ses quatre volontés.

Elle se tut, espérant que j'allais ajouter mes doléances aux siennes, mais je gardai le silence et attendis qu'elle reprenne ses récriminations. J'étais à peine consciente de sa présence.

— Tu as entendu ce que je t'ai dit, oui ?

— Ça ne m'intéresse pas, Gisèle. C'est sans importance, pour le moment.

— Sans importance ? Attends qu'on soit de retour à la maison, tu verras si c'est sans importance ! Comment a-t-il pu mourir ? s'écria-t-elle d'une voix stridente, non par tristesse pour la mort de papa mais par fureur qu'il ait osé mourir. Pourquoi n'a-t-il pas consulté un médecin ? Et d'abord, pourquoi était-il malade ? Il n'était pas vieux !

— Il avait enduré plus de chagrins qu'un homme deux fois plus âgé que lui, ripostai-je sans douceur.

— Tiens donc ! Et ça veut dire quoi, ça, Ruby ? Qu'est-ce que Mam'selle Nitouche est en train de nous raconter ?

— Rien, soupirai-je, accablée. Ne nous chamaillons pas aujourd'hui, Gisèle, je t'en prie. Ce n'est pas le moment de discutailler.

— Je ne discutaille pas, je te demande seulement ce que tu voulais dire. Est-ce que tu sous-entends que tout est ma faute ? Parce que si c'est ça...

— Mais non, je ne voulais pas dire ça. Papa avait bien assez de soucis en dehors de nous deux. Ce pauvre oncle Jean, Daphné, ses problèmes professionnels...

— C'est vrai, coupa-t-elle, appréciant mon explication. Mais n'empêche, il aurait pu prendre soin de lui-même un peu mieux que ça. Regarde dans quelle situation il nous laisse, maintenant. Je suis invalide et orpheline. Tu crois que Daphné me donnera ce que je voudrai, quand je voudrai ? Sûrement pas. Tu l'as entendue quand nous avons quitté la maison. Elle pense que papa nous a trop gâtées. Moi, en tout cas.

— Pas de conclusions hâtives, dis-je d'une voix lasse. Daphné doit être bouleversée, elle aussi. Peut-être sera-t-elle différente. Peut-être aura-t-elle besoin de nous, et de notre affection.

Gisèle plissa les paupières et médita longuement cette nouvelle perspective. Je savais ce qu'elle avait en tête. Elle calculait quel parti elle pourrait tirer de la situation, comment elle s'y prendrait pour manœuvrer Daphné si par hasard je ne me trompais pas. Elle se carra sur son siège pour réfléchir plus à son aise et le reste du trajet fut plus tranquille, sauf qu'il me parut deux fois plus long, si bien que je finis par m'endormir. Je ne m'éveillai que lorsque nous fûmes en vue du lac Pontchartrain. Puis La Nouvelle-Orléans apparut à l'horizon et nous ne tardâmes pas à rouler dans les rues de la ville.

Tout me sembla différent, comme si la mort de papa avait changé le monde. Les ruelles étroites et biscornues, les façades aux balcons ouvragés, les jardins, les cafés, les passants... tout me parut étranger, à croire que l'âme de la ville s'en était allée avec celle de papa.

Mais Gisèle n'eut pas la même réaction. A peine étions-nous dans Garden District qu'elle se demandait à haute voix si elle reverrait bientôt ses vieux amis.

— Je suis sûre qu'ils savent déjà, pour papa. Ils vont forcément venir nous voir. Vivement qu'ils soient là ! s'exclama-t-elle en souriant d'aise. Je brûle de connaître les derniers potins.

Comment pouvait-elle être aussi égoïste ? Elle n'éprouvait donc pas la moindre tristesse ? Avait-elle oublié le sourire de papa, sa voix, sa façon si tendre de nous serrer dans ses bras ? Elle aurait dû être ravagée de chagrin, glacée jusqu'au tréfonds du cœur. Serais-je devenue comme elle, si j'étais née la première et qu'on m'avait confiée à la famille Dumas ? Est-ce que cette mauvaise action avait instillé son poison en elle, tel un grain de charbon pénétrant dans son cœur pour contaminer toutes ses pensées, tous ses sentiments ? Et cela aurait-il pu m'arriver, à moi ?

Comme s'il nous guettait depuis des heures et des heures, Edgar nous attendait à la porte. Un Edgar vieilli, aux épaules voûtées, au visage cendreux. Il accourut pour nous aider à décharger nos bagages.

— Bonjour, Edgar, le saluai-je.

Ses lèvres tremblèrent, sur le point de formuler une parole de bienvenue. Mais le seul fait de prononcer mon nom, un nom que papa avait tant aimé, lui fit venir les larmes aux yeux et lui noua la gorge.

— Faites-moi sortir de là ! glapit Gisèle, et Edgar s'empressa d'aller aider le chauffeur à extraire le fauteuil du coffre. Edga-aa-r !

— Voilà, mademoiselle, j'arrive.

— Pas trop tôt !

A eux deux, ils réussirent à déplier le fauteuil, à y installer Gisèle et à la hisser sur le perron. Dès que nous pénétrâmes à l'intérieur la tristesse me saisit à la gorge : elle imprégnait les murs de la maison. Toutes les lampes étaient tamisées, tous les rideaux tirés. Un homme en complet noir, maigre comme un clou, long comme un jour sans pain et chauve comme un œuf, émergea du salon en glissant sur le sol sans faire le moindre bruit, telle une ombre.

— Madame a tenu à ce que la veillée ait lieu ici, nous expliqua Edgar. Voici M. Bosc, l'entrepreneur des pompes funèbres.

Le sourire de M. Bosc fut d'une douceur écœurante. Ses lèvres s'étirèrent vers les coins à la façon d'un rideau, découvrant deux rangées de dents grises ; et il frotta sa paume droite sur sa main gauche, comme s'il éprouvait le besoin de l'essuyer avant de nous la tendre.

— Mesdemoiselles, mes plus sincères condoléances. Je me présente : M. Bosc. Je suis là pour veiller à ce que tous vos besoins, dans le cadre de votre deuil, soient entièrement satisfaits. Si vous désirez quoi que ce soit...

— Où est mon père ? l'interrompis-je, avec une autorité qui me surprit moi-même. (Gisèle aussi d'ailleurs : je vis ses yeux s'agrandir.)

D'un geste fluide et continu, il s'inclina en pivotant sur lui-même.

— Par ici, mesdemoiselles.

— Eurk ! éructa Gisèle. Je ne veux pas le voir comme ça.

Je me retournai sur elle, indignée.

— C'était ton père. Tu ne le verras plus jamais.

— Mais il est mort ! Comment peux-tu avoir envie de regarder dans un cercueil ?

— Tu ne veux donc pas lui dire au revoir ?

— Je lui ai déjà dit au revoir. Edgar, conduisez-moi dans ma chambre.

— Très bien, mademoiselle, acquiesça-t-il en levant les yeux sur moi d'un air qui en disait long.

Et il emmena Gisèle vers l'escalier, tandis que je suivais M. Bosc dans le salon où reposait papa. La pièce embaumait la rose ; il y en avait partout, d'innombrables bouquets de toutes les nuances. De chaque côté du cercueil ouvert se dressaient de grands cierges à la flamme vacillante et, à leur vue, ma gorge se serra. Tout ceci était vrai, je ne faisais pas un mauvais rêve... Je me retournai en sentant un regard fixé sur moi. Daphné.

Toute vêtue de noir, un voile noir abaissé sur le visage, elle se tenait bien droite sur sa chaise à haut dossier, telle une reine douairière attendant que je m'agenouille devant elle et lui baise la main. Mais elle n'était pas aussi pâle que je l'aurais supposé, ni accablée de chagrin. Bien qu'elle se fût dispensée de fard à joues, elle avait mis son rouge à lèvres favori et souligné de noir le contour de ses yeux. C'étaient des peignes ornés de perles qui tiraient ses cheveux en arrière, et toute sa personne en imposait par son élégance.

— Où est Gisèle ? s'enquit-elle sèchement.

— Elle a préféré monter dans sa chambre.

— La petite tête de mule ! commenta-t-elle en se levant. Je veux qu'elle descende immédiatement.

Elle sortit et je l'entendis crier des ordres à Edgar, exigeant qu'il aille sans délai chercher ma sœur. Je m'approchai du cercueil.

Le cœur battant, toute tremblante, je baissai les yeux sur papa. Vêtu de son smoking noir, on aurait pu croire qu'il faisait simplement une petite sieste, n'eût été sa pâleur de cire. M. Bosc se glissa si furtivement à mes côtés que je faillis sauter en l'air quand il me susurra dans l'oreille :

— Il se présente bien, n'est-ce pas ? Une de mes plus belles réussites.

Je lui jetai un regard si chargé de fureur qu'il se plia en deux et s'esquiva de son pas feutré, sans demander son reste. Puis je me penchai sur le cercueil et serrai la main droite de papa dans la mienne. On n'y sentait plus la vie, maintenant, ce n'était plus vraiment sa main. Mais je bannis de mon esprit cette affreuse sensation de froid et m'efforçai de le revoir souriant, plein de chaleur et de tendresse.

— Au revoir, papa, dis-je avec douceur. Je regrette de n'avoir pas été là quand tu avais le plus besoin de moi. Je regrette de n'avoir pas grandi près de toi. Je regrette que nous ayons vécu si peu de temps ensemble. Je sais que maman t'aimait beaucoup, et que tu l'aimais. Je crois avoir hérité du meilleur de cet amour. Tu me manqueras toujours, papa. J'espère que tu es avec maman, que vous vous êtes réconciliés, maintenant, et que vous voguez dans une pirogue, ensemble et heureux, quelque part dans le bayou du ciel.

Je me penchai pour embrasser sa joue, refusant désespérément de ressentir combien elle était froide. Puis je m'agenouillai, dis une brève prière pour lui, et je venais juste de m'éloigner du cercueil quand Gisèle fut poussée dans le salon. Aussitôt, la pièce retentit de ses plaintes.

— Je suis fatiguée. J'ai fait un voyage interminable et fastidieux. Pourquoi suis-je obligée de venir ici ?

— Silence ! lui intima Daphné.

Elle congédia Edgar d'un hochement de tête, regagna son fauteuil, et Gisèle nous regarda l'une après l'autre d'un œil furibond. Elle boudait.

— Rapproche-la de moi, m'ordonna ma belle-mère d'un ton sec — ce que je fis — et assieds-toi.

Elle me désigna une chaise en face de la sienne et, une fois encore, j'obéis. Mais Gisèle se remit à geindre.

— Pourquoi ne pouvons-nous pas nous reposer, tout simplement ?

— Tais-toi !

Ma sœur elle-même fut impressionnée par ce ton acerbe. Elle se tassa dans son fauteuil, bouche bée : elle avait peur, et non sans raison. Daphné la toisa d'un regard scrutateur qui semblait fouiller les moindres recoins de sa cervelle.

— J'ai dû supporter longtemps tes pleurnicheries et tes jérémiades, eh bien c'est fini. Regarde-le ! cracha-t-elle en pointant le menton vers papa. Tu vois où ça mène de se faire du souci pour les autres, leurs besoins, leurs désirs et leurs problèmes ? On meurt jeune, voilà ce qu'on y gagne.

« Eh bien, très peu pour moi ! Beaucoup de choses vont changer, dans cette maison, autant que vous le compreniez tout de suite. Je suis encore très jeune. Je n'ai pas l'intention de laisser les circonstances dégrader ma jeunesse et ma santé, ce qui arriverait fatalement si les choses restaient telles qu'elles sont.

— Les circonstances ? ne pus-je m'empêcher de relever.

— Oui, les circonstances. Tout ce qui arrive n'est jamais qu'une circonstance fortuite, commenta-t-elle avec un sourire fielleux. Oh, ne commence pas ton cinéma, Ruby ! (Son faux sourire fit place à une expression de rage pure.) Tu as quitté ton marais pour venir ici, te faufiler dans le cœur de ton père, le manœuvrer en lui rappelant son grand roman d'amour dans le bayou... tout ça pour conquérir ta part d'héritage. C'est ta grand-mère qui t'a mis ça en tête, j'en suis sûre.

Le sang me monta au visage, mais Daphné ne me laissa pas le temps de riposter.

— Ne t'inquiète pas, je ne t'en blâme pas. J'aurais probablement agi comme toi, à ta place. Mais bon, ce qui est fait est fait. Tu figures sur le testament de ton père et tu auras ta part de gâteau. Toi aussi, ajouta-t-elle en se tournant vers Gisèle. Et vous pourrez en jouir dès que vous aurez vingt et un ans. D'ici là, tout votre héritage est placé sous tutelle et c'est moi qui suis l'exécuteur testamentaire. Désormais, c'est moi seule qui déciderai de ce que vous devrez avoir ou pas. Moi seule qui vous dirai où vous devrez aller, ou ne pas aller. Oui, moi, et uniquement moi.

Gisèle eut une grimace mi-figue, mi-raisin.

— Tu as toujours voulu être le patron, Mère.

— Et je l'ai toujours été, pauvre idiote ! Tu crois vraiment que c'était ton père qui dirigeait l'agence ? Il n'avait aucun sens des affaires, ni aucun goût pour ce métier. Il était incapable de se résoudre à réduire un salaire ou à renvoyer quelqu'un. Il était bien trop bon ! Si je n'avais pas été là, nous n'aurions pas la moitié de ce que nous possédons aujourd'hui. Et maintenant, une bonne partie de cette fortune vous revient, à toutes les deux. Beaucoup trop, si vous voulez mon avis, mais c'est comme ça.

Daphné se carra sur sa chaise, plus droite que jamais.

— Je n'attends aucune reconnaissance de votre part, enchaîna-t-elle, mais j'espère que vous vous montrerez obéissantes et coopératives. Les funérailles ont lieu dans deux jours. Après la cérémonie, vous retournerez à Greenwood.

— Oh, mais... Mère ! se lamenta Gisèle.

— C'est comme ça, lui assena Daphné, péremptoire. Je n'ai ni la force ni la patience de m'occuper de vous et de vos petits problèmes personnels, pour le moment. Je veux que vous retourniez là-bas, que vous vous conduisiez bien, et que vous ne commettiez pas la plus petite entorse au règlement, vous entendez ? Si jamais vous vous attirez le moindre ennui, je vous envoie dans un pensionnat encore beaucoup plus strict. Vous êtes prévenues. Et si vraiment vous me créez des difficultés, j'envisagerai l'annulation du testament, c'est compris ? On te mettra dans une institution pour invalides, Gisèle, et tu connaîtras ton malheur. Quant à toi...

Daphné déversa brusquement sur moi le torrent de sa colère.

— ... tu retourneras dans ton bayou pour vivre avec ta famille cajun, s'il t'en reste !

Gisèle baissa la tête et fit la moue. Pour moi, je me contentai de jeter à Daphné un regard noir en me disant qu'elle avait tout de la Reine des Neiges. Ce devait être de l'eau glacée qui coulait dans ses veines. Au fond, j'aurais dû prévoir sa réaction, et Gisèle avait raison à son sujet. Elle nous haïssait plus qu'elle n'avait jamais aimé papa.

— Ramène ta sœur en haut, m'ordonna-t-elle, et soyez prêtes à recevoir les visiteurs qui vont venir présenter leurs condoléances. Ils ne vont pas tarder. Habillez-vous correctement et tâchez de bien vous tenir.

— Oncle Jean a-t-il été prévenu ? me risquai-je à demander.

— Bien sûr que non ! A quoi cela aurait-il servi ?

— Il a le droit de savoir. C'est son frère.

— Il ne sait même pas quel jour on est, encore moins où il est, il a même oublié son propre nom, si ça se trouve.

— Mais...

Elle se leva, nous dominant de toute sa hauteur, les traits si durs malgré sa beauté qu'on aurait dit une statue de marbre.

— Contentez-vous d'obéir et pensez plutôt à vos problèmes. A mon avis, cela devrait suffire à vous occuper, toutes les deux !

Là-dessus, elle nous gratifia de son sourire glacial et tourna les talons.

— Qu'est-ce que je t'avais dit ? se lamenta Gisèle. Elle va nous renvoyer à Greenwood, et je n'ai même pas eu l'occasion de lui expliquer pourquoi elle ne devrait pas le faire. Tu devrais lui en parler, toi. Je sais qu'elle t'écoutera.

— Mais je ne veux pas rester ici, moi ! Même si je déteste Greenwood, j'aime encore mieux être là-bas qu'ici, avec elle.

— Oh, ce que tu peux être bête ! Elle finirait par nous laisser tranquilles, au bout d'un moment. Elle serait bien trop occupée d'elle-même. Nous serions bien mieux ici, et tu pourrais être avec Chris.

— Je n'ai pas envie de réfléchir à ça maintenant. Je veux pouvoir penser à papa, répliquai-je en poussant le fauteuil vers la porte.

— Papa est mort. Il ne peut plus rien pour nous et il ne peut plus rien pour lui-même.

Nous arrivions au pied de l'escalier, où Edgar attendait pour nous offrir son aide. Je lui demandai où était Nina.

— Dans sa chambre, mademoiselle Ruby. Elle y passe le plus clair de son temps, maintenant.

Il m'adressa un coup d'œil expressif, destiné à me faire comprendre que Nina s'était réfugiée dans ses pratiques vaudou, pour y chercher consolation et protection. Au même instant, un pas retentit en haut des marches et, levant la tête, nous aperçûmes la nouvelle femme de chambre, Martha Wood, une robuste matrone aux cheveux gris, coupés très court, aux yeux bruns et à la bouche épaisse. Elle avait négligé de s'épiler le visage et quelques poils follets frisottaient çà et là sur son menton.

— Oh, mademoiselle Gisèle et mademoiselle Ruby! s'exclama-t-elle. Désolée de n'avoir pas été là pour vous accueillir, je préparais vos chambres. Tout est rangé, astiqué, impeccable, et Madame insiste pour que les choses restent en cet état.

— Oh, non! grogna Gisèle. Montez-moi tout de suite dans ma chambre, Edgar.

— Je m'en occupe, déclara Martha.

— Edgar peut le faire, aboya ma sœur. Trouvez-vous plutôt des toilettes à nettoyer!

Martha faillit s'étrangler sous le choc et se tourna vers moi, mais je n'avais pas envie de servir d'arbitre.

— Je vais voir Nina, marmonnai-je entre haut et bas. Et je m'éloignai sans perdre une seconde.

Je trouvai Nina chez elle, assise dans son fauteuil rembourré, entourée de cierges bleus allumés. Elle portait son foulard à sept nœuds dont les pointes se hérissaient autour de sa tête. A mon entrée, son regard parut refléter la lumière des flammes et elle se leva pour me serrer dans ses bras.

— Nina a pensé à vous toute la journée, dit-elle en jetant autour d'elle un regard apeuré. Les esprits malins, ils rôdent dans tous les coins de la maison, depuis que le pauvre monsieur est mort. Nina a préparé ça pour vous.

Elle se pencha pour prendre un os d'animal sur la table basse.

— C'est un *mojo*, un tibia de chat noir tué à minuit sonnant. Un grigri très puissant. Mettez-le dans votre chambre.

— Merci, Nina.

— Quelqu'un a dû brûler une chandelle noire contre M. Dumas et les esprits mauvais lui ont planté leurs dents pointues dans la chair. Ils sont venus la nuit, pendant que Nina dormait, acheva la brave femme d'un air coupable.

— Ne vous reprochez rien, Nina. Mon père avait beaucoup trop de soucis et il a négligé sa santé. Il serait le dernier à vous blâmer, je vous assure.

— J'ai bien essayé, pourtant. J'ai prié la Vierge Marie. J'ai été au cimetière pour faire les quatre coins : un vœu à chaque coin, pour que M. Dumas y retrouve la santé. J'ai dit une prière devant la statue de saint Expédit, mais le mauvais esprit a trouvé de l'aide pour entrer. On lui a laissé la porte ouverte.

— Daphné, murmurai-je.

— Nina ne dit rien de mal contre Madame.

J'esquissai un sourire.

— Vous m'avez manqué, Nina. J'aurais aimé avoir quelques-unes de vos chandelles à brûler, à Greenwood.

Elle me sourit à son tour.

— J'ai cuisiné toute la journée pour préparer la veillée. Il faut que vous mangiez, vous aurez besoin de vos forces.

— Merci, Nina.

Nous nous embrassâmes encore et je montai dans ma chambre, pour appeler Chris, lui dire que j'étais de retour et que j'avais désespérément besoin de sa présence.

Ses parents et lui s'apprêtaient à venir à la maison, pour nous présenter leurs condoléances. Quand il m'eut adressé quelques paroles de réconfort, je me changeai pour la veillée, puis j'allai voir si Gisèle en avait fait autant. Je la trouvai au téléphone, en grande conversation : elle n'avait même pas commencé à se préparer.

— Daphné veut que nous descendions accueillir les visiteurs, lui rappelai-je. (Elle fit la grimace et reprit son bavardage, comme si je n'étais pas là.) Gisèle !

— Une minute, Colette, dit-elle en couvrant le récepteur de sa main. Qu'est-ce que tu me veux, encore ?

— Il faut te changer pour descendre. Les gens vont arriver.

— Et alors ? Il n'y a pas le feu. C'est pire que Greenwood, ici, ma parole ! riposta-t-elle avant de se remettre à papoter.

Le peu de patience qui me restait s'évapora : je quittai la pièce. Que Daphné se débrouille avec Gisèle, après tout. C'était son problème. C'est elle qui l'avait élevée ainsi et rendue aussi égocentrique. Elles se méritaient l'une l'autre.

Les gens arrivaient déjà : voisins, employés, hommes d'affaires et, naturellement, les relations mondaines de Daphné. La plupart s'approchaient du cercueil, s'agenouillaient pour dire une prière et rejoignaient Daphné, qui accueillait son monde avec une grâce tranquille et un maintien de souveraine.

Je m'avisai que Bruce Bristow, le directeur commercial de papa, se tenait constamment près d'elle. De temps à autre, elle s'inclinait vers lui et lui chuchotait quelques mots à l'oreille. Et tantôt il souriait, tantôt il s'avançait vers l'un des notables de la ville, lui serrait la main et le conduisait à Daphné.

Bruce était à peine plus âgé que mon père — en admettant qu'il le fût —, grand, un peu corpulent, les cheveux très bruns et rejoignant ses favoris noirs. Je ne l'avais rencontré que deux ou trois fois jusque-là, et je n'appréciais pas du tout la façon dont ses yeux noisette s'attardaient sur chaque détail de ma silhouette, comme s'il me déshabillait du regard. Tout cela pendant qu'il souriait d'un air entendu, ce qui me mettait toujours très mal à l'aise. En outre, il m'avait instantanément affublée d'un surnom : le Rubis, comme si j'étais la pierre précieuse à laquelle je devais mon nom. Il ne me saluait jamais autrement. Puis il saisissait ma main pour la porter à ses lèvres et l'y gardait un peu plus longtemps qu'il n'eût fallu, ce qui me faisait courir le long du bras un bizarre frisson nerveux.

Dès que Daphné se trouva sans personne à qui parler, elle traversa la pièce et se campa devant moi.

— Où est ta sœur ? Pourquoi n'est-elle pas descendue ?

— Je l'ignore, Mère. Je lui ai dit de s'habiller, mais elle ne veut pas lâcher le téléphone.

— Monte la chercher immédiatement.

— Mais...

— Je sais très bien que si tu es là, c'est uniquement pour attendre ton cher Christophe, m'interrompit-elle avec un mauvais sourire. Alors file chercher ta sœur, ou je veillerai à ce que tu ne sois pas un instant seule avec lui. Ni maintenant, ni jamais.

— Pourquoi devrais-je être responsable d'elle ? Comme si...

— Parce que tu es sa jumelle chérie, entière et non invalide, railla-t-elle, sarcastique. Et que ce sera une occasion pour toi de faire une bonne action. Je veux que tout le monde puisse voir comme tu t'occupes bien de ta pauvre sœur. Et maintenant, vas-y.

Comme je me levais pour obéir, Chris entra au salon avec ses parents et leur seule vue me réchauffa le cœur.

— Chaque chose en son temps, dit ma belle-mère, avec un bref coup d'œil en direction des arrivants. Va chercher Gisèle.

— J'y vais, Mère.

Chris consulta ses parents du regard et s'avança vers moi.

— Ruby, commença-t-il en me prenant les mains et adoptant un ton officiel propre à satisfaire ses parents, je suis désolé pour Pierre. Je tiens à t'exprimer toute ma sympathie.

— Merci, Christophe. Il faut que j'aille aider Gisèle, veux-tu m'excuser un instant ?

— Naturellement, répondit-il en s'écartant aussitôt.

— Je reviens, articulai-je en silence.

Et je grimpai quatre à quatre à l'étage, pour trouver Gisèle en train de croquer des chocolats, tout en faisant la causette avec un de ses anciens flirts.

— Gisèle ! m'écriai-je en lui arrachant le combiné. (Je le reposai brutalement sur sa fourche, ce qui lui fit pousser un hurlement de rage.) Ton absence devient gênante pour tout le monde, et c'est une insulte à la mémoire de papa. Mets ta robe noire et descends avec moi, tout de suite.

— Comment oses-tu ! suffoqua-t-elle, outragée.

— Tout de suite, répétai-je en la transférant brutalement dans son fauteuil pour la rouler vers la salle de bains. Et lave-moi ce maquillage pendant que je t'habille, sinon... je te jure que je te jette à bas des escaliers !

Un regard à mon visage convulsé de colère lui suffit : elle céda. Sans se montrer plus coopérative que d'habitude, naturellement. C'est moi qui fis tout le travail, mais finalement je fus en mesure de la véhiculer jusqu'en haut des marches.

— Quelle corvée ! pleurnicha-t-elle. Qu'est-ce que je suis censée faire ? Rester plantée dans mon fauteuil à sangloter ?

— Rester tranquille pendant que les gens te présenteront leurs condoléances, ça suffira. Et si tu as faim, tu pourras manger un morceau.

— Justement, j'ai faim. Bonne raison pour descendre, tiens !

Edgar vint m'aider à l'asseoir sur son siège mobile et à la réinstaller dans le fauteuil d'en bas, puis je la roulai jusqu'au salon. A notre entrée, tout le monde se tourna vers nous, et plusieurs femmes ébauchèrent un sourire affligé. Les visiteurs qui étaient venus avec leurs enfants les envoyèrent nous exprimer leurs sympathie, puis Chris vint embrasser Gisèle.

— Pas trop tôt ! s'exclama-t-elle. Et tu n'as pas besoin de m'embrasser comme si j'étais une vieille grand-mère.

— Je t'ai donné le baiser de circonstance, répliqua-t-il en m'adressant un regard amusé.

— Et Ruby ? Je parie que tu lui en réserves un de circonstance, à elle aussi... pour plus tard.

Je m'avisai soudain que Daphné nous surveillait du coin de l'œil, hochant la tête avec satisfaction, ce qui me soulagea. Puis, Gisèle ayant rassemblé quelques jeunes gens autour d'elle, Chris et moi nous éclipsâmes discrètement et il m'entraîna vers le kiosque du jardin.

— Il y a si longtemps que nous n'avons pas été seuls, Ruby... je me sens un peu nerveux, tu sais ?

— Moi aussi, avouai-je.

— J'ai du mal à croire que Pierre soit mort. Je n'étais pas venu chez vous depuis longtemps, mais papa s'attendait plus ou moins qu'il lui arrive quelque chose. Il avait toujours l'air fatigué, il ne riait plus, n'aimait plus les parties de cartes avec ses amis. On ne les rencontrait plus au théâtre, Daphné et lui, ni dans les bons restaurants qu'ils fréquentaient autrefois. Ce n'était plus ça...

— Si seulement nous n'avions pas été envoyées dans cette école ! me désolai-je. J'aurais vu que ça n'allait pas et j'aurais pu faire quelque chose. La dernière fois qu'il a appelé, je l'ai trouvé fatigué mais il a prétendu que ce n'était rien.

— Et vous allez retourner à Greenwood? questionna Chris.

— Daphné y tient.

— Je l'aurais parié! Ne t'en fais pas, je pourrai aller te voir souvent, maintenant. La saison de football tire à sa fin.

— Ce sera déjà plus supportable pour moi, Chris, et d'ici quelques semaines, c'est les vacances. Nous pourrons rentrer à la maison.

Il me prit la main, me fit asseoir à ses côtés sur le banc et nous contemplâmes un instant le ciel partiellement couvert. Seules quelques étoiles brillaient entre les nuages.

— Avant de partir, il faut que je voie mon oncle Jean pour lui dire ce qui est arrivé à papa. Il doit se demander pourquoi il ne vient plus le voir et ce n'est pas juste. Daphné prétend que c'est inutile, qu'il ne comprendrait pas, mais je suis sûre du contraire. Je l'ai vu.

— Je t'y conduirai, promit Chris.

— Tu ferais ça?

— Bien sûr. Tu n'as qu'à me dire quand.

— Mais... tes parents? Ils ne seront pas fâchés?

— Ils ne seront pas forcés de le savoir. Alors, quand?

— Demain. Aussitôt que tu pourras.

— Je manquerai le sport, l'entraîneur comprendra. Je serai là vers trois heures, alors, affirma-t-il.

— Daphné ne me laissera pas sortir, j'en suis sûre, alors retrouvons-nous dehors. A la grille. J'ai horreur des cachotteries, mais elle m'y oblige.

— Entendu, acquiesça Chris en passant un bras autour de mes épaules. (Je me blottis contre lui avec délices.) On a le droit d'agir en cachette, si c'est pour la bonne cause.

— Oh, Chris! m'écriai-je avec désespoir, je me sens si seule, maintenant. Vraiment seule.

Son regard s'assombrit.

— Tu ne l'es pas, Ruby, je suis là. Je serai toujours là.

— Pas de serments, Chris, protestai-je en posant un doigt sur ses lèvres. Il vaut mieux ne pas faire de promesses, quand on n'est pas sûr de pouvoir les tenir.

— Je tiendrai celle-ci, Ruby. Et je la scelle avec un baiser.

Nos lèvres se joignirent et ce fut un instant d'une merveilleuse douceur, mais je me sentis coupable de savourer ce baiser alors que le corps de papa était encore là-bas, dans le salon. Je me libérai brusquement.

— Nous devrions rentrer, Chris. Notre place est là-bas.

— D'accord. A demain, trois heures, confirma-t-il.

Les visiteurs se retirèrent d'assez bonne heure, mais j'eus l'impression qu'il était tard. Je ne m'étais pas rendu compte que l'émotion m'avait épuisée à ce point. Chris et ses parents furent parmi les derniers à s'en aller. Il m'adressa un clin d'œil complice au moment des adieux, tout en conservant l'attitude formaliste et réservée de rigueur. Quand tout le monde fut parti, Bruce Bristow et Daphné allèrent dans le bureau de papa pour s'entretenir de questions urgentes, et Gisèle et moi remontâmes dans nos chambres. A travers le mur, je l'entendis longtemps bavarder au téléphone, ce soir-là. En fait, ce fut au bourdonnement de sa voix, entrecoupé de petits rires, que je finis par glisser dans un sommeil réparateur.

Daphné ne descendit pas pour le petit déjeuner, mais le prêtre vint déjeuner à la maison et ils discutèrent des modalités de l'enterrement. Quelques anciens amis de Gisèle lui rendirent visite, plus par curiosité que par fidélité, supposai-je. Après quelques instants passés en leur compagnie, je les quittai pour aller faire un tour dans mon ancien atelier. Je me rappelai avec émotion la joie et l'enthousiasme de papa, quand il m'y avait conduite pour la première fois. Puis mon cœur défaillit au souvenir de ce jour lointain où Chris avait posé nu pour moi. Les choses étaient arrivées de façon si rapide et si intense que, même aujourd'hui, je retrouvais la délicieuse extase qui m'avait révélé, dans une plongée vertigineuse, les profondeurs de ma sensualité. L'éblouissement qui m'avait saisie en répondant aux baisers de Chris, en le serrant dans mes bras et en m'abandonnant à son désir... Pour un peu, absorbée comme je l'étais dans ce flot de réminiscences, j'en aurais oublié notre rendez-vous.

Je me repris juste à temps, gagnai rapidement la porte de service et courus dans l'allée latérale pour aller attendre Chris. Il arriva exactement à l'heure. Je me faufilai dans sa voiture et, quelques instants plus tard, nous roulions à vive allure vers l'institution où languissait le frère cadet de mon père, en proie aux angoisses de sa pauvre cervelle malade. J'étais nerveuse et j'avais peur, c'était plus fort que moi. Daphné avait déjà essayé de me faire interner dans le même établissement pour se débarrasser de moi, et Chris le savait.

— Je devine quelle épreuve ce doit être pour toi de retourner là-bas, Ruby. Tu te sens d'attaque ?

— Non, mais je dois le faire, pour papa. Il l'aurait voulu.

Une demi-heure plus tard, nous nous arrêtions devant le bâtiment de stuc à quatre étages, pourvu de barreaux à toutes les fenêtres. Je descendis lentement de voiture et, Chris à mes côtés, je pénétrai dans la maison de santé. L'infirmière préposée à l'accueil, qui nous faisait face dans sa cage de verre, ne leva les yeux que lorsque nous fûmes presque arrivés devant son bureau. Je réduisis les explications au minimum.

— Je suis Ruby Dumas. Je viens voir mon oncle Jean.

— Jean Dumas ? Oh oui, nous venons juste de le transférer dans ses nouveaux quartiers.

— Ses nouveaux quartiers ? Il est toujours ici, quand même ?

— En effet, mais plus en chambre privée. Il est en salle commune, à présent.

— Mais... pourquoi ?

L'infirmière eut un sourire suffisant.

— Parce que la personne qui paie pour lui a cessé de verser le supplément, et que son assurance ne couvre qu'un minimum de frais, voilà pourquoi.

— Elle n'a pas perdu de temps, fis-je observer à Chris en aparté. Pouvons-nous voir mon oncle, madame, s'il vous plaît ?

— Certainement. Veuillez patienter un instant, nous dit l'infirmière en appuyant sur un bouton. (Presque à la seconde, un employé fit son apparition.) Conduisez ces personnes voir M. Jean Dumas, bloc C.

— Lord Dumas, dit l'homme avec un petit sourire. Mais bien sûr… par ici, s'il vous plaît.

Et, à sa suite, nous franchîmes une porte et nous engageâmes dans un couloir.

— Pourquoi l'appelez-vous Lord Dumas ? s'informa Chris.

— Oh, c'est une petite plaisanterie entre les membres du personnel. Malgré son… ses problèmes, Jean est très soucieux de sa tenue vestimentaire et de son apparence. Il l'était, du moins.

— Comment cela, il l'était ? demandai-je à mon tour.

— Depuis son transfert, et même un peu avant ça, il a cessé de s'occuper de lui-même. Ce qui inquiète les médecins, d'ailleurs. D'habitude, après le déjeuner, nous l'emmenons dans la salle de loisirs mais il est un peu déprimé ces temps-ci. Il reste au dortoir.

J'échangeai un regard avec Chris.

— Et à quoi ressemble ce dortoir ?

L'infirmier marqua une pause.

— Ça… ce n'est pas le Ritz, il faut bien le dire.

C'était encore au-dessous de la vérité. Le dortoir des hommes consistait en une rangée d'une douzaine de lits, flanqués chacun d'une armoire métallique. Trois fenêtres à barreaux s'alignaient sur l'un des murs badigeonnés de brun, celui d'en face n'en comportant qu'une. Le sol était en ciment nu, l'éclairage insuffisant, mais nous aperçûmes quand même l'oncle Jean, tout au bout de la rangée, assis sur le bord de son lit. Une infirmière venait juste de lui donner quelque chose et s'avançait dans notre direction.

— Des visiteurs pour Jean, annonça notre guide.

— Il est un peu plus bas, aujourd'hui. Il n'a presque rien pris au déjeuner, j'ai dû lui donner un remontant. Etes-vous de la famille ?

— Je suis sa nièce, Ruby.

Le visage de l'infirmière s'éclaira.

— Oh ! La Ruby qui lui écrit de temps en temps ?

— Oui, confirmai-je, heureuse de savoir qu'il recevait mon courrier.

— Il tient énormément à vos lettres, bien que je me demande parfois s'il les lit vraiment. Il lui arrive d'en garder une pendant des heures dans les mains, en la regardant simplement. Je lui en lisais une de temps à autre, quand il était dans sa chambre. De très jolies lettres.

— Merci. Est-ce qu'il va plus mal ?

— J'en ai peur. Le changement ne lui a pas réussi non plus. Il était si fier de la façon dont il tenait sa chambre !

— Je sais. Je m'en souviens.

— Vous êtes déjà venue lui rendre visite ici, alors ?

— Pas exactement.

Cette infirmière ne travaillait pas dans la maison, du temps de mon séjour forcé. Elle ne pouvait pas me connaître, mais je ne voyais aucune raison de réveiller le passé. Toujours escortée de Christophe, je m'avançai jusqu'à l'oncle Jean qui contemplait fixement ses mains. Ses cheveux blonds étaient tout ébouriffés, son pantalon crasseux, et sa chemise maculée de traces de nourriture. Il faisait peine à voir.

— Bonjour, oncle Jean, dis-je en m'asseyant à ses côtés.

Je pris ses mains dans les miennes et il releva la tête, pour regarder Chris, d'abord, et moi ensuite. Une vague lueur indiquant qu'il m'avait reconnue traversa ses yeux bleus et, du coin de la lèvre, il esquissa un semblant de sourire.

— Vous vous souvenez de moi… Ruby ? Je suis l'autre fille de Pierre, celle qui vous a écrit toutes ces lettres. (Son sourire s'élargit.) J'ai dû quitter le pensionnat parce que… quelque chose de terrible est arrivé, oncle Jean. Et maintenant, je suis venue vous en parler parce que vous avez le droit de savoir. Je pense que vous devez savoir.

Je consultai Chris du regard, ne sachant trop si je devais poursuivre, et il inclina la tête. Oncle Jean m'observait toujours, ses yeux glissant lentement d'un côté à l'autre tandis qu'il étudiait mon visage.

— C'est papa, oncle Jean. Il… Son cœur a lâché et il… il est mort. C'est pour ça qu'il ne venait plus vous voir. C'est pour ça qu'on vous a transféré dans cette salle. Mais je vais dire à Daphné ce que j'en pense et faire le nécessaire pour qu'on vous rende votre chambre. Je vais essayer, en tout cas.

Petit à petit, le faible sourire qui flottait sur les lèvres de Jean s'effaça et ses lèvres commencèrent à trembler. Je posai ma main sur son épaule et la caressai doucement.

— Papa aurait voulu que je vienne, oncle Jean. Ça, j'en suis sûre. Il souffrait beaucoup de ce qui s'était passé entre vous, et aussi de vous savoir malade. Il souhaitait tellement que vous guérissiez ! Il vous aimait beaucoup. Vraiment.

Les lèvres d'oncle Jean frémissaient de plus en plus fort. Il se mit à cligner des yeux et je sentis trembler ses mains. Et soudain, il secoua la tête, lentement d'abord puis de plus en plus énergiquement.

— Oncle Jean…

Il ouvrit la bouche, la referma, et secoua la tête avec plus de vigueur. L'infirmière et le gardien se rapprochèrent. Je les interrogeai du regard, et au même instant l'oncle Jean émit un son inintelligible.

— Aaaaah…

— Jean ! s'écria l'infirmière en accourant à lui. Que lui avez-vous dit ? me demanda-t-elle avec inquiétude.

— Je lui ai dit que son frère — mon père — était mort.

— Ô mon Dieu ! Calmez-vous, Jean… Calmez-vous.

Il secoua ses épaules, ouvrit la bouche et la referma, puis fit entendre à nouveau son cri épouvantable.

— Vous feriez mieux de partir, tous les deux, dit vivement l'infirmière.

— Je suis désolée. Je ne voulais pas créer de problèmes, mais j'ai pensé qu'il devait savoir.

— Ce n'est rien, tout va s'arranger, nous rassura-t-elle, mais elle était pressée de nous voir partir.

Je me levai. Oncle Jean m'adressa un regard lourd de désespoir, garda un moment le silence et, cédant à une impulsion soudaine, je le serrai dans mes bras.

— Je reviendrai, lui promis-je à travers mes larmes.

Et je m'éloignai en toute hâte, Christophe sur mes talons. Nous étions déjà presque à la porte quand un cri retentit derrière nous, me faisant pivoter sur moi-même :

— Pie-e-erre !

Puis l'oncle Jean se cacha le visage dans les mains. L'infirmière s'empressa auprès de lui, l'aida à se recoucher, remonta ses jambes sur le lit afin qu'il soit plus à l'aise et se repose, enfin.

— Oh, Chris ! m'écriai-je. J'ai eu tort de venir. Daphné avait raison, je n'aurais pas dû lui dire.

— Mais si, tu as bien fait, affirma Christophe en me serrant tendrement contre lui. Sinon, en ne voyant pas revenir Pierre, il se serait cru abandonné. Maintenant, au moins, il comprend ce qui se passe et il sait que tu es là, qu'il peut compter sur toi.

Je posai la tête sur son épaule et le laissai m'entraîner au-dehors, me ramener à la maison où papa m'attendait pour un dernier adieu.

11

La manière forte

Je demandai à Chris de s'arrêter au coin de la rue.

— J'ai l'impression d'être Gisèle, en me cachant comme ça, mais il vaut mieux que Daphné ne te voie pas me déposer.

— Entendu, s'esclaffa-t-il. Les petites ficelles de ta sœur ont parfois du bon. Dommage que tu ne déteignes pas sur elle, toi aussi.

Il se pencha pour effleurer mes lèvres d'un baiser rapide et je descendis de la voiture.

— Je viens pour la veillée, me rappela-t-il. A ce soir.

J'agitai la main en réponse et courus le long du trottoir jusqu'à l'entrée de service. Le calme régnait dans la maison. Je me faufilai dans le hall et commençai à monter l'escalier, qui me parut résonner sous mon pas comme à dessein, justement parce que je voulais être discrète. J'étais presque arrivée sur le palier quand la voix de Daphné, m'appelant d'en bas, me fit pivoter sur moi-même. Ma belle-mère se tenait au pied des marches, Bruce Bristow à ses côtés. Elle était en tailleur de ville et soigneusement maquillée, mais ses cheveux flottaient librement sur ses épaules.

— Où étais-tu ? demanda-t-elle, les poings aux hanches.

— Je suis allée voir oncle Jean, avouai-je.

J'avais déjà décidé de ne pas mentir si elle me posait la question, et d'ailleurs j'en tenais une toute prête pour elle, moi aussi. Je voulais lui faire dire pourquoi elle avait supprimé la pension d'oncle Jean.

— Tu as fait quoi ? Descends immédiatement ! vociféra-t-elle.

Pirouettant sur ses talons, elle marcha vivement vers la porte située derrière elle. Bruce leva les yeux sur moi, son insolent petit sourire aux lèvres, puis il lui emboîta le pas. Je redescendais pour les rejoindre quand Gisèle me héla du palier, où elle était venue tout exprès pour assister à la confrontation.

— Je t'aurais trouvé une excuse, Ruby, mais tu ne m'avais même pas dit où tu allais. Je n'ai pas su quoi inventer quand elle est venue me demander où tu étais.

— C'est sans importance. Je n'aime pas mentir ni agir en cachette, de toute façon.

— Dommage, commenta Gisèle. Maintenant, tu es dans le pétrin.

Et, sur un sourire suave et réjoui, elle fit tourner son fauteuil en direction de sa chambre. Pour moi, je descendis prestement les dernières marches et m'arrêtai à l'entrée du salon. Daphné trônait sur le canapé mais Bruce était resté debout à ses côtés, les mains croisées devant lui. Il fronçait les sourcils d'un air sévère, davantage pour impressionner Daphné que moi-même, à mon avis.

— Entre, m'ordonna-t-elle, et je m'approchai, le cœur battant. Je croyais t'avoir interdit d'aller voir Jean. Je croyais t'avoir dit de ne lui parler de rien. Eh bien ?

— Papa aurait voulu qu'il sache, répliquai-je. Et si je ne lui avais rien dit, il aurait continué à attendre papa et à se demander pourquoi il ne venait plus.

Ma belle-mère grimaça un sourire dédaigneux.

— Il ne se demande rien du tout, j'en suis sûre. Au fait... (Je vis ses yeux se rétrécir et ses lèvres se pincer.) Qui t'a emmenée là-bas ? Christophe ?

Comme je ne répondais pas, elle hocha la tête avec un sourire glacé.

— Ses parents ne seront pas enchantés d'apprendre sa participation à ta désobéissance. Depuis ton départ pour Greenwood, il s'est conduit de façon exemplaire. Mais il suffit que tu arrives...

— Je vous en prie, l'interrompis-je, ne lui créez pas d'ennuis. Il n'a participé à rien du tout. Il a eu la gentillesse de me conduire là-bas, sans plus.

Elle leva les yeux vers Bruce, dont les traits reflétaient fidèlement son dédain. Je rassemblai mon courage.

— En tout cas, maintenant je sais pourquoi vous ne vouliez pas que je voie l'oncle Jean. Vous l'avez fait secrètement transférer en salle commune.

La sécheresse de ma voix fit tiquer Bruce, mais Daphné croisa tranquillement les bras sur sa poitrine.

— Secrètement? répéta-t-elle avec un rire haut perché, après un bref coup d'œil en direction de Bruce. Je n'ai nul besoin de faire quoi que ce soit secrètement. Je n'ai pas davantage besoin de ta permission, ni de celle de ta sœur, pour prendre des décisions en ce qui concerne cette famille.

— Pourquoi l'avoir traité comme ça? m'emportai-je. Nous avons les moyens de lui payer une chambre!

— Une chambre personnelle, c'est de l'argent gâché, je l'ai toujours pensé. Non que j'aie des comptes à vous rendre, à toi comme à ta sœur, entre parenthèses.

— Mais il régresse, maintenant. Il ne prend plus soin de lui-même comme autrefois, il...

— Son état n'a jamais vraiment changé, de toute façon. Et Pierre ne faisait que soulager sa conscience, en se ruinant pour son frère. C'était de l'argent jeté par les fenêtres.

— Non, insistai-je. J'ai vu la différence. Pas vous.

— Et depuis quand es-tu spécialiste en maladies mentales? contra ma belle-mère, affichant à nouveau ce sourire qui me faisait froid dans le dos. A moins que tu n'aies hérité des pouvoirs de ta guérisseuse de grand-mère?

La moutarde me monta au nez. Daphné ne perdait pas une occasion de tourner en dérision la mémoire de grand-mère Catherine; elle adorait ridiculiser les Cajuns. Je respirai profondément et, sans me laisser démonter, ripostai:

— Non. J'ai simplement hérité de sa compassion, de sa bonté, de ses qualités humaines.

J'avais fait mouche, et Daphné accusa le coup. Le sourire provocant de Bruce disparut, et aucun autre ne le remplaça. Il transféra son poids d'un pied sur l'autre et décocha un coup d'œil inquiet à ma belle-mère.

— Nous ne reviendrons pas sur ce sujet, articula-t-elle avec lenteur, le regard noir. Tu m'as désobéi, et j'entends que tu comprennes une bonne fois ce qu'il en coûte. Ton père n'est plus là pour te défendre.

Elle s'adossa aux coussins et redressa les épaules, avant de prononcer son verdict.

— Retourne dans ta chambre et n'en sors pas avant la cérémonie des obsèques. Martha te montera tes repas et tu ne verras strictement personne d'autre.

— Mais la veillée... les visiteurs...

— Nous t'excuserons. Nous dirons aux gens que tu ne te sens pas bien, ce qui nous dispensera de toute allusion à ta mauvaise conduite.

— Mais quelle mauvaise conduite ? J'ai le droit de voir oncle Jean, il aurait dû être prévenu, et vous n'auriez pas dû le faire transférer dans cette salle commune.

Un instant désarçonnée par ma ténacité, Daphné retrouva rapidement son aplomb et son aigreur. Elle se pencha en avant et ses yeux parurent s'agrandir.

— Quand tu auras vingt et un ans, tu dépenseras ton argent à ta guise. Tu pourras te ruiner pour ton oncle, pour ce que je m'en soucie ! Jusque-là, c'est moi qui décide de la façon dont la fortune des Dumas doit être employée. J'ai un expert à ma disposition, précisa-t-elle en désignant Bruce d'un geste du menton, je puis donc me passer de tes avis. C'est compris ? Oui ou non ? aboya-t-elle, excédée par mon silence.

— Non. Je ne comprends pas comment vous avez pu traiter ainsi ce pauvre oncle Jean, qui n'a rien à lui. Même pas de vie, rien au monde à part son pauvre cerveau malade.

— Bien, commenta-t-elle en se renversant à nouveau sur les coussins. Tu ne comprends pas, c'est ton affaire. Mais pour l'instant, file dans ta chambre et enferme-toi, ou j'appelle immédiatement les parents de Christophe, je leur demande de venir et je les mets au courant de ce que vous avez fait ensemble. Et tu seras punie deux fois plus sévèrement.

Mes yeux brûlaient de larmes de rage.

— Mais je dois assister à la veillée ! Je devrais...

— Tu devrais écouter ce qu'on te dit, rétorqua-t-elle en crachant ses mots. Et maintenant, file !

Les larmes roulaient sur mes joues, à présent. Je baissai la tête.

— Vous ne pouvez pas trouver une autre façon de me punir ?

— Non. Je n'ai ni le loisir ni l'énergie nécessaires pour inventer des punitions, surtout en pareilles circonstances. J'ai un mari à enterrer. Je n'ai pas le temps de jouer les bonnes d'enfants auprès de gamines trop gâtées. Contente-toi d'obéir, tu m'entends ? acheva-t-elle d'une voix suraiguë.

Je ravalai un soupir et quittai la pièce à pas lents, un poids sur la poitrine : j'étouffais comme si j'avais avalé un plein seau d'eau vaseuse. Une fois dans ma chambre, je m'abattis sur mon lit en sanglotant. Comment aurais-je pu aider l'oncle Jean ? Je ne pouvais déjà rien pour moi-même.

— Où êtes-vous allés ? m'apostropha Gisèle, de la porte communicante. Au bord du lac Pontchartrain, pour vous faire des mamours ? ajouta-t-elle avec un sourire gourmand.

J'essuyai mes joues du revers de la main.

— Non. Chris m'a emmenée voir l'oncle Jean. Daphné l'a fait transférer en salle commune, où il n'a plus qu'un lit et une armoire de métal, en tout et pour tout.

Elle haussa les épaules avec indifférence.

— Ça t'étonne ? Pas moi. Je t'ai toujours dit qu'elle était capable du pire, mais tu ne m'as pas crue. Tu t'imagines que le monde est un jardin de lys et de roses ! Elle va rogner tout ce qu'elle pourra sur nos dépenses aussi, tu verras.

Elle s'approcha de moi et baissa la voix jusqu'au soupir.

— Il vaudrait mieux rester ici, au lieu de retourner à Greenwood. Pressure ta brillante cervelle et tâche de trouver un moyen pour qu'elle nous garde.

— Rester avec elle ? répliquai-je avec un rire amer qui m'effraya moi-même. Elle ne supporte même pas notre vue ! C'est toi qui te fais des illusions si tu te figures qu'elle va consentir à nous garder.

— Alors là, je rêve. C'est toi qui abandonnes, maintenant ?

— C'est comme ça, soupirai-je avec fatalisme.

Elle n'en revenait pas. Pendant quelques secondes, elle me dévisagea comme si elle attendait que je laisse libre cours à mon indignation, et lui dise tout ce qu'elle avait envie d'entendre. Comme rien ne venait, elle finit par demander :

— Tu ne t'habilles pas pour la veillée ?

— Je n'y vais pas. C'est la punition que Daphné a trouvée pour ma désobéissance.

— C'est ça, ta punition ? Ne pas aller à la veillée ? Si seulement je pouvais être punie aussi !

Je m'assis d'un bond, si brusquement que ma sœur fit promptement reculer son fauteuil.

— Mais de quel bois es-tu donc faite ? Papa t'aimait.

— Jusqu'à ton arrivée, mais après... il m'a pratiquement oubliée, pleurnicha-t-elle.

— Ce n'est pas vrai.

— Si, c'est vrai, mais ça n'a plus aucune importance. Oh, et puis après tout... Il faut bien que quelqu'un soit là pour s'occuper de Chris ! Je crois que je m'en sortirai, conclut-elle en faisant bouffer ses cheveux.

Et, avec un sourire suave, elle repassa dans sa chambre.

Je me levai, marchai vers la fenêtre et regardai pensivement au-dehors. Et si je me sauvais, tout simplement ? J'aurais sérieusement envisagé la question, n'eût été ma promesse à papa. Je m'étais engagée à veiller de mon mieux sur Gisèle, à réussir dans ma carrière artistique, et je devais le faire pour honorer sa mémoire. Soit. Je trouverais le moyen de surmonter les obstacles que Daphné ne manquerait pas de semer sur mon chemin. Et un jour, comme je me l'étais promis à moi-même, je viendrais en aide à l'oncle Jean.

Je retournai m'allonger sur mon lit et y restai, tantôt réfléchissant et tantôt somnolant, jusqu'au moment où j'entendis Gisèle sortir de sa chambre et descendre, aidée par Edgar. Puis je me levai, m'agenouillai sur le tapis et récitai les prières que j'aurais voulu dire au chevet de papa.

Martha me monta un plateau et me transmit les recommandations de Nina, qui tenait à ce que je mange, mais je ne fis que grignoter. Mon appétit s'était envolé.

Des heures plus tard, on frappa discrètement à ma porte. J'étais étendue dans l'obscurité, contemplant le faisceau de rayons de lune qui pénétrait par la fenêtre. Je me penchai pour allumer ma lampe et criai d'entrer. C'était Christophe, Gisèle sur ses talons.

— Daphné ne sait pas qu'il est monté, dit-elle très vite, le visage éclairé d'un sourire de malice. (L'attrait des choses défendues l'emportait toujours, chez elle, même si j'y trouvais mon compte !) Tout le monde croit qu'il me promène dans la maison, ne t'inquiète pas. Personne ne remarquera notre absence.

— Oh, Chris ! protestai-je. Tu ne devrais pas être ici. Daphné a menacé de prévenir tes parents et de te faire punir, toi aussi, pour m'avoir conduite à l'institution.

— Bah, je prends le risque. Mais pourquoi est-elle si enragée contre toi, au fait ?

— Parce que j'ai découvert ce qu'elle a fait à mon oncle. Enfin, surtout pour ça.

— Ce n'est vraiment pas juste de t'infliger ça en ce moment.

Nos regards se nouèrent, et ma sœur n'en perdit rien.

— Je peux vous laisser seuls, si vous voulez ? Je suis même prête à faire la sentinelle sur le palier.

J'allais protester, mais Chris la remerciait déjà. Il ferma doucement la porte derrière elle, vint s'asseoir à mon côté sur le lit et m'enserra les épaules de son bras.

— Ma pauvre Ruby, tu ne méritais pas ça.

Il déposa un baiser sur ma joue, puis regarda autour de lui et je le vis sourire.

— Je me souviens d'être déjà venu ici... quand tu as essayé de fumer la marijuana de Gisèle, tu te rappelles ?

— Ne m'en parle pas, dis-je en souriant à mon tour, pour la première fois depuis longtemps. Je me rappelle aussi que tu t'es conduit en parfait gentleman et que tu te faisais du souci pour moi.

— Je me fais toujours du souci pour toi, chuchota-t-il.

Il m'embrassa dans le cou, puis sur la pointe du menton, avant de poser sa bouche sur la mienne.

— Oh, Chris, non ! Je suis trop bouleversée en ce moment, je ne sais plus où j'en suis. J'ai envie que tu m'embrasses, que tu me touches, et en même temps je n'arrête pas de penser à... à la raison pour laquelle je suis ici.

Il m'approuva d'un hochement de tête.

— Je comprends. C'est juste que... je ne peux pas

empêcher mes lèvres de t'embrasser quand je suis si près de toi.

— Nous serons à nouveau l'un près de l'autre, bientôt. Si tu ne peux pas venir à Greenwood pendant les deux semaines qui viennent, je te verrai aux vacances.

— Oui, c'est vrai, opina-t-il en me serrant toujours contre lui. Attends de voir ce que je te réserve pour Noël ! Nous allons nous amuser, réveillonner ensemble au jour de l'an, sans oublier...

La porte s'ouvrit en coup de vent et Daphné se dressa devant nous, le bras tendu.

— Daphné, je...

— Je n'admettrai aucune excuse. Vous ne devriez pas être ici, et vous le savez. Quant à toi... (Elle me transperça du regard.) C'est comme ça que tu pleures ton père ? En recevant ton amoureux dans ta chambre ? Tu n'as donc pas la moindre décence, la moindre retenue ? Ou ton sang cajun est-il si brûlant que tu ne peux pas résister à la tentation, alors que ton père est encore là, dans son cercueil, juste sous tes pieds ?

— Nous ne faisions rien de mal ! m'écriai-je. Nous...

— Je t'en prie, m'interrompit Daphné en levant une main devant elle, épargne-moi les détails. Et vous, Christophe, disparaissez. J'avais une haute opinion de vous, mais je vois que vous ne valez pas mieux que les autres. Vous ne perdez aucune occasion de prendre du bon temps, quelles que soient les circonstances.

— Vous vous trompez. Nous bavardions, rien de plus. Nous faisions des projets pour...

Daphné l'arrêta d'un sourire glacial.

— A votre place, je ne ferais pas de projets concernant ma fille. Vous savez ce que pensent vos parents de vos relations avec elle, et quand ils apprendront ceci...

— Mais nous n'avons rien fait de mal, insista Chris.

— Une chance pour vous que je ne sois pas entrée quelques minutes plus tard. Elle vous aurait peut-être déjà forcé à vous déshabiller, sous prétexte de faire un nouveau portrait de vous !

Chris devint littéralement écarlate.

— Va-t'en, Chris, le suppliai-je.

Il me jeta un regard bref, marcha vers la porte et

Daphné recula pour le laisser passer. Sur le seuil, il se retourna une dernière fois sur moi, secoua la tête et s'éloigna rapidement vers l'escalier. Daphné pivota vers moi.

— Et dire que tu as failli m'attendrir avec tes jérémiades pour assister à la veillée… comme si tu t'en souciais ! cracha-t-elle en rabattant la porte entre elle et moi.

Le bruit claqua comme un coup de fusil, et pendant un instant mon cœur s'arrêta. Puis il se remit à battre, à coups de plus en plus violents. Il cognait encore dans ma poitrine quand, un moment plus tard, Gisèle rouvrit la porte.

— Désolée, petite sœur. Le temps de tourner la tête et crac ! Elle arrivait quatre à quatre et passait devant moi au pas de charge.

Je fus sur le point de lui demander si elle n'avait pas fait exprès de se montrer pour que Daphné devine où était Chris, puis j'y renonçai. Le mal était fait, maintenant, et que ma sœur y fût pour quelque chose ou non n'y changeait rien. La distance qui me séparait de Christophe venait de s'accroître encore un peu plus. Et cela grâce à ma belle-mère, qui semblait n'avoir qu'une seule raison d'être au monde : m'empoisonner la vie.

La cérémonie des funérailles fut la plus impressionnante que j'eusse jamais vue, et le temps s'accorda comme par miracle à la tristesse de cette journée. De lourds nuages planaient, bas et gris, et la brise tiède était assez forte pour agiter les branches ; les feuillages des chênes et des sycomores, des magnolias et des saules frémissaient sur notre passage, comme pour rendre un dernier hommage à un prince déchu. De somptueuses voitures bordaient les rues bien avant d'arriver à l'église, et la foule y était telle que bon nombre de gens durent s'entasser sur le parvis. J'en voulais toujours à Daphné, mais je dus m'avouer qu'elle m'en imposait, tant par son élégance que par son maintien ; et par la façon dont elle nous chaperonna, Gisèle et moi, tout au long de la cérémonie, de la maison jusqu'au cimetière.

J'aurais tant voulu me sentir proche de papa, en ce moment ultime, avoir conscience de sa présence. Mais avec le regard de Daphné constamment fixé sur nous, et tous ces gens qui nous dévoraient des yeux comme si nous étions de hauts personnages en représentation publique, il ne m'était pas facile de penser que papa était vraiment là, couché dans ce luxueux cercueil. Par moments, j'avais même l'impression d'assister à une sorte de cérémonie officielle, où le sentiment n'avait pas sa place.

Quand je pleurai, il me sembla que c'était surtout sur moi-même. Sur ce que deviendrait ma vie sans le père que m'avait rendu grand-mère Catherine à sa dernière heure, en me révélant son existence. Et ce don précieux, la mort venait de me le reprendre. La mort jalouse qui rôde sans cesse autour de nous, guettant une occasion de nous arracher à tout ce qui, de toute éternité, lui rappelle combien misérable est son propre sort. C'est cela que m'avait enseigné grand-mère Catherine, et maintenant je ne pouvais plus en douter.

Daphné ne versa pas de larmes en public, ne montra aucun signe de faiblesse, sauf deux fois. La première, lorsque le père McDermott mentionna qu'il les avait mariés, papa et elle ; et au cimetière, juste avant que le cercueil de papa ne soit placé dans son mausolée. A La Nouvelle-Orléans, on ne creuse pas de tombes dans le sol, toujours détrempé par l'eau du fleuve. Les gens sont enterrés dans des caveaux surélevés, portant souvent les armoiries de la famille sculptées sur la porte.

Au lieu de pleurer, Daphné pressa son petit mouchoir de soie sur ses lèvres et garda la tête baissée, plongée dans ses pensées. A deux reprises, avant de sortir de l'église et au moment de quitter le cimetière, elle nous prit la main à chacune et la garda un moment dans la sienne. Un geste qui, je le sentis, était surtout destiné au public, et non à nous réconforter.

Pendant toute la cérémonie, Christophe resta en compagnie de ses parents, et ce fut à peine si nous échangeâmes quelques regards. La famille de Daphné gardait les yeux fixés sur nous, sans perdre un seul de nos mouvements. Personne n'élevait la voix, les gens ne se parlaient qu'en chuchotant. A tous ceux qui lui présentaient leurs condoléances, Daphné serrait la main et répondait en français : merci beaucoup. Quand notre tour venait, Gisèle s'appliquait à imiter l'accent de notre belle-mère et sa poignée de main durait exactement le même temps, à une fraction de seconde près. Pour ma part, je disais tout simplement « merci », en anglais.

Comme si elle s'attendait que l'une de nous commette un impair, Daphné nous observa sans arrêt du coin de l'œil, surtout lorsque les Andréas nous abordèrent. Je n'en gardai pas moins la main de Chris dans la mienne plus longtemps que celle des autres, ignorant délibérément le regard brûlant de ma belle-mère qui, je le sentais, me vrillait la nuque. Je ne doutai pas un instant que la conduite de Gisèle lui fût plus agréable que la mienne, mais je n'étais pas là pour lui plaire. J'étais là pour faire mes adieux à papa et remercier les gens qui le regrettaient vraiment, comme il aurait voulu que je le fasse : avec chaleur, sincèrement et simplement.

Bruce Bristow ne quitta pas Daphné d'une semelle, prêt à lui obéir au moindre signe. A notre entrée à l'église, il s'offrit à prendre ma place, poussa lui-même le fauteuil de Gisèle dans l'allée centrale et remplit également cet office au cimetière. Ce fut encore lui qui se chargea de la porter pour monter dans la limousine et en descendre, et ses soins empressés furent hautement appréciés : elle rayonnait de satisfaction.

Mais le point culminant des funérailles fut atteint à la toute dernière minute, alors que nous nous apprêtions à monter dans la limousine pour rentrer à la maison. En tournant la tête, j'aperçus de loin mon demi-frère accourant à travers le cimetière. Il prit le pas de course et nous rejoignit juste à temps.

— Paul ! m'écriai-je, sans cacher ma joie de le revoir.

Daphné, déjà penchée vers la portière, se redressa vivement et me lança un regard furibond. Quelques personnes se retournèrent. Bruce Bristow, prêt à transférer Gisèle dans la voiture, suspendit son geste et leva la tête.

— Regardez qui nous arrive ! s'écria ma sœur. Et à la dernière minute, encore !

Même s'il ne s'était passé que quelques mois, il me sembla que des années s'étaient écoulées depuis ma dernière entrevue avec Paul. Il paraissait plus grand et plus fort, dans son complet bleu marine, plus large d'épaules aussi, et surtout plus mûr. Sa ressemblance avec Gisèle et moi était toujours bien visible dans le dessin de son nez, le contour de ses yeux bleus, mais ses cheveux châtains mêlés de blond avaient poussé. Il rejeta en arrière les mèches dérangées par sa course et, sans un mot, me serra dans ses bras.

— Qui est-ce ? demanda ma belle-mère à haute voix.

Les derniers assistants se retournèrent, tout yeux et tout oreilles.

— C'est Paul, m'empressai-je de répondre. Paul Tate.

Daphné savait très bien que nous avions un demi-frère, mais elle avait toujours feint d'ignorer son existence. Elle n'avait montré aucun intérêt pour lui, quand il était venu nous voir à La Nouvelle-Orléans. Et maintenant, un rictus hideux lui tordait les lèvres.

— Je prends part à votre chagrin, madame, lui dit Paul avec déférence.

Puis, ne recevant aucune réponse, il se retourna vers moi.

— Je suis venu aussi vite que j'ai pu. Je n'ai appris la nouvelle qu'en t'appelant à l'école, par une de tes amies. Je suis venu d'une traite jusque chez toi, et le maître d'hôtel m'a indiqué où vous trouver.

— Je suis heureuse que tu sois venu, Paul.

— Pouvons-nous monter en voiture, maintenant ? gémit Daphné, ou allons-nous passer la journée à bavarder dans ce cimetière ?

— Suis-nous, lançai-je à Paul en rejoignant Gisèle.

Dès que nous fûmes installées, elle me chuchota :

— Il est rudement beau, non ? Il a une de ces allures !

Ce qui nous valut un regard noir de Daphné.

— Je ne veux pas de visiteurs dans la maison aujourd'hui, annonça-t-elle quand nous arrivâmes dans Garden District. Recevez votre demi-frère dehors et tâchez d'être brèves. Vous avez vos bagages à faire : vous rentrez à Greenwood.

— Demain ? se récria Gisèle.

— Evidemment, demain.

— Mais c'est bien trop tôt ! Nous devrions rester au moins une semaine, par respect pour papa.

Daphné eut un sourire acerbe.

— Et que comptais-tu faire, pendant cette semaine ?

Prier, méditer, lire ? Ou harceler tes amis par téléphone, pour qu'ils passent te voir tous les jours ?

— Et alors ? Nous n'allons pas nous faire nonnes parce que papa est mort, non ?

— Tout à fait d'accord. Vous retournez demain à Greenwood et vous reprenez vos études. J'ai déjà pris les dispositions nécessaires.

Gisèle croisa les bras et se renversa en arrière.

— Nous devrions nous sauver, grommela-t-elle à mi-voix. Parfaitement, nous sauver.

Si bas qu'elle eût parlé, Daphné l'avait entendue.

— Et où irais-tu, princesse Gisèle ? A l'institution, avec ton demeuré d'oncle Jean ? Ou avec ta sœur, dans son paradis vaseux, pour vivre avec des gens qui ont des morceaux d'écrevisse entre les dents ?

Gisèle se tourna vers la vitre et, pour la première fois de la journée, ses yeux s'emplirent de larmes. J'aurais aimé croire qu'elle pleurait de chagrin, parce qu'elle regrettait enfin papa, mais je savais bien que non. Elle pleurait tout simplement de rage, parce qu'elle devait retourner à Greenwood et se voyait privée de la compagnie de ses anciens amis.

En arrivant à la maison, elle était si déprimée qu'elle ne voulut même pas voir Paul. Elle laissa Bruce l'installer dans son fauteuil et la conduire à l'intérieur sans adresser la parole à personne. Puis, comme Paul se garait derrière nous, Daphné me lança d'un ton abrupt :

— Sois brève, surtout. Je ne tiens pas à voir un tas de Cajuns débarquer chez moi.

Et, sans me laisser le temps de répondre, elle tourna les talons.

Je courus vers Paul dès qu'il fut sorti de sa voiture et me jetai dans ses bras. Ce fut comme si mon cœur éclatait ; tout le chagrin que je réprimais se libéra. Je fondis en larmes et, le visage enfoui au creux de son épaule, je sanglotai sans contrainte. Il caressa mes cheveux, me couvrit le front de baisers, murmura des mots tendres et consolants. Finalement, je me redressai en reprenant mon souffle. Paul tenait un mouchoir tout prêt pour m'essuyer les joues, et il me le tendit pour que je me mouche.

— Je suis désolée, m'excusai-je, c'est plus fort que moi.

Je n'ai même pas pu pleurer papa depuis mon retour, tellement Daphné nous a mené la vie dure. Pauvre Paul, dis-je en m'efforçant de sourire. C'est toi qui as la corvée d'éponger mon flot de larmes.

— Mais non. Je suis heureux d'avoir été là pour te réconforter, tu as dû passer par des moments terribles. Tu m'as tellement parlé de ton père qu'il me semble l'avoir connu. C'était un homme ardent et bon, plein de délicatesse, un vrai gentleman créole. Je comprends que notre mère ait pu en être aussi profondément amoureuse.

Je retrouvai le sourire.

— Oui, moi aussi. Oh, Paul ! C'est si bon de te voir. Ma belle-mère ne veut pas que je reçoive des visites à la maison mais... viens, dis-je en lui prenant la main.

Je l'entraînai vers un berceau de roses et quand il fut assis près de moi, sur un banc, j'achevai tristement :

— Elle nous renvoie demain à Greenwood.

— Si tôt ?

— Pas encore assez tôt pour elle, commentai-je amèrement. Mais inutile de m'attarder sur mes problèmes. Parle-moi du pays, de tes sœurs, de tout le monde.

Il ne se le fit pas dire deux fois et, tout en l'écoutant, je me laissai aller à la douceur des souvenirs. Nous étions pauvres quand je vivais dans le bayou, et parfois cette vie nous était bien dure mais, grâce à grand-mère Catherine, elle était aussi bien plus heureuse. Je regrettais toujours le marais, les fleurs, les oiseaux, jusqu'aux serpents et aux alligators ! Il y avait tant d'odeurs, de sons, de lieux et de merveilleux moments que je me plaisais à évoquer... et un entre tous. J'étais dans ma pirogue, sur les canaux : le cœur empli d'une joie ineffable, je naviguais vers le soleil couchant.

J'aurais donné n'importe quoi pour me retrouver chez nous.

— Mme Livaudis et Mme Thibodeau ont toujours bon pied, bon œil, dit Paul en riant. (C'était si bon de l'entendre rire !) Grand-mère Catherine leur manque beaucoup. Elles savent que je suis resté en contact avec toi, mais elles n'abordent jamais franchement le sujet. En général, elles se demandent à haute voix devant moi ce que Ruby Landry a bien pu devenir.

— Elles me manquent, à moi aussi. Tout le monde me manque.

— Le grand-père Jack vit toujours dans ta maison. Et quand il est saoul — ce qui lui arrive souvent —, il continue à creuser des trous et à chercher le soi-disant trésor caché de Catherine. Je me demande comment il est encore en vie : mon père dit qu'il y a du serpent, chez lui. Il a la peau tannée comme du cuir de botte et au moment où on s'y attend le moins, il surgit de l'ombre ou des fourrés, sans crier gare.

— J'ai failli me sauver pour revenir au bayou, tu sais ?

— Si jamais tu le fais... je serai là pour t'aider. C'est moi qui dirige notre conserverie, maintenant. J'ai des responsabilités, précisa Paul avec fierté. Je gagne très bien ma vie et j'envisage de créer ma propre affaire.

— C'est vrai ? (Il inclina la tête.) Tu as rencontré quelqu'un d'autre, alors ?

— Non.

— Tu as essayé, Paul ? insistai-je, comme il se détournait.

— Ce n'est pas facile de trouver une fille qui te vaille, Ruby. Ce n'est pas demain que ça m'arrivera.

— Mais il le faut, Paul. Tu mérites quelqu'un qui pourra t'aimer sans réserve. Tu as le droit de fonder une famille.

Il demeura un moment silencieux, puis son visage s'éclaira.

— Je me suis vraiment régalé à lire tes lettres de Greenwood, surtout celles où tu me parles de Gisèle.

— Ça, elle m'en a fait voir. Et ce sera pire maintenant que papa est mort, mais il m'a fait promettre de veiller sur elle. J'aimerais mieux veiller sur un tonneau de serpents verts !

Cette fois encore, Paul éclata de rire et ce fut comme si on m'ôtait un gros poids de la poitrine : enfin, je respirais librement. Mais avant que nous puissions échanger un mot de plus, je vis Edgar s'avancer vers nous, l'air lugubre.

— Je suis désolé, mademoiselle Ruby, mais Madame veut vous voir. Au salon, précisa le maître d'hôtel avec un froncement de sourcils imitant celui qu'avait dû avoir Daphné.

Autrement dit : exécution immédiate. Je remerciai Edgar, l'assurai que je n'en avais plus pour longtemps et il s'éclipsa, soulagé. J'étais consternée.

— Oh, Paul ! Toi qui as fait tout ce chemin pour me voir et je dois déjà te quitter. Je suis désolée.

— Ce n'est rien, ça en valait la peine. Une minute avec toi vaut plus qu'une heure avec n'importe quelle autre.

— Paul, s'il te plaît, protestai-je en lui prenant la main, promets-moi d'essayer d'en aimer une autre. Promets-moi de te laisser aimer. Allez, promets.

— D'accord, soupira-t-il. Je promets. Il n'y a rien que je ne sois prêt à faire pour toi, Ruby. Même en aimer une autre.

Pauvre Paul... On aurait dit que je venais de le forcer à avaler de l'huile de ricin. J'aurais voulu rester avec lui, bavarder, évoquer encore le bon vieux temps, mais Edgar m'attendait à la porte et son regard inquiet en disait long.

— Il faut que je rentre avant qu'elle ne fasse une scène, Paul. Alors... bonne route. Appelle-moi et écris-moi à l'école.

— Promis.

Il déposa un rapide baiser sur ma joue et se hâta de regagner sa voiture, sans un regard en arrière. Je savais qu'il avait les larmes aux yeux, qu'il ne voulait pas que je les voie, et j'éprouvai un pincement au cœur quand il démarra. Pendant un instant je revis l'expression de son visage le jour où il avait appris la vérité sur notre naissance, terrible vérité dont nous nous serions bien passés. Que n'était-elle restée enfouie au plus profond des marais, avec les péchés de nos pères !

Je respirai un grand coup et regagnai sans tarder la maison, curieuse d'apprendre ce que nous réservait Daphné. Quelles exigences et tracasseries allait-elle encore nous faire subir, maintenant que papa n'était plus là pour nous protéger ?

Elle attendait au salon, bien droite sur son siège, et Gisèle aussi était là, martelant nerveusement le bras de son fauteuil et la mine accablée. Ce qui m'étonna le plus, ce fut la présence de Bruce, assis devant le secrétaire. Qu'avait-il à voir avec nos histoires de famille, celui-là ? Daphné me désigna la chaise placée à côté de Gisèle et, sur un signe d'elle aussi péremptoire qu'un ordre, j'y pris place.

— Paul est parti ? voulut savoir ma sœur.

— Oui.

— Silence, toutes les deux. Je ne vous ai pas fait venir ici pour avoir des nouvelles d'un gamin cajun !

— Ce n'est pas un gamin, c'est un jeune homme, ripostai-je. Et il dirige l'usine de son père.

— Ravie de l'apprendre. J'espère qu'il deviendra bientôt le roi des marais. Bien, venons-en au fait, annonça Daphné en plaquant les mains sur les accoudoirs de son fauteuil. Vous partez demain, et je tiens à mettre certaines choses au point avant d'aller me reposer. Je suis à bout de forces, après tout ce qui vient de se passer.

— Alors pourquoi devons-nous partir si tôt ? geignit ma sœur. Nous sommes fatiguées, nous aussi.

— Vous partez, c'est tout, et voici ce que j'ai décidé. Pour commencer, je réduis de moitié la somme que votre père vous allouait comme argent de poche. Vous n'avez pas l'occasion de faire beaucoup de dépenses à Greenwood, de toute façon.

— C'est faux, contra Gisèle. Si tu nous donnes la permission de quitter le campus...

— Ça, il n'en est pas question. Est-ce que tu me prends pour une imbécile ? ironisa Daphné en regardant fixement Gisèle, comme si elle attendait une réponse. Eh bien ?

— Non. Mais on meurt d'ennui sur ce campus, surtout pendant le week-end. Pourquoi ne pourrions-nous pas sortir en taxi, aller voir un film ou faire des courses ?

— Vous êtes à Greenwood pour travailler, pas pour prendre du bon temps. Si vous avez besoin d'argent pour une urgence, vous n'aurez qu'à joindre Bruce, au bureau, et lui expliquer la raison de votre demande. S'il estime la dépense justifiée, il vous enverra la somme nécessaire. Prélevée sur vos revenus, naturellement.

« Aucune de vous deux n'a besoin de vêtements neufs. En ce qui concerne la toilette, votre père se montrait plus que généreux, avec vous. C'est lui qui a insisté pour que je t'emmène faire la tournée des magasins, Ruby. Tu t'en souviens ?

— Je pensais que vous y teniez, vous aussi.

— J'ai fait ce qu'exigeait notre rang social, en effet. Je ne pouvais pas te laisser te promener partout dans ta défroque de petite sauvageonne échappée du marais, quand même ? Mais ton père a jugé que ce n'était pas assez. Rien n'était jamais assez beau pour ses jumelles adorées. Avec votre garde-robe, à toutes les deux, je pourrais ouvrir un grand magasin ! Bruce a vu les factures, lui. N'est-ce pas, Bruce ?

— Parfaitement, confirma Bruce le complaisant.

— Expliquez-leur les modalités du fonds de tutelle et finissons-en, lui dit ma belle-mère avec autorité.

Il se redressa, lorgna vers quelques documents épars sur le secrétaire et commença :

— C'est très simple. Tous vos besoins essentiels seront couverts : frais de scolarité, voyages, nourriture, entretien et menus extra tels que cadeaux, dépenses personnelles et cætera. Comme il se doit, cet argent ne sera retiré de vos comptes que sous la caution et la signature de Daphné. Si vous avez besoin d'une somme supplémentaire, adressez une demande par écrit au bureau et j'aviserai.

— Une demande par écrit ? se hérissa Gisèle. Qui sommes-nous donc, pour vous ? Des employées ?

— Même pas, renvoya Daphné, sardonique. Les employés travaillent pour subvenir à leurs besoins.

Bruce et elle échangèrent un regard satisfait, puis Daphné se retourna vers nous.

— Je tiens à vous rappeler mes recommandations au sujet de votre conduite à Greenwood. Si jamais la directrice m'appelle pour se plaindre de vous, les conséquences seront terribles, soyez-en sûres.

— Que pourrait-il y avoir de plus terrible que Greenwood ? bougonna ma sœur.

— Une autre école. Plus loin d'ici, et avec un règlement beaucoup plus strict, riposta Daphné du tac au tac.

— Une maison de redressement, quoi !

Ma sœur leva sur moi des yeux pleins de larmes.

— Gisèle, arrête de discuter, lui conseillai-je. Ça ne sert à rien. Elle a déjà failli me faire enfermer une fois, elle est tout à fait capable de recommencer.

— Ça suffit ! aboya Daphné. Montez faire vos bagages et rappelez-vous ce que je vous ai dit. Et pas d'impertinences. C'est déjà bien assez que Pierre meure en me laissant sur les bras les... les fruits de son aventure exotique. Je n'ai ni le temps ni la force de m'en charger.

— Oh si, vous avez la force, Daphné, lui renvoyai-je. Ça, vous l'avez.

Elle me dévisagea un instant, puis détourna les yeux et plaqua une main sur sa poitrine.

— Mon cœur bat comme un tambour, Bruce, j'ai besoin de repos. Voulez-vous veiller à ce qu'elles m'obéissent, et vous assurer que la limousine vienne les chercher à l'heure, demain matin ?

— Mais bien sûr, voyons.

Je me levai d'un bond et poussai rapidement Gisèle hors du salon. Peut-être qu'elle commençait à comprendre, maintenant. Peut-être se rendait-elle compte qu'en perdant papa, nous étions devenues orphelines. Des orphelines riches, sans doute, et cependant plus pauvres que les plus pauvres. Nous n'avions personne à aimer, et personne pour nous aimer.

12

Le temps se gâte

Malgré tout ce qu'elle avait pu voir et entendre la veille, au salon, Gisèle trouva le moyen de me faire des reproches. Elle soutint que si j'avais insisté davantage, Daphné nous aurait permis de rester à La Nouvelle-Orléans.

— Toi au moins, tu as de quoi te distraire, à Greenwood. Tu as ta chère Mlle Stevens, ta peinture, et tu peux aller chez les Clairborne pour aguicher le fils de la maison. Mais moi, je n'ai que ce troupeau de gamines stupides et attardées !

— Je ne vais pas voir Louis pour l'aguicher, Gisèle. Je le plains, c'est tout. Il a énormément souffert et j'ai de la peine pour lui.

— Et moi, je n'ai pas souffert ? J'ai failli mourir. Je suis infirme. Tu es ma sœur. Pourquoi n'en as-tu pas pour moi ?

— Mais j'en ai, affirmai-je, consciente de n'être qu'à moitié sincère.

Malgré sa situation, je trouvais de plus en plus difficile de m'apitoyer sur elle. En général, elle s'arrangeait pour obtenir tout ce qu'elle voulait, à n'importe quel prix, et le plus souvent aux dépens de quelqu'un d'autre.

— Non, tu n'en as pas ! Et maintenant, il faut que je retourne dans ce... ce trou pourri !

Donnant libre cours à sa rage, elle se propulsa en tous sens à travers la chambre, renversant tout ce qui se trouvait sur la commode en semant des vêtements à travers la pièce. La pauvre Martha eut fort à faire pour tout remettre en ordre avant que Daphné ne constate les dégâts. Après cela, ma sœur se figea dans son fauteuil, raide comme une bûche, ce qui ne facilita pas ses transferts successifs de l'étage à la voiture. Elle ne mangea rien au petit déjeuner, n'adressa la parole à personne jusqu'au départ. Mais si sa comédie visait à impressionner Daphné, elle manqua son but. Notre belle-mère ne parut même pas s'apercevoir de sa colère. Elle fit simplement transmettre des ordres à Edgar, à Nina et au chauffeur, avec une note pour nous qui résumait ses consignes et ses menaces. Bruce Bristow ne se montra qu'au moment de notre départ, pour vérifier si tout se passait sans anicroche. Ce fut le seul moment où Gisèle ouvrit la bouche.

— Alors, persifla-t-elle, nous voilà promu petit toutou de Daphné, maintenant ? Ici, Bruce ! Rapporte, Bruce !

Puis elle éclata d'un rire sarcastique et Bruce devint pivoine. Mais il se contenta de sourire, alla surveiller le chargement des bagages et, furieuse et dépitée, ma sœur abandonna la partie. Elle se cala sur les coussins, les yeux fermés, si morne qu'elle me fit penser à un patient que j'avais vu à l'institution, ficelé dans une camisole de force.

Le voyage fut presque aussi déprimant au retour qu'à l'aller, le temps nettement plus lugubre. Il resta couvert pendant tout le trajet, que nous effectuâmes presque d'un bout à l'autre sous une petite pluie fine, au ronron incessant des essuie-glaces. Gisèle resta tassée dans son coin, fermée comme une huître. Dès que nous eûmes quitté La Nouvelle-Orléans elle ne s'intéressa plus au paysage, ni à rien d'autre, si ce n'est pour me décocher de temps à autre un regard mauvais.

Quant à moi, je me surprenais à attendre avec impatience de pouvoir faire exactement ce qu'elle avait mentionné le matin même. Reprendre mon travail avec Mlle Stevens, employer toute mon énergie à cultiver mes talents artistiques. Après ces quelques jours passés sous la férule de Daphné, ce fut un soulagement pour moi d'apercevoir Greenwood quand nous nous engageâmes dans l'allée forestière ; et une joie de voir ces essaims de filles dispersées sur le campus, bavardant et riant avec une animation que, maintenant, je leur enviais. Ma sœur elle-même reprit du poil de la bête. Il n'était pas question pour elle de montrer sa défaite et sa déception à ses fidèles.

En fait, à peine de retour au pavillon, elle retrouva ses

habitudes, méprisant toute manifestation de sympathie, agissant comme si la mort de papa n'avait été qu'un incident particulièrement pénible. Elle n'était pas dans sa chambre depuis cinq minutes qu'elle ouvrait le feu sur son nouveau souffre-douleur, Samantha, l'injuriant sur tous les tons pour avoir osé déplacer certaines de ses affaires en son absence. Tout le monde entendit ses clameurs et sortit pour en savoir davantage. La pauvre Samantha était en larmes sur le seuil, où Gisèle l'avait tirée de force pendant l'algarade.

— Comment as-tu osé toucher à mes produits de beauté ? Tu m'as volé du parfum, avoue ! Je sais qu'il y en avait plus que ça dans mon flacon !

— Je ne t'ai rien volé du tout.

— Si. Et en plus, tu as essayé certains de mes vêtements.

D'une pirouette éclair, ma sœur se tourna vers moi.

— Regarde ce que je dois supporter, depuis que tu m'as forcée à quitter notre chambre et à partager la sienne !

Je faillis éclater de rire.

— Moi, je t'ai forcée à partir ? C'est toi qui as voulu changer, Gisèle. Tu as même assez insisté.

Vicki, Kate et Jacky m'adressèrent des regards de sympathie, sachant très bien que j'avais raison. Mais aucune ne voulut s'exposer aux foudres de Gisèle en prenant ma défense.

— C'est faux ! glapit ma jumelle, si congestionnée de fureur qu'elle ressemblait à un ballon près d'éclater.

Elle martela des poings les accoudoirs de son fauteuil et se mit à se balancer de droite à gauche avec une telle violence que je m'attendais à la voir basculer.

— Tu voulais tellement être avec ta quarteronne que tu m'as chassée, hoqueta-t-elle, roulant des yeux blancs et de la salive au coin des lèvres.

Tout le monde la crut sur le point d'avoir des convulsions, sauf moi. J'avais trop souvent assisté au même spectacle.

— Très bien, capitulai-je, et maintenant calme-toi. Qu'est-ce que tu veux, au juste ?

— Je veux qu'elle parte ! piailla-t-elle en pointant le doigt vers la pauvre Samantha, terrorisée comme un oisillon tombé du nid.

Je m'armai de patience.

— Tu veux revenir dans ma chambre, c'est ça ?

— Non. Je veux être seule et me débrouiller seule, annonça-t-elle en se redressant sur son siège. Je veux qu'elle me débarrasse le plancher.

— Les gens ne sont pas des jouets en peluche, Gisèle. Tu ne peux pas les prendre et les envoyer promener à ta guise.

— Je ne l'envoie pas promener, c'est elle qui veut s'en aller. Pas vrai, Samantha ?

Ma sœur toisa la fragile petite Samantha d'un regard si brûlant qu'elle recula d'un pas. Ce fut vers moi qu'elle se tourna, totalement désemparée.

— Tu peux partager ma chambre, lui proposai-je, si ma sœur est vraiment sûre qu'elle veut rester seule.

Personnellement, la seule chose dont j'étais sûre, c'est que Gisèle se vengerait d'avoir été ramenée de force à Greenwood en s'arrangeant pour nous empoisonner la vie.

— C'est ça, geignit-elle. Prends-en une autre avec toi, comme toujours. Nous sommes jumelles mais on ne le dirait pas, à voir la façon dont tu me traites. C'est vrai, oui ou non ?

Je comptai jusqu'à dix avant de répondre :

— Bon, alors qu'est-ce que tu veux, Gisèle ? Que Samantha s'en aille, ou pas ?

— Qu'elle parte, bien sûr ! Elle est tellement nunuche, cette chère petite oie blanche, cracha ma sœur avec un rictus méprisant. Pauvre petite pucelle, qui rêve de coucher avec Jonathan Peck !

Elle se propulsa vers sa victime du moment.

— Ce n'est pas ce que tu m'as dit, Samantha ? Tu n'es pas curieuse de savoir l'effet que ça ferait de sentir Jonathan toucher tes mignons petits seins, et t'embrasser au-dessous du nombril ? Et glisser le bout de sa langue dans...

— Ça suffit, Gisèle ! m'écriai-je, coupant net sa tirade.

Elle sourit à Samantha, totalement prise au dépourvu par cette ignoble trahison et les joues sillonnées de larmes.

— Va chercher tes affaires, lui dis-je avec douceur, et viens t'installer dans ma chambre.

— Et qu'on rapporte toutes celles que j'y ai laissées dans MA chambre, ordonna ma sœur. Kate vous aidera. N'est-ce pas, Kate ?

— Pardon ? Oh, bien sûr.

Avec un large sourire à mon intention, suivi d'un regard noir pour sa favorite déchue, Gisèle rentra dans sa chambre en grommelant bien haut qu'elle allait vérifier si « on » ne lui avait rien volé.

— Je ne lui ai rien pris du tout, protesta de nouveau la malheureuse accusée. Parole d'honneur.

— Contente-toi de déménager, lui conseillai-je. Et n'essaie pas de t'expliquer ou de te défendre, ça vaudra mieux.

Cela ne me dérangeait pas d'avoir une autre compagne de chambre, et j'estimais que cela ne ferait pas de mal à Gisèle de se passer d'aide pendant quelque temps. Peut-être apprécierait-elle mieux les services que lui rendaient les autres. Mais, que ce fût par dépit ou par défi, elle me surprit en se tirant d'affaire toute seule pour déballer ses vêtements, les ranger, se changer et se coiffer pour le dîner. Kate eut le privilège de la véhiculer, maintenant que Samantha était tombée en disgrâce. Apparemment, nous allions pouvoir respirer un peu.

Après le dîner, ce soir-là, Vicki m'aidait à me mettre à jour dans les cours qui nous étaient communs, lorsque Jacky vint m'annoncer qu'on me demandait au téléphone. Je quittai ma chambre en coup de vent, imaginant que ce ne pouvait être que Paul ou Chris, mais je me trompais. C'était Louis.

— Mme Penny m'a appris la triste nouvelle, commença-t-il. Je voulais venir à La Nouvelle-Orléans, mais ma cousine n'a pas voulu me donner votre numéro de téléphone. Elle a dit que ma visite serait déplacée. Mais je suis sincèrement désolé, croyez-le.

— Merci, Louis.

— Je sais ce qu'on éprouve en perdant un parent, Ruby…

Il resta un moment silencieux, puis reprit d'une voix plus animée :

— Ma vue s'améliore, lentement mais sûrement. Je commence à distinguer les formes, avec plus de netteté de jour en jour. J'ai toujours l'impression que les choses baignent dans le brouillard, mais les médecins sont très optimistes.

— Je m'en réjouis pour vous, Louis.

— Pourrai-je vous voir bientôt ? C'est tellement fabuleux de dire « vous voir » ! Est-ce possible ?

— Oui, bien sûr.

— Demain soir, alors. Venez dîner ! décida-t-il, tout ragaillardi. Je commanderai un gombo de crevettes.

— Non, ce ne sera pas possible. Je suis de service à table et ce serait injuste de me faire remplacer.

— Venez après le dîner, alors ?

— J'aurai sans doute des tonnes de travail en retard à rattraper, Louis.

— Oh ! s'exclama-t-il, tout déçu.

— Laissez-moi un peu de temps pour me mettre à jour, vous voulez bien ?

— Naturellement. C'est juste que... je suis si impatient de vous montrer mes progrès ! Des progrès que je vous dois, ajouta-t-il à mi-voix. Ils ont commencé après notre rencontre.

— C'est gentil de le croire, Louis, mais je ne vois pas comment je pourrais y être pour quelque chose.

— Moi, si, répliqua-t-il d'un ton énigmatique. Et je vous préviens, je ne vais pas vous laisser en paix jusqu'à ce que vous reveniez me voir.

— Très bien, acquiesçai-je en riant. Alors disons dimanche, après le dîner.

— Parfait. J'aurai peut-être fait assez de progrès pour pouvoir vous dire la couleur de vos cheveux. Et même celle de vos yeux.

— Je l'espère, affirmai-je.

Mais quand j'eus raccroché, la sourde inquiétude qui couvait en moi se mua en véritable angoisse. Louis plaçait trop de confiance en moi. Qu'il attribue tant d'importance à ce qu'il appelait mon aide était plutôt réconfortant, et même flatteur. Mais j'avais peur qu'il ne finisse par se croire amoureux de moi, et même par s'imaginer que c'était réciproque. Il fallait que je lui parle de Chris, et sans tarder. Mais pas tout de suite, décidai-je. Cela pourrait compromettre le processus délicat de sa guérison. Et bien sûr, sa grand-mère et Mme Ironwood ne manqueraient pas de voir là une nouvelle raison de me blâmer.

Je regagnai ma chambre et me plongeai dans mes notes, leçons et devoirs, autant pour me distraire de mon chagrin que pour éviter de penser aux épreuves qui m'attendaient. Le lendemain, tous mes professeurs se montrèrent compréhensifs et pleins d'égards, et Mlle Stevens fut la plus chaleureuse de tous, naturellement. Retrouver sa classe fut pour moi comme revoir le soleil après l'orage. Je repris mes peintures inachevées, y travaillai avec ardeur, et nous convînmes de nous rencontrer le samedi matin, au bord du lac, pour y chercher une nouvelle inspiration.

Les jours suivants, je fus tout aussi surprise que les autres de voir Gisèle persévérer dans ses résolutions d'indépendance. A part le fait qu'elle laissait parfois Kate la pousser dans les couloirs, elle prenait tous ses besoins personnels en charge. Quand elle était chez elle, sa porte était toujours soigneusement fermée. La pauvre Samantha, par contre, faisait peine à voir. Quand Gisèle était avec Kate et Jacky, le trio la laissait à l'écart. Elle rôdait dans leurs parages comme un chien qu'on vient de chasser à coups de pied, l'air complètement perdue et désemparée. Mais les autres, manifestement sur les consignes de ma sœur, l'ignoraient purement et simplement comme si elle était invisible. Et je m'efforçais de lui remonter le moral.

— Pourquoi n'essaies-tu pas de te faire de nouvelles amies, Samantha ? Tu pourrais demander à Mme Penny de te changer de carré.

Elle secouait la tête avec énergie. Timide, peu sûre d'elle, la seule idée de commettre une action aussi spectaculaire la terrifiait. Elle préférait encore endurer son sort.

— Non, c'est très bien comme ça, protestait-elle. Je t'assure que tout va bien.

Mais le mardi soir, en revenant de la bibliothèque avec Vicki, je la trouvai en train de sangloter tout bas, pelotonnée dans son lit. Je fermai aussitôt la porte et courus à elle.

— Que se passe-t-il, Sam ? Qu'est-ce que ma sœur t'a encore fait ?

— Rien, gémit-elle d'une petite voix pitoyable. Tout va bien. Nous sommes... réconciliées. Elles m'ont pardonné.

— Quoi ? Comment ça, pardonné ? Qu'est-ce que tu racontes ?

Elle hocha la tête mais garda le dos tourné, les couvertures étroitement enroulées autour d'elle. Son étrange attitude éveilla en moi les plus noirs soupçons. Le cœur battant d'appréhension, je posai doucement la main sur son épaule : elle recula comme si je l'avais brûlée.

— Samantha, murmurai-je, que s'est-il passé ici en mon absence ? (Ses sanglots redoublèrent.) Samantha ?

— J'ai été forcée, gémit-elle. Elles m'ont obligée à le faire. Elles disaient toutes que je devais le faire.

— Faire quoi, Samantha ? demandai-je en lui serrant légèrement l'épaule. Samantha ?

Brusquement, elle se retourna et enfouit son visage dans ma jupe, les bras noués autour de ma taille. Tout son corps était secoué de sanglots.

— J'ai tellement honte !

— Honte de quoi, Sam ? Tu dois me dire ce que Gisèle t'a fait faire. Dis-le-moi, insistai-je en accentuant la pression de ma main.

Elle se rejeta en arrière, les yeux fermés, la tête renversée sur l'oreiller. C'est alors que je m'aperçus qu'elle était nue sous sa couverture.

— Elle a envoyé Kate me chercher, commença-t-elle. Quand je suis entrée dans sa chambre, elle m'a demandé si je voulais de nouveau faire partie du groupe. J'ai répondu oui mais elle... elle a dit... que je devais faire pénitence.

— Pénitence ? Quel genre de pénitence ?

— Elle a dit que je rêvais d'être comme elle, que je voulais être elle. Et qu'en son absence, je m'étais servie de son rouge à lèvres, de ses cosmétiques et de son parfum. Elle a dit que j'étais tellement frustrée, sexuellement, que j'avais... que j'avais même mis ses petites culottes. Mais c'est faux, je le jure ! Je n'ai jamais fait ça.

— Je te crois, Sam. Et ensuite, que s'est-il passé ?

Elle avala péniblement sa salive.

— Samantha ?

— J'ai dû enlever tous mes vêtements et me mettre au lit, débita-t-elle d'une voix étranglée.

Je retins ma respiration, devinant le genre de choses sordides qu'avait pu lui imposer ma sœur.

— Continue, dis-je dans un souffle.

— J'ai tellement honte…

— Qu'est-ce qu'elle t'a obligée à faire, Samantha ?

— Elles m'y ont toutes obligée. Elles ont insisté en se moquant de moi, jusqu'à ce que je cède et que je le fasse.

— Que tu fasses quoi ?

— J'ai dû prendre un oreiller dans mes bras, comme si c'était… Jonathan Peck. Elles m'ont forcée à le caresser, à l'embrasser, à…

— Oh non, Samantha !

Elle sanglotait de plus belle, à présent, et je lui caressai doucement les cheveux.

— Ma sœur est ignoble, je suis vraiment désolée. Tu n'aurais pas dû l'écouter.

— Elles me détestent, toutes ! s'écria-t-elle comme pour se défendre d'une accusation. Même les autres filles du pavillon, même celles de ma classe. Aux lavabos et aux vestiaires, personne ne me parle, jamais. Et aujourd'hui, quelqu'un a… a renversé une bouteille d'encre sur mon livre de sciences sociales ! acheva-t-elle entre deux sanglots.

— Ce n'est rien, Sam, c'est fini, la consolai-je en la berçant contre moi. Tout va s'arranger.

Puis, quand elle se fut un peu calmée, je me levai.

— Je vais dire deux mots à ma sœur. Tout de suite.

— NON ! hurla Samantha en saisissant ma main, les yeux agrandis de terreur. Surtout pas. Si tu la mets en colère, elle va dresser toutes les autres contre moi. Je t'en prie, promets-moi de ne pas lui parler de ça. Elle m'a fait jurer de ne rien te dire, et elle m'accusera de l'avoir trahie.

— Elle te l'a fait jurer parce qu'elle savait très bien que je l'aurais jetée par la fenêtre, oui ! (Samantha se mordit la lèvre et les larmes ruisselèrent à nouveau sur ses joues.) Bon, ne t'inquiète pas, je ne lui dirai rien. Mais toi, Sam, comment te sens-tu ?

— Ça ira, dit-elle en essuyant ses joues du revers de la main. Ce n'était pas si terrible, et c'est fini. Nous sommes de nouveau amies, maintenant.

— Avec des amies comme ça, on n'a pas besoin d'ennemis! ripostai-je. Ma grand-mère Catherine disait toujours que s'il n'y avait plus de misère dans le monde, ni de maladies, ni d'ouragans, ni de fléaux, nous trouverions encore le moyen d'accueillir le diable dans nos cœurs.

— Quoi? s'effara Samantha.

— Rien. Tu retournes chez Gisèle, alors?

— Non. Elle tient à être seule. Ça ne t'ennuie pas que je reste avec toi?

— Bien sûr que non, je suis seulement... un peu surprise. Elle n'a pas encore vidé son sac à malices, grommelai-je en me demandant ce que ma sœur allait encore inventer pour nous rendre la vie impossible.

La mienne en particulier, naturellement.

Le reste de la semaine se déroula sans incident. J'ignore si le fait de se prendre totalement en charge épuisait ma sœur, mais chaque matin, quand Kate roulait son fauteuil à la salle à manger, Gisèle me paraissait à moitié droguée. Les yeux baissés, elle chipotait sans prêter attention aux conversations, elle toujours si prompte à couper la parole aux autres... Ce changement de comportement me laissait quelque peu perplexe.

Puis, le vendredi à la sortie d'un cours, Vicki m'arrêta dans le couloir pour m'apprendre que Gisèle s'était endormie en pleine classe. J'en conclus que ma sœur, toujours aussi entêtée, refusait d'admettre que sa tentative d'indépendance usait ses forces et, vers la fin de la journée, je la retins au passage.

— Qu'est-ce que tu me veux? cracha-t-elle, encore plus hargneuse que d'ordinaire.

— Tu ne peux pas continuer comme ça, Gisèle. Tu somnoles en classe, tu somnoles à table, tu te traînes dans ton fauteuil. Tu as besoin d'aide. Reprends Samantha dans ta chambre ou reviens dans la mienne.

Ma suggestion lui rendit un peu de son ancien mordant.

— C'est ce que tu veux, pas vrai? riposta-t-elle, assez haut pour faire se retourner toutes celles qui se trouvaient à portée de voix. Tu voudrais me voir dépendante, obligée d'appeler à l'aide pour un oui ou pour un non. Eh bien, je n'ai pas besoin de toi pour circuler, ni de ta chère Samantha. Je n'ai besoin de personne, ajouta-t-elle en propulsant brutalement son fauteuil loin de moi.

Kate elle-même en resta bouche bée.

— Très bien, lui dis-je avec un haussement d'épaules, je suis heureuse qu'elle essaie de se débrouiller toute seule. Mais si tu vois que sa santé en souffre, préviens-moi.

Elle hocha la tête et se dépêcha de rattraper ma sœur.

Ce soir-là, Chris m'appela. J'avais attendu son coup de fil toute la semaine.

— J'espérais pouvoir m'esquiver en douce et venir à Baton Rouge, Ruby, mais je ne peux plus me servir de la voiture comme avant. Mes déplacements sont limités. Daphné a parlé à mes parents et ils savent que je t'ai conduite à l'institution.

— Et c'est pour ça qu'ils sont si fâchés ?

— Elle a dit que notre visite avait tellement troublé Jean qu'on avait dû lui faire subir un traitement de choc.

— Oh, non ! Je suis sûre qu'elle a menti.

— Mon père était déjà furieux, mais en plus elle leur a raconté que j'étais monté dans ta chambre pendant la veillée. Elle a dû forcer la dose pour ça aussi.

— Comment peut-elle être aussi infecte !

— Peut-être qu'elle prend des leçons, plaisanta Chris. En tout cas, j'espère que ma punition sera levée pour les vacances. Ça ne fait plus que dix jours, c'est bien ça ?

— Oui. Mais est-ce que tes parents te permettront d'avoir le moindre rapport avec moi, maintenant ?

— On s'arrangera, promit Chris. Rien ne pourra m'empêcher de te voir quand tu seras en ville.

Il voulut savoir comment cela se passait à Greenwood et je lui racontai les nouvelles inventions de Gisèle pour rendre tout le monde malheureux.

— Ça commence à bien faire, cette fois. Ce n'est pas juste pour toi.

— J'ai promis à mon père de m'occuper d'elle, Chris. Je dois essayer.

Il poussa un soupir et changea brusquement de sujet.

— J'ai entendu mes parents parler de Daphné, hier soir. Bruce Bristow et elle ont pris des mesures radicales avec certains de leurs débiteurs : ils ont fait saisir leurs biens. Mon père disait que Pierre n'aurait jamais été aussi cruel, même si c'est de bonne guerre en affaires.

— Je suis sûre qu'elle y a pris plaisir, affirmai-je. C'est de l'eau glacée qu'elle a dans les veines.

Chris rit et me répéta une fois de plus combien je lui manquais, combien il m'aimait, combien il était impatient de me revoir. Je crus presque sentir ses lèvres sur les miennes quand il m'envoya un baiser.

En retournant au carré, je m'attendais à trouver Gisèle sur le seuil de sa chambre, prête à me bombarder de questions, mais non: sa porte était fermée. J'appris par Kate que ma sœur avait décidé de se coucher tôt. L'idée me vint de vérifier si elle allait bien et je tournai la poignée de sa porte, pour m'apercevoir qu'elle était fermée à clé. Surprise, je frappai quelques coups légers.

— Gisèle?

Pas de réponse. Ou elle dormait réellement, ou elle faisait semblant.

— Tu vas bien?

Toujours pas de réponse. Soit, décidai-je. Si c'était ce que ma sœur voulait, elle l'aurait. Je rentrai dans ma chambre pour lire un peu et écrire à Paul avant de me coucher. Mlle Stevens et moi devions nous retrouver près du lac après le petit déjeuner, le lendemain, et ce fut dans cette joyeuse attente que je m'endormis.

Il faisait un temps superbe, le samedi matin. Le ciel de décembre était d'un bleu cristallin, diapré de légers nuages blancs. Mlle Stevens était déjà en train d'installer nos chevalets sur la rive et, sur une couverture dépliée, j'aperçus un panier de pique-nique. Le lac chatoyait d'un lustre argenté, l'air vif avait quelque chose de revigorant. Mlle Stevens me vit venir et me salua de la main.

— Quel défi pour un peintre! dit-elle en désignant le lac, nous aurons du mal à rendre cette finesse de tons. Comment allez-vous, Ruby?

— Bien, et je meurs d'envie de m'y mettre, répliquai-je.

Ce qui fut fait, sans perdre une seconde, et nous fûmes bientôt entièrement absorbées par notre tâche. C'était toujours la même chose, quand je travaillais dehors. J'étais tellement prise par le sujet qu'il m'arrivait de me mettre à la place de l'animal que je peignais, jusqu'à m'imaginer ce qu'il voyait lui-même. C'est ainsi que j'avais souvent contemplé le marais par les yeux d'une mouette, d'un pélican ou même d'un alligator. Nous étions si concentrées, Mlle Stevens et moi, que le bruit de marteau qui résonna soudain à nos oreilles nous fit sursauter. Tournant la tête vers le hangar à bateaux, source du vacarme, nous vîmes Buck Dardar qui tapait avec énergie sur une lame de tondeuse. Comme s'il avait senti le poids de nos regards, il s'interrompit, garda un moment les yeux fixés sur nous puis reprit sa besogne.

— J'avais fini par oublier où nous étions ! s'exclama Mlle Stevens en riant.

— Moi aussi.

— Vous n'avez pas soif ? J'ai du jus de pomme et du thé glacé.

— Du thé glacé serait parfait, merci beaucoup.

Pendant notre pause, Mlle Stevens me demanda comment se comportait Gisèle depuis notre retour, et je lui parlai du changement survenu chez ma sœur.

— Laissez-la se débrouiller seule pendant quelque temps, me conseilla-t-elle après m'avoir écoutée avec attention. L'expérience la rendra plus forte et plus heureuse. Elle sait qu'elle peut compter sur vous en cas de besoin, j'en suis certaine.

Ses paroles me réconfortèrent et nous peignîmes encore un bon moment, avant de nous attaquer au déjeuner qu'elle avait préparé. Quelques élèves qui passaient par là tournèrent la tête dans notre direction, certains pour nous faire signe, d'autres pour nous lancer des regard curieux. Je vis passer quelques-uns de mes professeurs et Mme Ironwood elle-même, en traversant le campus, fit halte pour nous observer un instant.

— Louis avait raison à propos de ce lac, constatai-je quand nous nous remîmes au travail. Il a quelque chose de magique. On dirait qu'il change à tout moment d'aspect, de couleur et même de forme.

— J'aime qu'il y ait de l'eau dans les paysages que je peins, commenta Mlle Stevens. Un de ces jours, je m'offrirai une petite excursion dans le bayou. Vous pourriez me servir de guide, pourquoi pas ?

— Oh oui, j'adorerais ça ! m'écriai-je, et son sourire

chaleureux me donna à nouveau l'impression que j'avais une grande sœur.

Cette journée devait s'avérer la plus belle de tout mon séjour à Greenwood.

Elle s'acheva par ce que nous appelions une soirée-pyjama. Les filles d'un autre pavillon furent invitées chez nous pour écouter de la musique, manger du pop-corn, danser au salon et bien sûr, dormir sur place. Certaines partagèrent le lit d'une amie, d'autres s'installèrent à même le sol dans des couvertures, et on se fit des farces au cours de la nuit. Quelques pensionnaires du carré B montèrent frapper à une porte du premier, pour arroser d'eau froide celles qui vinrent leur ouvrir et redescendre aussitôt quatre à quatre. Naturellement, les filles de l'étage se devaient d'user de représailles. Elles s'étaient arrangées pour capturer des crapauds et vinrent les jeter dans le salon du carré B, provoquant une débandade hurlante dans les couloirs. La brave Mme Penny ne savait plus où donner de la tête.

A ma grande surprise, Gisèle déclara ces jeux infantiles et stupides. Au lieu de s'ingénier à inventer de mauvais tours et à les faire exécuter par ses fans, elle se retira une fois de plus dans sa chambre et ferma la porte à clé. J'en arrivai à me demander sérieusement si elle ne commençait pas une dépression nerveuse. Sinon, comment expliquer la mine de déterrée qu'elle avait le matin ?

Je consacrai le dimanche à rattraper mon retard, préparai mes contrôles de maths et d'anglais avec Vicki, m'acquittai de ma corvée de table et, cela fait, je m'habillai pour aller voir Louis. Je lui avais dit de ne pas déranger Buck et je me rendis à pied à la grande maison, sous un ciel fourmillant d'étoiles. Je marchais depuis un moment quand, me sentant observée, je tournai vivement la tête pour découvrir… un hibou. Il avait l'air si effaré de me voir que je ne pus m'empêcher de penser au bayou. Là-bas, aucun animal ne se serait étonné de ma présence : j'avais grandi au milieu d'eux, ils étaient tous habitués à moi.

Le cerf m'approchait sans crainte, les crapauds sautaient pratiquement sur mes pieds à mon passage. Les oies et les canards sauvages volaient si bas au-dessus de ma tête que le souffle de leurs ailes dérangeait mes cheveux. J'appartenais à ce monde, et peut-être le hibou en eut-il une sorte de conscience. Il ne ulula pas, ne s'envola pas non plus. Il se contenta de battre doucement des ailes, comme s'il me souhaitait la bienvenue, et demeura immobile sur sa branche, l'œil aux aguets.

La grande bâtisse coloniale se profilait déjà devant moi, avec sa galerie tout illuminée, alors que presque toutes les fenêtres restaient obscures. En m'approchant, je pus entendre les sons mélodieux du piano de Louis monter jusqu'à moi. Je soulevai le heurtoir de cuivre et n'eus pas longtemps à attendre avant de voir paraître Otis. Il eut l'air un peu mal à l'aise en me voyant, mais s'inclina très bas et s'effaça devant moi.

— Bonsoir, Otis ! le saluai-je avec chaleur.

Il coula un regard par-dessus son épaule pour vérifier si Mme Clairborne n'était pas à l'affût dans les parages et, seulement alors, osa m'adresser quelques mots de bienvenue.

— Bonsoir, mademoiselle. Monsieur Louis vous attend au salon de musique. Par ici...

Je le suivis dans le long corridor. Il marchait vite, et je dus hâter le pas derrière lui ; mais j'eus quand même le temps de voir une porte se refermer sur mon passage, et de surprendre le regard inquisiteur de Mme Clairborne. Otis me laissa sur le seuil du salon, et j'eus le loisir de regarder jouer Louis quelques instants avant qu'il ne s'aperçoive de ma présence. Il était très élégant dans son ensemble sport bleu marine. Avec sa veste de velours, sa chemise en soie blanche et ses cheveux soigneusement ramenés en arrière, je le trouvai superbe. Il s'arrêta brusquement de jouer pour se tourner vers la porte et bondit de son tabouret. Je notai aussitôt quelque chose de différent dans sa démarche quand il s'avança vers moi, tout comme dans la façon dont il regardait dans ma direction. Il traversa vivement la pièce et s'arrêta devant moi.

— Ruby ! s'exclama-t-il en me prenant la main. Je distingue nettement votre silhouette, vous vous rendez compte ? C'est fantastique, même si je vois les choses en noir et blanc. C'est tellement merveilleux de ne plus avoir peur de se cogner partout ! Et vous savez quoi ? Il m'arrive d'entrevoir un éclair de couleur. Il se pourrait même…

Il éleva la main pour toucher mes cheveux.

— … que je voie votre magnifique chevelure avant la fin de la soirée, qui sait ? J'essaierai. Je me concentrerai de toutes mes forces là-dessus et si j'insiste assez… oh, pardon, s'excusa-t-il en reculant d'un pas. Je vous parle de moi et je n'ai pas encore pris de vos nouvelles.

— Je vais très bien, Louis. Merci.

— Non, vous n'allez pas très bien. Vous venez de subir une épreuve terrible. Venez vous asseoir près de moi et racontez-moi tout.

Je le laissai me guider vers le canapé, où je pris place à ses côtés. Son visage rayonnait d'une clarté toute neuve, comme si chaque parcelle de lumière qu'il regagnait sur les ténèbres lui insufflait un peu de vie, le rapprochait du monde de la joie et de l'espoir, le ramenait là où il pourrait à nouveau rire et sourire, chanter aussi… Et peut-être, un jour, aimer à nouveau.

— Parlez-moi de vous autant que vous voudrez, Louis, et de vos progrès. Je ne tiens pas à évoquer ce que je viens de vivre, c'est encore trop douloureux.

— Bien sûr, je comprends. J'essayais simplement d'être un auditeur compatissant, de vous offrir une épaule pour pleurer… J'ai bien pleuré sur la vôtre, moi ! acheva-t-il en souriant.

— Merci, Louis. C'est très délicat de votre part, surtout avec vos problèmes personnels.

— Le meilleur moyen de ne pas s'enfoncer dans ses problèmes, c'est de s'occuper de ceux des autres, non ? Mais quel vieux raseur je fais ! Je suis désolé, mais j'ai eu tellement de temps pour philosopher, ces dernières années…

« Enfin, déclara-t-il en se redressant, j'ai pris ma décision. Le mois prochain, je pars dans cette fameuse clinique, en Suisse. Les spécialistes m'ont promis que le traitement ne serait pas long. Et en attendant, je pourrai m'inscrire au conservatoire et travailler mon piano.

— Mais c'est merveilleux, Louis !

Il me prit la main et sa voix se fit soudain plus tendre.

— Ruby, j'ai demandé à mon médecin d'où venait ce

changement subit, et vous savez à quoi il l'attribue ? Au fait que j'aie rencontré quelqu'un à qui je pouvais faire confiance. Il faut dire que ce n'est pas un médecin ordinaire, il pourrait aussi bien être psychanalyste, commenta Louis en souriant.

« Selon lui, tout s'est passé comme si mon esprit avait tiré un rideau noir sur mes yeux et l'avait maintenu volontairement pendant tout ce temps. Il prétend que j'avais peur de voir à nouveau. Que je me sentais protégé dans l'obscurité, en ne m'autorisant à traduire mes sentiments qu'à travers la musique.

« Quand je lui ai parlé de vous, de ce que je ressentais pour vous, il est convenu avec moi que vous étiez le principal motif de ma décision de guérir. Tant que vous serez près de moi... tant que vous pourrez me consacrer un peu de votre temps...

— Mais, Louis... je ne peux pas accepter une responsabilité pareille, voyons !

Il éclata de rire.

— Je savais que vous diriez ça ! Vous êtes si bonne, si peu égoïste. Mais ne vous en faites pas, je prends la responsabilité sur moi. Naturellement...

Il marqua une pause et reprit en baissant la voix :

— Ma grand-mère n'est pas du tout de cet avis, bien sûr. Elle était si furieuse qu'elle voulait changer de médecin ! Elle a appelé ma cousine à la rescousse et j'ai eu droit à un sermon. Conclusion : je suis trop vulnérable et vous m'avez monté la tête. Mais rassurez-vous, je leur ai dit que vous n'étiez pas du tout l'espèce d'intrigante qu'elles voient en vous, manipulatrice et intéressée. Et j'ai dit aussi...

Il s'interrompit à nouveau et son visage prit une expression de détermination farouche.

— Non, je n'ai pas dit : j'ai exigé qu'on vous permette de venir me voir chaque fois que cela vous serait possible, jusqu'à mon départ pour la clinique. En fait, je leur ai très bien fait comprendre que je n'irais pas si je ne pouvais pas vous voir aussi souvent que j'en avais envie... et que vous le souhaiterez vous-même, naturellement. Mais vous le souhaitez, n'est-ce pas ? demanda-t-il d'une voix suppliante.

— Louis, cela ne m'ennuie pas de venir quand cela me sera possible, mais...

— Bon, alors c'est entendu, Ruby. Et vous savez quoi ? Je commence une symphonie. Je vais y travailler tout ce mois-ci, et je vous la dédierai.

— Louis, implorai-je, les larmes aux yeux, je dois vous dire...

— Non, c'est décidé. D'ailleurs, j'ai déjà bien avancé dans ma symphonie. C'est cela que je jouais quand vous êtes arrivée. Vous avez entendu ?

— Bien sûr, Louis. Mais...

Il se leva et, sans me laisser le temps d'achever, alla s'asseoir au piano et commença à jouer.

Je ne savais plus où j'en étais. Sans savoir comment, j'avais pris tant de place dans l'univers et le cœur de Louis que je ne pouvais plus faire marche arrière sans le blesser profondément. Peut-être qu'à son retour, quand il aurait pleinement recouvré la vue, je pourrais l'amener à comprendre que j'étais déjà engagée envers un autre ? A ce moment-là, il serait assez fort pour supporter une déception, méditai-je. D'ici là, je ne pouvais rien faire de mieux qu'écouter sa musique, et l'encourager dans ses efforts pour recouvrer la vue.

Sa symphonie était splendide. Le thème se développait et se déployait avec une telle grâce que j'étais littéralement captivée. Les yeux fermés, emportée par la mélodie, j'eus l'impression de remonter le temps. Je me revis petite fille, courant dans l'herbe haute, poursuivie par le rire de grand-mère Catherine tandis que je criais de joie en essayant d'attraper les oiseaux qui rasaient l'eau et les poissons qui sautaient dans les mares... Et soudain, Louis cessa de jouer.

— Et voilà, Ruby, j'en suis là. Qu'est-ce que vous en dites ?

— C'est merveilleux, Louis. Et très original. Vous deviendrez un grand compositeur, vous serez célèbre, affirmai-je avec conviction.

Et pour la seconde fois de la soirée, je l'entendis rire.

— Venez, dit-il en se levant. J'ai demandé à Otis de nous préparer un bon café cajun, et une collation nous attend dans la véranda. Des beignets français, précisa-t-il.

Commandés au Café du Monde, à La Nouvelle-Orléans. Vous pourrez me raconter toutes les misères que vous fait subir votre sœur.

Il m'offrit son bras et, tout en marchant à son côté dans le grand couloir, je me retournai une fois de plus pour regarder derrière moi. J'étais sûre que Mme Clairborne nous épiait dans l'ombre : même à distance, je pouvais sentir sa désapprobation.

Mais ce ne fut pas avant le lendemain matin, en classe, que je découvris jusqu'où sa nièce et elle étaient capables d'aller pour m'éloigner de Louis.

13

Accusée

Mon professeur principal venait tout juste de nous lire ses consignes pour la journée quand une surveillante entra, chargée d'un message de Mme Ironwood : j'étais convoquée dans son bureau, et sans délai. Un bref coup d'œil en direction de Gisèle me renseigna : elle était aussi surprise et intriguée que les autres. Je sortis sans un mot et me hâtai le long du couloir.

Mme Randle ne me fit pas attendre, cette fois-ci. Je la trouvai debout à la porte de communication, un bloc-notes à la main.

— Entrez, dit-elle en reculant pour me laisser passer.

Le cœur battant à se rompre, je m'avançai dans le bureau directorial. Mme Ironwood se tenait toute droite dans son fauteuil, les lèvres pincées, les yeux noirs de fureur, et les deux mains plaquées sur une liasse de documents. Raide comme la justice.

— Asseyez-vous, m'ordonna-t-elle d'un ton coupant.

Sur un signe d'elle, Mme Randle entra derrière moi, ferma soigneusement la porte et prit place à côté du bureau où elle posa son bloc-notes. Sa main tripotait nerveusement son stylo.

— Qu'est-ce qu'on me reproche ? attaquai-je pour rompre le silence qui pesait sur moi comme une menace.

— Je n'ai pas souvenir d'avoir jamais convoqué une pensionnaire aussi souvent que vous, commença Mme Ironwood, quêtant du regard la confirmation de Mme Randle.

Cette dernière hocha vigoureusement la tête.

— Ce n'est pas ma faute.

— Hmmm, grommela Mme Ironwood en prenant à

témoin sa secrétaire, comme si toutes deux entendaient des voix inaudibles pour moi. Ce n'est jamais leur faute.

Mme Randle se remit à branler du chef, telle une marionnette dont la directrice eût tiré les fils.

— Pourquoi m'avez-vous convoquée, alors ?

Avant de répondre, Mme Ironwood se redressa sur son siège, ce que je n'aurais pas cru possible.

— J'ai demandé à Mme Randle ici présente de prendre des notes, étant donné que je suis sur le point d'entamer contre vous une procédure d'expulsion.

— Quoi ! Qu'est-ce que j'ai encore fait ?

Je cherchai le regard de Mme Randle et, comme elle avait baissé le nez sur son carnet, j'affrontai celui de Mme Ironwood. Il était si intensément fixé sur moi que, pour un peu, il m'aurait traversée comme un rayon laser.

— La bonne question serait plutôt : que n'avez-vous pas fait ? laissa-t-elle tomber du haut de son dédain. Depuis le premier jour, avertie par les révélations que votre belle-mère a eu l'honnêteté de me faire, par l'arrogance dont vous avez fait preuve au cours de notre premier entretien, par votre mépris délibéré de notre règlement qui interdit aux pensionnaires de quitter le campus et, immédiatement après cela, par votre refus de vous soumettre à mes désirs… oui, depuis le début je savais que votre admission à Greenwood était une erreur monumentale et qui ne pouvait conduire qu'à un échec retentissant.

« Les punitions, avertissements et même les conseils amicaux n'ont pas servi à grand-chose. Les gens de votre sorte évoluent rarement vers un changement favorable. Ils ont le mal dans le sang.

— Mais encore ? Puis-je savoir ce dont on m'accuse, exactement ?

Mme Ironwood ne répondit pas tout de suite. Elle s'éclaircit la gorge, rajusta ses lunettes de nacre et, empoignant les feuillets posés sur son bureau, se mit à lire à haute voix :

— « Par cet acte, et selon les règles en vigueur à Greenwood, établies par le conseil d'administration, nous entamons officiellement une procédure d'expulsion. L'élève concernée, la dénommée Ruby Dumas, a été… (la directrice consulta rapidement ses papiers)… à la date ci-dessus mentionnée, convoquée en notre présence pour être avertie du procès dont elle fait l'objet, et informée des charges relevées contre elle par la direction de Greenwood. »

Après une brève interruption, Mme Ironwood reprit sa litanie sur un ton encore plus autoritaire.

— « Premier point. Elle a volontairement et délibérément franchi les limites du campus pour se rendre en un lieu non autorisé, où elle est demeurée après l'heure du couvre-feu. »

— Quoi ? m'écriai-je en me tournant une fois de plus vers Mme Randle, qui gribouillait fébrilement sur son bloc. De quel endroit parlez-vous ?

— « Second point. Elle a volontairement et délibérément donné des preuves de sa conduite immorale dans les limites de l'école et alors qu'elle se trouvait sous sa responsabilité. »

— Une conduite immorale, moi ?

— « Les charges énumérées ci-dessus seront étudiées et jugées par le conseil de discipline, au cours de l'audience officielle qui se tiendra cet après-midi à quatre heures, dans ce bureau. »

Sur ce, la directrice abaissa en même temps ses documents et ses lunettes.

— Voici comment se déroulera la séance. Un jury composé de deux membres du corps enseignant et de votre déléguée de pavillon, Susan Peck, entendra les charges et les preuves et rendra son verdict. Je veillerai au respect de la procédure, cela va de soi.

— Quelles charges ? Quelles preuves ?

— J'ai déjà mentionné les charges, il me semble.

— Je n'ai rien entendu de très précis. Où suis-je censée être allée, hors des limites du campus ? A la grande maison, c'est ça ?

Une rougeur monta aux joues de Mme Ironwood et son regard glissa vers Mme Randle, puis il revint se poser sur moi.

— Certainement pas. On vous a vue au hangar à bateaux après l'heure autorisée.

— Au hangar à bateaux ?

— Pour un rendez-vous clandestin avec un employé, Buck Dardar.

— Comment ? Et qui m'a vue ?

— Un professeur qui fait partie depuis longtemps de notre équipe pédagogique. Un professeur éminemment respectable, ajouterais-je.

— Qui ? Puis-je au moins savoir le nom de mon accusateur ?

— Mme Gray, répondit Mme Ironwood après une imperceptible hésitation. Votre professeur de latin. Vous voyez donc qu'elle ne peut en aucun cas s'être trompée.

Je secouai la tête, incrédule.

— Quand ?

La directrice se pencha sur ses papiers comme si les lire exigeait d'elle un effort déplaisant.

— On vous a vue entrer dans le hangar à sept heures trente, hier soir.

— Hier soir ?

— Et vous y êtes restée après le couvre-feu. Les autres détails seront fournis par Mme Gray, à l'audience officielle.

— Il y a erreur sur la personne. Je ne pouvais pas me trouver au hangar à cette heure-là. Faites appeler Buck, et posez-lui la question.

La Dame de Fer eut un sourire suffisant.

— Et vous croyez que je n'ai pas eu le bon sens d'y penser ? Je l'ai convoqué ce matin à la première heure et il a rédigé une confession écrite, m'assena-t-elle en brandissant un nouveau feuillet. Ses aveux concordent en tout point avec les déclarations de notre témoin oculaire.

— Non, protestai-je. Ou il s'est trompé, ou il ment. Vous vous en rendrez compte à l'audience. Quand il me verra, il...

— Buck Dardar ne fait plus partie du personnel. Il a été relevé de ses fonctions et a déjà quitté l'école.

— Quoi ? On l'a renvoyé à cause d'une fausse accusation contre moi ? Mais ce n'est pas juste !

— Je puis vous assurer qu'il a trouvé mon offre plus qu'acceptable, laissa tomber la directrice, le visage de glace. Toutes nos élèves étant mineures, il risquait fort d'avoir des comptes à rendre à la justice. Et je ne parle pas du scandale, bien entendu.

— Mais c'est faux ! Posez simplement la question à votre tante, et vous saurez où je me trouvais hier soir.

— Ma tante ? Vous osez suggérer que je mêle ma tante à ces turpitudes ? Votre immoralité ne connaît donc aucune limite ?

— Mais je me trouvais chez elle, hier soir. Et je suis rentrée au pavillon bien avant le couvre-feu.

— Je peux vous certifier que Mme Clairborne n'a aucune intention de témoigner en ce sens, affirma la Dame de Fer avec une lenteur inquiétante.

D'où pouvait lui venir une pareille assurance ? Il y avait quelque chose de louche là-dessous.

— Alors c'est simple, appelez Louis et...

— Un aveugle ? Vous me demandez de le mêler à tout ceci, lui aussi ? Pourquoi vous acharnez-vous à jeter le discrédit sur une famille honorable ? C'est votre jalousie de Cajun qui vous y pousse, je suppose.

— Bien sûr que non, mais tout ceci n'est qu'un malentendu ! m'écriai-je, révoltée.

— Ce sera au jury d'en décider. Soyez ici à quatre heures précises. Vous pouvez produire un témoin pour vous défendre, ajouta-t-elle. Et bien sûr...

Elle se pencha en avant et grimaça un soupçon de sourire.

— ... si vous préférez éviter cette épreuve, vous pouvez avouer votre faute et accepter votre renvoi.

— Non, ripostai-je, hors de moi. Je veux être confrontée à mes accusateurs. Je veux que tous ceux qui ont pris part à cette conspiration me regardent dans les yeux et comprennent bien ce qu'ils sont en train de faire.

— Comme vous voudrez, dit-elle en se redressant sur son siège. Je savais que vous pousseriez le défi jusqu'au bout. Et j'ai peu d'espoir d'épargner un affront à votre famille, même après la tragédie que vient de vivre votre belle-mère. J'en suis navrée pour vous, mais vous feriez sans doute mieux de retourner auprès des gens de votre espèce. Dans votre intérêt.

— Oh, mon intérêt n'est pas en cause, madame Ironwood ! Les gens de mon espèce, comme vous dites, ne méprisent pas les autres parce qu'ils sont pauvres et ne descendent pas d'une grande famille. Ils ne complotent pas et ne ferment pas les yeux sur les abus !

Les larmes me brûlaient les paupières, mais je n'allais

pas offrir à la Dame de Fer la satisfaction de me voir m'effondrer. J'achevai en crachant mes mots :

— Mais je ne me laisserai pas chasser d'ici par un simulacre de procès, ni des pseudo-témoignages forgés de toutes pièces par la haine et le mensonge !

Mme Ironwood se retourna vers sa secrétaire, qui s'empressa de baisser le nez sur son bloc.

— Pour le dossier, dicta-t-elle, il sera pris note que l'élève Ruby Dumas nie les charges relevées contre elle et souhaite comparaître en conseil de discipline. Elle a été informée de ses droits...

— Mes droits ? l'interrompis-je avec un rire sarcastique. Quels droits me laisse-t-on, ici ?

— Elle a été informée de ses droits, répéta sèchement la Dame de Fer. Vous avez tout noté, madame Randle ?

— Oui, chuchota la secrétaire.

— Bien. Qu'elle signe le compte rendu, conformément au règlement.

Mme Randle me tendit promptement son bloc et son stylo.

— Ici, m'indiqua-t-elle en pointant le doigt sur le bas de la page.

Je lui arrachai le stylo et commençai à signer.

— Vous ne souhaitez pas relire le compte rendu, d'abord ? s'étonna Mme Ironwood.

— A quoi bon ? Tout ceci n'est qu'une mascarade. La pièce a été bien répétée, non ? Et la fin est connue d'avance.

— Alors pourquoi continuer ? s'enquit-elle un peu trop vite.

En effet, me demandai-je *in petto*, pourquoi continuer ? Puis je pensai à grand-mère Catherine et à toutes les fois où elle avait dû relever les défis les plus durs, affronter les ténèbres et l'inconnu. A son courage indomptable pour défendre ce qu'elle estimait être le bien, si minces qu'aient pu être ses chances de succès.

— Je continue pour que tous ceux qui ont tramé ce tissu de mensonges soient obligés de me regarder en face, répliquai-je. Et pour qu'ils en portent le poids sur la conscience.

Les yeux de Mme Randle s'agrandirent de surprise et j'y

vis poindre une lueur d'approbation, ce dont elle ne fût sûrement pas convenue devant la directrice.

— Vous pouvez retourner en classe, maintenant, m'annonça Mme Ironwood. Vous êtes tenue de vous présenter ici à quatre heures. Si vous y manquiez, vous seriez jugée par défaut.

— Je n'en doute pas un seul instant, déclarai-je en me levant.

Mes jambes flageolaient, mais je m'interdis toute faiblesse. Ma volonté fit jaillir de mon cœur un véritable courant qui se diffusa dans tous mes membres et, raidie dans mon orgueil, je quittai le bureau la tête haute. Ce fut seulement lorsque je fus de retour en classe que mes forces m'abandonnèrent et que je compris vraiment ce qui m'attendait. Je m'écroulai sur mon siège dans une sorte de vertige.

Je passai le reste de la journée dans un état somnambulique. Je marchais comme un zombie. Je ne dis pas un mot à âme qui vive de mon entrevue avec Mme Ironwood, ni de ma mise en accusation, ni de l'audience à venir, mais ce ne fut pas nécessaire. Dès que Susan Peck fut informée du rôle qu'elle allait tenir au conseil, la nouvelle se répandit dans tout le campus à la vitesse du vent. Au milieu de l'après-midi, tout le monde était au courant et tout le monde parlait de moi. Juste avant mon dernier cours, Gisèle me happa au vol et commença par me reprocher de ne pas lui avoir exposé personnellement mon problème, puis elle exprima sa satisfaction. Si j'étais renvoyée de Greenwood, elle s'en irait avec moi.

— C'est pour ça que je ne t'ai rien dit, Gisèle. Je savais bien que tu ne verrais là-dedans qu'une raison de te réjouir.

— Pourquoi supporter les tracas de cette audience, alors ? Laisse-les appeler Daphné, elle nous enverra la limousine.

— Parce que tout ça n'est qu'un tissu de mensonges, voilà pourquoi. Et je ne laisserai pas la Dame de Fer s'en tirer comme ça, si je peux l'empêcher. Je ne me laisserai pas chasser d'ici sous les huées, comme un malfaiteur.

— Ça, tu n'y peux rien, et tu n'es qu'une petite Cajun

stupide et entêtée. Ne va pas à cette audience, Ruby, tu m'entends ? N'y va pas.

— Ne me fais pas manquer mon cours, Gisèle. Je ne tiens pas à ajouter un retard à la liste des accusations, elle est assez longue comme ça.

— N'y va pas, insista-t-elle en me retenant par la manche.

Je libérai vivement mon bras.

— J'irai.

— Tu perds ton temps, cria-t-elle derrière moi, et ça n'en vaut pas la peine. Cet endroit n'en vaut pas la peine !

Je pressai le pas et entrai dans la classe au moment où la sonnerie retentissait. Un regard à Mlle Stevens me suffit : elle savait tout et elle se faisait du souci pour moi. Elle était même si déprimée qu'elle confia aux autres élèves un travail absorbant et me prit à part au fond de la classe, pour que je lui explique tout.

— Je ne suis pas coupable, mademoiselle Stevens. Ce sont des accusations fabriquées de toutes pièces. Je ne pouvais pas me trouver au hangar hier soir, Mme Gray a dû se tromper.

— Et pourquoi ne pouviez-vous pas y être ?

Je lui racontai ma visite chez Louis.

— Mais il paraît que Mme Clairborne ne témoignera pas, et Louis non plus, achevai-je.

Mlle Stevens parut perplexe.

— Je vois mal Mme Gray prêter la main à un complot pour vous faire renvoyer de Greenwood, Ruby. C'est une femme intelligente et bonne. Vous ne vous entendez pas avec elle ?

— Oh si ! Je crois que j'ai A+ de moyenne, à ses cours.

— Elle a été presque une mère pour moi, reprit Mlle Stevens. Elle m'a soutenue et guidée depuis mon arrivée à Greenwood, et je crois savoir qu'elle est très pratiquante.

— Mais je n'étais pas là-bas, je vous le jure. Elle s'est sûrement trompée.

Mlle Stevens réfléchit quelques instants.

— Peut-être va-t-elle s'en rendre compte et revenir sur ses déclarations ?

— J'en doute fort. Mme Ironwood semblait trop satisfaite et trop sûre d'elle. Et comme Buck est déjà parti, ce sera ma parole contre celle de Mme Gray... avec cette soi-disant confession de Buck à l'appui, me lamentai-je.

— Mais pourquoi Mme Ironwood est-elle si impitoyable envers vous ?

— Surtout à cause de Louis, j'imagine. Mais elle m'a prise en grippe dès le début et me l'a bien fait comprendre à notre première entrevue. Ma belle-mère m'a décrite sous les couleurs les plus noires et je ne sais pas encore pourquoi... si ce n'est pour me rendre la vie intenable. Elle veut que j'échoue, qu'on ait mauvaise opinion de moi, uniquement pour avoir une bonne raison de se débarrasser de moi... et de Gisèle, par la même occasion.

— Ma pauvre petite ! Vous voulez que je vous accompagne à l'audience, pour témoigner de vos talents et de la qualité de votre travail ?

— Non. Ça ne servirait à rien, sinon à vous attirer des ennuis terribles. Je n'y vais que pour pouvoir leur cracher leurs quatre vérités à la figure.

Les yeux de Mlle Stevens se remplirent de larmes. Elle me serra dans ses bras, me souhaita bonne chance et reprit sa place en face des élèves pour leur donner ses instructions, mais je n'en saisis pas un mot. Le cours fini, je retournai au pavillon dans un tel état de stupeur que je ne me rappelais même pas comment j'y étais venue. Dès que j'eus regagné ma chambre, je commençai à faire mes bagages et peu après, Gisèle entra. Elle était aux anges.

— Tu as écouté mes conseils et tu abandonnes, alors ? Tant mieux. Quand est-ce que la limousine arrive ?

— Je ne fais que me préparer à l'inévitable, Gisèle. J'ai toujours l'intention de me présenter à l'audience. C'est dans une heure, tu veux m'accompagner ?

— Sûrement pas ! Pourquoi ferais-je une chose pareille ?

— Pour être avec moi.

— Pour partager ta honte, tu veux dire ! Merci, très peu pour moi ! Je vais rester ici et préparer mes affaires, moi aussi. Quant à cet endroit et à tous ceux qui s'y trouvent, au revoir et bon vent ! s'exclama-t-elle, sans se soucier d'être entendue.

— A ta place, je ne me réjouirais pas tant, Gisèle.

Daphné nous réserve sûrement des représailles à sa façon. Elle nous a menacées de nous envoyer dans une école encore bien plus sévère, et elle le fera, tu verras.

— Je n'irai pas. Je m'attacherais plutôt à mon lit.

— Elle fera emmener le lit par les déménageurs, alors. Mais elle ne cédera pas.

— Ça m'est égal ! répliqua ma jumelle. Tout vaut mieux que de rester ici.

Et elle me quitta pour aller faire ses bagages.

Quant à moi, j'achevai les miens et pris le temps de me coiffer avec soin, pour être aussi présentable et aussi sûre de moi que possible.

A quatre heures moins le quart, je me mis en route pour le bâtiment central. La plupart des filles du pavillon se tenaient dans le hall et, naturellement, j'étais l'unique objet de leurs conversations. Dès qu'elles m'aperçurent, leurs caquetages s'interrompirent et la plupart d'entre elles s'approchèrent des fenêtres pour me regarder partir. Je m'éloignai dans l'allée, le dos bien droit, le menton haut et les mains vides. Mais avec le grigri de Nina, la pièce enfilée sur un lacet, soigneusement noué autour de ma cheville.

Le ciel s'était assombri, des nuages d'un gris menaçant dévoraient rapidement les dernières traces de bleu. Tout prenait un aspect terrifiant et sinistre, en parfaite harmonie avec mon état d'âme. Surprise par le froid soudain, je m'engouffrai dans le bâtiment scolaire.

Les élèves y étaient peu nombreuses, à cette heure de la journée. Celles qui flânaient par là s'arrêtèrent pour me regarder, chuchotant sur mon passage tandis que je me dirigeais vers le bureau directorial. Mme Randle n'était pas à son poste dans l'antichambre, la porte de communication était fermée. Je pris un siège et attendis, regardant la grande aiguille de l'horloge se rapprocher de la minute fatidique. A quatre heures précises, la porte de communication s'ouvrit et Mme Ironwood apparut, l'air à la fois déçue et dégoûtée de me trouver là.

— Entrez et asseyez-vous, m'ordonna-t-elle en se retournant pour regagner sa place.

On avait changé la disposition des meubles et la pièce avait maintenant l'allure d'un tribunal. A gauche du bureau, on avait placé une chaise pour les témoins. A droite, une petite table à laquelle se tenait Mme Randle, chargée du rôle de greffier. Et, sur la gauche de ce qui serait la chaise des témoins, siégeait le trio des juges : M. Norman, mon professeur de sciences, Mme Weller, la bibliothécaire, et Susan Peck, dont le sourire satisfait me fit bouillir de colère. J'eus la certitude qu'à peine l'audience achevée, elle se précipiterait au téléphone pour tout raconter à son frère. A gauche du jury, sur la banquette, était assise Mme Gray, l'air affreusement malheureuse et troublée. Le siège placé en face du bureau et que Mme Ironwood me désigna d'un hochement de tête était pour moi, l'accusée. J'y pris place, les yeux fixés sur le jury et bien décidée à ne paraître ni effrayée ni coupable, mais je n'en menais pas large.

— Cette audience solennelle a pour objectif de décider si l'élève Ruby Dumas mérite le renvoi, annonça Mme Ironwood. La séance est ouverte.

Et elle chaussa ses lunettes pour lire une fois de plus la liste des charges retenues contre moi. Au cours de cette lecture, je sentis tous les regards converger sur moi mais je ne changeai pas d'expression. Le dos bien droit et les mains reposant confortablement sur les genoux, je fixais fermement la directrice.

— Plaidez-vous coupable ou non coupable ? demanda-t-elle en conclusion.

La voix faillit me manquer, mais je parvins à l'affermir.

— Non coupable.

— Très bien, nous pouvons donc poursuivre. Madame Gray ?

J'appréciais cette fragile petite femme brune, au regard bleu plein de douceur, et je savais que c'était réciproque. Depuis le début, elle avait su m'encourager par ses compliments sur mon travail. J'eus l'impression que ce qu'elle devait faire lui causait une peine infinie et pourtant elle se leva, prit une grande inspiration et alla s'asseoir sur la chaise du témoin.

— Veuillez décrire au jury ce que vous avez vu et lui faire part de ce que vous savez, dit Mme Ironwood.

Mme Gray coula un bref regard dans ma direction et s'adressa aux trois personnes qui devaient rendre le verdict.

— Hier soir, vers environ sept heures vingt, sept heures vingt-cinq, je revenais du pavillon Waverly après avoir dîné chez la surveillante, Mme Johnson. J'avais laissé ma voiture au parking des professeurs et j'étais donc à pied. Au détour du chemin, je vis quelqu'un se diriger rapidement vers le lac et le hangar à bateaux, en cherchant manifestement à se dissimuler dans l'ombre. Sachant qu'il ne pouvait s'agir que d'une pensionnaire, j'eus la curiosité d'aller jusqu'au lac.

Mme Gray reprit haleine et avala sa salive.

— J'ai entendu la porte du hangar s'ouvrir, puis un rire féminin, et enfin la porte se refermer. J'ai suivi la jetée jusqu'au hangar et là, j'ai dû m'arrêter parce que la fenêtre était ouverte et que je pouvais voir très nettement ce qui se passait à l'intérieur.

Là encore, Mme Gray eut une hésitation et la directrice dut l'engager à poursuivre.

— Et que se passait-il à l'intérieur ?

Mme Gray se mordit la lèvre et débita sans respirer :

— J'ai vu Buck Dardar, vêtu en tout et pour tout d'un caleçon, serrer une fille dans ses bras. Quand il s'est un peu éloigné d'elle, j'ai pu voir parfaitement la fille.

— Et qui était cette fille ?

— J'ai vu... Ruby Dumas. J'ai été très choquée, bien sûr, et très déçue. Mais avant que j'aie pu émettre un son, elle a déboutonné sa blouse blanche et commencé à l'enlever, puis Buck Dardar l'a reprise dans ses bras.

— Que portait-elle à ce moment précis ?

— Elle était... à moitié nue, balbutia Mme Gray. Elle ne portait plus que sa jupe.

Susan Peck en resta bouche bée. Mme Weller secoua la tête d'un air dégoûté. M. Norman se contenta de plisser les paupières, le visage figé, les yeux fixés sur Mme Gray.

— Continuez, ordonna Mme Ironwood.

— J'étais si surprise et si déçue que j'en avais la nausée. Je me suis détournée aussitôt et me suis éloignée rapidement.

— Après quoi, vous m'avez appelée pour me faire votre rapport, c'est bien cela ?

Mme Gray se tourna vers moi et inclina la tête.

— Oui.

— Je vous remercie.

— Ce n'était pas moi, madame Gray, murmurai-je.

— Silence! jappa la Dame de Fer. Votre tour de parler viendra. Vous pouvez disposer, madame Gray.

— Je suis désolée, Ruby, dit le professeur en se levant. J'ai dû décrire ce que j'ai vu. Je suis vraiment déçue.

Je ne pus que secouer la tête en refoulant mes larmes.

— Sitôt informée de ces faits, reprit la directrice, j'ai convoqué Buck Dardar pour le lendemain matin, dans ce bureau. Je l'ai confronté au témoignage de Mme Gray, j'ai sorti le dossier de Ruby Dumas et lui ai montré sa photographie pour qu'il puisse l'identifier comme la jeune fille qui, d'après Mme Gray, se trouvait avec lui dans le hangar. Je vais maintenant vous lire ses aveux, faits sous la foi du serment et signés de sa main.

Mme Ironwood prit un document sur son bureau et en entreprit aussitôt la lecture :

— « Moi, Buck Dardar, reconnais par la présente, en la circonstance évoquée ici, de même qu'en plusieurs autres auparavant, avoir eu des relations intimes avec Ruby Dumas. Mlle Dumas s'est rendue chez moi en une demi-douzaine d'occasions au moins, pour flirter et me faire des avances. Je reconnais les avoir acceptées. En la circonstance dont il est question, Ruby Dumas est arrivée au hangar à sept heures trente et ne l'a pas quitté avant neuf heures trente. Je regrette sincèrement de m'être laissé entraîner dans cette aventure et accepte la sanction décrétée ce jour contre moi par Mme Ironwood. »

« Comme vous pouvez le constater, conclut la directrice en tendant le feuillet à Mme Weller, il a signé ici.

Mme Weller jeta un coup d'œil sur la page et la remit à M. Norman, qui à son tour la consulta brièvement, puis il la fit passer à Susan. Elle la garda en main plus longtemps que les autres avant de la rendre à Mme Ironwood, qui arborait un air hautement satisfait. On aurait dit un rat musqué qui se pourléchait les babines.

— Vous pouvez maintenant présenter votre défense, déclara-t-elle en se carrant dans son fauteuil.

Je me tournai vers le jury.

— Je ne doute pas que Mme Gray ait vu quelqu'un se rendre au hangar à bateaux hier soir à sept heures trente, et je sais qu'elle croit dire la vérité, mais elle s'est trompée. Je n'étais pas là-bas, j'étais...

— Je vais leur dire moi-même où vous étiez, fit une voix derrière moi.

Je pivotai sur ma chaise pour voir Mlle Stevens guidant Louis pour franchir le seuil de la pièce. Un Louis tiré à quatre épingles, en costume sombre et coiffé avec soin. Il salua l'assemblée d'un léger signe de tête.

— Que signifie ceci ? grommela Mme Ironwood, sous le coup de la surprise.

Je n'étais pas moins effarée qu'elle.

— Je viens témoigner pour la défenderesse, Ruby Dumas, annonça Louis en souriant, tourné vers moi. M'y autorisez-vous ?

— Bien sûr que non ! Cette affaire ne concerne que l'école et je ne...

— Mais je détiens des informations qui s'y rapportent, et je dois insister. Est-ce le siège des témoins ? demanda-t-il en pointant le menton dans la bonne direction.

Mme Ironwood lança un regard noir à Mlle Stevens, fit face au jury qui attendait toujours sa décision et déclara :

— Ceci est on ne peut plus irrégulier.

— En quoi serait-ce irrégulier ? répliqua Louis. Le but d'une audience n'est-il pas de tirer les choses au clair, avec preuves à l'appui ? Je suis certain que vous tenez à découvrir la vérité, ajouta-t-il avec un léger sourire.

Tous les regards convergèrent sur Mme Ironwood. Comme elle se taisait, Louis marcha vers la chaise, y prit place et s'y installa confortablement.

— Mon nom est Louis Turnbull. Je suis le petit-fils de Mme Clairborne et, comme chacun sait, je réside à la maison Clairborne. (Il se tourna vers Mme Ironwood.) Dois-je indiquer mon âge, ma situation, etc ?

— Ne sois pas ridicule, Louis. Tu n'as rien à faire ici.

— Si, rétorqua-t-il fermement. J'ai quelque chose à y faire. Le but de cette audience est d'établir si oui ou non Ruby Dumas se trouvait dans le hangar à bateaux hier soir à sept heures trente, c'est cela ? Eh bien, je peux affirmer au jury qu'elle ne s'y trouvait pas. Elle était avec moi. Elle est arrivée à sept heures et demie et n'est repartie qu'à neuf heures et demie.

Dans le silence qui suivit, le tic-tac de la vieille horloge parut emplir toute la pièce.

— N'est-ce pas ce que voulait savoir le jury ? reprit Louis.

— Très bien, contra Mme Ironwood. Si tu veux continuer dans cette voie… comment peux-tu être sûr de l'heure exacte ? Tu es aveugle, énonça-t-elle en toisant le jury d'un regard supérieur.

A son tour, Louis se tourna vers les jurés.

— Je reconnais avoir souffert de quelques problèmes en ce qui concerne ma vue mais depuis peu, déclara-t-il avec un sourire à mon adresse, elle s'est nettement améliorée. Voyons, si j'en crois l'horloge de ma tante…

Il se tourna vers le coin de la pièce occupé par la vieille pendule.

— … il est exactement quatre heures… vingt-deux.

C'était vrai. Le jury parut vivement impressionné.

— Naturellement, il vous est loisible de vérifier mes dires en téléphonant à notre majordome, Otis, qui a introduit Mlle Dumas et l'a reconduite à la porte à la fin de la soirée. Il nous a également servi le thé au cours de sa visite. Donc, comme vous pouvez le constater, il lui était matériellement impossible de se trouver au hangar à bateaux à sept heures et demie, pas plus qu'à huit heures et demie ou à neuf heures et demie, énuméra-t-il avec soin.

— Un membre respectable de notre corps enseignant soutient le contraire, et j'ai là des aveux signés…

— S'il vous plaît, coupa Louis en s'adressant à Mlle Stevens, allez jusqu'à la voiture et demandez à Otis de se joindre à nous.

— Ce ne sera pas nécessaire, s'interposa promptement Mme Ironwood.

— Mais si mon témoignage vous laissait encore quelque doute, enchaîna Louis en lui faisant face, si cela s'avérait nécessaire… je suis sûr de pouvoir convaincre ma grand-mère de corroborer mes déclarations.

Elle le dévisagea, si congestionnée de fureur que le rouge qui avait d'abord gagné ses joues s'étendit jusqu'à son cou.

— Tout ceci ne rend service à personne, Louis.
— Excepté à Mlle Dumas, releva-t-il calmement.
Mme Ironwood se mordit la lèvre et se renversa en arrière, ravalant sa fureur.
— Très bien. Vu les circonstances, et compte tenu de ces informations contradictoires, je ne vois pas comment demander au jury de rendre son verdict. Je suis sûre que vous serez d'accord avec moi, ajouta-t-elle à l'intention des jurés.
M. Norman, Mme Weller et Susan (les yeux écarquillés) opinèrent avec un bel ensemble.
— Je déclare donc la séance levée sans conclusion formelle, annonça pompeusement la directrice. Je tiens à insister sur le fait que l'élève en question n'est pas disculpée. Il est évident que, dans ces circonstances, il ne nous est pas possible d'élucider entièrement le cas. Vous pouvez vous retirer, acheva-t-elle à mon intention.
Puis elle se détourna, si furibonde que je m'attendais presque à voir de la fumée lui sortir des oreilles. J'avais l'impression, tellement le cœur me cognait les côtes, que les autres devaient l'entendre aussi.
— J'ai dit que la séance était close, aboya Mme Ironwood, voyant que je restais vissée sur ma chaise. C'est clair ?
Je me levai, Louis aussi, et nous sortîmes en compagnie de Mlle Stevens.
— Pourquoi l'avoir amené ici ? lui demandai-je dès que nous fûmes dans l'antichambre. Mme Ironwood est tellement furieuse qu'elle est capable de s'en prendre à vous.
— J'ai réfléchi, et j'ai décidé que je ne voulais pas perdre ma meilleure élève, c'est simple. D'ailleurs, une fois que Louis a su ce qui se passait, il m'aurait été impossible de l'empêcher de venir, n'est-ce pas, Louis ?
— Tout à fait impossible, confirma-t-il en souriant.
— Et votre vue a fait de tels progrès ! m'exclamai-je, émerveillée. Vous avez pu lire l'heure à la minute près.
Il sourit encore, et Mlle Stevens rit franchement.
— Qu'y a-t-il de si drôle ?
— Louis s'attendait qu'on lui cherche noise à propos de sa vue, et il m'avait demandé l'heure juste avant d'entrer.

— Je savais que même une erreur d'une minute ne gâcherait pas mon petit effet, avoua-t-il.

— Mais vous n'avez pas commis d'erreur, même pas d'une minute ! m'écriai-je en lui sautant au cou. Merci, Louis.

— Il n'y a pas de quoi, c'était très drôle. J'ai fait quelque chose pour quelqu'un, finalement.

— Et vous allez sans doute avoir des ennuis avec votre grand-mère, après ça.

— Aucune importance. J'en ai assez d'être traité comme un enfant. Je suis capable de prendre mes propres décisions et mes responsabilités, déclara-t-il avec fierté.

Main dans la main, nous nous acheminâmes tous les trois vers la sortie et, brusquement, j'éclatai de rire.

— Qu'est-ce qui vous fait rire ? s'enquit Louis, souriant d'avance.

— Gisèle, ma sœur. Elle va faire une de ces têtes, en apprenant ça !

Ma chère sœur poussa les hauts cris.

— Quoi ! Tu n'es pas renvoyée !

— On a levé la séance sans conclusion, grâce à Louis et à Mlle Stevens. J'aurais voulu que tu sois là, Gisèle. Si tu avais pu voir Mme Ironwood, ravalant sa rage et ses menaces ! Tu aurais aimé ça, je t'assure.

— Je n'aurais rien aimé du tout. Je pensais qu'on rentrait à la maison, moi ! J'ai emballé presque toutes mes affaires !

— Mais nous rentrons bientôt, ne t'en fais pas. Vive les vacances ! m'écriai-je avec allégresse.

Et je la plantai là, presque aussi furibonde et dépitée que la Dame de Fer.

Tout comme la nouvelle de mon accusation s'était répandue à la vitesse du vent, l'issue de mon audience fut instantanément connue de tout le campus. Et pour moi, cet épisode eut des conséquences diamétralement opposées, j'en suis sûre, à ce qu'avait escompté Mme Ironwood. Loin d'être traitée en paria par les autres élèves, j'étais devenue à leurs yeux une héroïne. J'avais traversé la tempête, bravé les foudres de la redoutable Dame de

Fer. J'étais le David qui avait combattu ce Goliath et survécu. Partout où j'allais, les filles s'attroupaient autour de moi pour que je leur raconte l'affaire en détail, mais j'eus le triomphe modeste et mes réponses les déçurent.

— Ce n'était pas très drôle, dis-je simplement, et je préfère ne pas en parler. Plusieurs personnes ont déjà souffert de cette histoire.

Je pensais au pauvre Buck Dardar, qui avait perdu son emploi, et je ne lui en voulais pas d'avoir signé ces prétendus aveux. J'étais certaine qu'ils lui avaient été extorqués par intimidation, et sous la menace d'appeler la police. Mais le cas de Mme Gray demeurait un mystère pour moi, un mystère que je comptais bien résoudre à l'issue de mon prochain cours avec elle. Quand la sonnerie annonça la fin de l'heure, elle m'appela et j'attendis que tout le monde soit sorti pour m'approcher d'elle.

— Oui, madame Gray ?

— Je tiens à ce que vous sachiez ceci : je n'ai rien inventé, dit-elle avec une telle fermeté, une telle sincérité aussi, que j'en restai tout interdite. Je ne perds pas de vue le témoignage du petit-fils de Mme Clairborne, mais cela ne change rien à ce que j'ai pu voir ou dire. Je ne mens pas et je ne conspire pas non plus, contre qui que ce soit.

— Je le sais, madame Gray, mais je n'étais pas là-bas. Je vous en donne ma parole.

— Je regrette, insista-t-elle, mais je ne vous crois pas.

Et elle sortit sans ajouter un mot, me laissant seule et abattue, un poids énorme sur la poitrine. Tout le reste de la journée, son visage sévère me hanta. C'était comme si Mme Ironwood avait jeté un sort sur elle, pour l'obliger à voir ce qu'elle voulait qu'elle voie et à dire ce qu'elle voulait qu'elle dise. J'aurais tellement voulu que Nina soit avec moi, ne fût-ce qu'une minute, pour prononcer un de ses charmes et changer la face des choses !

N'empêche que cette histoire me turlupinait. Mme Gray n'avait peut-être pas pu voir à l'intérieur du hangar aussi clairement qu'elle le disait ? Peut-être s'était-elle laissé convaincre par Mme Ironwood que c'était moi qu'elle avait vue ?

En rentrant au pavillon, à la fin de la journée, je

m'arrêtai près du hangar à bateaux. Si seulement j'avais pu y trouver Buck, lui faire dire la vérité, le convaincre de l'avouer à Mme Gray ! Je ne supportais pas l'idée qu'elle pût me juger si mal.

Je m'étonnai de ne pas trouver Gisèle en arrivant, mais Samantha m'apprit qu'elle avait été retenue par Mme Weisenberg, son professeur de mathématiques, pour rattraper son retard épouvantable en la matière. J'imaginai sans peine de quelle humeur elle serait en rentrant ! Lorsque j'eus rangé tout ce que j'avais emballé avant de me rendre à l'audience, j'eus la curiosité d'aller voir chez ma sœur si elle en avait fait autant. Sa chambre était dans un désordre indescriptible : dans sa rage, elle avait éparpillé le contenu de ses valises à travers toute la pièce. J'entrepris le ramassage de ses vêtements, les pliant et les remettant à leur place au fur et à mesure qu'ils me tombaient sous la main. Je venais d'accrocher une blouse en soie blanche sur un cintre quand le témoignage de Mme Gray me revint à l'esprit. N'avait-elle pas dit qu'elle avait vu la fille déboutonner sa blouse blanche ? Je n'en portais jamais. J'étais toujours en uniforme. Mon regard dériva jusqu'aux chaussures de Gisèle et s'arrêta de lui-même, attiré par un détail. Le cœur battant, je m'agenouillai devant une paire de mocassins pour les prendre en main : il y avait de la boue sur les bords et sur les semelles. Comment diable...

Des éclats de voix dans le hall annonçaient l'arrivée de ma sœur. Furieuse d'avoir été retenue après la classe, elle criait au scandale tandis que les hypothèses les plus fantastiques se bousculaient dans ma tête. Juste avant que Kate n'arrête son fauteuil à la porte de la chambre, je me glissai dans le cabinet de toilette en tirant à demi la porte sur moi.

— Où est ma sœur ? fut sa première question.

— Elle était dans ta chambre il y a un instant, lui apprit Samantha. Pour ranger tes affaires.

Gisèle jeta un coup d'œil dans la pièce et ricana :

— De quoi est-ce qu'elle se mêle ? En tout cas, elle n'y est plus. Et moi, je veux qu'elle sache ce que m'a fait subir Mme Weisenberg jusqu'à ce que je trouve les bonnes réponses.

— Tu veux que je la cherche ?

— Non, je la verrai plus tard. J'ai besoin de repos, déclara Gisèle en roulant sans aide son fauteuil dans la chambre.

Elle claqua la porte, resta immobile un moment puis recula pour aller tourner la clé dans la serrure. Je retins mon souffle. Sans effort apparent, sans vaciller le moins du monde, Gisèle venait de se mettre debout sur ses jambes.

Ainsi, ma sœur pouvait marcher !

Je ne fis pas le moindre bruit en me glissant hors du cabinet de toilette, mais elle sentit ma présence et pivota dans ma direction, les yeux agrandis de surprise. Les miens ne devaient pas l'être moins.

— Alors comme ça, tu m'espionnes ?

— Tu tiens debout, tu peux marcher... Mon Dieu, Gisèle !

Elle se laissa retomber sur son siège.

— Et alors ? dit-elle après un moment de silence. Je ne veux pas que les gens le sachent. Pas encore.

— Mais pourquoi ? Depuis combien de temps as-tu retrouvé l'usage de tes jambes ?

— Un certain temps, avoua-t-elle.

— Mais pourquoi en faire un secret ?

— Parce qu'on a plus d'égards pour moi, tiens !

— Gisèle... comment as-tu pu agir ainsi ? Et tous ces gens qui sont aux petits soins pour toi ! Pouvais-tu marcher avant la mort de papa ? Oui ou non ? insistai-je, comme elle refusait de répondre. (Mais je n'avais pas besoin de réponse, je savais que c'était oui.) C'est horrible. Tu aurais pu lui faire tellement de bien !

— Je voulais le lui dire une fois rentrée à la maison, quand nous aurions quitté cette maudite école. Mais tant qu'on nous laisserait ici, je voulais que personne ne le sache.

— Comment est-ce arrivé ? Je veux dire... quand as-tu su que tu pouvais marcher ?

— J'essayais tout le temps, et un jour c'est arrivé, voilà.

Je m'assis au bord de son lit, l'esprit en déroute.

— Oh, arrête d'en faire tout un plat ! m'ordonna-t-elle en se levant pour aller jusqu'au cabinet de toilette.

La voir marcher avec une telle aisance me fit un effet bizarre. J'avais l'impression de rêver. A nouveau debout, en possession de tous ses moyens, elle me semblait différente, comme si elle avait grandi et forci. Pendant que je la regardais se brosser les cheveux, tous les soupçons qui m'avaient effleurée s'imposèrent de nouveau à moi.

— C'était toi, n'est-ce pas? m'écriai-je avec reproche.

Elle fit mine de ne pas comprendre.

— Moi? De quoi parles-tu maintenant, Ruby?

— C'était toi qui étais avec Buck Dardar, ce soir-là. Et voilà pourquoi tes chaussures sont pleines de boue. Tu t'es faufilée jusque là-bas et...

— Et après? C'était tout ce que j'avais sous la main... bien que je n'aie pas à me plaindre, je dois l'admettre. C'était un excellent amant. J'étais furieuse de le voir partir mais quand on t'a accusée à ma place, je me suis dit que ça tombait pile, reconnut-elle avec cynisme. Bonne occasion de filer d'ici! Mais il a fallu que ton amoureux s'en mêle et te tire du pétrin. Tu parles d'une chance!

— Et avec Buck, t'es-tu fait passer pour moi? Lui as-tu dit que tu t'appelais Ruby?

— Oui, mais je ne sais pas s'il m'a crue. Disons qu'il était trop heureux de faire semblant de me croire: j'étais là, et ça lui suffisait.

— Combien de fois... commençai-je, puis mon regard tomba sur la porte et je compris. Chaque fois que tu t'enfermais, alors?

— Tout juste. Je me faufilais par la fenêtre et j'allais à mon rendez-vous. Excitant, non? Je parie que tu regrettes de ne pas y avoir pensé, maintenant.

— Sûrement pas, répliquai-je en me levant. Tu vas immédiatement sortir d'ici sur tes deux jambes et avouer la vérité. Surtout à Mme Gray.

— Tu crois ça? Eh bien moi, je ne suis pas près de faire savoir à tout le monde que je marche, déclara-t-elle en retournant s'asseoir. Je n'en ai pas la moindre envie.

— Envie ou pas, ça m'est égal: tu parleras, décrétai-je, mais elle ne parut pas plus impressionnée que ça.

Elle roula jusqu'à moi et me défia d'un regard dur.

— Pas question. Et si tu souffles mot de tout ceci à qui

que ce soit, je vous dénonce à Mme Ironwood, toi et ta chère Mlle Stevens. Et on verra si elle s'en tire, elle !

— Quoi ? Mais de quoi parles-tu ?

Ma jumelle sourit.

— Tout le monde sait que si la jolie petite Stevens a peur des garçons, elle est moins farouche avec les filles ! Surtout avec toi, pas vrai, sœurette ?

La colère me saisit, ce fut comme si un brasier s'allumait dans ma poitrine. Je vis rouge.

— Ce n'est qu'un mensonge, un mensonge ignoble ! Et si jamais tu répands une calomnie pareille…

— Ne t'en fais pas, coupa vivement ma jumelle. Je garderai ton secret… tant que tu garderas le mien, naturellement. Alors, marché conclu ?

Je baissai les yeux sur elle sans trouver un seul mot à dire. La langue me collait au palais.

— Qui ne dit mot consent… alors tout est pour le mieux, annonça-t-elle en se dirigeant vers la porte pour la déverrouiller. Je vais pouvoir me reposer. Oh, à propos : merci pour le rangement. J'ai tellement de mal à me débrouiller toute seule ! Il se pourrait que je te demande un petit service de temps en temps. Aussi longtemps que nous serons à Greenwood, ajouta-t-elle perfidement. Naturellement, une fois que nous serons sorties d'ici…

Je me rebiffai.

— C'est du chantage pur et simple, Gisèle !

— J'essaie simplement de m'en tirer le mieux possible, riposta-t-elle. Et si tu m'aimais comme une sœur, si tu te souciais vraiment de moi, tu ferais ce que je te demande, pour une fois.

— Donc, tu vas rester dans ce fauteuil et continuer à jouer les infirmes, c'est ça ?

— Aussi longtemps que ça me conviendra, parfaitement.

— J'espère que ça te conviendra toujours ! lançai-je en marchant vers la porte. Tu me fais pitié, Gisèle. Je ne savais pas que tu te détestais à ce point-là.

Ses yeux se rétrécirent.

— Contente-toi de te rappeler ce que je t'ai dit, cracha-t-elle avec un regard venimeux. Je ne parlais pas en l'air.

J'ouvris la porte en grand, autant par besoin de respirer que pour m'éloigner de ma sœur. Malgré sa ressemblance avec moi, l'égoïsme et la méchanceté inscrits sur son visage démontraient plus clairement que jamais ce que nous étions l'une pour l'autre : de véritables étrangères.

14

De surprise en surprise

Entre le jour de ma comparution devant le conseil et celui des vacances, je fis de mon mieux pour éviter Gisèle et l'ignorer. Elle prenait un plaisir ostensible à son chantage. Si je me permettais ne fût-ce qu'un regard écœuré devant ses simagrées de soi-disant infirme, elle s'informait avec un de ses sourires glacés :

— Comment va Mlle Stevens ?

Je ne pouvais que secouer la tête, plus écœurée que jamais.

La tension constante qui régnait entre nous me rendait d'autant plus impatiente de voir arriver les vacances. Je savais qu'à La Nouvelle-Orléans, il me serait beaucoup plus facile de la tenir à distance. Elle aurait ses amis. Et bien sûr, je mourais d'envie de revoir Chris, qui m'appelait presque chaque soir. Mais je savais aussi qu'avant mon départ, il faudrait que j'aille voir Louis. Il m'avait téléphoné pour me dire qu'il aurait préféré avancer son départ pour la Suisse, plutôt que de passer à la maison Clairborne ce qu'il appelait « un horrible Noël de plus ». Et même pire que d'habitude, selon lui. Car mon absence le lui ferait paraître encore plus sinistre, sans compter l'atmosphère empoisonnée qui régnait dans la maison depuis son intervention en ma faveur. C'est ainsi que, la veille des vacances, je me rendis à la grande maison pour dîner avec lui. Sa grand-mère ne daigna pas se montrer, pas même dans l'entrebâillement d'une porte pour m'épier au passage. Nous restâmes seuls dans la grande salle à manger, Louis et moi, pour déguster aux chandelles un délicieux magret de canard, suivi d'un opéra, un somptueux gâteau français au chocolat.

— J'ai deux cadeaux pour vous, m'annonça Louis à la fin du repas.

— Deux!

— Oui. Je suis allé en ville pour la première fois depuis... je ne me rappelle plus combien de temps. Et je vous ai acheté ceci, dit-il en tirant une boîte minuscule de sa poche intérieure.

— Oh, Louis, je suis affreusement gênée. Je ne vous ai rien apporté, moi!

— Bien sûr que si: votre compagnie, votre sollicitude, et vous m'avez donné le désir de voir à nouveau et de me remettre au travail. C'est un cadeau sans prix, mais croyez-moi...

Il saisit ma main et la garda un instant dans la sienne.

— Il vaut bien plus que tout ce que je pourrais vous offrir en retour, acheva-t-il en portant ma main à ses lèvres.

Il ne la libéra qu'après m'avoir embrassé le bout des doigts et se redressa en souriant.

— Merci, Ruby. Et maintenant, ouvrez votre cadeau et dites-moi ce que vous en pensez. En toute sincérité, surtout! Je n'y vois pas encore très bien mais j'ai l'ouïe très fine.

J'éclatai de rire et dénouai le ruban avec soin, pour ne pas déchirer le ravissant papier, puis j'ouvris la petite boîte. Je faillis m'étrangler de surprise en découvrant un rubis serti dans un anneau d'or.

— Alors? Ce bijou est-il aussi beau qu'on me l'a dit?

— Oh, Louis! C'est le plus beau que j'aie jamais vu de ma vie. Il a dû coûter une fortune!

— S'il ne vous va pas, je le ferai ajuster à votre doigt. Allez, mettez-le.

— Il me va parfaitement, Louis. Comment avez-vous fait?

— Mes mains se souviennent de vous, Ruby. Chaque détail est imprimé dans ma mémoire. J'ai palpé le doigt de la vendeuse et je lui ai dit de choisir deux tailles en dessous, expliqua-t-il avec un sourire d'orgueil.

— Merci, Louis.

Je me penchai pour déposer un rapide baiser sur sa joue et instantanément, son expression changea. Il porta la main à sa joue et la caressa, comme s'il sentait encore la chaleur de mes lèvres.

— Et maintenant, reprit-il avec fermeté comme s'il se préparait au pire, dites-moi si ce que je vois avec les yeux du cœur est vrai.

Je retins mon souffle. Il allait me demander si je l'aimais... Je me trompais.

— Vous en aimez un autre, n'est-ce pas ?

Je me détournai de lui et baissai les yeux, mais il tendit la main et me releva le menton.

— Dites-moi la vérité, Ruby. S'il vous plaît.

— Oui, Louis, c'est vrai. Mais comment l'avez-vous su ?

— A votre voix. A votre retenue, quand vous me parlez avec douceur. Et à l'instant même, à votre façon de m'embrasser. C'était un baiser purement amical, pas du tout amoureux.

— Je regrette, Louis, mais je n'ai jamais voulu...

— Je sais, dit-il en frôlant mes lèvres de ses doigts. Ne vous excusez pas, vous n'avez aucun reproche à vous faire et je n'attends rien d'autre de vous. Je ne pourrai jamais payer ma dette envers vous. J'espère seulement que ce garçon vous mérite, et qu'il vous aime autant que... je vous aurais aimée.

— Moi aussi, Louis.

— Bien, ne tombons pas dans la mélancolie. Pas de regrets, comme disent les créoles, et d'ailleurs nous resterons bons amis, n'est-ce pas ?

— Bien sûr, Louis. Toujours.

— Alors, ce sera mon cadeau de Noël, dit-il avec un grand sourire. Je n'en espérais pas d'aussi beau. Et maintenant, le vôtre, annonça-t-il en se levant. Enfin, le second. Mademoiselle Dumas, si vous voulez bien accepter mon bras...

Nous passâmes dans le salon de musique et il me conduisit tout droit jusqu'au canapé, puis il alla s'asseoir au piano.

— Votre symphonie est terminée, m'annonça-t-il alors.

Et je l'écoutai jouer pour moi la plus émouvante musique imaginable, la plus somptueuse et la plus envoûtante. J'étais transportée, comme si un tapis volant m'avait emmenée à travers les airs dans les lieux les plus beaux qui aient jamais hanté mes rêves ou ma mémoire. Parfois, ses harmonies me rappelaient le bruissement du courant dans les canaux après la pluie, ou le chant des oiseaux saluant le matin. Je revoyais les soleils couchants et les nuits scintillantes du bayou, lorsque l'éclat des étoiles était tel que je continuais à les voir briller dans mon sommeil. Ce fut presque un déchirement pour moi lorsque cet enchantement prit fin. L'œuvre de Louis dépassait tout ce que j'avais pu entendre jusque-là. Je courus jusqu'à lui et lui nouai les bras autour du cou.

— C'était merveilleux, fantastique ! C'était... Non, cela ne peut pas s'exprimer en mots.

— Holà ! s'exclama-t-il, abasourdi par ma réaction.

— C'est tellement beau, Louis. Je n'ai jamais rien entendu de pareil. Vraiment.

— Je suis heureux que vous aimiez. J'ai quelque chose de très spécial pour vous, dit-il en se baissant pour pêcher ladite chose sous son tabouret.

Il me tendit un grand paquet plat dont j'ôtai vivement le ruban, puis le papier, pour voir apparaître une boîte que je me hâtai d'ouvrir. Je haussai les sourcils en apercevant son contenu : un disque.

— Qu'est-ce que c'est, Louis ?

— Ma symphonie. Je l'ai fait enregistrer.

Je baissai les yeux et lus sur l'enveloppe glacée : « Symphonie pour Ruby, composée et interprétée par Louis Turnbull. »

— Louis... je ne peux pas y croire !

— C'est pourtant vrai, s'égaya-t-il. J'ai fait venir une équipe de techniciens avec tout leur matériel et nous avons enregistré ici même, dans ce salon.

— Cela a dû vous coûter une somme folle ?

Il haussa les épaules.

— Oh, ça... pour ce que je m'en soucie !

— C'est un grand honneur pour moi, Louis. Je la ferai écouter à tous mes amis, à tout le monde. Si seulement papa était encore là pour l'entendre !

Malgré moi, ma voix s'était teintée de mélancolie. J'étais si émue, et aucun de ceux que j'aimais n'était là pour partager ma joie, ni grand-mère Catherine, ni papa, ni Paul, ni Chris... Louis perçut ma tristesse et ses traits s'assombrirent.

— Oui, Ruby, c'est douloureux de ne pouvoir partager les instants de bonheur avec un être que l'on aime vraiment. Mais tout cela est fini pour nous, maintenant, en tout cas je l'espère. Pas vous ?

— Si, Louis.

— Tant mieux. Joyeux Noël, Ruby, et que l'année à venir soit la meilleure et la plus heureuse de toute votre vie !

— Je fais les mêmes vœux pour vous, Louis, dis-je avec chaleur.

Et une fois de plus, je l'embrassai sur la joue.

Quand je m'en retournai ce soir-là, je bondissais d'allégresse. Je me sentais légère, légère... comme si j'avais bu un peu trop du vin de mûres de grand-mère. Un héron à tête noire me suivit tout le long du chemin en m'étourdissant de son caquetage.

— Joyeux Noël à toi aussi ! m'écriai-je quand il se percha sur un chêne, tout près de moi.

Puis j'éclatai de rire et courus d'une traite jusqu'au pavillon. Gisèle me guettait devant sa porte ouverte et elle s'avança vivement pour me bloquer le passage.

— Alors ? tu t'es encore offert un délicieux dîner à la grande maison ?

— Délicieux, en effet.

— Pff ! Et on peut savoir ce que tu trimbales sous le bras ?

— Un cadeau de Louis. Un disque, en fait. C'est une symphonie qu'il a composée et fait enregistrer.

— Fantastique, ricana-t-elle en se préparant à retourner dans sa chambre.

— Tu as raison, c'est fantastique. Il l'a composée pour moi et l'a appelée « Symphonie pour Ruby ».

Elle leva sur moi un visage convulsé de jalousie.

— Tu veux l'écouter ? proposai-je. Nous pouvons le passer sur ta chaîne.

— Sûrement pas ! J'ai horreur de ce genre de musique, ça m'endort.

Une fois encore, elle esquissait un mouvement de retraite quand elle aperçut mon anneau.

— C'est lui aussi qui t'a offert ça ?

— Oui.

— Un autre garçon qui t'offre des cadeaux coûteux... Chris ne va pas apprécier, déclara-t-elle avec un regard torve.

— Louis et moi sommes bons amis, c'est tout. Il le comprend et l'accepte.

Un sourire mauvais tordit les lèvres de Gisèle.

— Ben voyons ! Son temps et son argent sont à ta disposition, et en échange de quoi ? De ta passionnante conversation ? Et tu t'imagines que je vais avaler ça ! Pour qui me prends-tu ? Pour une idiote de petite Cajun qui croit aux contes de fées ?

— C'est la vérité, pourtant. Et ne t'avise pas d'aller raconter le contraire.

— Sinon ? persifla ma chère sœur.

— Sinon je te tords le cou, ripostai-je en m'approchant d'elle, d'un air si résolu qu'elle en resta bouche bée.

Puis elle fit promptement reculer son fauteuil.

— C'est du joli de menacer sa propre sœur ! Surtout quand elle est infirme, gémit-elle, assez haut pour que tout le carré puisse l'entendre. Joyeux Noël !

Et elle se propulsa vers sa chambre.

Du coup, j'éclatai de rire, ce qui la rendit encore plus furibonde. Elle claqua la porte derrière elle, et je rentrai tranquillement chez moi pour préparer ma valise.

Le lendemain, nos cours s'arrêtèrent plus tôt que d'habitude pour que nous puissions nous rendre à l'auditorium, afin d'y écouter le discours traditionnel de Mme Ironwood. En principe, elle était censée nous souhaiter de bonnes vacances et une bonne année, mais elle s'arrangea pour nous faire un vrai sermon sur le travail scolaire et le règlement. Pour conclure, elle nous rappela que les examens de début de semestre nous attendaient à la rentrée.

Mais rien de ce qu'elle pouvait dire ou faire n'aurait pu ternir la joie qui pétillait dans l'air. Des voitures se garaient un peu partout, les élèves s'embrassaient en échangeant des souhaits, les professeurs déambulaient dans les parages pour accueillir les parents et offrir eux aussi leurs vœux à tous. Notre limousine arriva parmi les dernières, ce qui mit Gisèle dans un tel état que Mme Penny fut obligée de rester auprès d'elle pour la réconforter. Tout ce qu'elle y gagna fut que ma sœur, trop contente d'avoir un auditeur complaisant, déversa sur elle un flot de récriminations nouvelles.

Peu avant l'arrivée de la limousine, Mlle Stevens vint me dire au revoir et me souhaiter une bonne année.

— Je vais passer les vacances avec une religieuse de mon ancien orphelinat, m'apprit-elle. C'est une tradition pour nous, depuis une douzaine d'années. Elle est aussi proche de moi que pourrait l'être ma mère.

Gisèle nous observait du perron et, en nous voyant échanger une accolade, elle haussa ostensiblement les épaules.

— Je ne vous remercierai jamais assez pour ce que vous avez fait pour moi au conseil, mademoiselle Stevens. Il fallait du courage.

— Agir selon sa conscience exige parfois du courage, en effet. Mais on en retire une telle satisfaction intérieure que cela vaut la peine. Peut-être faut-il être artiste pour le comprendre, dit-elle avec un clin d'œil amical. Si vous avez le temps de peindre pendant les vacances, faites quelque chose pour moi, voulez-vous ? Envoyez-moi une vue de votre jardin de Garden District, ajouta-t-elle en montant dans sa Jeep.

— C'est promis.

— Heureuse année, Ruby.

Je la regardai s'éloigner, le cœur serré. J'aurais tant voulu pouvoir l'emmener avec moi. Avoir un vrai foyer, des parents qui l'auraient accueillie avec joie, tout partager avec elle : la musique, les bons repas, l'excitation et la chaleur d'un Noël en famille.

Sa Jeep disparut dans le tournant à l'instant où notre limousine apparaissait, et ma sœur poussa des hourras. Mais quand le chauffeur s'approcha pour charger nos bagages dans le coffre, loin de le remercier, elle l'accabla de reproches pour être arrivé si tard.

— Je suis parti quand Mme Dumas me l'a dit, protesta-t-il. Je ne suis pas en retard.

Une fois en route, la grogne de ma sœur s'apaisa graduellement, tel un orage qui s'éloigne ; et quand La Nouvelle-Orléans fut en vue, son moral remonta en flèche. Je savais qu'elle avait appelé bon nombre de ses vieilles connaissances, et fait des projets pour toutes les vacances. Quant à moi, j'étais moins tranquille : je me demandais quel accueil nous réservait Daphné.

A ma grande surprise, nous ne trouvâmes pas la maison déserte et sombre, loin de là. Daphné avait fait accrocher partout des décorations de Noël, le sapin du salon de réception était encore plus grand que celui de l'année précédente et des piles de cadeaux s'entassaient sous ses branches. A peine avions-nous eu le temps d'entrevoir ces merveilles que la grande porte s'ouvrait en coup de vent et que Daphné entrait, dans un éclat de rire. Elle portait une veste en renard blanc, un pantalon de coupe cavalière et d'élégantes bottes de cuir. Sur son chignon bien tiré se perchait coquettement un chapeau de fourrure, assorti à sa veste, et ses boucles d'oreilles en diamants rehaussaient beaucoup l'éclat de sa beauté. Le rose de ses joues me donna l'impression qu'elle avait un peu bu. Il était hors de doute que, si jamais elle avait porté le deuil de papa, cet épisode appartenait désormais au passé. A ses côtés, Bruce riait presque aussi haut qu'elle et, en nous voyant, tous deux se figèrent sur le seuil.

— Et voilà nos deux petites pensionnaires, de retour pour les vacances, constata notre belle-mère en ôtant ses gants de soie. (Bruce l'aida à retirer sa veste et la tendit à Martha, qui attendait à distance respectueuse.) Et comment vont les précieuses jumelles Dumas ?

— Bien, répondis-je avec raideur, froissée par sa désinvolture et sa gaieté.

Nous allions passer Noël sans papa ; sa perte était encore pour moi une blessure à vif, et Daphné se conduisait déjà comme si rien n'avait changé. Ou, si les choses avaient changé pour elle, apparemment c'était en mieux.

— Parfait. J'ai décidé de recevoir du monde, pendant votre séjour. Je suis moi-même invitée à passer le Nouvel An chez des amis, dans leur villa du bord de mer, et je compte sur vous pour vous montrer sous votre meilleur jour. De votre côté, vous pouvez inviter qui vous voulez.

Quelle complaisance et quelle générosité, tout à coup ! Gisèle était aussi stupéfaite que moi.

— Nous avons des années à passer ensemble, reprit notre belle-mère en échangeant un regard avec Bruce, dont le sourire s'élargissait à chacune de ses déclarations. Autant essayer de coexister en bons termes. Noël est le meilleur moment de l'année, je ne veux aucune ombre au tableau. Conduisez-vous bien et tout ira pour le mieux entre nous.

« Tous les cadeaux qui sont sous l'arbre sont pour vous deux et les domestiques, ajouta-t-elle en guise de conclusion.

Gisèle et moi nous regardâmes, sans rien trouver à répondre, et Daphné reprit la parole :

— Allez vous rafraîchir et vous faire belles, les Cardin viennent dîner. Charles Cardin est notre plus important investisseur, au cas où vous l'auriez oublié. Bruce ? appela-t-elle comme on donne un ordre à un assistant.

Bruce se raidit dans une sorte de garde-à-vous et la suivit docilement dans le cabinet de travail.

— Je n'en crois pas mes oreilles, commenta Gisèle. En tout cas, c'est super. Tous ces cadeaux pour nous ! Mais tu en fais une tête, Ruby… Qu'est-ce qu'il y a, encore ?

— Tout ça ne me semble pas correct, Gisèle. Quand on pense que papa vient à peine de mourir…

— Et alors ? On ne nous a pas enterrées avec lui, quand même ! Nous sommes bien vivantes, nous, et Daphné a raison. Noël est le meilleur moment de l'année, amusons-nous. Martha !

— Mademoiselle ?

— Aidez-moi à monter, ordonna ma sœur.

Combien de temps allait-elle jouer cette comédie ? m'indignai-je. Mais je ne pouvais pas révéler sa supercherie, au risque de la voir débiter ses ignobles calomnies sur Mlle Stevens. Je la laissai récriminer, gémir et se contorsionner comme l'infirme qu'elle n'était pas.

Ce soir-là pourtant, craignant de voir Daphné revenir à sa sévérité première, ma sœur se conduisit en jeune fille parfaitement bien élevée. Je ne l'avais jamais vue si polie ni si charmante. Elle décrivit Greenwood comme si elle adorait l'école et vanta mes talents artistiques comme si elle en était fière. Daphné en fut ravie, et nous récompensa en nous autorisant à quitter la table de bonne heure afin de pouvoir appeler nos amis et lancer nos invitations personnelles. Mais au moment où nous allions quitter la salle à manger, avant qu'on serve les alcools, elle me rappela.

— J'ai besoin de parler un moment à Ruby, s'excusa-t-elle en se levant, je reviens tout de suite.

Vexée d'être exclue de la conversation, Gisèle s'éloigna dans le hall et ma belle-mère en vint au fait.

— Je suis très satisfaite de vous deux, Ruby. Vous acceptez avec beaucoup de bon sens le nouvel ordre des choses.

Apparemment, Mme Ironwood ne l'avait pas informée de ma comparution en conseil de discipline, estimai-je. Ou, si elle l'avait fait, Daphné n'en tenait pas compte puisque tout s'était bien terminé pour moi.

— Si c'est à la mort de papa que vous faites allusion, nous sommes bien obligées de l'accepter, répliquai-je.

Loin de se fâcher, ma belle-mère sourit.

— C'est ce que je voulais dire, en effet. Tu es beaucoup plus intelligente que Gisèle, Ruby, et je sais que tu es capable de prendre les bonnes décisions. C'est pourquoi j'ai toujours approuvé Pierre de t'avoir chargée de veiller sur ta sœur. Je vous accorderai deux fois plus de liberté parce que c'est les vacances, mais je compte entièrement sur toi pour que tout le monde se conduise bien.

— Je croyais que j'étais une petite Cajun dévergondée ? ripostai-je.

Le sourire de Daphné s'évanouit et elle me considéra un instant, les yeux rétrécis. Puis son sourire réapparut.

— Quelquefois, la colère nous fait dire ce que nous ne pensons pas, je suis sûre que tu le comprends. Faisons en sorte que cette nouvelle année soit aussi un nouveau départ, tu veux bien ? Pour nous tous. Passons l'éponge et oublions les mauvais moments. Essayons de nous entendre et, pourquoi pas, de former à nouveau une vraie famille. D'accord ?

Ce changement soudain ne me disait rien qui vaille. Qu'est-ce qu'elle mijotait encore ? Je n'étais pas tranquille.

— Oui, répondis-je avec prudence.

— Tant mieux. Une autre attitude n'aurait abouti qu'à rendre la vie plus désagréable à tout le monde.

La menace était claire. Pensive, je regardai s'éloigner ma belle-mère et rejoignis Gisèle dans le hall.

— Qu'est-ce qu'elle voulait ? s'enquit-elle aussitôt.

— Me dire qu'elle souhaitait passer l'éponge, oublier nos erreurs et nous voir former une vraie famille, comme avant.

— Alors pourquoi fais-tu cette tête d'enterrement ?

— Je n'ai pas confiance en elle, voilà tout.

— C'est bien de toi, tiens ! Tu vois toujours les choses en noir. On dirait même que tu souhaites le pire, pour pouvoir te sentir malheureuse. Tu aimes souffrir, insista ma jumelle sur un ton accusateur. Tu trouves ça noble.

— Tu dis n'importe quoi. Personne ne souhaite souffrir.

— Toi, si. J'ai entendu dire que ta mélancolie se voyait dans ta peinture. Même tes oiseaux ont l'air d'être sur le point de pleurer, paraît-il. Eh bien, très peu pour moi ! Je ne te laisserai pas me gâcher mon plaisir !

Sur ce, ma sœur me planta là pour aller téléphoner à ses amis et mettre sur pied ses projets de vacances.

Se pouvait-il qu'elle ait raison ? me demandai-je, toute songeuse. Etais-je vraiment vouée à la mélancolie, et pouvait-on vraiment aimer souffrir ? Non, je ne cherchais pas à me rendre malheureuse. Simplement, le sort m'avait mené la vie si dure qu'au moindre sourire du ciel, je ne pouvais pas m'empêcher de m'attendre à voir un nuage me voiler le soleil. Peut-être devrais-je essayer de ressembler un peu plus à Gisèle, d'être un peu plus insouciante ? Oui, peut-être…

Je montai dans ma chambre pour attendre le coup de fil de Christophe, qui heureusement ne tarda pas. Ce fut un tel réconfort d'entendre sa voix et de le savoir si proche !

— Mes parents se sont résignés à me laisser te voir, m'annonça-t-il. Ils ont parlé à Daphné, il semblerait qu'elle ait changé de ton. Que se passe-t-il ?

— Je n'en sais rien. Effectivement, elle a changé d'attitude mais…

— Mais tu ne lui fais pas confiance ?

— Non. Gisèle trouve que je m'inquiète pour rien, mais c'est plus fort que moi.

— Quelles que soient ses motivations, je m'en moque, du moment que je peux te voir. Oublions-la, voilà tout.

— Tu as raison, Chris. J'en ai assez d'être malheureuse, de toute façon. Profitons de nos retrouvailles.

— Je serai chez toi juste après le déjeuner. Je te consacrerai tout mon temps libre... si tu veux bien.

— C'est tout ce que je demande, affirmai-je avec chaleur.

Les jours qui précédèrent Noël furent bourdonnants d'animation et de joie. A la première occasion, redoutant la mauvaise langue de Gisèle, je parlai de Louis à Chris et lui fis écouter la symphonie. Il fut incontestablement jaloux, mais je parvins à le convaincre que Louis et moi n'étions que des amis l'un pour l'autre. Je lui racontai l'audience en conseil de discipline, et comment Louis m'avait évité le renvoi, bravant les foudres de sa grand-mère et de sa cousine.

— Je n'aurais pas pu le blâmer s'il était tombé amoureux de toi, fit observer Chris.

— Il m'a demandé si j'en aimais un autre, et j'ai dit oui. (Il retrouva le sourire.) Et il le comprend, ajoutai-je.

Désormais certaine que les calomnies de Gisèle resteraient sans effet sur Chris, je me détendis et profitai pleinement des moments que nous passions ensemble. Nous fîmes des sorties en voiture, des promenades à pied, et passâmes des heures à bavarder sur le canapé du salon. Nous avions été si longtemps séparés que ce fut un peu comme s'il nous fallait faire à nouveau connaissance. S'il était possible de s'éprendre deux fois de suite de la même personne, c'est bien ce qui me serait arrivé.

Au début, je crus que Gisèle allait être jalouse, mais beaucoup de ses anciens amis avaient renoué avec elle et on ne voyait quasiment plus qu'eux dans la maison. A chaque absence de Daphné, elle recevait tout le monde dans sa chambre. Je savais qu'ils fumaient de l'herbe et qu'ils buvaient, mais tant qu'elle gardait sa porte close et laissait les domestiques tranquilles, cela m'était bien égal.

Daphné sortait tous les soirs avec Bruce. Mais la veille de Noël, comme elle devait réveillonner dans le Vieux Carré, elle fit servir le dîner de bonne heure et rien que pour nous trois.

— J'ai pensé que nous devions célébrer tranquillement Noël en famille, déclara-t-elle à table.

Elle était en beauté dans sa robe de velours noir et parée de ses diamants. Jamais ses cheveux ne m'avaient semblé si soyeux. Elle avait elle-même composé le menu et commandé à Nina une truite aux amandes, mais elle s'était surpassée pour le dessert. Il consista en un délicieux assortiment de gourmandises, tarte aux pêches, mousse au citron, soufflé au chocolat arrosé de rhum et autres exquises douceurs. Gisèle goûta à tout, mais Daphné ne fit que grignoter. Elle nous avait souvent répété qu'il faut toujours sortir de table avec un peu d'appétit, si l'on tient à garder sa ligne.

— Eh bien, demanda-t-elle enfin, qu'avez-vous décidé pour le réveillon du nouvel an ?

Gisèle me jeta un coup d'œil prudent et dit très vite :

— Nous aimerions réunir quelques amis à la maison.

Puis elle retint son souffle, s'attendant au pire.

— Très bien. J'aime mieux vous savoir toutes les deux ici, plutôt qu'en train de batifoler dans les rues de la ville.

Gisèle s'épanouit, mais je demeurai perplexe. D'où venait cette soudaine indulgence de notre belle-mère ? Comme dit le proverbe : « A cheval donné, on ne regarde point la bouche. » Et pas plus que Gisèle, je n'avais envie de refuser l'aubaine.

Peu après le repas, Bruce vint chercher Daphné pour la conduire à la soirée. Il apportait des cadeaux pour nous deux et les déposa sous le sapin.

— Il vous faudra au moins deux heures pour les déballer demain matin, déclara-t-il en contemplant la pile.

Je dus reconnaître qu'elle était impressionnante.

— Amuse-toi bien, Mère, dit suavement Gisèle quand ils furent sur le point de partir.

— Merci, ma chérie. Amusez-vous bien, vous aussi. Et n'oubliez pas : tout le monde doit être parti à minuit.

— Nous ne l'oublierons pas, promit ma sœur, qui s'empressa de me décocher un clin d'œil.

A vrai dire, nous n'avions que deux invités pour cette soirée de Noël : Chris et le dernier en date des soupirants de Gisèle, John Darby. Un grand brun, très beau garçon, dont la famille était installée à La Nouvelle-Orléans depuis un an à peine. Il jouait dans la même équipe de football que Chris.

Avant leur arrivée, Edgar vint m'annoncer qu'on me demandait au téléphone et j'allai prendre la communication dans le bureau. C'était Paul.

— J'espérais que tu serais là, Ruby, commença-t-il. Je voulais te souhaiter un joyeux Noël.

— Joyeux Noël à toi aussi, Paul.

— Comment ça se passe, là-bas ?

— Nous avons droit à une sorte de trêve, on dirait. Mais je m'attends toujours à voir Daphné sortir d'un placard, le fouet à la main.

Il éclata de rire.

— Ici, la maison est pleine d'invités.

— Je parie qu'elle est merveilleusement décorée, Paul.

— Comme d'habitude, mais... je voudrais que tu sois là. Tu te souviens de notre premier Noël ensemble ?

La mélancolie qui perçait dans sa voix me serra le cœur.

— Bien sûr. Est-ce que tu as enfin une amie, Paul ? Une amie... particulièrement chère ?

— Oui, répliqua-t-il aussitôt, mais je sentis qu'il mentait. D'ailleurs j'appelais juste en coup de vent pour t'adresser mes vœux, crut-il bon de préciser. Il faut que je rejoigne tout le monde. Souhaite un joyeux Noël et une bonne année à Gisèle de ma part.

— Compte sur moi.

— Je te rappelle bientôt, promit-il avant de raccrocher.

Et je me surpris à me demander comment les fils du téléphone pouvaient supporter les rires et les larmes, la joie et la peine qu'ils allaient transmettre cette nuit.

— Qui était-ce ? voulut aussitôt savoir Gisèle.

— Paul. Il te souhaite un joyeux Noël et une bonne année.

— C'est gentil, mais pourquoi fais-tu cette tête ? Pas de ça ! décréta-t-elle en brandissant la bouteille de rhum qu'elle tenait en main. Ce soir, c'est la fête.

Je la dévisageai, cette enfant gâtée, capricieuse, égoïste, assise dans son fauteuil inutile, se complaisant dans la pitié qu'elle inspirait à tous, utilisant sa prétendue infirmité pour imposer à tout le monde ses quatre volontés.

Ma sœur jumelle. En cette soirée de Noël, je vis en elle la personnification de tous mes mauvais penchants. J'eus l'impression de contempler la part la plus sombre de moi-même, comme le Dr Jekyll épiant dans un miroir son double ténébreux, Mr Hyde. Et comme le Dr Jekyll, je ne pouvais pas haïr ce côté sombre comme je l'aurais voulu car il faisait partie de moi, il était moi. Je me sentais prise au piège, tourmentée par mes désirs et mes rêves. Peut-être étais-je tout simplement fatiguée d'être cette petite sainte-nitouche que ma sœur voyait en moi ?

— Tu as raison, Gisèle. Nous allons faire la fête !

Elle éclata d'un rire joyeux et nous passâmes dans le salon pour y attendre Chris et John.

Moins d'une demi-heure après leur arrivée, Gisèle avait déjà fait monter John dans sa chambre et je me retrouvai seule avec Chris. Le calme régnait dans la maison. Nina s'était retirée dans ses quartiers, Edgar et Martha également. Dans le hall silencieux, on entendait battre à coups sourds le balancier de la vieille horloge.

— Cela fait des mois que je réfléchis à ton cadeau de Noël, me dit Chris après que nous eûmes échangé un long baiser passionné. Que pourrais-je offrir à une fille qui a déjà tout ?

— C'est loin d'être mon cas, Chris. Je vis dans une maison cossue et j'ai des toilettes à ne savoir qu'en faire, mais...

— Mais tu m'as, moi ! m'interrompit-il en riant. Ne sois pas si sérieuse, voyons. Tu m'as promis qu'on allait s'amuser, se détendre, et voilà que tu prends tout ce que je dis au pied de la lettre.

— C'est vrai, je te demande pardon. Alors, qu'as-tu acheté à la fille qui a déjà tout ?

— Rien.

— Quoi ?

— Ah si ! J'ai acheté cette solide chaîne d'or pour te la passer au cou, dit-il en tirant de sa poche l'anneau où était gravé son matricule scolaire, suspendu à une chaînette.

Le souffle me manqua. Pour un jeune créole de La Nouvelle-Orléans, offrir à une fille son anneau de promotion ou l'insigne de sa fraternité d'étudiants équivalait à un engagement. C'était un premier pas vers les fiançailles. Cela signifiait que tous les vœux que nous avions échangés, tous les serments que nous nous étions murmurés par téléphone seraient tenus. Que je serais à lui et rien qu'à lui, comme il serait mien, non seulement dans l'intimité de nos cœurs mais au grand jour. Au vu et au su de tous.

— Oh, Chris!

— Tu le porteras? s'enquit-il anxieusement.

Je plongeai mon regard dans ses yeux bleus, remplis de promesses et d'amour.

— Oui, Chris. Je le porterai.

Il me passa la chaîne au cou, puis ses doigts la suivirent jusqu'au creux de mes seins, où l'anneau s'était niché. Je pouvais sentir sa chaleur à travers l'étoffe de mon chemisier. J'eus l'impression qu'elle pénétrait en moi comme un courant électrique, atteignant instantanément mon cœur qui se mit à battre à grands coups. Je m'entendis gémir quand les lèvres de Chris trouvèrent les miennes, et tout mon corps fondit comme cire sous son étreinte.

Le salon n'était que faiblement éclairé par la lueur de l'âtre et l'unique lampe allumée, sur la table basse. Chris tendit le bras derrière lui pour l'éteindre, puis il me prit par les épaules et je me laissai glisser sous lui, renversée sur les coussins du canapé.

Tout alanguie, exténuée par ma lutte contre moi-même après des mois de désir torturant, je m'offris aux baisers de Chris et les miens se firent plus impatients, plus exigeants. Partout où ses doigts me touchaient, j'accueillais avidement sa caresse. Et quand il releva mon soutien-gorge pour taquiner le bout de mes seins, avec sa langue d'abord, puis avec ses lèvres, je m'abandonnai à l'extase qui montait en moi comme un raz-de-marée.

J'avais fermé les yeux, uniquement attentive au froissement des vêtements de Chris, à la progression de sa main sous les miens. Je la sentis se faufiler sous ma jupe, faire glisser ma petite culotte sur mes cuisses. Je relevai les jambes pour qu'il puisse me l'ôter complètement et la sensation d'être nue porta mon excitation à un degré d'intensité suraigu. J'explorais la bouche de Chris, promenais mes lèvres sur ses paupières et chuchotais fébrilement des

« oui » auxquels il répondait avec une ferveur égale. Pendant quelques secondes, j'ouvris les yeux et vis danser les ombres et le reflet du feu tout autour de nous, sur les murs et sur le plafond. Et pendant ce court moment, peut-être à cause de la chaleur qui courait dans nos veines, j'eus l'impression que nous étions plongés dans ce feu et nous consumions à nos propres flammes. Mais je voulais brûler, je le voulais de toutes les forces de mon être.

Je m'ouvris à Chris et il entra en moi, appelant mon nom comme si, même en cet instant, il redoutait de me perdre. J'étreignis ses épaules et le plaquai sur moi, adoptant le mouvement onduleux que son corps imprimait au mien comme si nous ne formions plus qu'un. Vague après vague, la passion déferla sur nous ; je buvais ses baisers sans plus les distinguer l'un de l'autre. Il n'y eut plus qu'un seul baiser, une seule étreinte sans fin, un seul et merveilleux mouvement de vague indéfiniment renouvelé.

— Je t'aime, Ruby, je t'aime, gémit Chris au paroxysme du plaisir.

Mes propres cris de joie moururent au creux de son épaule et je m'accrochai à lui de toutes mes forces, comme si je pouvais retenir ces instants d'indicible extase. Puis tout s'apaisa et nous nous retrouvâmes étendus côte à côte, le souffle court, attendant que nos cœurs affolés reprennent un rythme normal.

Tout était arrivé si vite que je n'avais pas eu le temps de réfléchir, ce qui d'ailleurs ne changeait rien. J'avais voulu cela. J'avais voulu Christophe, la passion, le plaisir, l'amour et la tendresse, la beauté du don réciproque. Et pendant quelques instants, j'avais senti s'alléger la tristesse et les ombres qui m'avaient si longtemps oppressée. Tant que j'aurais Chris, le soleil brillerait pour moi.

— Tu es bien, Ruby ? s'inquiéta-t-il. (Je fis signe que oui.) Je ne voulais pas être si...

— Tout est bien comme ça, Chris. Il ne faut surtout pas nous sentir coupables. Nous nous aimons, c'est la seule chose qui compte. Et tout ce que nous pouvons faire sera toujours bien et pur, parce que ce sera toujours bien et pur à nos yeux.

— Oh, Ruby ! Je t'aime tellement... Je ne pourrai jamais en aimer une autre autant que toi.

— J'espère que c'est vrai, Chris.

— C'est vrai, promit-il gravement.

Le rire de Gisèle retentit à l'étage, nous plongeant dans une véritable transe. Nous nous rhabillâmes en toute hâte et Christophe ralluma la lampe, pendant que je remettais de l'ordre dans ma coiffure. Il venait de se lever pour aller remuer les bûches dans la cheminée quand John entra au salon, portant Gisèle dans ses bras.

— Nous avons décidé de venir voir ce que vous deveniez, annonça ma sœur, suspendue au cou de John tel un bébé chimpanzé à sa mère. Et John est si fort ! minauda-t-elle en appuyant la joue sur sa poitrine. C'est bien plus rapide et plus agréable de monter et de descendre l'escalier dans ses bras que dans ce maudit siège électrique.

Agenouillé devant le feu, Chris me jeta un regard bref avant de lever les yeux sur elle.

— Je reconnais cette expression, Chris Andréas ! Et toi, Ruby, n'essaie pas de cacher quelque chose à ta sœur jumelle.

Elle leva la tête vers John, qui la portait sans effort apparent.

— Les jumelles devinent intuitivement des tas de choses l'une sur l'autre, tu savais ça, John ?

— Oh ?

— C'est vrai. Quand je suis malheureuse, Ruby le sent tout de suite, et quand elle a fait l'amour…

— Ça suffit, Gisèle ! m'écriai-je, consciente de la rougeur qui gagnait rapidement mes joues.

— Une seconde, toi ! riposta ma sœur. John, dépose-moi sur le canapé, tu veux ? (Il s'empressa d'obéir.) Qu'est-ce que tu as au cou ? C'est ton anneau, Chris ?

— Oui, dit-il en se levant.

— Tu lui as donné ton anneau ! Tu imagines ce que vont dire tes parents ?

— Ils diront ce qu'ils voudront, riposta Chris en revenant s'asseoir à mes côtés. Cela m'est parfaitement égal.

Il prit ma main et, dans les yeux de ma sœur, la surprise fit place à une jalousie féroce.

— Eh bien, je connais quelqu'un à Greenwood qui ne va pas s'en remettre ! lança-t-elle avec perfidie.

— Chris est au courant, Gisèle. Je lui ai parlé de Louis.

— Tu as fait ça ! s'écria-t-elle, toute dépitée.

— Elle a fait ça, renvoya Chris. Et je dois dire que je suis reconnaissant à ce Louis de l'avoir soutenue au conseil de discipline.

Gisèle eut un sourire contraint, auquel succéda aussitôt une expression de curiosité intense. Elle changeait aussi facilement de visage que si elle zappait à la télévision.

— Le don d'un anneau, ça s'arrose, décréta-t-elle. Si nous allions fêter ça ? A la Porte Verte, par exemple. Ils ne sont pas trop regardants sur la limite d'âge, pour l'alcool. En tout cas, ils ne l'étaient pas.

— Nous avons promis à Daphné de rester à la maison, Gisèle, et il est déjà tard. Elle va bientôt rentrer.

— Mais non, nous avons le temps ! Et puis qu'est-ce que ça change, qu'on lui ait promis ou pas ? Elle est bien plus coulante, maintenant.

— Justement, répliquai-je. Ce ne serait pas très malin de la mettre en colère. Pourquoi ne pas faire griller du pop-corn, plutôt ? Nous pourrions faire une partie de backgammon devant la cheminée.

— Pas-sion-nant, commenta ma sœur. Viens, John. Remontons chez moi et laissons ces deux petits vieux tricoter dans le salon. (Elle tendit la main vers lui pour palper ses biceps.) N'est-ce pas qu'il est fort ? Je me sens comme un bébé dans ses bras, dit-elle d'une petite voix dolente en l'embrassant dans le cou. Je suis si faible, moi... Mais John est un amour. N'est-ce pas, John ?

— Pardon ? Oh, oui, bien sûr.

— Alors montons. J'ai besoin qu'on change mes couches, annonça-t-elle en s'esclaffant.

Je crus un instant que John allait la laisser tomber sur le tapis. Mais il se détourna, rouge comme une tomate, et s'empressa de quitter le salon, emportant une Gisèle gloussant de rire.

— Je me demande encore comment j'ai pu m'enticher d'elle, réfléchit Chris à haute voix.

— C'était le destin. Si ce n'était pas arrivé, nous ne nous serions peut-être jamais connus.

— Je t'adore, Ruby. Tu trouves toujours quelque chose de bon dans tout... même chez une fille comme Gisèle.

— Je dois aimer les paris impossibles, lui renvoyai-je,

avec un sérieux qui nous fit éclater de rire en même temps.

Puis il me demanda de jouer la symphonie de Louis et nous l'écoutâmes assis côte à côte, son bras autour de mes épaules.

— Je trouve merveilleux que tu aies su inspirer une œuvre aussi belle, m'avoua-t-il quand ce fut terminé.

A minuit, nous montâmes appeler John. Gisèle protesta tant et plus et fit de son mieux pour le retenir, ne fût-ce que pour transgresser les ordres de Daphné. Mais Chris n'entendait pas courir le risque d'irriter notre belle-mère. Il ordonna fermement à John de descendre, et il fut obéi. Je reconduisis les garçons à la porte, et Chris et moi nous séparâmes après un long baiser d'adieu.

En remontant, j'éprouvai un choc en trouvant Gisèle plantée sur le seuil de sa chambre. J'avais beau savoir qu'elle pouvait se lever et marcher à sa guise, la voir debout sur ses jambes me paraissait toujours bizarre et incongru.

— C'est toi la plus heureuse des deux, maintenant, se plaignit-elle. Chris est à toi pour toujours.

— Et tu voudrais avoir quelqu'un pour toujours, toi aussi ?

— Bien sûr que non. Je suis trop jeune. Je veux faire des expériences, m'amuser, avoir des douzaines de garçons avant d'épouser un homme qui roule sur l'or.

— Alors pourquoi es-tu jalouse ?

— Moi, jalouse ? (Elle eut un rire méprisant.) Sûrement pas !

— Si, tu l'es. Tu ne l'avoueras jamais, encore moins à toi-même, mais tu voudrais avoir quelqu'un qui t'aime. Seulement... tu es bien trop égoïste pour qu'on t'aime.

— Oh, ne commence pas avec tes sermons, tu veux ? Je suis fatiguée. John est un excellent amant, précisa-t-elle avec un sourire égrillard. Pas très malin, mais très bon au lit. Ma soi-disant dépendance les rend fous, tous autant qu'ils sont. Les hommes adorent croire qu'ils nous prennent en charge, même si ce n'est pas le cas. Je pourrais le mener par le bout du nez, conclut-elle en riant.

— Donc, tu vas continuer à jouer les infirmes ?

— Jusqu'à ce que j'en aie assez, oui. Et si par malheur il te prenait l'envie de vendre la mèche...

— Je me moque de tout ce que tu peux faire, Gisèle. Tant que cela ne porte pas tort à quelqu'un que j'aime, en tout cas. Si jamais ça t'arrive...

— Tu me tords le cou, je sais. En attendant, menaça-t-elle, le seul cou qui risque d'être tordu dans cette maison c'est le tien, quand les parents de Chris apprendront qu'il t'a donné son anneau. Tu vas devoir le rendre, tu sais ? Autant t'y préparer tout de suite. Bonne nuit, petite sœur. Et au fait... joyeux Noël !

Elle referma la porte sur elle et je me retrouvai toute tremblante dans le couloir. Ma sœur se trompait. Il fallait qu'elle se trompe, me répétais-je. D'ailleurs, dès le lendemain je montrerais l'anneau de Chris à Nina et lui demanderais de prononcer un charme ou de trouver un rituel qui protégerait notre amour.

Je me mis au lit, bercée par les souvenirs de mes merveilleux moments d'amour avec Chris, souvenirs encore si vivaces et si proches que je croyais presque sentir sa présence à mes côtés. J'allai même jusqu'à tendre le bras comme s'il était vraiment là et que j'allais le toucher.

— Bonne nuit, Chris, chuchotai-je. Bonne nuit, mon bien-aimé.

J'avais le goût de ses baisers sur les lèvres quand je me laissai glisser dans le sommeil, lovée dans la douce chaleur de mon cœur débordant d'amour.

15

Trop polie pour être honnête

Je dormis même assez tard, le lendemain. Quand j'étais petite, je détestais les heures de sommeil séparant la veillée du matin de Noël. Attendre le lever du soleil pour pouvoir descendre et déballer mes cadeaux était pour moi un vrai supplice. Nous étions pauvres, mais grand-mère Catherine s'arrangeait toujours pour que j'aie des présents superbes, et ses amis aussi en apportaient pour moi. Il y en avait toujours un qui gardait son secret, sans carte indiquant le nom de la personne qui l'offrait. J'aimais imaginer qu'il venait de cet inconnu, mon père mystérieux. Et sans doute était-ce l'intention de grand-mère, pour que je continue à croire que j'avais un père qui m'attendait quelque part… ailleurs. Avec ses dons de prophétesse, elle voyait venir le jour où je quitterais le bayou pour partir à sa recherche.

Mais maintenant qu'elle n'était plus là, et que papa aussi s'en était allé, l'excitation et la joie du matin de Noël s'étaient ternies au point que c'était presque un jour ordinaire, pour moi. Et je suppose qu'il en allait de même pour Gisèle, mais pour des raisons tout autres, bien qu'elle tirât vanité de l'abondance des cadeaux qui nous attendaient sous l'arbre. Elle avait déjà tant de choses ! Des armoires bourrées de vêtements, des montagnes de cosmétiques et des rivières de parfum, des bijoux dignes d'une reine et plus de montres luxueuses qu'il n'y avait d'heures dans une journée… Avec tout cela, je me demandais ce qu'on pourrait bien lui offrir encore pour lui faire plaisir. Elle devait se dire la même chose que moi, car ni le soleil du matin ni le carillon de la vieille horloge ne parvinrent à la tirer de sa torpeur. Je devinais dans quel état elle devait être, après tout ce qu'elle avait bu la veille.

Je n'étais pas pressée de me lever non plus : les yeux ouverts, je pensais à Chris et aux promesses que nous avions échangées. J'aurais voulu pouvoir franchir les années d'un bond jusqu'au jour de notre mariage. Un mariage qui m'arracherait à cette famille brisée pour m'ouvrir la porte d'une vie nouvelle, tout emplie d'espoir et d'amour. J'imaginais Gisèle, ce jour-là, un peu à l'écart et verte de jalousie, m'observant avec un rictus mauvais tandis que je jurerais amour et fidélité à Chris et qu'il me rendrait la pareille. Quant à Daphné, je supposais qu'elle serait tout simplement soulagée d'être débarrassée de moi.

Quelques « ho, ho » sonores et un tintement de grelots m'arrachèrent à ma rêverie.

— Debout, paresseuses ! cria Bruce du haut de l'escalier.

Je me levai pour aller entrebâiller ma porte et le découvris planté sur le palier, déguisé en Père Noël.

— Allons, réveillez-vous ! Daphné et moi sommes impatients de vous voir ouvrir vos cadeaux.

Il alla secouer ses grelots devant la porte de Gisèle et je ris toute seule en l'entendant grogner et jurer. Je me représentais sans peine quel effet ce bruit devait produire sur quelqu'un qui cuvait son vin.

— J'arrive ! m'écriai-je quand les clochettes se firent entendre à ma porte.

Je fis ma toilette, passai une blouse en soie blanche à col de dentelle et une jupe paysanne, puis je nouai mes cheveux d'un ruban assorti. On avait envoyé Martha aider Gisèle, mais quand je quittai ma chambre je la trouvai devant celle de ma sœur, marmonnant un chapelet de « Ô mon Dieu, mon Dieu ! » en se tordant les mains. Intriguée, je risquai un œil dans la chambre de Gisèle. Ma sœur était roulée en boule sous ses couvertures, et le haut de sa tignasse était tout ce qu'on voyait d'elle.

— Vous n'avez qu'à les prévenir qu'elle se moque de ses cadeaux, dis-je, assez haut pour être entendue de Gisèle.

Instantanément, ma sœur jaillit des couvertures.

— Vous ne leur direz rien du tout ! glapit-elle. Oh ! la la ! pourquoi est-ce que j'ai crié comme ça ? Aide-moi, Ruby. J'ai l'impression qu'on joue au billard dans ma tête.

Je savais que Nina détenait une recette spéciale, souveraine contre le mal aux cheveux. Cela ferait l'affaire.

— Commence à t'habiller, Gisèle. Je vais t'apporter quelque chose qui te fera du bien.

Elle s'assit dans son lit, pleine d'espoir.

— C'est vrai ? Tu promets ?

— Puisque je te le dis. Allez, habille-toi.

— Mais entrez, Martha ! ordonna ma jumelle. Pourquoi n'avez-vous pas préparé mes vêtements ?

— Il faudrait savoir, bougonna la femme de chambre. D'abord elle me dit de filer, ensuite elle me dit d'entrer !

Elle obéit quand même et je descendis à la cuisine, où Nina préparait le petit déjeuner.

— Joyeux Noël, Nina !

— Joyeux Noël à vous aussi, répondit-elle en me souriant de toutes ses dents.

— J'ai deux choses à vous demander, Nina, si vous avez la bonté de les faire pour moi.

— Et c'est quoi que vous voulez, petiote ?

— D'abord, annonçai-je en plaçant mes mains à bonne distance des oreilles, Gisèle à une tête comme ça. Elle a bu trop de rhum, hier soir.

Nina fit la grimace.

— C'est pas la première fois, et je suis pas sûre d'avoir envie de l'aider !

— Je sais, Nina. Mais quand elle a des problèmes, elle mène une vie infernale à tout le monde et pour finir, c'est toujours sur moi que ça retombe.

— Bon, d'accord, acquiesça Nina.

Elle alla ouvrir un placard, en tira les ingrédients nécessaires et entreprit de les mélanger dans un grand verre.

— Un jaune d'œuf cru avec une tache de sang dessus, c'est ça qu'y nous faut, marmonna-t-elle. Par chance, j'en ai gardé un que j'ai trouvé hier. Et voilà ! Faites-lui avaler ça d'un coup, sans respirer. C'est très important.

Je souris, sachant très bien que si Gisèle apprenait ce qu'il y avait dans cette mixture, elle la refuserait tout net.

— Compris.

— Et c'est quoi, l'autre chose que vous vouliez de Nina ?

— Chris m'a donné son anneau de promotion, hier soir, annonçai-je en lui montrant le présent. Il m'a juré son amour et je lui ai juré le mien. Vous pouvez brûler un cierge pour nous ?

— C'est du soufre, qu'y vous faut, pas un cierge. Surtout si le serment a été fait dans cette maison. Venez trouver Nina plus tard, dans sa chambre. Avec Monsieur Chris. Nina fera le rituel pendant que vous vous tiendrez les mains.

Cette fois je me retins de sourire, mais je me demandai ce qu'allait penser Chris de cette proposition.

— Je le préviendrai, Nina. Merci.

Je me hâtai de rejoindre Gisèle, et la trouvai en train de houspiller Martha Woods, sous prétexte qu'elle avait mal choisi les coloris de sa toilette.

— Non, mais quel goût, regarde-moi ça ! Elle voulait que je mette cette blouse et cette jupe-là. Du rouge et du vert !

— Je pensais que c'étaient des couleurs appropriées pour Noël, se défendit la femme de chambre.

— C'est très bien, Martha. Je vais m'occuper d'elle.

— J'aime mieux ça, surtout que ce n'est pas le travail qui me manque ce matin ! soupira celle-ci avec soulagement.

Et elle s'empressa de déguerpir.

— Qu'est-ce que c'est que ce truc ? geignit ma sœur.

— La potion de Nina. Il faut tout boire d'un coup, sinon ça ne marche pas.

Ma sœur examina le mélange d'un œil méfiant.

— Tu en as déjà bu, toi ?

— J'ai bu quelque chose du même genre, pour digérer.

— Je suis prête à tout, même à me couper la tête, grimaça Gisèle en me prenant le verre des mains.

Elle le porta à ses lèvres, retint sa respiration et roula des yeux blancs quand le liquide glissa sur ses papilles.

— Ne t'arrête pas, ordonnai-je comme elle faisait mine d'abandonner.

Je dus m'avouer que son malaise me procurait un certain plaisir. Elle vida son verre et déglutit bruyamment.

— Beurk! C'était quoi, cette horreur? Sûrement du poison. Tu sais ce qu'il y avait dedans?

— Un œuf cru, quelques herbes, une poudre qui doit être du cartilage de serpent à sonnettes écrasé...

— Oh, non, arrête! gémit-elle en levant les mains, paumes en avant. Je crois que je vais vomir.

Elle courut à la salle de bains mais ne vomit pas, et quand elle réapparut ses joues avaient repris leurs couleurs.

— Je crois que ça marche vraiment, annonça-t-elle, toute ragaillardie.

— Alors habille-toi, ils nous attendent au salon. Bruce est déguisé en Père Noël, avec une belle barbe.

— Il doit être mignon, tiens!

En descendant, nous trouvâmes Daphné en kimono rouge et mules assorties, les cheveux tirés en arrière et maquillée avec soin, comme si elle y avait passé des heures. Carrée dans un fauteuil provençal à haut dossier, elle sirotait un café dans une tasse en argent. Bruce était debout près du sapin, tout faraud dans son costume et souriant jusqu'aux oreilles.

— Il était temps que ces dames descendent! s'exclama Daphné. Quand j'étais petite, j'étais plus impatiente que vous d'ouvrir mes cadeaux.

Gisèle fit la moue.

— Nous ne sommes plus des enfants, Mère.

— Quand il s'agit de recevoir des cadeaux, une femme est toujours une enfant, répliqua Daphné avec un clin d'œil à l'intention de Bruce. Père Noël?

— Voilà, voilà, voilà! chantonna Bruce en ramassant une brassée de paquets pour nous les apporter.

Je m'assis sur le canapé pour ouvrir les miens et Gisèle fit de même dans son fauteuil, tandis que Bruce entamait une série d'aller-retour entre nous et le sapin. Les gros paquets contenaient de nouvelles toilettes signées par les meilleurs stylistes, et nous reçûmes chacune une nouvelle veste en cuir avec les bottes assorties et un bonnet de fourrure, que nous ne mettrions probablement jamais. Bruce nous offrit des bracelets porte-bonheur. Il restait une foule de petits cadeaux luxueux, huiles de bain, cosmétiques divers et parfums. Gisèle déchirait les papiers, jetait un coup d'œil au contenu et passait aussitôt à un autre.

— C'est beaucoup trop, me récriai-je, encore incrédule devant la générosité soudaine de Daphné.

Elle me tendit une grande boîte en carton.

— Voilà quelque chose que tu seras contente d'offrir à ton oncle Jean, Ruby. Une demi-douzaine de chemises de soie qu'il a toujours aimé porter.

— Vous me permettrez d'aller à l'hôpital ?

— Le chauffeur t'y conduira demain, si tu veux.

Je me tournai vers Gisèle.

— Cela te ferait plaisir de m'accompagner ?

— Chez les dingues ? Tu perds la tête ou quoi ?

— Tu y allais pourtant, autrefois, lui rappelai-je.

— Une fois tous les trente-six du mois, et seulement pour papa. Je détestais ça.

— Mais... juste pour Noël ?

— S'il te plaît, Ruby. Pitié !

— Tu peux emmener Chris, intervint Daphné. (J'en restai sans voix.) Je crois qu'il y a aussi quelques cadeaux de ce Cajun, votre demi-frère. Bruce ?

L'obligeant Bruce apporta aussitôt les cadeaux en question. Un magnifique journal pour chacune, avec une couverture en bois de cyprès ornée d'un paysage du marais.

— Un journal ! s'esclaffa Gisèle. Comme si j'avais envie de noter tous mes petits secrets. Pas de danger !

Notre belle-mère échangea un regard avec Bruce.

— Justement, nous nous préparions à vous dire un secret. Un autre cadeau de Noël, en somme.

Gisèle ouvrit des yeux ronds en voyant le faux Père Noël s'approcher de Daphné, puis Daphné lui prendre la main et se retourner vers nous pour annoncer :

— Bruce et moi allons nous marier.

— Vous marier ? s'effara ma jumelle. Quand ?

— Dès qu'il se sera écoulé un laps de temps décent après la mort de votre père. (Elle nous étudia l'une et l'autre, épiant nos réactions.) J'espère que vous vous réjouissez pour nous, et que vous accueillerez Bruce dans la famille comme votre nouveau père.

« Je sais que c'est un peu déroutant pour vous, de but en blanc, mais il vaudrait mieux qu'aux yeux de tous nous formions à nouveau une famille unie. Puis-je compter sur vous ?

Voilà donc pourquoi elle s'était tellement radoucie ! Ce mariage ferait événement dans la haute société de La Nouvelle-Orléans, et il était important pour Daphné qu'il fût aussi réussi, aussi grandiose que des noces royales. Il aurait les honneurs de la chronique mondaine et, depuis la publication des bans jusqu'à la cérémonie, tout le monde aurait les yeux fixés sur notre famille. D'ici là, d'éminents personnages seraient invités à dîner à la maison, et Daphné tiendrait certainement à ce qu'on nous voie sortir tous ensemble, au théâtre ou à l'opéra.

— Je sais que je ne remplacerai jamais votre père à vos yeux, plaida Bruce, mais j'aimerais qu'il me soit permis d'essayer. Je m'efforcerai d'être un vrai père pour vous.

— Vous pourriez obtenir de Mère que nous revenions ici et reprenions nos cours au lycée ? s'enquit vivement Gisèle.

Daphné se rembrunit.

— Finissez déjà votre année à Greenwood, Gisèle. Bruce et moi avons suffisamment à faire sans nous préoccuper de vos besoins quotidiens, à toutes les deux. Je vous donnerai la permission de quitter le campus et veillerai à ce que vous receviez plus d'argent de poche.

Ma sœur pesa les termes du marché.

— Tu n'as pas encore dit un mot, Ruby, fit remarquer notre belle-mère.

— J'espère que vous serez heureux, tous les deux.

Pendant un moment, nous nous dévisageâmes à travers la pièce, comme deux gladiateurs hésitant entre la trêve et un nouveau combat. Elle choisit d'accepter mes vœux.

— Merci. Et maintenant que tout ceci est terminé, si nous passions à table ? proposa-t-elle en posant sa tasse.

— Une minute ! s'interposa Gisèle, en me décochant un rapide coup d'œil. J'ai une surprise pour vous. Ce devait être mon cadeau de Noël, mais maintenant... ce sera aussi votre cadeau de noces, acheva-t-elle avec son plus beau sourire.

Déjà presque debout, Daphné se rassit prudemment.

— Et quelle est cette surprise, Gisèle ?

— Ceci ! s'écria ma jumelle en esquissant un geste pour

se lever, comme si cela lui coûtait des efforts gigantesques.

Sur les traits de Daphné, la stupéfaction fit place au ravissement. Bruce rit et posa une main sur son épaule. Et moi, j'observai ma sœur qui chancelait, se redressait, prenait de longues inspirations, grimaçait de douleur feinte et, finalement, lâchait les accoudoirs de son fauteuil et se levait. Elle tituba, ferma les yeux comme si sa tentative exigeait toute sa concentration et toute sa force, risqua un petit pas en avant, puis un autre. Là, elle parut sur le point de tomber mais Bruce courut jusqu'à elle et elle s'effondra dans ses bras.

— Oh, Gisèle ! s'écria Daphné. C'est merveilleux !

La main plaquée sur sa poitrine, ma sœur fit mine de reprendre son souffle. Elle buvait du petit-lait.

— Je me suis donné du mal, haleta-t-elle. Je savais que je pouvais me tenir debout et j'avais déjà fait un pas ou deux avant, mais je voulais marcher seule jusqu'à vous. Je suis tellement déçue, geignit-elle. Je vais encore essayer.

— C'est très bien comme ça. Tu viens de nous faire un merveilleux cadeau de Noël, n'est-ce pas, Bruce ?

— Certainement, approuva-t-il, tenant toujours fermement ma sœur.

Il la guida jusqu'à son fauteuil et, quand elle s'y installa, elle leva sur moi un regard triomphant.

— Tu étais au courant, Ruby ? s'enquit Daphné.

Mon regard glissa de ma sœur à ma belle-mère.

— Non, me contentai-je de répondre.

Tout reposait sur le mensonge, dans cette maison et dans cette famille. Si j'en avais dit plus, on ne m'aurait même pas entendue. Et en fait de tromperies et de calculs, j'étais convaincue que Gisèle et Daphné se valaient.

— Quelle surprise ! Et dire que tu as gardé ton secret, même envers ta sœur jumelle, uniquement pour que nous soyons les premiers à savoir ! C'est très gentil à toi, Gisèle.

— Mère, je te promets que je vais travailler dur pour retrouver tous mes moyens. Je veux pouvoir marcher derrière toi quand tu descendras la nef le jour de votre mariage.

— Ce serait absolument... fantastique. Oh, Bruce ! Tu imagines la réaction des gens ? C'est comme si... comme si mon nouveau mariage rendait le bonheur et la santé à cette famille.

— Tu vois bien, Mère, que je ne peux pas rentrer à Greenwood maintenant, insista Gisèle. J'ai besoin de rééducation, et la cuisine de Nina vaut cent fois mieux que la tambouille qu'on nous sert au pavillon. Procure-moi un précepteur et laisse-moi rester ici.

Daphné fronça les sourcils, pensive.

— Laisse-moi le temps d'y réfléchir, tu veux ?

— Merci, Mère !

— Je ne m'attendais vraiment pas à un si beau Noël, commenta Daphné. Tout ça m'a donné une faim de loup. Père Noël ? Votre bras, s'il vous plaît.

Bruce courut jusqu'à elle et je les regardai sortir, puis je pivotai vers ma sœur. Elle souriait jusqu'aux oreilles.

— Elle va nous garder à la maison, maintenant. Tu verras.

— Toi, peut-être, mais pas moi. Je n'ai pas de handicap susceptible de guérison miraculeuse.

Gisèle haussa les épaules.

— En tout cas, merci d'avoir fermé ton bec et joué le jeu.

— Je n'ai pas joué le jeu, comme tu dis. Je me suis contentée de vous regarder toutes les deux échanger une collection de mensonges.

— Et après ? Tiens, railla-t-elle en me lançant le cadeau de Paul. Tu dois avoir tellement de secrets que tu pourrais remplir deux de ces trucs-là en une journée.

Je pris le journal et la suivis quand elle roula son fauteuil hors de la pièce mais, sur le seuil, je me retournai pour regarder le sapin et la montagne de paquets ouverts. J'aurais tant voulu connaître à nouveau la joie d'un vrai matin de Noël, et recevoir un vrai cadeau. Le seul qui donne à ce jour béni son vrai sens… un peu d'amour.

Chris arriva peu après qu'on eut échangé les cadeaux dans sa propre famille, et je lui offris le mien. Une plaque d'identité en or que j'avais achetée le lendemain de notre retour, et où j'avais fait graver au revers : *Avec tout mon amour, pour la vie, Ruby*.

— J'en ai déjà trois comme ça dans mon tiroir, fit-il observer en passant la gourmette à son poignet, mais jusqu'à présent aucun n'avait de sens pour moi.

Et, avant que quelqu'un d'autre n'entre au salon, il m'embrassa rapidement sur la joue.

— Maintenant, annonçai-je avec sérieux, j'ai quelque chose à te demander, Chris. Et je te défends de rire.

Il sourit de plaisir, savourant d'avance la surprise.

— Nina va brûler du soufre à notre intention, pour bénir notre amour et le protéger des esprits du mal.

— Quoi !

— Viens, lui intimai-je en saisissant sa main, une protection n'a jamais fait de mal à personne.

En riant, il se laissa entraîner dans les couloirs jusqu'à la chambre de Nina. Je frappai, attendis qu'elle m'ait répondu et nous pénétrâmes dans sa retraite. Chris resta bouche bée devant tout son bric-à-brac vaudou : poupées, os, lambeaux de fourrure noire et mèches de cheveux liées par des lacets de cuir, racines tordues et lanières en peau de serpent. Sur les étagères s'entassaient de petits flacons de poudre, des paquets de bougies de couleurs diverses, des jarres pleines de têtes de serpents. Et parmi tout cela, une photo de la femme que je savais être Marie Laveau, assise sur une sorte de trône. Nina brûlait souvent des cierges blancs devant ce portrait, la nuit, en psalmodiant ses prières.

— Qui est-ce ? demanda Chris.

— Vous, un gars de La Nouvelle-Orléans, vous ne savez pas qui est Marie Laveau, la Reine du Vaudou ?

— Ah, oui... j'ai déjà entendu ce nom-là.

Il me regarda d'un œil perplexe quand Nina se dirigea vers les étagères. Elle y prit un petit pot de faïence, comme elle l'avait déjà fait pour célébrer le même genre de rituel, à mon arrivée dans la maison.

— Tous les deux, vous tenez ça, ordonna-t-elle. Ensemble.

Elle alluma une bougie blanche, murmura une prière et inclina la flamme au-dessus du pot pour allumer le soufre, mais il ne prit pas et elle me jeta un regard soucieux. Puis elle recommença l'opération et garda la bougie inclinée jusqu'à ce qu'un filament de fumée s'élève en tourbillonnant. L'odeur fit grimacer Chris, mais j'avais pris mes précautions : je retenais ma respiration.

— Fermez les yeux et penchez-vous, commanda Nina. Il faut que la fumée touche votre figure.

Nous obéîmes et elle marmonna une autre prière.

— Aïe, ça chauffe ! s'exclama Chris en desserrant les doigts.

Je faillis laisser tomber le pot mais Nina s'en empara et le maintint d'une main ferme.

— Cette chaleur-là, c'est rien, comparée à celle des esprits mauvais, nous gourmanda-t-elle. Ceux-là, ils brûlent. Nina espère qu'y a eu assez de fumée.

— Oh oui, affirma Chris. Bien assez.

— Merci, Nina, dis-je avec douceur, voyant combien elle restait soucieuse.

Elle hocha la tête et Chris me poussa vers la porte.

— Oui, merci, Nina, dit-il à son tour.

Et il m'entraîna dans le couloir.

— Ne ris pas, Chris Andréas !

— Je ne ris pas, protesta-t-il, je t'assure.

Mais je vis bien qu'il était soulagé d'en avoir fini et de se retrouver dans le salon. Je jugeai utile d'insister :

— Ma grand-mère m'a appris à ne jamais rire des croyances d'autrui, Chris. Dans le domaine des choses spirituelles, personne ne détient le monopole de la vérité.

— Tu as raison, Ruby. Et d'ailleurs, tout ce qui te fait du bien et te rend heureuse me fait du bien et me rend heureux. C'est vrai, je suis sincère, ajouta-t-il en m'embrassant.

Quelques instants plus tard, Gisèle roulait vivement son fauteuil dans la pièce, l'air on ne peut plus satisfaite d'elle-même. Durant tout le petit déjeuner, il n'avait été question que de sa guérison miraculeuse. On l'avait annoncée à Edgar et à Nina mais ils avaient paru si peu impressionnés que ma sœur me soupçonnait de leur avoir dit la vérité.

— Je dérange ? lança-t-elle à Chris d'un ton persifleur.

— Il se trouve que oui, rétorqua-t-il en souriant.

— Quel dommage ! Tu lui as dit, Ruby ?

— Quoi donc ? Qu'aurait-elle dû me dire ?

— Je parie que non. Ça n'a pas la même importance pour toi que pour les autres, évidemment !

Là-dessus, ma sœur prit une longue inspiration et annonça, théâtrale :

— Je suis en train de retrouver l'usage de mes jambes.

— Quoi ?

Chris me consulta du regard, mais je ne dis rien.

— Eh oui, ma paralysie disparaît. Je vais redevenir une rivale pour Ruby et ça l'embête bien, pas vrai, petite sœur ?

— Je n'ai jamais été ta rivale, Gisèle.

— Ben voyons ! grinça-t-elle. Et ta brûlante idylle avec mon ancien flirt, comment appelles-tu ça ?

— Hé là, je crois que j'ai mon mot à dire à ce sujet ! la rabroua Chris. D'ailleurs, Ruby et moi sortions ensemble avant ton accident.

Elle émit un petit rire aigu, déplaisant, sardonique.

— Les hommes se figurent qu'ils décident, mais c'est nous qui les menons par le bout du nez ! Tu devenais un peu trop vieux jeu pour moi, Chris Andréas, et c'est moi qui ai décidé de te lâcher. C'est grâce à moi que vous vous êtes connus… et même intimement connus ! cracha-t-elle avec un sourire forcé.

— Admettons, reconnut Chris à contrecœur.

— En tout cas, au réveillon du nouvel an je pourrai danser, et je compte bien danser avec toi. Si ma chère petite sœur n'y voit pas d'inconvénient, naturellement.

— Pas le moindre. Enfin, si Chris n'en voit pas non plus… naturellement.

Ce ton désinvolte la fit déchanter : son sourire s'évapora.

— Il faut que j'annonce la bonne nouvelle à John, déclara-t-elle. Le pauvre, il ne va pas s'en remettre. Ma faiblesse lui a fait tellement d'effet, hier soir !

— Ne récupère pas trop vite, alors.

Loin de la froisser, ma réplique la fit s'esclaffer.

— Bonne idée, ironisa-t-elle. Et rappelle-toi le dicton : ne jamais rien dénigrer avant d'avoir essayé.

Sur ce, elle s'éloigna dans un nouvel éclat de rire.

— C'est vrai, cette histoire de guérison ? s'informa Chris.

— Non.

— Elle ne peut toujours pas marcher, alors ?

— Si, mais cela fait des semaines, sinon des mois.

En quelques mots, je lui fis part des circonstances de ma découverte et lui précisai les accusations portées contre moi.

— Eh bien! Comme surprises, tu as eu ton compte.

— Et ce n'est pas tout, Chris. Non seulement Daphné me permet d'aller voir l'oncle Jean, mais elle veut bien que tu m'accompagnes. Si tu y tiens, bien sûr.

— Oh?

Il secoua plusieurs fois la tête, l'air sceptique, et je lui expliquai les raisons du revirement subit de Daphné. Son étonnement redoubla.

— Elle va se remarier? Si tôt?

— Après un laps de temps décent, selon ses propres termes. Reste à savoir ce qu'elle entend par «décent».

— Mes parents se doutaient de quelque chose, figure-toi. On les voyait partout ensemble et même...

Il marqua une hésitation avant d'achever:

— ... même avant la mort de ton père.

— Ça ne m'étonne pas. Et elle peut bien faire ce qu'elle veut, je m'en moque! Pour moi, le chapitre est clos.

— Entendu. Et si nous allions voir ton oncle? suggéra Chris. Nous pourrions déjeuner dans un Restoroute, en revenant?

J'allai chercher la boîte destinée à l'oncle Jean et montai prévenir Daphné que nous allions lui rendre visite.

— Dis-lui bien que le cadeau vient de moi, me recommanda-t-elle.

Mais en arrivant à l'institution, quand on nous conduisit au parloir, il fut tout de suite évident que cette recommandation était inutile. Non seulement l'oncle Jean n'était plus en mesure de comprendre de qui venait le cadeau, mais il ne se rendit même pas compte qu'il avait des visiteurs. Il n'était plus que l'ombre de lui-même. Un vrai zombie. Affalé sur son siège, il fixait l'espace en face de lui, le regard tourné vers l'intérieur où il pouvait revoir sans fin les lieux qu'il avait connus et les expériences du passé. Quand je lui pris la main et lui parlai, c'est à peine s'il cligna des paupières et si un soupçon de lueur s'alluma dans ses yeux.

— On dirait un bernard-l'ermite enfermé dans sa coquille, Chris ! me désolai-je. Il ne m'entend même pas.

Nous nous assîmes en face de lui, dans la lumière grisâtre du parloir. Il s'était mis à pleuvoir, l'averse tambourinait sur les vitres et son staccato s'accordait aux battements précipités de mon cœur. Pauvre oncle Jean, comme il avait maigri ! Sa silhouette semblait plus menue, l'ossature de son visage plus apparente. On aurait dit que la mort le rongeait tout doucement, de l'intérieur.

Je fis une nouvelle tentative, lui parlai de Noël, de l'école, de la maison décorée… peine perdue. Son expression ne changea pas, il ne leva même pas les yeux sur moi. Finalement, je renonçai, lui dis au revoir et l'embrassai sur la joue. Ses paupières battirent et ses lèvres tremblèrent, mais il ne prononça pas un mot. Je n'aurais pas osé affirmer qu'il m'avait vue.

Sur le chemin de la sortie, j'interrogeai son infirmière.

— Est-ce qu'il ne parle jamais ?

— Il n'a pas parlé depuis longtemps, reconnut-elle. Mais ce n'est pas forcément irréversible, vous savez ? On découvre des nouveaux traitements tous les jours…

— Pouvez-vous veiller à ce qu'il porte ses nouvelles chemises ? Il était toujours si fier de son élégance !

Elle promit de s'en occuper, nous rassura d'un sourire et nous nous retirâmes. Cette visite à l'oncle Jean avait rendu le jour de Noël plus sombre et plus triste à mes yeux que les nuages et la pluie. Je parlai à peine, et ne mangeai presque rien quand nous fîmes halte pour déjeuner. Chris fit les frais de la conversation et m'exposa ses projets pour notre avenir immédiat.

— J'ai déjà décidé, pour l'université : nous nous inscrirons tous les deux à Tulane. Comme ça, nous resterons à La Nouvelle-Orléans, ensemble. Mes professeurs trouvent qu'avec mes résultats en biologie, je devrais choisir médecine. Docteur Andréas… Pas mal, non ? Qu'est-ce que tu dis de ça ?

— Que ce serait merveilleux, Chris !

— Après tout, ta grand-mère était guérisseuse : il faut maintenir la tradition. J'exercerai la médecine, tu travailleras ta peinture, et tu te feras un nom à La Nouvelle-Orléans. Les gens viendront de partout pour admirer tes œuvres et les acheter. Le dimanche, après la messe, nous flânerons dans Garden District et je serai très fier de dire à notre enfant que dans telle et telle maison, il y a un tableau de sa mère.

Je souris. Grand-mère Catherine aurait aimé Chris, j'en étais sûre.

— Enfin, je revois ton sourire! s'exclama-t-il. Tu es incroyablement belle quand tu es heureuse, Ruby. Je voudrais te voir heureuse aussi longtemps que je vivrai.

Je sentis le sang affluer à mes joues. Les paroles de Chris m'avaient réchauffé le cœur.

Quand il me ramena chez nous, je trouvai Daphné dans le bureau de papa, au téléphone. Elle n'avait donc que les affaires en tête, même le jour de Noël? Vêtue d'un ravissant tailleur de tweed et d'un chemisier de soie blanche, les cheveux relevés dans un mouvement plein de grâce, elle était plus jolie que jamais. Quand elle eut raccroché, elle remua quelques papiers épars et demanda distraitement:

— Comment va Jean?

— Mal. On dirait un légume, à présent. Vous ne voulez pas revenir sur votre décision et lui faire rendre sa chambre?

Elle se carra dans son fauteuil et parut réfléchir.

— Nous pourrions conclure un accord, toi et moi.

— Un accord?

— Je ferai ramener Jean dans son ancienne chambre si tu réussis à convaincre ta sœur de retourner à Greenwood. Je vais traverser une période difficile et je ne tiens pas à l'avoir dans les jambes.

— Elle ne m'écoutera pas! Elle a horreur de la discipline.

Ma belle-mère contempla de nouveau ses papiers.

— C'est ça ou rien, dit-elle avec froideur. Débrouille-toi.

Je me sentis aussi piégée qu'une loutre entre les dents d'un alligator. Pourquoi le bien-être d'oncle Jean devait-il dépendre des caprices égoïstes de ma sœur? C'était trop injuste. Accablée, je baissai la tête et quittai le bureau de papa. Il ne m'avait jamais autant manqué.

Je passai le reste de la journée dans mon atelier, à

peindre et dessiner pour Mlle Stevens. Cette pièce et mon travail étaient devenus mon seul refuge, dans cette maison où régnait le mensonge. J'avais choisi la vue que j'avais de ma fenêtre à cause du grand chêne, qui donnait beaucoup de caractère à cette partie des jardins. Je décidai de percher un merle d'Amérique sur le mur du fond, à cause de ses jolies taches rouges à la naissance des ailes. J'aimais travailler en musique, et je mis la symphonie de Louis. Cela me faisait toujours un bien fou de plonger ainsi dans mon univers, et je fus bientôt si absorbée que je n'entendis même pas s'ouvrir la porte. Je continuai à crayonner, jusqu'à ce qu'une voix s'élève juste derrière moi :

— Alors, c'est donc là que le Rubis se cache ?

Je pivotai sur moi-même. Les mains aux hanches, Bruce balayait l'atelier du regard en hochant la tête. Il avait troqué son costume de Père Noël contre un pantalon noir et une chemise blanche, en coton fin d'aspect presque soyeux.

— Très joli studio, commenta-t-il, approbateur. (Il baissa les yeux sur mon chevalet.) Et le tableau me semble tout aussi réussi.

— Il est trop tôt pour en juger, protestai-je.

— Ma foi, je ne suis pas critique d'art mais je sais reconnaître une œuvre d'art quand j'en vois une.

Son regard s'attacha sur moi pendant ce qui me parut d'interminables secondes, intense et appuyé, puis il sourit.

— J'espérais avoir un bref tête-à-tête avec ta sœur et toi, aujourd'hui. J'ai déjà parlé à Gisèle, qui m'a supplié d'user de mon influence auprès de Daphné, pour la décider à vous garder à La Nouvelle-Orléans. Apparemment, si j'y parviens, elle m'accueillera dans la famille à bras ouverts. Et maintenant, demanda-t-il en se rapprochant de moi, que puis-je faire pour être également accepté par toi ?

— Je n'ai aucune requête à formuler pour moi-même. Mais si vous voulez me faire plaisir, tâchez d'obtenir que Daphné fasse réintégrer mon oncle dans son ancienne chambre.

— Une demande désintéressée, tiens, tiens... Tu es bien ce que tu parais être, alors. Le rubis, un joyau sans défaut, pur et vertueux. Es-tu aussi ingénue que tu sembles l'être, innocente comme les fleurs et les animaux que tu peins ?

— Je ne suis pas un ange, Bruce, mais je n'aime pas voir les gens souffrir inutilement, et c'est ce qui arrive à l'oncle Jean. Si vous voulez faire une bonne action, aidez-le.

Toujours souriant, il tendit la main pour me caresser les cheveux. Je tressaillis, esquissant déjà un mouvement de retraite, mais il me saisit fermement par le coude.

— Vous êtes jumelles, Gisèle et toi, chuchota-t-il d'une voix sourde, mais il faudrait qu'un homme soit aveugle pour vous confondre. J'aimerais gagner ta confiance et ton amitié. Le Rubis... Je t'ai toujours admirée, tu sais ? Mais tu as été ballottée d'un monde à l'autre et, juste au moment où tu avais le plus besoin d'un protecteur, tu l'as perdu. Me permettras-tu d'être ce protecteur, ton gardien et ton champion ? Je suis un homme de goût, je saurai faire de toi la princesse que tu mérites d'être. Aie confiance en moi, insista-t-il en posant la main sur mon épaule.

Il était si proche de moi que je pouvais sentir l'odeur du cigare qu'il venait de fumer. Il me retint d'une poigne ferme, effleura mon front de ses lèvres et j'entendis le bruit de son souffle quand il respira le parfum de mes cheveux. Je le laissai me serrer contre lui, mais sans plus. Je ne répondis pas à ses démonstrations d'affection.

— Très bien, dit-il en reculant d'un pas, conscient de ma raideur. Je ne te reproche pas d'être prudente. Je suis tout nouveau dans ta vie, et tu ne sais pas encore grand-chose de moi. Mais j'ai l'intention de te consacrer le plus de temps possible, afin que nous puissions nous connaître le plus intimement possible. Tu n'as rien contre ?

— Vous serez bientôt le second mari de ma belle-mère, me contentai-je de répondre, comme s'il n'était pas nécessaire d'en dire plus.

Bruce fit un signe d'assentiment.

— Je parlerai à Daphné. Il se peut que je trouve un arrangement financier raisonnable et la décide à t'accorder ce que tu veux. Je ne promets rien, mais j'essaierai. Pour toi.

— Je vous remercie.

Il eut ce sourire lascif et appuyé qui lui venait si souvent aux lèvres.

— Le Rubis, murmura-t-il en promenant à nouveau son regard autour de lui, tu as une très jolie retraite. Quand je serai l'époux de Daphné, peut-être me permettras-tu de la partager de temps en temps avec toi ?

Je hochai la tête, bien que cette pensée me fît horreur.

— Bien, approuva-t-il. Nous allons devenir une famille merveilleuse, encore plus respectée qu'elle ne l'est à présent, et vous serez les reines de la ville, ta sœur et toi. J'en fais le serment. Et maintenant, je te laisse reprendre ce magnifique travail. Nous parlerons plus tard.

Après son départ, mon cœur battait avec une telle violence que je dus m'asseoir. Mes jambes se dérobaient sous moi.

Malgré la promesse de Bruce, il ne fut plus question de Jean pendant les jours suivants et je me sentis piégée par le marché que Daphné m'avait mis en main. A plusieurs reprises, j'essayai de convaincre ma sœur de renoncer à ses exigences. L'avant-veille du nouvel an, au moment où nous allions nous coucher, je tentai ma chance une fois de plus :

— Tu t'es fait des amies, à Greenwood, Gisèle, et elles ne jurent que par toi. Tu es leur chef de file, en fait.

— Je te laisse volontiers cet honneur, ma chère !

— Mais pense à tout ce que tu pourras faire, maintenant que tu marches. Et il y aura le bal de la Saint-Valentin.

— Le bal de la Saint-Valentin, parlons-en ! « Ne vous serrez pas l'un contre l'autre, ne vous tenez pas la main trop longtemps »... et juste au moment où on commence à bien se connaître, il faut se dire au revoir. Le pire, c'est cette idiotie de couvre-feu, même pendant le week-end !

— Daphné nous donnera la permission de quitter le campus, n'oublie pas. Nous pourrons rencontrer des garçons en ville.

— Sauf que tu ne le feras jamais, tu es bien trop entichée de ton Chris. Mais au fait... (Ma sœur m'étudia d'un œil soupçonneux.) Pourquoi tiens-tu tellement à ce que je retourne à Greenwood ? Qu'est-ce qui se passe au juste ?

— J'irai à Baton Rouge avec toi chaque fois que tu le voudras, lui promis-je, ignorant sa question.

— Tu me caches quelque chose, Ruby. Qu'est-ce que c'est ? Tu ferais mieux de me le dire. En tout cas, une chose est sûre : je ne retournerai jamais là-bas si tu ne me dis pas la vérité.

Je m'appuyai au chambranle en soupirant.

— J'ai demandé à Daphné de faire réintégrer l'oncle Jean dans son ancienne chambre. Il a perdu tout désir de vivre, maintenant. Il s'est complètement retiré dans son univers.

— Et alors ? Il était déjà dingue, de toute façon.

— Non, il ne l'était pas. Il faisait des progrès. S'il avait eu autour de lui une famille aimante…

— Arrête de jouer les petites sœurs des pauvres, tu veux ? Et quel rapport avec mon retour à Greenwood ?

— Daphné a promis que si tu retournais là-bas, oncle Jean aurait de nouveau sa chambre, avouai-je.

— Je me disais bien aussi que tu avais une idée derrière la tête ! Eh bien, tu peux faire une croix dessus, lança-t-elle en pivotant vers le miroir de sa coiffeuse. Je ne rentre pas à Greenwood. Pour le moment, je prends du bon temps avec John, et je ne vais pas y renoncer pour qu'un timbré retrouve sa chambre dans une maison de fous.

Elle eut un petit sourire calculateur.

— Daphné va sûrement me garder ici, maintenant. Elle n'a pas envie que je flanque tous ses projets par terre. Eh bien, merci de m'avoir prévenue.

— Gisèle…

— J'ai dit que je ne retournerais pas là-bas, point final. Maintenant, arrête de faire cette tête et aide-moi à trouver des idées pour notre soirée de réveillon. J'ai invité au moins une vingtaine d'amis. Claudine et Antoinette viendront nous donner un coup de main pour la décoration. Comme buffet, j'ai pensé à des gros sandwichs crevettes-salade, comme ceux qu'on vend dans la rue. Nous préparerons un punch aux fruits et quand Daphné sera partie avec Bruce, nous rajouterons du rhum. Qu'est-ce que tu en dis ?

— Rien, bougonnai-je. Ça m'est égal.

— Je ne te conseille pas de jouer les rabat-joie, demain soir. Ne nous fais pas ta tronche de péquenaude des marais pour nous gâcher le plaisir.

— C'est bien la dernière chose qui me viendrait à l'idée, Gisèle. Amuse-toi bien, et que Dieu te pardonne !

Sur ce, je m'enfuis de sa chambre avant de lui arracher les cheveux : je ne lui en aurais pas laissé un seul sur le crâne.

16

Contre mauvaise fortune, bon cœur

J'avais le cœur lourd, mais je m'efforçai de garder bonne contenance. Personne ne devait savoir à quel point j'étais triste et malheureuse. Les amies de Gisèle se préparaient au réveillon, dans un état de surexcitation fébrile, et je n'avais jamais vu Daphné si indulgente envers elles. Elle daigna paraître au salon, fit des suggestions pour la décoration et s'arrangea pour séduire tout le monde. Les filles béaient d'admiration devant elle comme si elles contemplaient une star de cinéma, et je les comprenais. Belle, riche, élégante et pleine d'allure, elle correspondait tout à fait au personnage.

Mais Gisèle réussit à conserver la vedette en révélant sa guérison miraculeuse, et en annonçant qu'elle danserait pour la première fois depuis son accident. Elle envoya Edgar chercher une échelle et ses amies suspendirent des guirlandes aux quatre coins du salon. Un filet rempli de ballons, qu'on lâcherait à minuit, fut accroché au plafond. Tout le monde papotait sur les jeunes gens invités au réveillon, et Gisèle décrivit les filles de Greenwood, en se vantant de tout ce qu'elle leur avait appris sur le sexe et les garçons. De temps en temps, elle louchait dans ma direction pour voir si j'allais la contredire, mais j'en eus vite assez d'écouter. Je ne pensais qu'à ma soirée avec Chris.

Je pris tout mon temps pour choisir ma toilette. Je me décidai pour une robe en velours noir, sans bretelles, dont la jupe jaillissait en corolle du bustier ajusté, pour s'arrêter à quelques centimètres de mes chevilles. J'eus un instant l'idée de porter un collier de perles, mais je changeai d'avis: je mettrais la chaîne d'or et l'anneau de Chris. J'éprouvai un plaisir sensuel à constater l'effet du bijou scintillant au creux de mon décolleté en pointe. En fermant les yeux, je croyais presque sentir les doigts de Chris effleurer mon cou, pour descendre petit à petit jusqu'à ma poitrine. J'en frissonnais de plaisir.

J'attachai de fins anneaux de perles et d'or à mes oreilles, glissai la bague de Louis à mon doigt, et choisis un parfum qui évoquait la fraîcheur des rosiers en fleur. Comme coiffure, j'optai pour la simplicité: les cheveux tirés sur les côtés mais flottant sur les épaules. Ma frange avait besoin d'être égalisée, ce qui me fit sourire en pensant à grand-mère. C'était toujours elle qui s'en chargeait. Elle brossait mes cheveux pendant ce qui me semblait durer des heures, en me racontant sans se lasser qu'elle faisait la même chose pour ma mère, autrefois...

Gisèle me surprit en choisissant une robe identique à la mienne, mais bleue. Pour les bijoux, par contre, elle força la dose. Deux rangs de perles, longs pendants d'oreilles assortis, un bracelet à chaque poignet (le porte-bonheur de Bruce et un gros anneau d'or), des bagues à tous les doigts et même une chaînette de cheville. Elle aussi laissa ses cheveux libres, sans prendre la peine d'y glisser des peignes, et se maquilla si copieusement qu'on ne lui voyait plus le grain de la peau.

— Comment me trouves-tu? demanda-t-elle en s'arrêtant à ma porte.

Si j'avais émis la moindre critique, elle aurait clamé que j'étais jalouse. Je répondis prudemment:

— Très bien.

— Très bien, ça veut dire quoi, ça? Jolie? (Elle m'étudia un instant, la mine revêche, en se livrant à des comparaisons.) Pourquoi ne t'es-tu pas maquillée davantage? On voit tes taches de rousseur, sur les pommettes.

— Elles ne me dérangent pas. Chris non plus, d'ailleurs.

— Tiens? Avant il n'aimait pas ça, pourtant! lança-t-elle, les yeux pétillant de joie malveillante.

Puis, comme je ne réagissais pas, elle se rembrunit.

— Bon, je descends.

— Je te rejoins tout de suite.

Quelques instants plus tard, je la retrouvai installée dans son fauteuil roulant, au centre du salon, regardant autour d'elle avec satisfaction.

— Cette soirée sera la plus sensationnelle qu'on aura jamais vue, déclara-t-elle. Tu n'oublieras jamais ce réveillon. Tu en as déjà passé un bon, dans ton marais ?

— Oui.

— A quoi faire ? A pêcher ?

— Non. Nous allions nous amuser en ville. La grand-rue était pleine d'échoppes improvisées où on vendait à boire et à manger, il y avait de la musique partout. C'était comme un grand *fais-dodo*.

— Un *fais-dodo*, releva ma sœur avec dédain. J'avais oublié ça ! Vous dansiez dans les rues ?

Un flot de souvenirs nostalgiques me remua le cœur.

— Oui. C'était comme si nous étions tous une grande famille réunie pour faire la fête.

— Je vois ça d'ici ! Ça devait être un peu tarte, commenta-t-elle, mais je vis bien qu'elle n'était pas très convaincue.

— Il n'est pas nécessaire d'avoir de l'argent et des vêtements chics pour s'amuser, Gisèle. La joie... (je pointai le doigt sur mon cœur), ... c'est de là que ça vient.

Elle eut un petit rire grivois.

— Ce n'est pas cet endroit que j'aurais montré, moi !

— Qu'y a-t-il de si drôle ? s'enquit Daphné en entrant, Bruce dans son sillage.

Ils étaient habillés pour sortir, Bruce en smoking et elle en fourreau grenat aux somptueux reflets cramoisis. Son bustier pailleté de strass était juste assez décolleté pour être suggestif, et le col de son boléro, brillanté lui aussi, lui tenait lieu de collier. Ses seuls bijoux étaient ses boucles d'oreilles en strass, parfaitement assorties à sa toilette. Avec ses cheveux relevés en pouf sur le sommet de la tête, elle était tout simplement éblouissante.

— Le nouvel an cajun, ironisa Gisèle, en réponse à sa question.

— Oh ! dit-elle comme si elle comprenait combien cela prêtait à rire. Eh bien... Bonne année à vous deux. Et rappelez-vous : pas d'abus d'alcool et pas d'extravagances.

Respectez cette maison. Amusez-vous, mais en jeunes filles bien élevées.

— Bien sûr, Mère, promit Gisèle. Vous aussi, amusez-vous bien.

— Puis-je devancer l'heure et donner à mes futures belles-filles le baiser de nouvel an ? demanda Bruce.

— Bien sûr, dit encore Gisèle.

Et elle ferma les yeux, espérant un baiser sur les lèvres, mais Bruce l'embrassa sur la joue. Puis il s'approcha de moi et posa les mains sur mes épaules.

— Tu es très belle, comme toujours, murmura-t-il en se penchant pour m'embrasser.

Je tournai la tête juste à temps pour diriger sur ma joue le baiser destiné à mes lèvres. Bruce me dévisagea quelques instants, puis il sourit.

— Bonne année, les filles ! lança-t-il joyeusement avant de rejoindre Daphné.

Et tous deux partirent pour leur grande soirée.

— Bon débarras, oui ! grogna Gisèle en roulant son fauteuil vers le bar. Nous allons prendre un verre en attendant les autres. Je te sers un Coca au rhum ?

Je n'avais pas oublié qu'elle avait déjà essayé de me saouler ; cela me rendit prudente.

— Merci, je ferai mon mélange moi-même.

— Bon, alors fais le mien aussi, pendant que tu y es.

Je préparai nos deux cocktails et lui tendis le sien.

— Eh bien, chère sœur, buvons à l'année qui vient. Souhaitons qu'elle soit meilleure que celle qui finit et nous apporte toutes sortes de plaisirs et de joies.

— Et à tous ceux que nous aimons, ajoutai-je.

— Pff... si tu y tiens ! Et à tous ceux que nous aimons !

Nous venions de vider nos verres quand le carillon de l'entrée retentit. Gisèle se propulsa jusqu'à la porte.

— Voilà, voilà, on arrive !

Je savais très bien pourquoi elle restait dans son fauteuil : elle ménageait ses effets. Différés, ses premiers pas en public n'en seraient que plus spectaculaires. La nouvelle ayant fait le tour de son cercle d'amis, ses invités se présentèrent tous avec un peu d'avance et la soirée battait son plein lorsque j'allai ouvrir à Chris.

— Tu es encore plus belle que tout ce que j'imaginais, dit-il en m'embrassant avec fougue.

Dans le grand salon, le bruit de l'animation ne cessait d'augmenter. Beaucoup avaient déjà bu plus qu'il n'aurait fallu et commençaient à être un peu éméchés.

— Une vraie soirée à la Gisèle, commenta Chris, forçant la voix pour dominer le vacarme.

Il me fit danser, je l'emmenai au buffet, nous bûmes quelques verres en nous mêlant aux conversations. Et à dix heures, Gisèle baissa le volume du son et annonça en grande pompe qu'elle allait danser, pour la première fois depuis son accident. John se tenait à ses côtés quand elle se leva de son fauteuil en simulant des efforts héroïques. Elle s'abattit dans ses bras, fit semblant de reprendre des forces et accomplit ce qu'elle voulait faire passer pour ses premiers pas de danse. Tout le monde applaudit, siffla, poussa des vivats quand John l'entraîna sur le parquet ciré. Peu de temps après, elle chargea quelques filles de baisser l'éclairage et la véritable soirée commença, chacun avec sa chacune.

— Allez où vous voulez, proclama Gisèle, tant que vous ne laissez pas de traces de votre passage. L'étage est interdit, naturellement.

— Pas pour nous, j'espère, s'égaya Chris. Je n'ai pas envie de passer ma soirée de nouvel an avec tous ces fêtards !

Je n'en avais pas plus envie que lui et je l'entraînai discrètement hors de la pièce, puis je le poussai dans l'escalier.

A peine entrés dans ma chambre, nous échangeâmes un baiser. Puis nous restâmes un moment indécis, à regarder mon lit, avant d'aller nous y asseoir côte à côte.

— Je peux mettre la radio, si tu veux, proposai-je.

Je me relevai aussitôt pour aller allumer le poste, aussi nerveuse qu'une écolière à son premier rendez-vous. Mes doigts tremblaient en tournant le bouton, et je mis du temps à trouver une station. Elle émettait depuis le hall d'un grand hôtel et nous avions l'impression de participer au réveillon.

— Pourquoi le nouvel an est-il un jour si particulier ? m'entendis-je demander.

— Sans doute parce qu'il nous offre un espoir de changement. Un peu comme une ardoise magique, tu vois ? On l'efface d'un seul coup et hop, le tour est joué. On peut tout recommencer, en mieux, bien sûr. C'est du moins ce que tout le monde doit penser. On peut réécrire une page de sa vie, en somme.

— Je voudrais que ce soit possible, Chris. Mais j'aimerais pouvoir effacer de ma vie bien plus qu'une seule année.

Il resta quelques instants pensif.

— Les gens de mon milieu, Gisèle, moi et tous ceux qui sont en train de se saouler en bas, nous ne pouvons même pas imaginer les difficultés que tu as connues, dit-il avec douceur en me prenant la main. Tu es comme une fleur sauvage, Ruby. Tu as dû lutter pour vivre, alors que nous... nous avons grandi dans une serre, entretenus, pris en charge. Mais c'est cette lutte qui t'a rendue si forte et si belle. Tu as poussé droit et haut, bien au-dessus des herbes ordinaires. Tu es différente, Ruby, je l'ai su dès le premier regard.

— C'est si gentil ce que tu me dis, Chris !

Il m'attira à lui, je me laissai tomber à ses côtés sur le lit et il m'embrassa longuement. Puis, très doucement, il me fit basculer en arrière et nous nous retrouvâmes étendus l'un près de l'autre. Il fit pleuvoir de petits baisers sur mon front, mes paupières, le bout de mon nez, mes lèvres. Et quand nos langues se touchèrent, je crus fondre entre ses bras.

— Tu sens si bon, chuchota-t-il. J'ai l'impression d'être dans un jardin en fleurs.

Sa main se posa sur mon épaule, chercha la glissière de mon bustier, la tira vers le bas. Et quand je sentis le tissu de ma robe se relâcher, je renversai la tête dans l'oreiller avec un gémissement sourd. Déjà, les lèvres de Chris descendaient lentement de mes lèvres à mon menton, de mon menton à ma gorge et de ma gorge au creux de mes seins.

— Chris, nous devrions faire attention, protestai-je, tout en le retenant contre moi comme pour nier ce que je savais être vrai.

— Je sais, Ruby, je te promets d'être prudent.

Mais tout en murmurant ces mots à mon oreille, il faisait glisser ma robe jusqu'à la taille. Puis il se redressa, se débarrassa de sa veste, dénoua sa cravate et commença à déboutonner sa chemise. Je ne le quittais pas des yeux. Le clair de lune qui entrait à flots par la fenêtre illuminait son visage et lui prêtait un aspect irréel : je croyais voir les plus fous de mes rêves s'éveiller à la vie. Je fermai les yeux, pour ne les rouvrir qu'en sentant Chris, entièrement déshabillé, peser à nouveau sur moi. Il batailla quelques instants avec mon soutien-gorge puis sa bouche revint taquiner mes seins nus, jusqu'à ce que je le force à reprendre mes lèvres.

Ses mains tâtonnaient sous ma robe et j'aurais dû le retenir, mais non. Je le laissai m'ôter ma petite culotte et je l'entendis gémir quand il s'inséra entre mes jambes.

— Chris, tentai-je encore de me défendre.

— Dis oui, Ruby, c'est si beau. Il faut que cela soit, nous nous aimons trop.

Je ne résistai plus. Je le laissai entrer en moi, s'unir à moi, plus profondément qu'il ne l'avait jamais fait jusque-là. Une houle me soulevait, mon corps montait et descendait comme une barque sur le fleuve, là où ses eaux se heurtent à l'océan. Et chaque fois que j'atteignais la crête de la vague, je me sentais devenir plus légère, aussi légère qu'une bulle.

Je ne sais pas combien de fois Chris appela mon nom, je ne sais plus ce que moi-même j'ai pu dire, mais notre joie fut si intense que j'en eus les larmes aux yeux. Pendant quelques instants sans durée, ce fut comme si nous n'étions plus qu'un seul être, une seule flamme dans le brasier du désir.

Ensemble, nous atteignîmes le sommet du plaisir, nous dévorant de baisers, aussi avides l'un que l'autre de nos caresses, du contact de nos corps, affamés de tendresse et d'amour. Quand cette griserie s'apaisa enfin, nous restâmes un long moment dans les bras l'un de l'autre, le cœur battant, le souffle court. Et si étonnés par la fureur de cette flambée de passion que nous échangeâmes un sourire.

— Touche un peu ça, dit Chris en plaçant ma main sur son cœur.

— Et toi, touche le mien.

Chacun sentait les battements du cœur de l'autre marteler sa paume et remonter jusqu'à son propre cœur.

Nous demeurâmes un long moment ainsi, sans rien dire. Puis Chris se redressa sur un coude et se pencha sur moi.

— Tu es merveilleuse, Ruby. Je t'aime. Je ne te le répéterai jamais assez.

— Vraiment, Chris ? Et tu m'aimeras toujours ?

— Je ne vois pas pourquoi ni comment je pourrais cesser de t'aimer, dit-il gravement.

A la radio, une voix surexcitée entama le compte à rebours : « Dix, neuf, huit... » Chris me prit la main, et nous récitâmes ensemble les derniers chiffres.

— Cinq, quatre, trois, deux, un... BONNE ANNÉE !

Le vieil air traditionnel *Auld Lang Syne* emplit la pièce.

— Bonne année, Ruby.

— Bonne année, Chris.

Nous nous embrassâmes encore, si étroitement enlacés qu'en cet instant, il nous sembla qu'aucune force au monde n'aurait pu nous séparer. Je n'avais pas été aussi pleinement heureuse depuis... depuis si longtemps ! J'ignorais moi-même à quel point cela m'avait manqué.

Nous prîmes le temps de nous rhabiller et de nous recoiffer avec soin, puis nous descendîmes voir ce que devenaient Gisèle et tous les autres. Si j'avais su ce qui nous attendait !

Apparemment, deux garçons avaient tenté de courir à la salle de bains mais sans y parvenir. Ils vomissaient tous deux au même endroit du hall, poussant des gémissements lamentables entrecoupés de rires idiots. Des ballons crevés traînaient un peu partout, le salon était dans un désordre indescriptible. Mais le pire, c'est qu'on aurait juré — il apparut d'ailleurs que c'était vrai — qu'on s'y était battu à coups de victuailles. Des flaques d'alcool s'étalaient sur le plancher, parmi les morceaux de sandwichs écrasés. Des coulées de moutarde et de mayonnaise maculaient les meubles, les tables, les murs... il y en avait même sur les vitres.

Plusieurs couples vautrés sur le tapis gloussaient et ricanaient stupidement. Quelques fêtards souffrant de leurs excès divers étaient affalés sur les sièges, les yeux clos et les mains sur l'estomac. Près du bar, deux garçons continuaient à se défier pour savoir qui tenait le mieux la boisson. Et naturellement, on avait poussé le son à plein volume et le vacarme était assourdissant. Je hurlai :

— Où est Gisèle ?

Quelques endormis ouvrirent un œil indifférent, et Antoinette s'arracha aux bras d'un autre garçon pour s'avancer jusqu'à nous.

— Ta sœur et John sont partis depuis une heure au moins.

— Comment ça, partis ? Où ? Ils ont quitté la maison ?

— Ça m'étonnerait, s'esclaffa Antoinette. Au fait... Bonne année, Chris !

Elle tendit ses lèvres, espérant un baiser, mais Chris l'embrassa rapidement sur la joue. Déçue, elle nous tourna le dos et rejoignit son partenaire ivre. J'étais consternée.

— Elle n'est pas montée dans sa chambre, Chris, nous l'aurions entendue. Seigneur, quand Daphné va voir ça ! Il faut trouver Gisèle, et qu'elle dise à tous ces idiots de nettoyer le gâchis.

Il promena autour de lui un regard dégoûté.

— Ça ne va pas être particulièrement drôle, mais bon... essayons de la dénicher.

Nous explorâmes presque tout le rez-de-chaussée, découvrîmes un couple (que nous fîmes déguerpir) dans le bureau de Daphné, mais aucune trace de Gisèle. Je montai faire une rapide inspection au premier —, toujours rien. Nous allâmes voir dans la cuisine et même du côté des chambres d'Edgar et de Nina : rien non plus.

— Et le pavillon de bains ? suggéra Chris.

Nous y allâmes, sans plus de résultat. Les abords de la piscine étaient déserts. Brusquement, j'eus une inspiration.

— Il reste un endroit que nous n'avons pas visité, Chris.

— Lequel ?

Je lui pris la main et l'entraînai vers le fond de la maison. Il nous fallut d'abord enjamber un garçon étalé de tout son long par terre, pour accéder au couloir qui menait à mon atelier. Nous étions encore à mi-chemin quand des gloussements de rire nous firent hâter le pas. J'échangeai un regard avec Chris, poussai vivement la porte et nous restâmes un instant interdits devant le spectacle qui s'offrait à nous.

John était allongé sur le canapé, entièrement nu, et

Gisèle — en petite culotte et soutien-gorge — le barbouillait de peinture. Il était déjà copieusement maculé de jaune, de rouge et de vert, et pour le moment elle s'appliquait à lui peindre le sexe en noir. Trop saoul pour s'en offusquer, il riait aussi bêtement qu'elle.

— Gisèle ! vociférai-je, hors de moi.

Elle pivota en titubant et dut faire un effort pour fixer son regard sur nous.

— Qui c'est qui... qui nous arrive, bredouilla-t-elle d'une voix pâteuse. Les... les amoureux !

— Qu'est-ce que tu fabriques ?

— Ce que... que je fabrique ? (Elle se retourna vers John.) Ben tu vois, je peins John. Je lui ai dit que si tu étais assez forte pour peindre Chris, je pouvais bien le peindre, lui. Et il a dit « d'accord », pas vrai, John ?

— M-m-mouais.

— Vire tes fesses de là, espèce d'idiot ! fulmina Chris. Et dépêche-toi de t'habiller.

— Heuh... bêla John, et cette fois j'explosai.

— Gisèle ! Tu as vu dans quel état tes invités ont mis la maison ? Depuis combien de temps les as-tu quittés ?

— Et toi, chère petite sœur, depuis combien de temps nous as-tu quittés ? contra-t-elle avec un sourire canaille.

— Tout est sens dessus dessous ! Il y en a qui sont couchés par terre, les murs dégoulinent de saletés...

— Yaoh ! Ça m'a l'air d'être sérieux.

— Et comment ! Chris ! appelai-je.

Il courut jusqu'à John, lui saisit les deux bras et le mit debout malgré lui. Puis il lui lança ses vêtements et entreprit de le forcer à les enfiler, ou du moins à commencer. J'en fis autant avec Gisèle.

— Habille-toi, et file dire à tes amis de nettoyer la maison avant le retour de Daphné.

— Oh, arrête de trembler devant elle, toi ! Elle va se calmer, maintenant qu'elle veut épouser Bruce. Elle tient trop à ce qu'on ait l'air d'une respectable famille créole, unie et heureuse. Pauvre petite Cajun qui a peur de son ombre !

Je lui lançai sa robe à la figure.

— Je n'aurais pas peur de te tordre le cou, en tout cas. Mets cette robe, tout de suite !

— Arrête de me crier dessus, le réveillon de nouvel an, c'est fait pour s'amuser. Tu t'es amusée aussi, pas vrai?

— Je n'ai pas tout saccagé, moi. Regarde mon atelier!

— Les domestiques nettoieront, répliqua Gisèle en enfilant sa robe. Ils l'ont toujours fait, non?

— Pas un gâchis pareil, ni celui du salon. Même un esclave refuserait de le faire.

Mais j'avais beau dire, Gisèle était trop saoule pour m'écouter. Elle vacilla, éclata de rire et reprit son aplomb. Chris parvint à rhabiller John, nous les poussâmes tous les deux dans le couloir et, tant bien que mal, nous les ramenâmes dans le salon. Gisèle elle-même se récria devant les ravages. Quelques invités, conscients de l'étendue du désastre, avaient déjà pris le large. Quant à ceux qui restaient... ils n'étaient sûrement pas en état de réparer les dégâts.

— Bonne année! glapit Gisèle. Debout, tout le monde, il serait temps de faire un peu de nettoyage!

Elle tenta de rassembler les verres mais elle s'y prit mal et en laissa tomber trois, qui se brisèrent.

— Inutile d'insister, soupirai-je. Elle n'est bonne à rien.

— Je vais l'installer dans un coin où elle nous laissera tranquilles, décida Chris.

Pendant qu'il s'occupait de Gisèle, j'essayai d'obtenir l'aide des moins mal en point pour rassembler la vaisselle. Nous en trouvâmes sur les canapés et les fauteuils, dessous, derrière, sur les étagères et sous les tables... partout.

J'allai à la cuisine chercher un seau d'eau savonneuse et quelques éponges, mais quand je revins la plupart des amis de ma sœur avaient déserté. Antoinette et moi fîmes le tour de la pièce en nettoyant les murs, mais certaines taches de nourriture résistèrent à tous nos efforts.

— Il faudrait une armée pour en venir à bout! m'écriai-je.

Chris fut de mon avis, trouvant qu'il valait mieux renvoyer tout le monde chez soi, et nous annonçâmes la fin des réjouissances. Chris aida quelques garçons à sortir, s'assura que c'étaient les moins éméchés qui prenaient le volant et, quand tout le monde fut parti, nous fîmes un rapide bilan de tout ce qui nous restait sur les bras. Pendant ce temps-là, étalée sur le tapis à côté du canapé, Gisèle ronflait.

— Tu devrais t'en aller, Chris, fis-je observer. Il vaut mieux que tu ne sois pas là quand Daphné va rentrer.

— Tu es sûre ? Je pourrais certifier que...

— Que quoi, Chris ? Que nous faisions l'amour dans ma chambre pendant que Gisèle et ses amis saccageaient la maison ?

Il m'approuva, rien moins que rassuré.

— Mais qu'est-ce que tu vas bien pouvoir leur raconter ?

— Rien. Ce sera toujours mieux que de mentir.

— Tu ne veux pas que je t'aide à la monter dans sa chambre ? proposa-t-il en désignant Gisèle.

— Non. Laisse-la où elle est.

Je le raccompagnai à la porte, où nous échangeâmes un dernier baiser.

— Je t'appelle demain, promit Chris.

Je le regardai s'éloigner, refermai la porte et retournai dans le salon, pour y attendre l'orage qui n'allait pas manquer d'éclater sur ma tête.

Je m'installai dans un fauteuil en face de Gisèle, toujours à la même place et dormant d'un sommeil de plomb. Elle avait vomi, probablement sans s'en rendre compte. La pendule égrena les minutes et sonna deux coups, je fermai les yeux... et ne les rouvris qu'en me sentant rudement secouée par l'épaule. Je découvris le visage grimaçant de Daphné, penchée sur moi et, si pendant un moment je ne sus plus où j'étais ni ce qui s'était passé, ce moment ne dura pas longtemps.

— Qu'est-ce que tu as fait ? rugit Daphné, à moitié folle de rage. Qu'est-ce que tu as fait ?

Planté sur le seuil, les mains aux hanches, Bruce contemplait le spectacle en secouant la tête.

— Rien du tout, rétorquai-je en me levant d'un bond. C'est ce que Gisèle et ses amis appellent prendre du bon temps. Comment pourrais-je seulement savoir ce que c'est que le bon temps, moi ? Je ne suis qu'une attardée de petite Cajun.

— Qu'est-ce que tu racontes ? glapit ma belle-mère,

outragée. C'est comme ça que tu me remercies pour ma compréhension et ma gentillesse ?

Un grognement de Gisèle la fit pivoter sur elle-même.

— Lève-toi, vociféra-t-elle. Lève-toi immédiatement !

Gisèle battit des paupières, émit un nouveau grognement et retomba dans l'immobilité la plus complète.

— Bruce ! appela Daphné d'une voix autoritaire.

Il s'approcha en soupirant, s'agenouilla près de ma sœur et, non sans effort, parvint à la remettre sur pied.

— Ramène-la immédiatement dans sa chambre, ordonna ma belle-mère. Je ne peux plus supporter sa vue.

— D'accord, acquiesça-t-il, mais j'aurai besoin du siège électrique.

Il y transporta Gisèle et l'y laissa tomber, sans s'inquiéter du morceau de gâteau écrasé sur le coussin, puis la hissa en tenant la tête le plus loin d'elle possible pour éviter sa puanteur. On aurait dit grand-père charriant un tombereau de fumier. A peine étaient-ils sortis que Daphné revenait à la charge.

— Que s'est-il passé, ici ?

— Ils se sont battus avec la nourriture, expliquai-je. Ils avaient trop bu. Certains n'ont pas supporté ça et ont vomi, les autres étaient trop saouls pour s'en soucier. Ils ont cassé des verres, renversé des assiettes et quelques-uns se sont endormis par terre. Gisèle leur a dit qu'ils pouvaient aller partout sauf à l'étage. J'ai trouvé un couple dans votre bureau.

— Dans mon bureau ! Ont-ils touché à quelque chose ?

— Oh, rien qu'à eux-mêmes, je suppose dis-je en bâillant ouvertement.

— Et tu es contente, naturellement ? Tu crois avoir prouvé quelque chose ?

Je haussai les épaules.

— J'ai déjà vu des ivrognes dans le bayou et, croyez-moi, entre un Cajun saoul et un créole ivre, il n'y a pas grande différence.

— Et moi qui comptais sur toi pour que tout se passe bien !

— Moi ! Pourquoi toujours moi, et jamais Gisèle ? C'est elle qui a reçu la meilleure éducation, non ? C'est elle qui a appris les bonnes manières, qui a eu... tout ça, achevai-je en écartant les bras.

— Elle est handicapée.

— Non, elle ne l'est pas. Vous l'avez vu comme moi.

— Je ne parlais pas de ses jambes, mais de... de sa...

— Elle est ce que vous-même avez fait d'elle : une jeune fille égoïste et maniérée.

Daphné enrageait.

— Au diable les apparences ! fulmina-t-elle. Quand ta sœur se réveillera, tu pourras lui dire que, quoi qu'il arrive, vous retournerez à Greenwood. C'est mon dernier mot. En outre...

Elle parcourut le salon du regard.

— ... il faudra que je passe un contrat avec une agence de nettoyage pour remettre tout en état. Les frais seront prélevés sur votre compte, tu pourras lui dire ça aussi.

— Pourquoi ne pas le lui dire vous-même ?

— Pas d'insolences, tu veux ? Je sais pourquoi tu as laissé tout ceci arriver. Tu n'étais sans doute même pas présente, je me trompe ? Tu devais être ailleurs, avec ton amant.

Je sentis mes joues s'enflammer.

— Je m'en doutais, railla-t-elle. Voilà ce qu'on gagne, à offrir une seconde chance aux gens !

Redoutant des ennuis pour Chris, je changeai d'attitude.

— Je regrette ce qui s'est passé, Daphné, sincèrement, mais je n'ai pas pu l'empêcher. Gisèle a tout pris en main, c'étaient ses amis. Je n'essaie pas de rejeter le blâme sur quelqu'un d'autre mais c'est la vérité. Ils ne m'auraient pas écoutée, de toute façon. Chaque fois que j'interviens, Gisèle se moque de moi et me traite de tous les noms. Elle les monte contre moi et je n'ai aucune autorité sur eux.

— Cette maison est aussi la tienne, que je sache.

— Vous ne m'avez jamais permis de m'y sentir chez moi, mais malgré tout je regrette ce qui s'est produit. Vraiment.

— Va te coucher, Ruby. Nous réglerons tout ça demain. Il n'y a pas à dire, c'est le plus beau réveillon de nouvel an que j'aie passé depuis longtemps ! Une réussite.

— Merci pour vos vœux, grommelai-je en quittant la pièce. Bonne année à vous aussi.

Le lendemain, Gisèle ne refit pas surface avant midi, et Daphné non plus. Je pris mon petit déjeuner seule avec Bruce.

— Ta belle-mère est folle de rage, annonça-t-il. Je m'arrangerai pour la calmer un peu, mais quant à la faire changer d'avis... Je crains fort qu'elle ne vous réexpédie à Greenwood.

— Ça m'est égal, affirmai-je, et je ne mentais pas.

Au point où j'en étais, je n'avais plus qu'une idée : quitter cette maison. Après le petit déjeuner, j'allai m'étendre dans la véranda qui bordait la piscine et m'endormis au soleil. Il était un peu plus d'une heure quand je sentis une ombre passer sur moi. J'ouvris les yeux et me trouvai en face d'une Gisèle hagarde, échevelée, aussi pâle qu'un poisson mort. Elle avait mis des lunettes noires et, sous sa robe de chambre, elle portait toujours sa lingerie de la veille.

— Daphné m'a dit que tu me rends responsable de tout, m'accusa-t-elle.

— Je lui ai dit la vérité, c'est tout.

— Et tu lui as dit aussi que tu avais passé la soirée en haut, avec Chris ?

— Nous n'y sommes pas restés toute la soirée, d'abord, et je n'ai pas eu à le lui dire. Elle a deviné toute seule.

— Tu ne pouvais pas trouver un moyen, rejeter la faute sur les invités, n'importe quoi ?

— Qui aurait pu croire ça, Gisèle ? Et qu'est-ce que ça change ? Tu ne t'es pas beaucoup inquiétée quand je vous ai demandé de m'aider à nettoyer, à toi et à ta bande. Peut-être que si nous l'avions fait, ça n'aurait pas fini si mal.

— Merci ! Tu connais sa décision, n'est-ce pas ? Nous retournons à Greenwood. Je ne l'ai jamais vue si en colère.

— C'est peut-être aussi bien comme ça.

— J'étais sûre que tu dirais ça ! Tu t'en moques, toi. Tu te trouves bien à Greenwood. Tu réussis en classe, tu as ta Mlle Stevens, et Louis.

— Louis est parti. Et je ne dirais pas que je me trouve bien à Greenwood, alors que j'ai failli être renvoyée pour quelque chose que tu as fait, je te le rappelle.

— Alors pourquoi veux-tu y retourner ?

— Je n'en sais rien. Parce que j'en ai assez de me battre avec Daphné, je suppose. Oui, vraiment assez.

— Dis plutôt que tu es stupide ! Stupide et égoïste.

— C'est toi qui me traites d'égoïste ? Moi ?

— Parfaitement. Oh, ma tête ! (Elle porta les mains à ses tempes.) J'ai l'impression qu'on joue au tennis, là-dedans. Tu te sens bien, toi ?

— Je n'ai pas tellement bu.

— Tu n'as jamais tellement bu, d'ailleurs. Espèce de sainte-nitouche, va ! J'espère que tu es contente, cracha-t-elle en me tournant le dos.

Mais elle rata sa sortie. Elle dut s'éloigner à pas lents et précautionneux, pour ne pas aggraver sa migraine.

Tu l'auras cherché, petite sœur, pensai-je en souriant toute seule. Que ça te serve de leçon. Elle avait dû en faire, des promesses et des serments de repentir ! Mais je savais qu'à peine sa douleur passée, elle les oublierait.

Deux jours plus tard, nous bouclâmes nos bagages pour retourner à Greenwood mais cette fois, le fauteuil roulant ne fut pas du voyage. Gisèle voulait l'emmener, se prétendant trop faible pour marcher tout le temps. Mais Daphné — un bon point pour elle — ne donna pas dans le panneau. Elle n'allait pas fournir à Gisèle un prétexte pour recommencer à tyranniser son monde, ni une excuse pour sa mauvaise conduite.

— Si tu as assez de force pour danser, faire la fête et mettre la maison sens dessus dessous, tu peux marcher pour aller en classe, décréta-t-elle. J'ai déjà appelé ta surveillante de pavillon pour lui annoncer la bonne nouvelle. Tout le monde est au courant de ta guérison miraculeuse, et j'espère que tes progrès scolaires seront tout aussi miraculeux.

— Mais, Mère... geignit ma sœur... tous les professeurs me détestent, à Greenwood.

— Ceux de La Nouvelle-Orléans aussi, j'en suis sûre. Et rappelle-toi ce que je t'ai dit. Un seul écart de conduite et je vous envoie dans une école beaucoup plus sévère, avec des barbelés autour du campus.

Gisèle en resta bouche bée.

Après ces tendres mots d'adieu de notre belle-mère, le voyage se déroula dans un silence de mort. Gisèle poussait de temps en temps un soupir accablé, ou reniflait ostensiblement. Pour ma part, je somnolai pendant presque tout le trajet.

Nous fûmes accueillies en héroïnes au pavillon, en tout cas Gisèle, ce qui lui procura un certain plaisir. La couleur lui revint aux joues. Mme Penny et toutes les filles du carré nous attendaient sur le perron pour être témoins du miracle. Dès qu'elle les aperçut, ma jumelle changea d'humeur.

— Ta-da-da ! claironna-t-elle en sautant à terre.

Mme Penny battit des mains et courut au-devant d'elle pour la serrer sur son cœur. Toutes les filles firent cercle autour de nous et la bombardèrent de questions : « Comment est-ce arrivé ? Quand as-tu pris conscience du changement ? Est-ce que ça t'a fait mal ? Qu'en pensent les médecins ? Comment a réagi ta mère ? Jusqu'où as-tu marché ? »

— Je suis encore un peu faible, annonça ma sœur en prenant appui sur Samantha. L'une de vous peut-elle se charger de ma veste ? Je l'ai laissée sur la banquette.

— J'y vais, s'empressa Vicki.

Je levai les yeux au ciel. Comment pouvais-je être la seule à voir clair dans les simagrées de Gisèle ? Pourquoi étaient-elles si avides, si heureuses de se faire duper par ma sœur ? Elles méritaient leur sort. Elles méritaient d'être maltraitées, manipulées par elle, décidai-je. Et je me promis à moi-même d'être indifférente à tout, sauf à mon art.

Ce fut donc avec un réel plaisir que je me hâtai vers le bâtiment scolaire, le lendemain. J'attendais impatiemment mon premier cours avec Mlle Stevens. J'étais sûre qu'elle me retiendrait après la classe et que nous bavarderions à bâtons rompus à propos de nos vacances, comme des sœurs. Au plus secret de mon cœur c'est bien ce qu'elle était pour moi, et je me promettais de le lui dire un jour. Bientôt, très bientôt.

Mais à peine avais-je mis le pied dans le hall que je sentis quelque chose de bizarre dans l'air. Les petits groupes de pensionnaires disséminés çà et là chuchotaient sur mon passage. On me dévisageait. Sans raison précise, un malaise indéfinissable s'insinua en moi, mon cœur battit plus vite. J'avais fait exprès d'arriver un peu en avance, pour avoir le temps d'aller saluer Mlle Stevens. Je hâtai le pas jusqu'à l'atelier où j'entrai presque en courant, m'attendant à la trouver là, dans son sarrau balafré de peinture et le regard éclairé d'un sourire.

A lieu de quoi je découvris, assis au bureau, un homme d'un certain âge en blouse de peintre et qui feuilletait des dessins d'élèves. Il était seul.

— Bonjour, dit-il en haussant un sourcil étonné.

— Bonjour, monsieur. Mlle Stevens n'est pas là ?

— Oh... Mlle Stevens. Je crains qu'elle ne revienne jamais ici, à vrai dire. Je suis M. Longo, son remplaçant.

— Pardon ?

Pendant quelques secondes, parfaitement consciente d'arborer un sourire idiot, je fus incapable d'articuler un mot de plus.

— Elle ne reviendra pas, répéta-t-il avec un peu plus d'assurance. Une de ses élèves, je présume ?

— C'est impossible ! m'exclamai-je en guise de réponse. Pourquoi ne reviendrait-elle pas ? Pour quelle raison ?

M. Longo se redressa sur sa chaise.

— Je ne connais pas tous les détails, mademoiselle... ?

— Dumas. Quels détails ?

— Comme je vous le disais, je les ignore, mais...

Je n'attendis pas qu'il termine sa phrase. Je sortis en coup de vent et m'élançai dans le couloir, l'esprit en déroute, les joues sillonnées de larmes. Mlle Stevens, partie ? Comment avait-elle pu quitter Greenwood sans m'en avertir ? Pourquoi ne m'avait-elle rien dit ? Ma confusion tournait à la panique, je ne savais plus où j'allais, je courais tout simplement d'un bout du bâtiment à l'autre. J'étais presque arrivée à la grande porte quand, au détour du couloir, j'entendis le rire haut perché de Gisèle. Tout un essaim de filles s'était rassemblé autour d'elle pour entendre le récit de sa guérison miraculeuse. Je cessai de courir, m'avançai à pas lents dans le hall et le groupe s'ouvrit devant moi : je me retrouvai face à face avec ma sœur.

— Je viens juste d'apprendre la nouvelle, Ruby.

— Quelle nouvelle ?

— Celle dont tout le monde parlait ce matin, tiens ! Mlle Stevens a été renvoyée.

— C'est impossible. C'est un excellent professeur. Je ne peux pas le croire.

— Je me doute que ce n'est pas pour son enseignement qu'on l'a virée, commenta ma sœur en lorgnant vers les autres d'un air entendu.

Des sourires sournois s'affichèrent sur tous les visages.

— Alors pourquoi ? Parce qu'elle m'a soutenue devant le conseil de discipline ? Dites-le, si vous le savez.

Il y eut un moment de silence, puis Susan Peck fit un pas vers moi.

— Je ne connais pas toute l'histoire, mais il paraît que c'est un question de... d'immoralité.

— Quoi ? Quelle immoralité ?

Les mêmes sourires, en plus épanoui, furent tout ce que j'obtins comme réponse. Je me retournai vers Gisèle.

— Ne m'accuse pas ! glapit-elle. La Dame de Fer a découvert ça toute seule.

— Découvert quoi ? Il n'y avait rien à découvrir.

— Découvert pourquoi elle ne fréquentait aucun homme, annonça Susan. Et pourquoi elle tenait à n'enseigner qu'à des filles.

Un rire nerveux courut dans les rangs. Je sentis mon cœur s'arrêter. Puis il se remit à battre, et cette fois à un rythme furieux : j'étais en colère.

— C'est un ramassis de mensonges, rien de plus !

— Elle est partie, non ? gouailla Susan au moment où la sonnerie retentissait. Bon, nous ferions mieux d'y aller. Personne n'a envie de récolter un blâme dès le premier jour.

Elles se dispersèrent instantanément.

— Mensonges ! criai-je dans leur dos.

— Arrête de te rendre ridicule, me lança Gisèle. Va plutôt dans ta classe. Tu devrais être contente, non ? Te voilà revenue dans ton cher Greenwood.

— C'est toi qui as fait ça, ripostai-je d'un ton accusateur. Je ne sais pas comment tu t'y es prise, mais je sais que c'est toi.

— Comment je m'y suis prise ? (Elle écarta les mains et se tourna vers Vicki, Samantha, Jacky et Kate.) Je n'étais même pas là quand ça s'est passé ! Vous voyez, vous autres ? Vous voyez comme elle m'accuse toujours de tout ?

J'affrontai un instant leurs quatre paires d'yeux, puis je leur tournai le dos et partis en courant dans le couloir, en direction du bureau directorial. Mme Randle sursauta quand je poussai violemment la porte de l'antichambre.

— Je désire voir Mme Ironwood, s'il vous plaît.

— Il vous faut un rendez-vous, mon petit.

— Non. Je veux la voir tout de suite !

— Mme Ironwood est très occupée, protesta-t-elle, choquée par mon insistance. Avec la rentrée…

— TOUT DE SUITE ! vociférai-je.

La porte du bureau s'ouvrit et la Dame de Fer me foudroya du regard.

— Que signifie tout ce vacarme ?

— Pourquoi Mlle Stevens a-t-elle été renvoyée ? Parce qu'elle m'a soutenue au conseil ? C'est ça ?

Mme Ironwood jeta un bref coup d'œil en direction de sa secrétaire et redressa les épaules.

— Pour commencer, ce n'est ni le lieu ni le moment de discuter de ces questions, à supposer qu'elles regardent les pensionnaires, ce qui n'est pas le cas. Cela dit, pour qui vous prenez-vous ? Comment osez-vous faire irruption ici et me poser des questions ?

— Ce n'est pas juste, ripostai-je. Pourquoi vous en prendre à elle ? Ce n'est pas juste. C'était un merveilleux professeur. Vous ne tenez pas à avoir de bons professeurs ? La qualité de l'enseignement, vous vous en moquez bien, je suppose ?

— Bien sûr que non, pas plus que de votre insolence.

J'essuyai mes joues mouillées de larmes, et Mme Ironwood parut se radoucir.

— Bien que la direction des affaires scolaires ne vous concerne en rien, je consens à vous renseigner. Mlle Stevens n'a pas été renvoyée. Elle a démissionné.

— Démissionné ? Elle n'aurait jamais…

— C'est pourtant le cas, je vous l'assure. (Un grésillement métallique se fit entendre.) Dernière sonnerie, vous êtes en retard au premier cours. Deux mauvais points ! aboya la Dame de Fer en rentrant dans son bureau.

Et elle me referma brutalement la porte au nez.

— Vous feriez mieux de regagner votre classe, mademoiselle, me conseilla Mme Randle. Dépêchez-vous, avant de vous attirer des ennuis supplémentaires.

— Elle n'a pas démissionné, lui répétai-je avec obstination.

Mais je n'en suivis pas moins son conseil et sortis pour me rendre en classe.

Un peu plus tard dans la journée, cependant, ayant malgré moi surpris quelques ragots, j'appris enfin la vérité. Mlle Stevens avait bel et bien démissionné. Accusée de conduite immorale, elle s'était vu offrir le marché suivant : partir de son plein gré, ou supporter l'ignominie d'une audience officielle. On chuchotait qu'une pensionnaire avait avoué, volontairement, avoir été séduite par Mlle Stevens. L'identité de l'élève en question restait un mystère, mais j'avais mon idée là-dessus.

Gisèle se pourléchait les babines, et Mme Ironwood avait obtenu sa vengeance.

17

En plein cauchemar

Je vécus les jours suivants dans un état somnambulique. Je me traînais comme une âme en peine, inattentive à ce qui se passait autour de moi et ignorant jusqu'au temps qu'il faisait. Un après-midi, en rentrant au pavillon, je fus tout étonnée de découvrir que j'étais trempée. Je ne m'étais même pas aperçue qu'il pleuvait.

Chaque fois que je revenais au pavillon après la classe, j'espérais y trouver un message de Mlle Stevens mais il n'y en avait jamais. Elle devait craindre de m'attirer des ennuis, elle était si délicate! Je me sentais désolée pour elle, chassée par des mensonges haineux, ignobles. Mme Ironwood avait accepté sa démission, mais elle s'arrangerait quand même pour la calomnier, la déconsidérer, saboter ses chances de trouver un autre emploi. Cela, j'en étais sûre.

Un après-midi, je trouvai enfin une lettre en arrivant, mais elle était de Louis.

Chère Ruby,

Pardonnez-moi d'avoir attendu si longtemps pour vous donner de mes nouvelles, mais je voulais vous écrire tout seul. Ce que vous lisez en ce moment est entièrement de ma main, jusqu'au moindre mot. Enfin je ne dépends plus de personne! Je n'ai plus à exposer mes pensées les plus intimes à un tiers, plus besoin de surmonter ma gêne pour demander les services les plus simples. Je suis à nouveau moi-même, entièrement, et une fois de plus je vous en remercie.

Les médecins pensent que j'ai récupéré ma vision pratiquement à cent pour cent. Je fais toujours un peu de rééducation musculaire et je porte toujours des lentilles correctrices, mais plus pour longtemps. En tout cas, je ne passe plus mes journées à m'apitoyer sur moi-même. Je suis presque tout le temps au conservatoire, où je travaille avec les meilleurs professeurs du monde, j'en suis sûr. Et ils sont tous très contents de moi.

Ce soir, je donne un récital à l'auditorium, en présence de tous les professeurs de l'école, de leurs femmes et de nombreuses personnalités de la ville. Et vous savez ce qui m'aide à surmonter le trac ? C'est de penser à vous et à nos chères conversations d'autrefois.

Et ce n'est pas tout ! Je suis autorisé à jouer quelques extraits de votre symphonie. Quand je jouerai, c'est à vous que je penserai, à votre rire, à votre douce voix qui savait si bien m'encourager. Vous me manquez beaucoup, et j'ai hâte de vous revoir… ou devrais-je dire : de vous voir vraiment pour la première fois ?

Ma grand-mère m'a écrit, et comme d'habitude elle me donne quelques nouvelles de l'école. Pourquoi Mlle Stevens a-t-elle démissionné ? Est-ce qu'elle n'était pas votre professeur préféré ? Grand-mère dit qu'elle a été immédiatement remplacée, mais rien de plus.

Répondez-moi dès que vous aurez un moment, et bonne chance pour vos examens.

Votre ami très affectionné,

Louis.

Je rangeai sa lettre et entrepris de tourner une réponse qui ne lui laisserait pas deviner ma détresse. Mais chaque fois que j'essayais de lui expliquer pourquoi Mlle Stevens avait été renvoyée, je fondais en larmes et celles-ci roulaient sur mon papier à lettres. Finalement, je rédigeai un mot très bref, sous prétexte que j'étais en pleine préparation d'examens, et je promis d'écrire plus longuement sous peu.

En attendant, j'espérais toujours des nouvelles de Chris, mais il n'appela pas avant le milieu de la semaine suivante.

— J'ai dû assister à une réunion de famille, s'excusa-t-il, j'ai été absent pendant tout le week-end. Et tu sais quoi ? Daphné a rencontré mes parents dans un restaurant et leur a parlé du réveillon. Une véritable orgie, d'après elle.

— Je m'en doute.

— Tu as l'air bien triste, Ruby ? Si c'est parce que je te manque, dis-toi bien que...

— Non, Chris, l'interrompis-je, il y a autre chose.

Et je lui parlai de Mlle Stevens.

— Tu crois que ça vient de Gisèle ?

— J'en suis sûre et certaine. C'est ce qu'elle avait menacé de faire si je révélais sa guérison.

— Tu le lui as dit en face ?

— Elle nie tout, évidemment ! Mais ça n'a plus d'importance, maintenant : le mal est fait, constatai-je d'une voix morne. Et elle a ce qu'elle voulait, je déteste Greenwood.

— Plains-toi à ta belle-mère, elle vous laissera peut-être rentrer à La Nouvelle-Orléans.

— Ça, j'en doute, et d'ailleurs ça m'est égal. Je vais tâcher de tenir le coup et de travailler, le reste je m'en moque. La peinture ne m'intéresse même plus.

— Bon, je viendrai te voir ce week-end. Je serai là samedi en fin de matinée, c'est promis. Et je t'en prie, Ruby... ne sois pas si triste. Ça me rend malheureux.

Je pleurais, maintenant, mais je ne voulais pas qu'il s'en rende compte. Je respirai profondément, contrôlai ma voix et prétextai un devoir à terminer pour lui dire au revoir.

Il arriva le samedi à l'heure dite, et le voir descendre de sa voiture en face du pavillon me remit la joie au cœur. J'avais été à la cuisine préparer notre pique-nique ; sandwichs crudités-jambon-fromage et jus de pomme, tout était prêt. Des gloussements et des vivats me firent comprendre que les autres filles aussi guettaient Chris, et le trouvaient à leur goût. Ma couverture pliée sous le bras, je courus à sa rencontre et l'entraînai dans un autre coin du campus.

— Daphné devait nous donner l'autorisation de sortir pour les week-ends, expliquai-je, mais elle ne l'a pas fait. Nous ne pouvons pas quitter les limites du parc.

Chris regarda autour de lui d'un air approbateur.

— Pas de problème. C'est vraiment beau, par ici.

Nous nous promenâmes tout autour du parc avant de déplier la couverture sur la pelouse. Et là, tranquillement assis au soleil, appuyés sur nos mains, nous bavardâmes en regardant les nuages neigeux voguer dans le ciel bleu. Chris me parla de ses amis, de ses projets, pour la prochaine saison de football aussi bien que pour ses études.

— Il faut te remettre à peindre, m'encouragea-t-il. Mlle Stevens serait très déçue si elle savait que tu as abandonné.

— Je sais, Chris, mais je fonctionne un peu comme un robot, en ce moment. Me lever, m'habiller, manger, aller en classe, aller dormir... je fais tout de façon machinale, mécanique. Tu as raison, il faut que je me remette à ce qui compte le plus pour moi. Mon art.

Il jouait avec un brin d'herbe et tenta de me taquiner avec, mais j'avais trop conscience d'être exposée à tous les regards. J'imaginais très bien la Dame de Fer en train de nous guetter d'une fenêtre, dans l'espoir de nous voir commettre une action répréhensible, du moins à ses yeux. Nos sandwichs terminés, nous bavardâmes encore un moment et partîmes pour une seconde promenade.

Je fis visiter une partie de l'école à Chris, la bibliothèque, l'auditorium, la cafétéria... et partout, j'eus la sensation que nous étions suivis, épiés, surveillés. Je me gardai bien de l'emmener au pavillon, j'étais trop heureuse d'avoir réussi à éviter Gisèle. Nous finîmes par nous retrouver sur le chemin de la maison Clairborne. Chris trouva la vieille demeure superbe. Mais ce qu'il apprécia le plus, ce fut sa situation protégée, à l'écart de tout derrière le coin de forêt qui la séparait de l'école.

L'après-midi s'avançait, il se faisait tard et nous revînmes sagement sur nos pas. Mais en route, nous aperçûmes un petit sentier qui s'enfonçait dans les bois et Chris décida d'aller voir où il conduisait. Au début, je me montrai plus que réticente. J'avais toujours cette impression d'être surveillée, je regardais sans cesse derrière moi, je scrutais les coins d'ombre ; mais je ne vis ni n'entendis rien ni personne. Et je laissai Chris m'entraîner plus avant, jusqu'au moment où nous parvint, distinctement, un bruit d'eau courant sur les rochers. Au détour du sentier, nous en découvrîmes l'origine : un ruisseau étroit, mais vivace, dont le courant avait créé une petite cascade.

— Joli coin ! s'exclama Chris. Tu n'y étais jamais venue ?

— Non, et personne ne m'en avait jamais parlé non plus.

— Asseyons-nous un moment, suggéra-t-il. Je ne suis pas pressé de rentrer, de toute façon.

Cette dernière remarque me mit mal à l'aise.

— Tes parents savent que tu es venu me voir, quand même ?

— Plus ou moins, répliqua-t-il en souriant.

— Comment ça, plus ou moins ?

Il haussa les épaules.

— J'ai dit que je sortais faire un tour en voiture.

— Un tour en voiture ? Jusqu'à Baton Rouge ?

— Et alors ? s'égaya-t-il. Je suis venu en voiture, non ?

— Oh, Chris ! Tu vas encore t'attirer des ennuis.

— Ça vaut la peine si c'est pour te voir, Ruby, dit-il en me prenant par les épaules.

Et il posa ses lèvres sur les miennes. Il se sentait plus libre maintenant, dans notre petit enclos de verdure, mais je restais sur le qui-vive. Nous étions toujours dans les limites de Greenwood, et mon imagination inquiète me montrait la Dame de Fer embusquée derrière un arbre avec une paire de jumelles. Mon agitation et ma nervosité n'avaient pas échappé à Chris.

— Que se passe-t-il, Ruby ? Moi qui te croyais si impatiente de me revoir !

— Cela ne vient pas de toi, Chris. C'est moi qui me sens mal à l'aise. Un peu comme si... je venais de marcher sur le dos d'un alligator endormi, comme disait mon grand-père.

Chris éclata de rire.

— Il n'y a que nous et les petits oiseaux, ici, dit-il en reprenant mes lèvres. Pas d'alligators. (Il m'embrassa dans le cou.) Reposons-nous un moment, tu veux bien ?

Je le laissai me prendre la couverture, la déplier sur l'herbe et le regardai s'y étendre sur le dos. Puis, du bout du doigt, il me fit signe de venir le rejoindre. Je ne pus m'empêcher d'examiner une dernière fois les alentours et, comme j'hésitais, il saisit ma main et m'attira contre lui.

Une fois dans ses bras, j'oubliai tout. Nos baisers devinrent plus ardents, plus brûlants. Et quand sa main descendit jusqu'à ma poitrine, il me sembla que mon sang pulsait dans mes veines avec une sorte d'allégresse, comme le courant bondissant et joyeux de la cascade. Je fondais sous les caresses de Chris, chacune d'elles emportait un peu de ma tristesse et de mon angoisse, et bientôt je répondis à ses baisers avec une fougue égale à la sienne. Je me laissai déshabiller, impatiente de sentir le contact de sa peau nue contre la mienne et le battement de son cœur s'accorder à celui du mien. Je m'ouvris à lui avidement, totalement, et soudain il fut en moi, me dévorant de baisers en me chantant tout bas son amour et ses promesses. Quelque part, au fond des bois, monta le tap-tap d'un pivert. Le bruit grandit, parut emplir la forêt tout entière et, près de nous, le murmure du torrent s'enfla jusqu'à nous étourdir. Mes gémissements devinrent des cris, se multiplièrent et se mêlèrent aux sons qui nous environnaient, jusqu'au moment où nous ne fûmes plus qu'un seul corps, un seul être ébloui de joie.

Puis je me retrouvai toute tremblante, les joues baignées de larmes et le cœur fou, si faible que je me crus sur le point de défaillir. A mes côtés, encore tout surpris par la violence de notre étreinte, Chris reprit bruyamment son souffle.

— Et moi qui trouvais le sport exténuant ! plaisanta-t-il.

Mais il recouvra aussitôt son sérieux et se pencha sur moi.

— Tu te sens bien, Ruby ?

— Oui, chuchotai-je. Mais peut-être que nous nous aimons trop fort. Nos corps ne peuvent sans doute pas supporter ça.

— Tu sais quoi ? dit-il en riant. Je n'aurais jamais cru pouvoir souhaiter mourir dans les bras de quelqu'un !

Et je ne pus lui répondre que par un sourire.

Nous nous rhabillâmes en hâte, nous débarrassâmes l'un l'autre des brindilles révélatrices et repartîmes à travers bois. Je dois admettre que je marchais d'un pas plus léger sur le chemin du retour. Je ne m'étais jamais sentie si bien depuis deux semaines.

— Je suis si heureuse que tu aies pu venir, Chris! J'espère que ça ne va pas t'attirer trop d'ennuis.

— Ça valait la peine, répliqua-t-il.

Nous nous dîmes adieu devant sa voiture, sous les yeux de quelques curieuses qui collaient le nez aux fenêtres.

— Comment se fait-il que ta sœur ne soit pas venue se mettre en travers de mon chemin? s'étonna Chris. Je n'en reviens pas!

— Moi non plus. Je ne sais pas ce qu'elle mijote, mais quelqu'un va sûrement en pâtir, ça, je le sais.

Ma remarque le fit rire. Puis nous échangeâmes un baiser rapide et je le regardai partir. Ce fut seulement lorsque sa voiture eut disparu dans le tournant que je me décidai à rentrer au pavillon.

— Tu ferais bien de te dépêcher, m'avertit Sarah Peters dès que je pénétrai dans le hall.

— Pourquoi?

— Nous venons juste d'apprendre que notre pavillon a été choisi pour une inspection-surprise. La Dame de Fer peut débarquer d'une seconde à l'autre.

— Une inspection? Une inspection de quoi?

— De tout. Nos chambres, nos salles de bains, n'importe quoi. Elle ne va pas nous avertir, tu penses bien.

En rentrant au carré, je trouvai toutes les filles dans un état d'agitation frénétique, et Gisèle aussi. Elles rangeaient, nettoyaient, fourbissaient; un ordre impeccable régnait dans toutes les chambres, y compris la nôtre. Samantha s'était donné du mal.

— C'est nous qui encaisserons le premier choc, m'informa Vicki. Elle procède par ordre alphabétique.

— Et comment s'est passée la visite de Chris? demanda ma sœur du seuil de sa chambre.

Je la foudroyai du regard.

— Comment se fait-il que tu ne sois pas venue nous espionner?

Elle rit, un peu nerveusement, me sembla-t-il, et riposta:

— J'avais mieux à faire, figure-toi!

Et elle s'empressa de rentrer chez elle.

Moins d'une demi-heure plus tard, Mme Ironwood arrivait, escortée de Mme Penny et de Susan Peck, chargée d'un bloc-notes destiné à enregistrer les bons ou mauvais points que distribuerait la Dame de Fer. L'inspection débuta par la chambre de Kate et Jackie, puis se poursuivit par celle de Gisèle. Je me préparai à entendre des reproches, mais Mme Ironwood réapparut avec un air satisfait. C'était notre tour. Elle s'arrêta sur le seuil et parcourut la pièce d'un œil inquisiteur.

— Bonsoir, mesdemoiselles.

Terrifiée, Samantha balbutia une réponse inaudible. La directrice marcha résolument vers nos commodes, promena le bout des doigts sur le dessus et les examina soigneusement.

— Parfait, daigna-t-elle approuver. Je vois avec plaisir que vous considérez ces chambres comme votre chez-vous et les entretenez comme il convient.

Elle ouvrit la porte du placard, y jeta un coup d'œil — approbateur —, le referma et son regard se fixa sur ma commode. Elle s'en approcha, ouvrit le premier tiroir et commenta :

— Très bien rangé.

Samantha en sourit d'aise. Puis la Dame de Fer se baissa pour ouvrir le troisième tiroir, en contempla un instant le contenu et se retourna vers moi.

— Est-ce votre commode ?

— Oui.

Elle hocha la tête, pivota une seconde fois vers la commode et à nouveau vers moi. Elle brandissait une demi-bouteille de rhum.

— N'auriez-vous pas pu cacher ceci un peu mieux ? lança-t-elle, sarcastique.

J'en restai pantoise, et Mme Penny aussi. Sa déception se lisait sur son visage. Susan Peck eut un sourire oblique.

— Ce n'est pas à moi, protestai-je.

— Vous venez de dire que c'était votre commode, pourtant. D'autres que vous y rangent-elles leurs effets ?

— Non, mais…

— Alors ceci vous appartient, trancha la Dame de Fer. Débarrassez-moi de ça, madame Penny. Susan, prenez note : dix mauvais points. Quant à vous… (elle me fusilla du regard) ... je vais réfléchir à votre punition, vous en serez avisée avant ce soir. D'ici là, vous êtes consignée dans cette chambre.

Sur ce, la Dame de Fer se retira, laissant le corps du délit aux mains d'une Mme Penny désemparée. Elle tenait la bouteille avec d'infinies précautions, comme si elle eût contenu un poison violent. Elle m'adressa un regard navré.

— Je suis profondément déçue, Ruby, soupira-t-elle.

Et elle sortit derrière Mme Ironwood et Susan. Dès qu'elles eurent quitté les lieux, les filles du carré furent à notre porte.

— Qu'est-ce qu'elle a trouvé ? demanda Jacky.

— Vous le savez très bien, répliquai-je vertement.

— Quoi donc ? fit la voix de Gisèle, qui se cachait derrière les autres. Qu'est-ce qu'on est censées savoir ?

— D'où vient le rhum qu'elle a « trouvé » dans ma commode.

— Et voilà, c'est ma faute ! Je ne suis pas la seule ici, Ruby. N'importe quelle autre fille du pavillon a très bien pu entrer dans ta chambre en ton absence. Tu n'es pas spécialement populaire sur ce campus, qu'est-ce que tu crois ? Il y a peut-être quelqu'un qui est jaloux de toi.

— Quelqu'un ? relevai-je avec un sourire narquois.

— Ou peut-être que c'était ta bouteille, après tout !

Pour le coup, je ris franchement.

— Je me demande ce qu'elle va te faire, dit Samantha.

Je répliquai sans sourciller :

— Aucune importance. Je m'en moque éperdument.

Je ne mentais pas. Cela me laissait parfaitement froide.

Juste avant le dîner, Mme Penny vint m'annoncer que je devrais passer la soirée à nettoyer les toilettes à fond. Et non seulement ce jour-là, mais tous les samedis soir pendant un mois.

J'acceptai la sanction avec une résignation détachée, au grand dépit de Gisèle et à l'étonnement des autres filles, que mon attitude impressionna. Jamais elles ne m'entendirent me plaindre, même quand ma corvée me privait de cinéma ou d'un bal. Je savais que le chef du service d'entretien, M. Hull, était désolé pour moi, et j'en eus la preuve dès le premier soir. Quand j'arrivai, il avait déjà fait une bonne partie du travail.

— Ces lavabos n'ont jamais été aussi propres, même un lundi matin, me dit-il avec un bon sourire.

C'était vrai. Ayant tout de suite compris que protester ne ferait que m'attirer d'autres problèmes, je m'étais mise au travail avec ardeur, ce qui me rendit la corvée plus supportable. Je vins à bout de taches qu'on croyait définitivement incrustées dans l'émail et astiquai si bien les miroirs qu'on n'y voyait plus la moindre trace. Le troisième samedi, cependant, je m'aperçus que quelqu'un avait bouché des toilettes et tiré la chasse d'eau jusqu'à ce que la cuvette déborde. Il en était résulté une inondation répugnante, et M. Hull vint une fois encore à mon secours en commençant par éponger lui-même. Malgré tout, la puanteur me suffoqua et je dus aller respirer de l'air frais pour ne pas vomir.

Deux jours plus tard, je me sentis nauséeuse en m'éveillant, et cette fois je n'eus que le temps de courir à la salle de bains. Je mis cela sur le compte d'un virus, ou d'un empoisonnement dû aux produits que j'employais pour le nettoyage, assez forts pour être toxiques. Et quand la nausée me reprit, dans l'après-midi, je demandai la permission de quitter la classe pour me rendre à l'infirmerie.

Mme Miller, l'infirmière, me fit asseoir et me demanda de lui décrire mes symptômes. Je dus admettre que je me sentais nettement plus fatiguée que d'habitude et que j'urinais plus souvent.

— Quoi d'autre ? s'informa-t-elle avec inquiétude.

— Il m'arrive d'avoir des étourdissements. Brusquement, j'ai l'impression que tout tourne autour de moi.

— Je vois. Pour quand attendez-vous votre prochain cycle, approximativement ?

Mon cœur manqua un battement, et Mme Miller perçut instantanément mon trouble.

— Vous en avez sauté un, n'est-ce pas ?

— Oui, mais... cela m'est déjà arrivé avant.

— Auriez-vous observé certains changements physiques... en regardant votre poitrine, par exemple ?

J'avais en effet remarqué l'apparition de petits vaisseaux sanguins sur mes seins, mais j'attribuais cela au fait que je continuais à me développer. Je le lui dis, mais son explication différait de la mienne.

— Votre développement est pratiquement achevé, Ruby. Je crains que vous ne soyez enceinte. Vous seule êtes en mesure de savoir si la chose est possible. Eh bien ?

J'eus l'impression qu'elle m'avait versé un seau d'eau glacée sur la tête. Pendant un moment, je fus incapable d'articuler un mot.

— Eh bien ? Ruby ?

Je fondis en larmes.

— Ô mon Dieu ! s'exclama-t-elle. Ma pauvre petite.

Elle m'entoura de son bras, me conduisit sur une des couchettes et me dit de me reposer. Je me souviens qu'alors, tandis que je m'apitoyais sur moi-même en accusant le sort, je me suis demandé pourquoi l'amour était si beau s'il devait aboutir à une condition si misérable. Il me semblait que j'étais la victime d'une plaisanterie cruelle, mais je ne pouvais m'en prendre qu'à moi-même, naturellement. Je n'en voulais même pas à Chris. Je savais que j'aurais pu lui dire non, que j'en avais eu le pouvoir, mais que j'avais choisi de ne pas le faire.

Un peu plus tard, quand mes sanglots se calmèrent, Mme Miller approcha une chaise du lit et s'assit près de moi.

— Nous allons devoir prévenir vos parents, mon enfant. C'est un problème très personnel, votre famille et vous aurez de graves décisions à prendre.

— S'il vous plaît, implorai-je en lui prenant la main, ne dites rien à personne.

— Je n'en parlerai qu'à votre famille, rassurez-vous. Et à Mme Ironwood, évidemment.

— Non, je vous en prie. Ne dites rien à personne pour l'instant.

— C'est impossible, mon enfant. C'est une trop grande responsabilité. Je suis sûre que, le premier choc passé, votre famille vous apportera son soutien et que vous saurez prendre, ensemble, les décisions qui conviennent.

— Les décisions ? (Je ne voyais qu'une seule alternative possible, moi : le suicide… ou la fuite.)

— Oui, les décisions. Garder le bébé, interrompre votre

grossesse, prévenir le père... Vous voyez bien que c'est une énorme responsabilité. Nous ne pouvons pas garder le secret. Nous nous mettrions dans notre tort et quant à moi, j'aurais certainement des comptes à rendre. La moindre des choses qui pourraient m'arriver serait d'être renvoyée.

— Ah ça non, Mme Miller ! Quelqu'un a déjà perdu son emploi à cause de moi, je ne veux pas avoir un nouveau renvoi sur la conscience. Faites ce que vous avez à faire et ne vous inquiétez pas de moi.

— Allons, allons, ma chère petite. Bien sûr que nous nous inquiétons pour vous, et vous n'êtes pas la première à qui ce malheur arrive, dit l'infirmière avec douceur. Ce n'est pas la fin du monde, même si vous voyez les choses comme ça en ce moment. (Elle me tapota la main en souriant.) Tout va s'arranger. Contentez-vous de vous reposer, je ferai le nécessaire avec toute la discrétion possible.

Elle se retira et je restai prostrée sur le lit, souhaitant que le plafond me tombe sur la tête et maudissant le jour où j'avais décidé de quitter le bayou.

Environ une heure plus tard, Mme Ironwood revint avec Mme Miller et m'informa que Daphné envoyait la limousine me chercher. Ses petits yeux brillaient de satisfaction.

— Ressaisissez-vous et allez faire vos bagages. N'oubliez rien, surtout : vous ne reviendrez pas à Greenwood.

— C'est toujours ça de gagné, commentai-je.

Mme Ironwood rougit de fureur.

— J'avoue que je ne suis pas surprise, riposta-t-elle avec aigreur. Il fallait que ça vous arrive, ce n'était qu'une question de temps. Les filles de votre espèce finissent toutes comme ça.

Là-dessus, elle sortit sans me laisser le temps de répondre mais je n'en étais plus à me tracasser pour si peu. Ironie du sort, je donnais raison à Gisèle : Greenwood était invivable, avec un pareil dragon comme directrice. Je retournai au pavillon et entrepris d'emballer mes effets personnels. J'avais pratiquement terminé quand Gisèle — qui à cette heure aurait dû être en cours — entra en coup de vent dans le carré en criant mon nom. Quand elle vit mes valises pleines, mes tiroirs et mes placards vides, sa mâchoire s'affaissa.

— Mais qu'est-ce qui se passe ? demanda-t-elle enfin.

Je le lui dis et, une fois de plus, elle resta sans voix. Elle dut s'asseoir sur mon lit.

— Qu'est-ce que tu vas faire, alors ?

— Rentrer à la maison, tiens. Que puis-je faire d'autre ?

— Mais ce n'est pas juste. Je vais rester toute seule ici !

— Toute seule ? Tu as tes fans, Gisèle, et tu n'as jamais rien voulu partager avec moi. Nous sommes sœurs mais nous vivons en étrangères, du moins la plupart du temps.

— Je ne reste pas ici, s'obstina-t-elle. Pas question.

— Règle ça avec Daphné, c'est toi que ça regarde.

Elle sortit en bougonnant pour aller téléphoner mais ne revint pas faire ses bagages, d'où je conclus que Daphné avait rejeté sa requête. En tout cas, pour l'instant. Une demi-heure plus tard, Mme Penny vint m'annoncer, la mine renversée, que la limousine était arrivée. Elle était sincèrement désolée pour moi et m'aida à porter mes bagages au-dehors.

— Je suis très déçue, Ruby, dit-elle avec tristesse. Et Mme Ironwood aussi.

— Non, Mme Ironwood n'est pas déçue, madame Penny. Vous travaillez pour un monstre. Un jour, vous vous l'avouerez à vous-même et alors, vous partirez.

— Partir ? (Elle sourit sans conviction.) Mais où irais-je ?

— N'importe où, mais là où les gens ne sont ni mesquins ni hypocrites : où on ne vous juge pas sur l'importance de votre compte en banque ; où des êtres bons et doués comme Mlle Stevens ne sont pas persécutés pour leur délicatesse et leur honnêteté.

Elle me dévisagea un moment, plus sérieuse que je ne l'avais jamais vue, puis soupira.

— Un tel endroit n'existe nulle part, mais si vous le trouvez... envoyez-moi une carte postale et indiquez-moi comment y aller.

Sur ce, elle regagna le pavillon, retournant à son rôle de mère par procuration, et je montai dans la voiture.

Pas une seule fois je ne regardai en arrière.

A mon arrivée, Edgar sortit pour m'accueillir, aida le chauffeur à monter mes bagages et m'annonça que Daphné n'était pas à la maison.

— Mais Madame a bien recommandé que vous ne sortiez pas et ne parliez à personne avant son retour, ajouta-t-il.

Il devait soupçonner que je ne rentrais pas sans raison grave, mais savait-il pourquoi au juste ? Difficile à dire. Avec Nina, je fus tout de suite fixée. Quand j'entrai dans la cuisine pour lui dire bonjour, elle leva les yeux et déclara :

— Vous attendez un bébé, ma fille.

— Daphné vous l'a dit ?

— Elle a fait un tel tapage que même les morts du cimetière Saint-Louis ont dû l'entendre, pour sûr ! Après ça, elle est venue me le dire elle-même.

— Tout est ma faute, Nina.

— Pas seulement la vôtre, ma fille. Faut être deux pour mettre un petit en route.

— Oh, Nina, qu'est-ce que je vais devenir ? Non seulement je gâche ma vie mais celle des autres aussi, avec mes bêtises !

— Quelqu'un de très puissant vous a jeté un sort, voilà, et aucun des grigris de Nina n'y peut rien. Vous feriez mieux d'aller à l'église prier saint Michel, me conseilla-t-elle. C'est lui qui nous aide à vaincre nos ennemis.

Nous entendîmes la porte d'entrée se refermer, puis un claquement saccadé de talons sur le marbre, et Edgar entra dans la cuisine.

— Mme Dumas veut vous voir dans son bureau, mademoiselle.

— J'aimerais mieux aller voir le diable, grommelai-je.

Les yeux de Nina s'agrandirent de terreur.

— Vous dites plus jamais ça, compris ? Papa La Bas, il a des grandes oreilles.

Je trouvai Daphné assise à son bureau, parlant au téléphone. Sans interrompre sa conversation, elle me désigna une chaise en face d'elle.

— Elle est rentrée, John, je peux vous l'envoyer tout de suite. Je compte sur votre discrétion, naturellement. Et j'apprécie votre geste. Merci.

Elle raccrocha, se carra dans son fauteuil et, à ma grande surprise, je vis qu'elle souriait.

— Pour être franche, je m'attendais plutôt à voir Gisèle dans cette situation, pas toi. Malgré ton passé, tu nous as toujours donné l'impression d'être la plus raisonnable des deux, et en tout cas la plus intelligente.

« Toutefois, enchaîna-t-elle, comme tu peux le voir par toi-même, l'intelligence ne vous rend pas forcément meilleur, n'est-ce pas ?

J'avalai péniblement ma salive et Daphné reprit sa tirade.

— Quelle ironie, quand même ! Moi qui avais tous les droits d'être mère, qui aurais pu offrir à mon enfant le meilleur avenir, j'étais incapable de concevoir. Mais toi, tu te fais faire un bébé sans y penser par ton amant, comme un lapin de garenne. Tu es toujours en train de te plaindre de l'injustice de ceci, de cela, mais moi alors ? Qu'est-ce que je devrais dire ? Et comme si je n'en avais pas assez supporté, il faut que je t'accueille chez moi comme un membre à part entière de la famille : toi, et maintenant... cet enfant que tu n'avais pas le droit de porter !

— Je ne voulais pas que cela arrive, Daphné.

Elle eut un rire désabusé.

— Depuis qu'Eve conçut Caïn et Abel, combien de fois les femmes ont-elles proféré cette ânerie ? (Ses yeux se rétrécirent.) Et que pouvait-il arriver d'autre, d'après toi ? Tu croyais pouvoir te conduire comme une chienne en chaleur et ne pas en subir les conséquences ? Tu croyais qu'il en irait pour toi comme pour moi, sans doute ?

— Non, mais...

— Assez de « mais », tu veux bien ? Le mal est fait, comme on dit, et maintenant c'est encore à moi de sauver la situation. J'ai l'habitude, crois-moi. C'était déjà comme ça du vivant de ton père.

« La limousine est dehors, le chauffeur a ses instructions. Tu n'as besoin de rien. Maintenant, file dans la voiture !

— Pour aller où ?

Ma belle-mère médita un instant sa réponse.

— Un médecin de mes amis dirige une clinique pas loin d'ici, hors de la ville. Il t'attend. Il pratiquera une I.V.G., fera le nécessaire pour éviter toute complication ultérieure et te renverra directement ici. Tu resteras quelques jours dans ta chambre pour te remettre et tu reprendras tes études ici, au lycée.

« J'ai déjà réfléchi à une histoire plausible. La mort de ton père t'a plongée dans un état dépressif et tu ne supportes pas l'éloignement de la maison. Tu promenais partout une vraie tête d'enterrement, ces temps-ci. Ça ne surprendra personne.

— Mais…

— Encore ! Allez, ouste, ne fais pas attendre le médecin. C'est un service très délicat qu'il me rend.

Je me levai sans mot dire.

— Ah, une dernière chose ! ajouta ma belle-mère. Ne te donne pas la peine d'appeler Christophe Andréas, je reviens de chez lui. Ses parents sont aussi ennuyés que moi et ils l'envoient finir son année scolaire à l'étranger.

— A l'étranger ? Où ça ?

— Très loin d'ici, chez des parents à eux. En France.

— En France !

— Exactement. J'estime qu'il a de la chance de s'en tirer à si bon compte. Mais si jamais il t'écrivait ou communiquait avec toi et que ses parents l'apprennent, il serait déshérité. Donc, si tu tiens à gâcher son avenir à lui aussi, tu sais ce qu'il te reste à faire.

Cela dit, elle soupira et reprit d'une voix lasse :

— Maintenant, va-t'en. C'est la première et la dernière fois que je couvre un de tes faux pas. Quoi que tu puisses commettre comme sottise à l'avenir, tu te débrouilleras toute seule. File ! ordonna-t-elle en tendant le bras vers la porte.

J'eus l'impression que son index effilé fendait l'air et m'entrait dans le cœur. Je quittai son bureau, marchai sans m'arrêter jusqu'à la grande porte et montai dans la limousine. Je ne m'étais jamais sentie aussi désemparée. J'avais l'impression d'être emportée par les événements, sans pouvoir intervenir. Comme si un courant violent m'entraînait sur le canal et que, malgré tous mes efforts, il me soit impossible de diriger ma pirogue. Je ne pouvais rien faire d'autre que laisser la rivière m'emporter vers une fin inéluctable. Je fermai les yeux, pour ne les rouvrir qu'en entendant la voix du chauffeur.

— Nous sommes arrivés, mademoiselle.

Nous avions roulé pendant une demi-heure environ, et nous nous trouvions dans une petite ville, dont toutes les boutiques étaient fermées. Connaissant Daphné, je m'attendais à être reçue dans un hôpital ultramoderne, mais ce ne fut pas le cas. La limousine se gara non pas devant mais derrière un petit immeuble d'aspect délabré.

— Vous êtes sûr que c'est la bonne adresse ?

— C'est là qu'on m'a dit de vous conduire, mademoiselle.

Le chauffeur descendit, vint m'ouvrir la portière et je mis lentement pied à terre. Une porte s'ouvrit en grinçant et une femme d'allure massive, aux cheveux gris et crépus comme de la paille de fer, avança la tête au-dehors.

— Par ici, ordonna-t-elle d'une voix brève. Vite !

En m'approchant, je vis qu'elle portait un uniforme d'infirmière. Large comme un tonneau, elle avait des bras de lutteur de foire et une verrue sur le menton, d'où s'échappait une touffe de poils.

— Dépêchez-vous ! siffla-t-elle en pinçant les lèvres.

J'eus la naïveté de m'informer :

— Où suis-je ?

— Et où croyez-vous être ? répliqua-t-elle en s'écartant pour me laisser passer.

Je me risquai à l'intérieur. La porte de derrière donnait accès à un long couloir mal éclairé, aux murs d'un jaune sale. Le sol n'était pas très propre non plus.

— Cet endroit est vraiment… une clinique ? demandai-je.

— C'est le cabinet médical. Première porte à droite. Le docteur va vous recevoir tout de suite.

L'infirmière me dépassa, disparut par une porte sur la gauche et j'ouvris celle de droite. Je vis une table d'examen pourvue d'étriers, recouverte d'une feuille de papier jetable, et juste à côté une autre table métallique avec un plateau hérissé d'instruments. D'autres trempaient dans un lavabo, contre le mur du fond, comme s'ils venaient juste de servir. La pièce était peinte du même jaune douteux que le couloir. Il n'y avait pas un seul tableau, même pas de fenêtre. Je ne vis qu'une seconde porte qui s'ouvrit aussitôt, laissant passer un grand homme maigre aux cheveux rares d'un noir intense et aux sourcils broussailleux. Il portait la blouse bleu-vert des chirurgiens.

Il hocha la tête en me voyant et, sans même me dire bonjour, alla se laver les mains dans le lavabo.

— Asseyez-vous sur la table, ordonna-t-il, le dos tourné.

La grosse femme réapparut, commença à manipuler les instruments et le médecin se retourna.

— La table, répéta-t-il avec un bref signe de tête.

— Je... je croyais que je devais aller dans un hôpital.

— Un hôpital ? (Il échangea un coup d'œil avec l'infirmière.) C'est votre première fois, on dirait ?

— Oui, m'entendis-je répondre d'une petite voix fêlée.

Mon cœur battait à grands coups, je sentais la sueur perler à mon front et à mon cou.

— Ce ne sera pas long, me rassura-t-il.

L'infirmière s'empara d'un instrument qui me fit penser au foret de grand-père, et mon estomac se convulsa.

— C'est un malentendu, balbutiai-je en reculant. J'étais censée aller dans une clinique. Il doit y avoir erreur.

— Ecoutez-moi, jeune fille. Je consens à rendre service à votre mère. J'ai quitté ma maison en expédiant mon dîner pour venir ici. Ce n'est pas le moment de faire la sotte.

La grosse infirmière fronça les sourcils.

— C'est déjà pour avoir fait la sotte que vous vous retrouvez là, ma fille. Tout se paie. Allez, sur la table.

Je secouai la tête avec énergie.

— Non, ce n'est pas bien, me défendis-je en reculant jusqu'à la porte, dont je saisis la poignée. Non !

— Je n'ai pas de temps à perdre, je vous préviens, gronda le médecin.

— Je m'en moque. Ce n'est pas bien, c'est tout !

Je pivotai, ouvris la porte, me ruai dans le couloir et ne m'arrêtai qu'une fois dehors. Le chauffeur était toujours dans la voiture. Renversé sur le siège, sa casquette sur les yeux, il dormait au volant. Il sursauta quand je martelai la vitre.

— Ramenez-moi à la maison, immédiatement !

Il s'empressa de sortir pour aller m'ouvrir la porte arrière en s'excusant.

— Madame m'avait dit que cela prendrait un certain temps, mademoiselle.

— En route, vite ! m'écriai-je sans plus d'explications.

Il haussa les épaules mais regagna son siège et démarra aussitôt. Quelques minutes plus tard, sur l'autoroute, je me retournai vers la petite ville sombre et sinistre. J'avais l'impression de sortir d'un cauchemar.

Mais quand je regardai à nouveau devant moi, la réalité me frappa de plein fouet avec la violence d'un ouragan : je pris brusquement conscience de ce qui m'attendait. Daphné serait folle de rage ; elle me rendrait la vie plus infernale que jamais. Nous arrivions à un carrefour et la vue du panneau indicateur fut pour moi comme un signe. Il y avait deux flèches : l'une pointait vers La Nouvelle-Orléans, la seconde vers Houma.

— Arrêtez-vous ! m'écriai-je.

Le chauffeur écrasa la pédale de frein et se retourna.

— Quoi ? Que voulez-vous encore, mademoiselle ?

J'hésitai. Ma vie tout entière parut défiler sous mes yeux en un éclair. Grand-mère Catherine qui m'attendait au retour de l'école, tandis que je courais vers elle avec mes nattes qui voltigeaient, pour lui sauter au cou en essayant de lui raconter d'un trait tous les menus événements de ma journée. Paul débouchant en pirogue au détour du canal et moi volant à sa rencontre, mon panier de pique-nique au bras. Les derniers mots de grand-mère, mes promesses, ma fuite pour La Nouvelle-Orléans. Mon arrivée à Garden District, les yeux pleins d'amour de papa, son émerveillement en découvrant qui j'étais… tout cela me revint en mémoire en un instant. J'ouvris la portière.

— Mais, mademoiselle ?

— Rentrez sans moi, Charles.

— Quoi !

— Dites à Mme Dumas… dites-lui qu'elle est enfin débarrassée de moi, achevai-je simplement.

Et je partis d'un bon pas sur la route de Houma.

Charles attendit, désemparé. Mais quand j'eus disparu dans l'obscurité, il redémarra et la limousine partit sans moi, ses feux de position diminuant à l'horizon jusqu'à ce que je me retrouve seule sur l'autoroute.

Un an plus tôt, j'avais quitté Houma en pensant que je retournais enfin chez moi. Je me trompais.

C'est maintenant que je rentrais à la maison, le seul foyer que j'eusse jamais connu.

18

Pourquoi moi ?

Je pleurais à chaudes larmes à présent, et je les laissais rouler sur mes joues. Des voitures et des camions me frôlaient, certains klaxonnaient, mais je poursuivis mon chemin dans l'obscurité jusqu'à ce que je parvienne à une station d'essence. Elle était fermée, mais il y avait une cabine téléphonique juste à côté. Je composai le numéro de Chris, en priant le ciel pour qu'il ait obtenu le droit de rester à La Nouvelle-Orléans. Quand la sonnerie retentit, j'essuyai mes joues et retins ma respiration. Ce fut le maître d'hôtel qui répondit. Je demandai très vite :

— Puis-je parler à Chris, Garton, s'il vous plaît ?

— Je regrette, mademoiselle, mais M. Chris n'est pas à la maison. Il est en route pour l'aéroport.

— Déjà ? Il s'en va ce soir ?

— Oui, mademoiselle. Je suis désolé. Désirez-vous laisser un message ?

— Non, murmurai-je d'une voix éteinte. Pas de message. Merci, Garton.

Je raccrochai d'un geste lent et appuyai la tête contre la vitre. Chris partait sans me dire au revoir ! Pourquoi ne s'était-il pas tout simplement sauvé pour venir me retrouver ? me révoltai-je. Puis je compris combien il eût été déraisonnable de sa part d'agir ainsi. Qu'aurait-il gagné en se brouillant avec sa famille et en compromettant son avenir ?

Je m'affalai en soupirant sur le tabouret de la cabine. Les nuages noirs qui avaient caché la lune s'écartaient, laissant filtrer des rayons pâles, et la route m'apparaissait comme une piste blafarde au cœur des ténèbres de plus en plus épaisses. J'avais pris une décision, tout à l'heure, dans cet endroit sinistre. Il ne me restait plus qu'à l'assumer. Je me levai, quittai la cabine et me remis en route.

Le hurlement d'un klaxon me fit tournoyer au moment où un camion freinait à un feu rouge. Le chauffeur abaissa vivement la vitre.

— Par tous les démons de l'enfer! jura-t-il en se penchant vers moi. Qu'est-ce que vous fabriquez toute seule en pleine nuit sur l'autoroute? Vous ne savez pas que c'est dangereux?

— Je rentre chez moi.

— Et où c'est, chez vous?

— A Houma.

L'homme poussa un rugissement de rire.

— Et vous comptez marcher jusque là-bas?

— Oui, monsieur, acquiesçai-je avec accablement, comprenant soudain dans quelle aventure je m'étais lancée.

— Eh bien, vous avez de la chance! s'égaya-t-il en ouvrant la portière. Je passe par Houma. Allez, insista-t-il en voyant que j'hésitais, dépêchez-vous avant que je change d'avis.

Je me hissai à côté de lui, fermai la portière et lui jetai un coup d'œil timide. Il devait avoir dans les cinquante ans, des mèches blanches se mêlaient à ses cheveux bruns et, sans raison précise, je me sentis rassurée.

— On peut savoir pourquoi une gamine de votre âge se promène toute seule dans un endroit pareil? interrogea-t-il sans quitter la route des yeux.

— Je viens de décider de rentrer chez moi.

Il me jeta un bref regard et hocha la tête.

— J'ai une fille qui est à peu près de votre âge, commenta-t-il d'un ton compréhensif. Une fois, elle s'est sauvée. Il ne lui a pas fallu dix kilomètres pour comprendre qu'on avait besoin d'argent pour manger et se loger quelque part, et aussi que les étrangers se fichent pas mal de vous. Elle a vite rappliqué quand une espèce de tordu lui a fait des propositions malhonnêtes. Vous voyez ce que je veux dire?

— Oui, monsieur.

— Ça aurait pu vous arriver, en courant les routes comme ça toute seule. Vos parents doivent être aux quatre cents coups. Et vous devez vous trouver un peu idiote maintenant, je parie ?

— Oui, monsieur. C'est vrai.

— Bien. Par chance, vous vous en tirez sans mal. Mais la prochaine fois que vous aurez envie d'aller voir si c'est plus beau ailleurs, prenez le temps de réfléchir. Et comptez bien sur vos doigts tous les avantages que vous avez.

— Oui, acquiesçai-je en souriant. C'est ce que je ferai.

— Bon, alors tout est bien qui finit bien. Faut dire que quand j'avais votre âge... Non, se reprit-il en m'accordant un second coup d'œil, je crois que j'étais plus jeune. En tout cas, je me suis sauvé, moi aussi.

Il rit à ce souvenir et se lança dans l'histoire de sa vie. Le temps que nous arrivions à Houma, je savais tout de lui. Les raisons pour lesquelles sa famille avait quitté le Texas, son amour d'enfance pour celle qui devait devenir sa femme, comment et pourquoi il était devenu chauffeur... Ce fut seulement en freinant à l'entrée du bourg qu'il prit conscience d'avoir tant parlé.

— Cré bonsoir ! nous voilà rendus et je ne vous ai même pas demandé votre nom.

— Ruby. Ruby Landry, précisai-je aussitôt, comme pour donner tout son sens à mon retour au pays.

Car j'étais à nouveau une Landry, à présent, du moins pour les gens de Houma.

— Merci, monsieur.

— Pas de quoi. Et réfléchissez bien, la prochaine fois que vous voudrez jouer les filles de la grande ville, compris ?

— Oh oui ! m'écriai-je en sautant à terre.

Je suivis le camion des yeux et, quand il eut disparu dans le tournant, je pris le chemin de la maison. Chacun de mes pas dans les rues familières éveillait en moi un souvenir de grand-mère Catherine. Je l'avais si souvent accompagnée lorsqu'elle rendait visite à ses amies, ou allait accomplir une de ses missions de guérisseuse. Je n'avais pas oublié combien les gens l'aimaient, la respectaient. Je remuais tout cela dans ma tête et, brusquement, la perspective de me retrouver sans elle dans notre cabane sur pilotis me terrifia. Et puis, il y aurait grand-père Jack! Paul m'avait raconté tant d'histoires bizarres, à son sujet...

Je fis une nouvelle halte dans une cabine téléphonique et cherchai de la monnaie dans mon sac, cette fois pour appeler Paul. Ce fut sa sœur Jeanne qui décrocha.

— Ruby? Mon Dieu, cela fait si longtemps que je n'ai pas entendu ta voix! Tu appelles de La Nouvelle-Orléans?

— Non.

— Où es-tu?

— Je suis... ici.

— A Houma? Ça alors, c'est merveilleux. Paul! appela Jeanne à pleine voix, c'est Ruby. Elle est ici!

Un instant plus tard, j'entendis la voix chaude et tendre de Paul, cette voix qui m'avait tant manqué quand j'avais si désespérément besoin de réconfort.

— Ruby. Tu es ici?

— Oui, Paul. Je suis revenue. C'est une trop longue histoire pour t'en parler au téléphone, mais je veux que tu saches.

— Tu retournes à la cabane?

— Oui, dis-je simplement.

Et, sans fournir d'autres détails, je lui expliquai où je me trouvais.

— Ne bouge pas, j'arrive. Je suis déjà là!

J'eus l'impression qu'il ne s'était pas écoulé plus de quelques minutes, depuis l'instant où il avait raccroché, quand sa voiture freina devant la cabine. Il sauta à terre, me prit dans ses bras et je me serrai contre lui avec la même violence qu'il mettait à me retenir.

— Il s'est passé quelque chose de terrible, n'est-ce pas? demanda-t-il avec douceur. C'est encore Daphné, ou Gisèle? Qu'est-ce qu'elles ont bien pu te faire pour que tu reviennes ici? Mais... (Il s'avisa soudain que je n'avais pas de bagages.) Tu t'es sauvée?

— Oui, Paul, avouai-je en fondant en larmes.

Il me fit monter dans sa voiture et me retint contre lui jusqu'à ce que je sois en état de parler. Mon discours dut lui paraître incohérent, car je débitais tout pêle-mêle, tout ce qu'on m'avait fait subir, y compris l'histoire de la bouteille de rhum cachée dans mon tiroir, au pavillon. Mais quand j'en arrivai à ma grossesse et au sordide épisode chez le médecin, Paul devint blême. Puis il rougit de colère.

— Elle a voulu te faire ça ? Tu as bien fait de te sauver ! Je suis heureux que tu sois revenue.

— Je ne sais pas encore ce que je vais faire, dis-je en essuyant mes larmes. Tout ce que je veux pour le moment, c'est retourner à la cabane.

— Ton grand-père...

— Eh bien ? Qu'est-ce qu'il devient ?

— Il ne tournait pas très rond, ces temps-ci. Quand je suis passé par là, hier, il creusait devant la maison en gesticulant et en poussant des cris. Mon père dit qu'il en est au stade du delirium tremens. Il pense qu'il n'en a plus pour longtemps, et tout le monde s'étonne qu'il ait tenu jusque-là. Je ne sais pas si je devrais te ramener là-bas, Ruby.

— Il faut que j'y retourne, Paul, affirmai-je d'un ton résolu. C'est le seul foyer qui me reste.

— Je sais mais... quand tu verras ce qu'est devenue la maison ! Un vrai massacre, tu ne vas pas t'en remettre. Mon père dit que ta grand-mère doit se retourner dans sa tombe.

— Ramène-moi là-bas, Paul, implorai-je. S'il te plaît.

— D'accord, concéda-t-il. Pour l'instant. Mais je vais m'occuper de toi, Ruby, ça, je te le jure.

— Je sais que tu le feras, Paul, mais je ne veux pas être un fardeau pour toi. Ni pour personne. Je vais me remettre au tissage, pour gagner ma vie.

— C'est ridicule, commenta-t-il en démarrant. Je gagne plus d'argent qu'il ne m'en faut, maintenant. Je suis devenu directeur, je te l'ai dit. J'ai déjà dressé les plans de ma future maison. Ruby...

— Ne me parle pas de l'avenir, Paul, s'il te plaît. Je n'y crois plus.

— Très bien. Mais tu ne manqueras de rien tant que je serai là, Ruby. Croix de bois, croix de fer !

Je fus forcée de sourire. Paul me paraissait plus mûr, maintenant. Il avait toujours été plus responsable que les garçons de son âge, et son père n'avait pas hésité à lui confier un travail important.

— Merci, Paul.

Rien n'aurait pu me préparer au spectacle qui m'attendait. Heureusement pour moi, la nuit cachait une grande partie des dégâts, mais les trous énormes creusés devant la cabane étaient bien visibles, eux. Et quand j'aperçus la galerie tout inclinée, les rambardes fracassées, le plancher arraché par plaques, mon cœur chavira. Une des fenêtres était grande ouverte, complètement démantibulée. Grand-mère Catherine en aurait eu le cœur brisé.

— Tu es sûre de vouloir entrer là-dedans ? s'enquit Paul en coupant le contact.

— Oui, Paul. Peu importe l'aspect qu'elle a maintenant, c'était ma maison et celle de grand-mère.

— Très bien. Je rentre avec toi, histoire de voir ce qu'il fabrique. Il est capable de ne pas te reconnaître, au point où il en est. Attention où tu mets les pieds !

Nous nous avançâmes sur la galerie qui gémit lourdement sous nos pas, la porte grinça sur ses gonds rongés de rouille. Elle faillit tomber à l'extérieur quand nous l'ouvrîmes, et une bouffée de puanteur humide nous assaillit, à croire que toutes les créatures des marais avaient élu domicile dans la cabane. Le seul éclairage provenait d'une lanterne, posée sur la table de la cuisine. Sa flamme chétive vacillait au souffle de la brise qui circulait librement dans toute la maison.

— Tous les insectes du bayou doivent se donner rendez-vous ici, marmonna Paul.

Un désordre immonde régnait dans la cuisine. Il y avait des bouteilles de whisky vides un peu partout, sur le sol, sous les meubles, sur les comptoirs. L'évier débordait de vaisselle sale et des restes de nourriture, dont certains devaient dater de plusieurs semaines — sinon de plusieurs mois —, se décomposaient sur le carrelage. Je saisis la lanterne et entrepris l'inspection du rez-de-chaussée.

La salle de séjour n'était pas en meilleur état. La table était renversée, ainsi que le vieux fauteuil dans lequel grand-mère s'endormait chaque soir. Là aussi, des bouteilles vides avaient roulé dans tous les coins, des traînées de boue et de vase maculaient le plancher. Un bruit de pattes se fit entendre : quelque chose détalait derrière un mur.

— Probablement des rats ou des campagnols, observa Paul.

— Grand-père ! appelai-je.

Nous allâmes voir dans les pièces du fond, puis nous montâmes visiter l'étage. L'effort de se hisser dans l'escalier avait dû rebuter grand-père, car le haut n'avait pas subi les mêmes dégâts. La pièce où nous tissions n'avait pas trop changé, mon ancienne chambre et celle de grand-mère non plus... sauf qu'on avait ouvert et fouillé tout ce qui pouvait l'être. Grand-père avait même arraché quelques planches des murs.

— Mais où peut-il bien être ? m'étonnai-je à haute voix.

Paul eut une moue dubitative.

— Dans un bar, j'imagine, en train d'essayer de se faire payer à boire.

Mais en redescendant, nous entendîmes grand-père Jack pousser des cris aigus derrière la maison. Nous y courûmes. Et grand-père Jack était là, tout nu mais barbouillé de boue, en train de balancer un sac de jute au-dessus de sa tête en jappant comme un chien de chasse.

— Reste en arrière, me conseilla Paul, puis il appela : Jack ! Jack Landry !

Grand-père cessa d'agiter son sac et scruta l'obscurité.

— Qui va là ? Décampez en vitesse, espèces de voleurs !

— Il n'y a pas de voleurs, Jack. C'est moi, Paul Tate.

— Tate ? Filez de chez moi, vous entendez ? Je ne vous rendrai rien. Arrière ! C'est ma fortune. Je l'ai gagnée, c'est moi qui l'ai trouvée. J'ai creusé, creusé tout partout, et je l'ai trouvée, compris ? Arrière, ou je vous assomme à coups de pierres, brailla-t-il de plus belle en reculant lui-même.

J'appelai à mon tour :

— Grand-père ! C'est moi, Ruby. Je suis revenue.

— Hein ? Qui c'est ?

— Ruby, répétai-je en m'avançant d'un pas.

— Ruby ? Ah non, je veux pas qu'on me reproche ça. On avait besoin de c't'argent, Catherine. T'as rien à me reprocher. Rien du tout ! glapit une dernière fois grand-père.

Puis, serrant son sac sur son cœur, il partit en courant dans la direction du canal.

— Grand-père !

— Laisse-le, Ruby. Son tord-boyaux lui a tapé sur la tête.

Les cris de grand-père nous parvenaient toujours, puis ils cessèrent net et il y eut un grand bruit d'éclaboussures.

— Il va se noyer, Paul !

Il réfléchit quelques instants, me prit la lanterne des mains et s'engagea sur les traces de grand-père.

— Jack !

— Non, c'est à moi ! rugit la voix de grand-père. A moi !

Il y eut encore quelques bruits d'eau brassée, puis tout redevint silencieux.

— Paul ?

J'attendis, en vain, et m'élançai dans l'obscurité sur le chemin qu'il avait pris. Mes pieds glissaient sur l'herbe spongieuse, je ne quittais pas des yeux la lueur de la lanterne. Je trouvai Paul au bord du canal, scrutant l'eau noire.

— Où est-il ? chuchotai-je, la voix rauque.

— Je ne suis pas sûr... (Il plissa les paupières et tendit le bras vers une ombre mouvante.) On dirait que...

— Grand-père !

Le corps de grand-père Jack dérivait lentement, telle une grosse bûche noire. Il rebondit plusieurs fois sur des rochers, fut happé par le courant et finit par aller se prendre dans un buisson immergé, dont les branches pointaient à la surface de l'eau.

— Nous ferions mieux d'aller chercher de l'aide, suggéra Paul. Allez, viens !

Moins d'une heure plus tard, les pompiers repêchaient le corps de grand-père Jack. Il s'accrochait toujours à son sac de jute. Mais en fait de trésor, son précieux sac ne contenait que de vieilles boîtes de conserve toutes rouillées.

Aurais-je pu imaginer quelque chose de plus sinistre, comme retour au pays ? Malgré les choses horribles qu'il avait pu commettre, et l'état pitoyable où il était tombé, je ne pouvais m'empêcher d'évoquer le grand-père Jack de mon enfance. Il avait eu ses bons moments, lui aussi. J'allais le voir dans sa cabane et il me parlait du bayou comme de son ami le plus cher. Il avait été une légende, en son temps. Il n'existait pas de meilleur trappeur, et il lisait dans le marais à livre ouvert. Il savait quand les eaux allaient monter ou descendre, où se cachaient les brèmes, où dormaient les alligators, où les serpents faisaient leur nid.

Il aimait raconter les prouesses de ses ancêtres, ces fameux joueurs qui écumaient le Mississippi dans leurs bachots et dont on maudissait les fredaines tout le long du fleuve. Grand-mère Catherine prétendait qu'une bonne part de ces exploits sortaient tout droit de son imagination, mais cela m'était bien égal. J'adorais écouter ses histoires. Il pouvait parler pendant des heures, les yeux fixés sur la mousse espagnole et tirant sur sa pipe de barbe de maïs, ne s'interrompant que pour téter son pichet de whisky en trouvant toujours une bonne excuse. Il avait besoin de s'éclaircir la gorge — à cause des miasmes des marais, prétendait-il —, ou il sentait « un petit coup de froid ». Quand il n'annonçait pas, tout simplement, qu'il devait se réchauffer les boyaux.

Malgré la rupture survenue entre grand-mère et lui (après qu'il eut vendu ma sœur Gisèle à la famille Dumas), j'avais toujours senti qu'ils s'étaient profondément aimés, dans leur lointaine jeunesse. Grand-mère Catherine elle-même, dans ses moments d'abandon, reconnaissait qu'il avait été beau comme un dieu, le type même du jeune mâle viril et séduisant, irrésistible avec ses yeux d'émeraude et son teint basané. Avec cela c'était un excellent danseur, qui n'avait pas son pareil dans tous les *fais-dodo* du voisinage.

Mais avec le temps, le poison remonte toujours à la surface. Le mal qui dormait au fond du cœur de grand-père Jack s'était éveillé, l'avait transformé. Ou plutôt, comme se plaisait à répéter grand-mère, « il était devenu ce qu'il était vraiment : un fieffé coquin, dont la place était avec tout ce qui rampe au fond des marais ».

Peut-être avait-il cédé à la boisson pour oublier ce qu'il était ? Pour ne plus voir l'image que lui renvoyait l'eau sombre quand il se penchait sur elle en poussant sa pirogue ? Quoi qu'il en soit, les démons qui l'habitaient avaient gagné la partie, et fini par l'attirer dans ces eaux qu'il avait tant aimées. Il avait voué sa vie entière au bayou : le bayou la lui avait prise.

Et moi, comme grand-mère Catherine avait dû pleurer quand elle avait cessé de l'aimer, je pleurai l'homme qu'il avait été.

Malgré les supplications de Paul, je refusai de quitter la cabane. C'était la seule solution. Si je n'avais pas pris sur moi pour y rester ce premier soir, j'aurais trouvé de bonnes raisons pour ne pas y revenir le lendemain, ni le surlendemain, et ainsi de suite. Je fis mon lit aussi confortablement que possible. Et quand tout le monde fut parti, quand j'eus dis au revoir à Paul et promis de l'attendre le lendemain matin, j'allai me coucher pour m'enfoncer aussitôt dans le sommeil, à bout de fatigue.

Une heure après le lever du soleil, toutes les anciennes amies de grand-mère étaient au courant de mon retour, et persuadées que j'étais revenue pour m'occuper de grand-père Jack. Je me levai tôt et entrepris de nettoyer la cabane, en commençant par la cuisine. Je n'y trouvai pas grand-chose à manger, mais au bout d'une heure les premières fidèles arrivaient déjà, chacune apportant des victuailles. Inutile de dire que tout le monde fut très choqué de voir la maison dans cet état. Personne n'y avait mis les pieds depuis la mort de grand-mère Catherine et mon départ. Chez les Cajuns, quand quelqu'un est dans le besoin, les femmes se mettent tout de suite à l'ouvrage, comme si elles étaient de la famille. Le temps de me retourner, elles étaient déjà toutes à récurer les planchers, laver les murs, secouer les tapis, essuyer les meubles et astiquer les vitres. J'en fus émue aux larmes. Personne ne m'avait fait subir d'interrogatoire, ni à propos de ce que j'avais fait, ni sur les raisons de mon retour. J'étais revenue, j'avais besoin d'aide, et c'était tout ce qui comptait. Je me sentais vraiment rentrée chez moi, enfin !

Paul arriva, chargé d'une pleine brassée de choses utiles envoyées par ses parents, et d'autres encore dont il savait que je manquais. Il fit le tour de la maison avec un marteau et des clous, remit en place toutes les planches et lames de parquet qu'il put trouver. Puis, armé d'une bêche, il entreprit de reboucher tous les trous qu'avait creusés grand-père, quand il cherchait le soi-disant trésor caché de grand-mère Catherine. Je vis bien comment les femmes l'observaient, chuchotaient entre elles et souriaient en me lançant des regards en coin. Si seulement elles connaissaient la vérité, me disais-je, si elles savaient ! Mais certains secrets devaient rester enfouis dans nos cœurs. Il y avait toujours des gens que nous aimions, et qu'il fallait protéger.

L'enterrement de grand-père fut très simple et, sur le conseil du père Rush, il eut lieu sans tarder.

— Vous ne voulez pas attirer les amis de Jack Landry chez vous, n'est-ce pas, mon enfant ? Ces gens-là, toute occasion leur est bonne pour se saouler gratis et causer du scandale. Il vaut mieux laisser ce pauvre homme en paix au cimetière, et prier pour lui quand vous serez seule.

— Direz-vous une messe pour lui, mon Père ?

— Certainement. Le Seigneur est assez miséricordieux pour pardonner, même à un homme tombé aussi bas que Jack Landry, et ce n'est pas à nous de le juger.

Après les funérailles, les amies de grand-mère Catherine revinrent à la maison, et seulement alors commencèrent à me poser quelques questions sur ce que j'étais devenue depuis mon départ. Je leur dis que j'avais vécu chez des parents à La Nouvelle-Orléans mais que le bayou me manquait, ce qui n'était pas un mensonge. Et cela suffit à satisfaire leur curiosité.

Puis, tandis que les femmes bavardaient, Paul parcourut la maison et les alentours en continuant son travail d'ouvrier. Le soir venu, il s'attarda jusqu'à ce que toutes les femmes aient pris congé de moi. Elles s'en allèrent le sourire aux lèvres, sans cesser d'échanger des remarques à son sujet.

— Tu sais ce qu'elles ont en tête, observa-t-il quand nous fûmes enfin seuls. Elles s'imaginent que tu es revenue pour moi.

— Je sais.

— Que comptes-tu faire, quand ta grossesse commencera à se voir ?

— Je ne sais pas encore.

Ses yeux bleus s'emplirent d'espoir.

— Le plus simple serait de m'épouser, Ruby.

— Oh, Paul ! C'est impossible et tu sais bien pourquoi.

— Et pourquoi pas ? La seule chose qui nous soit interdite c'est d'avoir un enfant, et ce n'est plus un problème. Tu vas en avoir un.

— Paul, nous ne devrions même pas y penser, c'est déjà mal. Et ton père…

— Mon père ne dirait rien ! s'emporta-t-il, et je ne l'avais jamais vu si furieux. S'il disait quoi que ce soit, il serait forcé d'avouer devant tout le monde le péché qu'il a commis. Je t'offrirai une vie digne de toi, Ruby, je te le promets. Je vais devenir riche, et je possède un terrain superbe pour y bâtir ma maison. Elle ne sera sans doute pas aussi luxueuse que celle où tu vivais à La Nouvelle-Orléans, mais…

— Paul, ce n'est pas le luxe et la richesse que je veux ! Je t'ai déjà dit que tu devais te chercher une femme avec qui tu pourrais fonder une famille. Tu mérites d'en avoir une à toi.

— C'est toi, ma vraie famille, Ruby. Depuis toujours.

Je détournai les yeux pour lui cacher mes larmes. Je ne voulais pas lui faire de peine.

— Ne peux-tu pas m'aimer sans avoir d'enfant de moi ? insista-t-il d'une voix suppliante.

— Paul, il ne s'agit pas seulement de cela…

— Mais tu m'aimes, non ?

— Je t'aime, Paul, mais je n'ai pas pensé à toi de la façon que tu voudrais depuis… depuis que nous savons la vérité.

— Alors, recommence à penser à moi comme ça, reprit-il avec espoir. C'est possible, non ? Tu es revenue et…

Je n'eus qu'à secouer la tête. Il comprit.

— Il y a autre chose, alors… c'est ça ?

J'acquiesçai en silence.

— Tu aimes toujours ce Chris Andréas, même s'il t'a fait un enfant et t'a quittée, dis-moi ? Dis-moi ?

— Oui, Paul. Je crois que oui.

Il me dévisagea longuement et soupira.

— Eh bien, ça ne change rien, affirma-t-il avec conviction. Je serai toujours là pour toi.

— Paul… Ne me fais pas regretter d'être revenue.

— Bien sûr que non ! Bon, eh bien… je ferais mieux de rentrer chez moi.

Il marcha vers la porte et, sur le seuil, il se retourna.

— Tu sais ce que les gens vont penser, de toute façon ? Tu le sais, Ruby ?

— Qu'est-ce qu'ils vont penser ?

— Que le bébé est de moi.

— Je leur dirai la vérité, le moment venu.

— Ils ne te croiront pas. Et pour parler comme Rhett Butler dans *Autant en emporte le vent :* « Franchement, ma chère, c'est le cadet de mes soucis ! »

Là-dessus, il sortit dans un éclat de rire, me laissant plus troublée que jamais. Et plus effrayée que jamais devant ce que me réservait l'avenir.

Je me réacclimatai bien plus vite que je ne l'aurais cru possible. Toute la semaine, je travaillais devant mon métier, tissant le coton brut en couvertures pour les vendre au bord de la route. Je tressai des chapeaux de palmes, fabriquai des paniers d'écorce. Mon gombo n'était pas aussi bon que celui de grand-mère mais je fis de mon mieux, et parvins à cuisiner suffisamment bien pour vendre le mien aux touristes à l'heure du déjeuner. Je travaillais le soir, et chaque matin je montais mon éventaire. De temps en temps, je songeais à me remettre à la peinture mais pour le moment, je n'avais pas une minute à moi. Paul fut le premier à aborder la question.

— Tu travailles si dur que tu négliges ton talent, Ruby. Et ça, c'est un péché.

Je ne répondis rien. Je savais trop bien ce qu'il avait en tête.

— Nous pourrions avoir une si bonne vie ensemble, Ruby. Tu redeviendrais l'artiste que tu es, tu pourrais faire ce qu'il te plairait. Nous aurions une nourrice pour le bébé…

— Non, Paul. Arrête, je t'en prie.

Mes lèvres tremblèrent et il s'empressa de changer de sujet. Car s'il y avait une chose au monde que Paul ne voulait à aucun prix, c'était me voir pleurer.

Les semaines passèrent, devinrent des mois, et bientôt j'eus l'impression de n'avoir jamais quitté le bayou. Le soir, je m'asseyais sur la galerie, je regardais passer les rares voitures ou camions sur la route ou je contemplais la lune et les étoiles, jusqu'à l'arrivée de Paul. Parfois, il apportait son harmonica et jouait un ou deux airs. Quand cela devenait trop triste, il bondissait sur ses pieds, entamait un morceau vif et joyeux et se mettait à danser en soufflant dans son instrument jusqu'à ce que j'éclate de rire.

J'allais souvent me promener le long du canal, comme autrefois. Les nuits de lune, les toiles des épeires diadème scintillaient, les hiboux ululaient et les alligators glissaient gracieusement dans l'eau soyeuse. Il m'arrivait d'en trouver un endormi sur la berge, et je le contournais avec précaution. Je savais qu'il sentait ma présence et pourtant, c'est à peine s'il entrouvrait les yeux.

Ce ne fut pas avant le début du cinquième mois que ma grossesse commença à se voir. Personne ne me dit rien, mais tous les regards s'attardaient sur ma taille et je savais que j'étais le sujet de toutes les conversations. Finalement, je reçus la visite d'une délégation des anciennes amies de grand-mère Catherine, conduite par Mme Thibodeau et Mme Livaudis. Manifestement, c'est Mme Livaudis qu'elles avaient choisie comme porte-parole.

— Ruby, commença-t-elle, nous sommes venues parce que tu n'as plus personne pour parler en ton nom, maintenant.

— Je peux très bien le faire moi-même quand il le faut, madame Livaudis.

— Ça, j'en suis sûre, tu n'es pas la petite-fille de Catherine Landry pour rien. Mais ça ne fait pas de mal d'avoir quelques vieilles bonnes femmes comme nous de son côté, poursuivit-elle en adressant un signe d'intelligence à ses commères, qui le lui rendirent avec conviction.

— Et à qui comptez-vous parler pour moi, madame Livaudis ?

— A l'homme qui est responsable de ton état, répliqua-t-elle en lorgnant mon ventre. Nous croyons savoir qui est ce jeune homme, et sa famille a largement les moyens d'assurer la subsistance d'un héritier.

— Je regrette de vous décevoir, annonçai-je, mais le jeune homme auquel vous pensez n'est pas le père de mon enfant.

Les bouches béèrent et les yeux s'arrondirent.

— Alors, peut-on au moins savoir qui c'est ?

— Il n'est pas d'ici, madame Livaudis. C'est quelqu'un de La Nouvelle-Orléans.

Le clan échangea des regards sceptiques.

— Tu ne rends service ni à toi-même ni à ton bébé, en essayant de protéger le père, intervint Mme Thibodeau. Il doit assumer ses responsabilités. Ta grand-mère ne t'aurait pas laissée faire ça, Ruby, tu peux me croire.

Je ne pus m'empêcher de sourire en imaginant grand-mère en train de me tenir le même discours.

— Je le sais, madame Thibodeau.

— Alors laisse-nous t'aider à faire respecter tes droits, plaça vivement Mme Livaudis. Si ce jeune homme a la moindre décence, il fera son devoir.

— Je vous dis la vérité, il n'habite pas ici, affirmai-je.

Mais elles ne firent que secouer la tête d'un air apitoyé.

— Nous voulons seulement que tu saches bien ça, Ruby, reprit Mme Thibodeau. Quand le moment sera venu de faire le nécessaire, nous te soutiendrons. Tu veux un docteur ou un guérisseur ? Il y a un guérisseur pas loin d'ici, à Morgan City. Nous te l'enverrons.

La seule idée de m'adresser à un autre guérisseur que grand-mère me mit mal à l'aise.

— Je verrai le docteur, décidai-je.

— La note devrait être payée par qui vous savez, commenta Mme Livaudis à l'intention des autres, qui approuvèrent en branlant du chef.

— Tout se passera bien, rassurez-vous. Merci pour tout.

Elles s'en allèrent là-dessus, convaincues de connaître la vérité. Paul ne s'était pas trompé, bien sûr. Il connaissait encore mieux que moi les gens du bayou. Mais ceci était mon histoire, le fardeau avec lequel j'allais devoir vivre et qu'il me fallait porter seule. Toutefois — c'était bien naturel —, je pensais à Chris et je me demandais s'il était au courant. J'aurais bien voulu le savoir.

Comme si elle avait lu dans mes pensées, Gisèle me fit parvenir une lettre par les soins de Paul.

— C'est arrivé cet après-midi, m'annonça-t-il un soir en brandissant le carré de papier.

J'étais dans la cuisine, en train de préparer un gombo de crevettes. Je m'essuyai les mains, me laissai tomber sur une chaise et déchirai vivement l'enveloppe.

Chère Ruby (commençait Gisèle),

Tu n'aurais jamais cru recevoir une lettre de moi, pas vrai ? Le plus long baratin que j'aie pondu par écrit, c'est cet exposé sur les vieux poètes anglais, et encore ! Vicki m'en a rédigé la moitié.

En tout cas, voilà. J'ai trouvé une lettre de Paul dans ta chambre, quand Daphné m'a demandé de choisir ce qui me plaisait dans tes affaires avant de donner le reste aux pauvres. Elle a fait vider ta chambre par Martha Wood et l'a fermée. Elle dit qu'en ce qui la concerne, tu n'as jamais existé. Naturellement, il lui reste un problème sur les bras : l'héritage de papa. Je les ai entendus en parler un soir, Bruce et elle. Il lui conseillait de te faire rayer du testament. Ce qui exigerait des tas de manigances vis-à-vis de la loi et risquerait de leur faire du tort, donc pour l'instant, tu es toujours une Dumas.

Tu dois te demander pourquoi je t'écris de La Nouvelle-Orléans, je parie. Devine ! Daphné a fini par céder, je continue mes études au lycée, ici. Et tu sais pourquoi ? Des rumeurs au sujet de ta grossesse ont filtré à Greenwood, je me demande bien comment. Pas toi ? En tout cas, cela commençait à devenir gênant et Daphné n'a pas supporté. Surtout que je l'appelais sans arrêt pour lui dire ce qu'on racontait, comment les professeurs me regardaient, ce que Mme Ironwood en pensait... Bref, elle a craqué. Me voilà revenue à la maison où ton secret est bien gardé.

Daphné s'est contentée de faire savoir partout que tu t'étais sauvée pour retourner chez tes Cajuns, parce qu'ils te manquaient trop. Evidemment, les gens se posent des questions à propos de Chris...

Je parie que tu voudrais avoir de ses nouvelles ? ajoutait ma sœur au bas de la page, ce qui semblait signifier qu'elle ne comptait pas m'en donner. (C'est du Gisèle tout craché, avais-je alors pensé. Même dans une lettre, il faut qu'elle me fasse enrager. Puis j'avais tourné la page et lu la suite.)

Chris est toujours en France, où tout se passe très bien pour lui. M. et Mme Andréas ne parlent que de ses succès, scolaires et autres. Il paraît qu'il fréquente une fille richissime dont la famille remonte à Louis Napoléon.

Il m'a écrit le mois dernier pour me supplier de lui donner de tes nouvelles. J'ai répondu ce matin seulement, en lui disant que je ne savais pas où tu étais. J'ai promis d'essayer de te retrouver en écrivant à un de tes parents cajuns. Et j'ai ajouté que d'après les on-dit, tu t'étais mariée dans ton bayou à la façon du coin, fête sur l'eau et tout ça, au milieu des serpents et des araignées.

Oh, j'oubliais. Avant de quitter Greenwood, j'ai eu un visiteur au pavillon. Je parie que tu devines qui. Louis. Vraiment charmant, et beau garçon, je dois dire. Ça lui a brisé le cœur d'apprendre que tu avais un bébé en route et que tu étais retournée chez tes Cajuns du marais. Il avait une partition musicale pour toi et il espérait te l'envoyer, alors je lui ai promis que, si je découvrais où on peut te joindre, je lui donnerais ton adresse. Mais les promesses sont faites pour êtres rompues, non ?

Je plaisantais. Je ne sais pas si j'aurai de tes nouvelles un jour ni si tu recevras cette lettre. J'espère que oui et que tu répondras. C'est plutôt chouette d'avoir une sœur aussi célèbre. Je m'amuse comme une folle à inventer des tas d'histoires différentes à ton sujet.

Pourquoi ne t'es-tu pas tout simplement débarrassée du bébé, comme le voulait Daphné ? Pense à tout ce que tu as perdu !

Ta jumelle adorée,

Gisèle.

— Mauvaises nouvelles ? s'enquit Paul quand je reposai la lettre sur mes genoux.

Ma vue se brouillait mais je parvins à sourire.

— Tu connais ma sœur, dis-je à travers mes larmes. Il faut toujours qu'elle essaie de me blesser.

— Ruby...

— Oh, elle sait s'y prendre. Elle s'assied bien tranquillement, se demande : « Qu'est-ce qui pourrait faire le plus de mal à Ruby ? », et quand elle a trouvé quoi, elle l'écrit. Voilà, c'est tout. C'est aussi simple que ça !

Mes larmes ruisselaient, maintenant. Paul courut à moi et me serra dans ses bras.

— Oh, Ruby, ma Ruby, ne pleure pas, je t'en supplie !

Je pris une grande inspiration.

— Ce n'est rien, Paul. Je... Ça va aller.

— Elle t'a écrit quelque chose à propos de lui, n'est-ce pas ? (J'inclinai la tête.) Il se peut que ce soit vrai, Ruby.

— Je sais.

— Je suis là, moi. Je serai toujours là pour toi.

Je levai les yeux sur son visage plein de tendresse et de sollicitude. Jamais je ne trouverais quelqu'un d'aussi dévoué, je le savais, mais je ne pouvais pas accepter la solution qu'il proposait. C'était trop injuste envers lui.

— Je m'en remettrai, affirmai-je en essuyant mes larmes. Tout ira bien pour moi, Paul... merci.

— Une jeune femme comme toi, enceinte et toute seule, marmonna-t-il à mi-voix. C'est bien normal que je m'inquiète !

— Tu sais bien que tout est arrangé, maintenant.

Il m'avait emmenée deux fois chez un médecin, ce qui n'avait fait que confirmer les rumeurs. Dans notre petite communauté, elles se répandaient à la vitesse de l'éclair, mais il ne s'en souciait pas. Même après que je lui eus raconté la visite des anciennes amies de grand-mère.

Pendant les deux dernières semaines de mon septième mois et la première moitié du huitième, il vint me voir chaque jour et quelquefois plusieurs fois par jour. Ce fut seulement à la fin du huitième mois que je commençai à grossir pour de bon et à sentir le poids de l'enfant. Je ne m'en plaignis jamais devant lui. Mais une ou deux fois, le matin, il me surprit en train de gémir, les mains plaquées sur les reins. Je marchais comme un canard, à présent, et j'avais l'impression d'en être un.

Quand le médecin m'annonça, sans pouvoir préciser davantage, que ma délivrance aurait lieu dans la semaine à venir, Paul décida de passer les dernières nuits chez moi. Dans la journée, je pouvais toujours le joindre, ou quelqu'un d'autre sinon lui, mais il avait peur de ce qui pouvait se produire la nuit.

Je venais d'entamer mon neuvième mois quand il accourut un jour, en début d'après-midi, le visage tout rouge d'émotion.

— Tout le monde parle d'un ouragan qui nous arrive dessus, Ruby. Je veux que tu viennes chez moi.

— Ah non, Paul. Je ne peux pas faire ça.

— Tu n'es pas en sécurité, ici. Regarde le ciel ! s'exclama-t-il en désignant le couchant, où un soleil d'un rouge poussiéreux s'effaçait derrière un voile de nuages. On peut déjà presque sentir la tempête.

Il disait vrai. L'air était devenu moite et brûlant. Et la petite brise qui soufflait depuis le matin, bien loin de se calmer, avait dangereusement forci.

Mais il n'était pas question que j'aille chez lui, dans sa famille. J'avais trop honte et je redoutais le regard de ses parents. Ils devaient maudire mon retour, et m'en vouloir d'être la cause de tous ces racontars.

— Je ne crains rien, affirmai-je. Ce ne sera pas le premier ouragan que j'essuierai dans cette cabane.

— Tu es aussi têtue que ton grand-père ! gronda Paul, vraiment fâché.

Mais je ne cédai pas. J'allai tranquillement préparer un dîner pour deux, et il remonta dans sa voiture pour écouter la météo. Elle n'était pas rassurante. Il revint bien vite à la maison pour boucler toutes les ouvertures et je posai deux bols de gombo sur la table. Mais à peine étions-nous assis que le bruit du vent changea de registre. Il hurlait, maintenant. Paul regarda du côté du canal et ce qu'il vit lui arracha un gémissement : un énorme nuage noir avançait sur nous, annonçant une pluie torrentielle.

— Cette fois ça y est, eut encore le temps de dire Paul.

Et en quelques secondes, nous sembla-t-il, le vent et la pluie se déchaînèrent. L'eau se déversa sur le toit, se ruant par toutes ses fentes à l'intérieur de la maison. Le vent cinglait les bardeaux et les planches, soulevait des objets, les envoyait se fracasser sur la cabane avec une telle violence que nous nous attendions à les voir crever les murs. Je me réfugiai en hurlant dans le séjour où je me blottis sur le canapé. Paul courait de tous côtés, refermant et reclouant toutes les brèches qu'il pouvait trouver, mais le vent passait quand même. Il tourbillonnait dans la maison, balayant tout ce qui se trouvait sur les étagères et les meubles. Je vis même s'envoler une chaise. J'en vins à craindre que le toit ne fût emporté, nous livrant sans protection aucune à la rage des éléments.

— Nous aurions dû partir ! cria Paul dans le vacarme.

Je sanglotais, ramassée sur moi-même, et il abandonna ses efforts inutiles. Il vint s'asseoir près de moi, me reprit dans ses bras et, serrés l'un contre l'autre, ou plutôt accrochés l'un à l'autre, nous écoutâmes le vent furieux déraciner les arbres en rugissant.

Puis, aussi brutalement qu'il avait commencé, l'orage prit fin. Un silence de mort tomba sur le bayou. L'obscurité se dissipa. Je respirai à pleins poumons, Paul se leva pour aller inspecter les dégâts et je le rejoignis près de la fenêtre. Le choc nous laissa sans voix : des arbres avaient été déchiquetés, le paysage familier se retrouvait sens dessus dessous. Et je vis s'agrandir les yeux de Paul quand la petite flaque de ciel bleu, qui s'était ouverte sur nos têtes, se mit à diminuer.

— C'était l'œil du cyclone, annonça-t-il. Reculons !

La queue de l'ouragan nous frappa de plein fouet, déchirant tout sur son passage avec des clameurs de géant furibond. Cette fois la cabane vacilla, les murs se fendirent et les fenêtres volèrent en éclats, envoyant des fragments de verre brisé se planter un peu partout.

— Vite, sous la cabane ! vociféra Paul.

Cette seule pensée me terrifia. J'échappai aux bras de Paul et courus dans la cuisine, mais je glissai dans une flaque d'eau qui s'était formée sous une faille du toit et tombai sur le carrelage, face en avant. Je n'eus que le temps d'étendre les bras pour me protéger du choc. Mais si j'évitai de justesse de m'écraser le nez, ce fut mon ventre qui subit l'impact. La douleur fut insoutenable. Je me retournai sur le dos en hurlant et Paul, aussitôt accouru, tenta de m'aider à me relever.

— Je ne peux pas, Paul. Je ne peux pas !

Mes jambes me semblaient de plomb, tout à coup. Je ne pouvais ni les plier, ni les soulever. Paul s'efforça de me mettre debout lui-même, mais j'étais un poids mort dans ses bras, et lui aussi avait commencé à glisser. Le pied lui manqua. Et c'est alors que je ressentis la pire douleur de ma vie : ce fut comme si on m'ouvrait le ventre avec un couteau, de haut en bas. J'enfonçai les ongles dans le bras de Paul.

— Le bébé, Paul ! Le bébé !

Son visage blanchit de terreur. Il se tourna vers la porte comme s'il espérait qu'un secours en viendrait, comprit combien son geste était vain et se tourna de nouveau vers moi, juste au moment où je perdais les eaux.

— Le bébé, répétai-je. Il arrive !

Le vent secouait toujours la maison. Le toit gémissait, des tôles battaient contre la charpente.

— Il faut que tu m'aides, Paul. Il est trop tard.

J'étais sur le point de m'évanouir, j'en étais sûre. J'allais peut-être mourir là, sur le sol de la cabane. Comment pouvait-on survivre à une telle souffrance ? Elle m'étreignait comme un étau, fondait sur moi par vagues successives, de plus en plus rapprochées, de plus en plus violentes, et soudain je sentis l'enfant bouger. A genoux devant moi, Paul me regardait avec une stupeur incrédule, les yeux exorbités.

Je n'entendais même plus l'orage. Je passais de la douleur à l'inconscience, alternativement, et cela dura jusqu'à ce que j'éprouve une irrésistible envie de pousser. J'y mis toute ma force et j'entendis l'exclamation ravie de Paul : il tenait le bébé dans ses mains.

— C'est une fille, Ruby ! C'est une fille !

Le docteur m'avait bien expliqué comment couper le cordon ombilical et le ligaturer. Je répétai ses instructions à Paul qui fit promptement le nécessaire, puis mon bébé cria et il le déposa entre mes bras. J'étais toujours étendue sur le carreau de la cuisine. L'orage n'avait pas cessé, bien que sa violence diminuât ; la pluie cinglait toujours la cabane. Paul alla chercher quelques coussins et je m'assis pour regarder le petit visage qui déjà se tournait vers moi, en quête de sécurité, de réconfort et d'amour.

— Elle est ravissante, chuchota Paul.

Les rafales de pluie se changèrent en averse, l'averse en ondée. Puis un rayon de soleil troua les nuages, entra par une fenêtre et nous enveloppa de sa chaude lumière, ma toute-petite et moi. Je couvris son front et ses joues de baisers.

Nous avions survécu. Nous saurions tenir bon, toutes les deux. Unies. Ensemble.

ÉPILOGUE

Par miracle, la cabane de grand-mère avait survécu à ce que tout le bayou décrivait comme « l'ouragan le plus terrible qu'on ait vu depuis des lustres ». Bien d'autres n'eurent pas cette chance et virent leurs demeures emportées par la pluie torrentielle et la bourrasque. Les arbres brisés jonchaient les routes. Il faudrait du temps avant que les choses ne reprennent un cours à peu près normal. Mais dès que la nouvelle de ma délivrance fut connue, les amies de grand-mère accoururent, chacune apportant quelque chose dont je pouvais avoir besoin.

— Comment s'appelle-t-elle ? s'enquit d'emblée Mme Livaudis.

— Perle, répondis-je, et je leur parlai de ce rêve où elle m'était apparue, le visage couleur de perle.

Elles branlèrent du chef avec ensemble, l'air entendu. N'étais-je pas la petite-fille de Catherine Landry ? Comment s'étonner si j'avais des dons mystérieux, moi aussi...

Paul vint me voir tous les jours, les bras chargés de cadeaux pour l'enfant et pour moi. Le lendemain de la tempête, il amena plusieurs employés de son usine et ils remirent en état tout ce qui pouvait l'être. Il était là, parcourant la maison pour achever les réparations, quand je reçus la visite des amies de grand-mère.

— Il est très gentil de faire tout ça pour toi, commenta Mme Thibodeau, mais il lui reste de plus grandes responsabilités à prendre en charge. Il ferait mieux d'y penser.

J'eus beau protester, répéter mes explications, rien n'y fit. J'étais désolée pour Paul et pour sa famille mais il ne voulait rien entendre. Il restait là et se moquait du reste.

Le soir, après le dîner, j'allais m'asseoir sur la galerie, dans le vieux rocking-chair de grand-mère, et je berçais Perle pour l'endormir. Paul nous regardait, une herbe entre les dents, et me complimentait sur mes talents de cuisinière, ma façon de soigner le bébé... Je savais très bien où il voulait en venir, mais je faisais la sourde oreille. Un après-midi, quelques semaines après la naissance de Perle, il m'apporta une seconde lettre de Gisèle. Beaucoup plus brève que la première, mais aussi beaucoup plus blessante.

Chère Ruby,

Tu ne m'as pas répondu mais Paul l'a fait, lui. J'ai dit à Daphné où tu étais et que tu avais un bébé, mais elle ne veut pas en entendre parler. Je comptais prévenir Chris dès que je le verrais, mais je viens d'apprendre qu'il reste en Europe. Il va y faire sa médecine. Et comme je te le disais, il est amoureux d'une fille de duc ou de comte qui vit dans un vrai château.

Bruce et Daphné ont annoncé leur mariage. Ce serait géant si tu débarquais avec ton bébé dans les bras ! Je te raconterais tout en détail. Je sais que tu meurs d'envie de savoir ce qui se passe ici, même si tu prétends le contraire.

Pourquoi ne réponds-tu pas ? Je pourrais lire ta lettre à Daphné. Je viens juste de penser à un truc très drôle : non seulement je suis tante, mais elle est pratiquement grand-mère. Je lui sortirai ça, la prochaine fois qu'elle me cherchera des crosses. Merci. Tu as quand même fini par faire quelque chose pour moi.

C'était pour rire. Je me demande si on se reverra un jour ?

Ta jumelle adorée,

Gisèle.

— Pourquoi lui as-tu écrit, Paul ? demandai-je sévèrement.

— J'ai pensé que ta famille avait le droit de savoir et...

— Et tu voulais que Chris sache aussi, bien sûr.

Il haussa les épaules.

— Cela n'a plus d'importance, soupirai-je. Plus maintenant.

— Alors tu es revenue pour de bon ? Tu vas vraiment rester ?

— Où voudrais-tu que j'aille, Paul? Où irions-nous, toutes les deux?

— Laisse-moi te donner un foyer, implora-t-il avec ferveur. Dis que tu veux bien.

— Je ne sais pas, Paul. Accorde-moi le temps d'y réfléchir sérieusement.

— Bien! s'écria-t-il, encouragé par le fait que je n'avais pas refusé tout net.

Après son départ, ce soir-là, et quand j'eus couché Perle, je m'attardai longtemps sur la galerie à écouter le cri du hibou. J'en avais fait, du chemin, pour revenir à mon point de départ! Je savais désormais que le monde n'était pas un lieu de douceur, qu'on n'y trouvait aucun endroit sûr où faire son nid pour toujours. Il était dur et froid, cruel et plein d'embûches. Ce serait bon d'avoir quelqu'un pour veiller sur moi, me tenir chaud et me protéger. Comment cela pourrait-il être mal de souhaiter cela, sinon pour moi-même… au moins pour ma petite fille?

Grand-mère, soupirai-je, envoie-moi un signe. Aide-moi à prendre la bonne décision, à choisir la bonne route, cette fois-ci.

Le hibou se tut: un busard des marais descendait en spirale. Il se posa devant la cabane, se pavana quelques instants puis se tourna vers moi et, dans le clair de lune, je vis briller ses yeux cerclés de jaune. Ils étaient fixés sur moi. Il battit des ailes comme s'il me saluait puis, aussi vite qu'il était venu, s'envola dans la nuit pour se percher sur une branche d'où, je le savais, il continuerait à veiller sur la maison, sur moi, et sur mon bébé.

Et je sus, au plus profond de mon cœur, que grand-mère Catherine était là, avec moi, chuchotant dans la brise un message d'espoir.

Je saurais prendre la bonne décision.

4332

Composition Interligne B-Liège
Achevé d'imprimer en Europe (France)
par Maury-Eurolivres – 45300 Manchecourt
le 17 mars 1999.
Dépôt légal mars 1999. ISBN 2-290-14332-4
1er dépôt légal dans la collection : nov. 1996

Éditions J'ai lu
84, rue de Grenelle, 75007 Paris
Diffusion France et étranger : Flammarion